Les Idéalistes

Kristopher Jansma

LES IDÉALISTES

Traduit de l'anglais (États-Unis) par Sophie Troff

Roman

le cherche midi

Vous pouvez consulter notre catalogue général
et l'annonce de nos prochaines parutions sur notre site :
www.cherche-midi.com

92, avenue de France
75013 Paris

Conception graphique : Justine Dupré
Composition : Peter Vogelpoel
Dépôt légal : novembre 2022
ISBN 978-2-7491-7327-6

« L'Américain habite une terre de prodiges ; autour de lui tout se remue sans cesse, et chaque mouvement semble un progrès. L'idée du nouveau se lie donc intimement dans son esprit à l'idée du mieux. Nulle part il n'aperçoit la borne que la nature peut avoir mise aux efforts de l'homme ; à ses yeux, ce qui n'est pas est ce qui n'a point encore été tenté. »

Alexis de Tocqueville, *De la démocratie en Amérique*

« Nous sommes une nation éprise de vérité. »

Hunter S. Thompson, *La Grande Chasse au requin (Le Nouveau Testament gonzo)*

« Il y a une certaine beauté à être un pigeon américain, même si on le paie de ses larmes et pire encore. »

Seymour Krim, *For My Brothers and Sisters in the Failure Business*

Note de l'auteur

Cette œuvre de fiction est basée en partie sur des témoignages de militants bénévoles, d'employés de campagne électorale et de plumes politiques. J'ai modifié et omis certains noms et détails, à la fois pour protéger les personnes concernées et pour limiter ma propre responsabilité.

Sachez que ces hommes et ces femmes font partie des êtres que j'ai le plus aimés dans ce monde. Ils m'ont généreusement confié leurs histoires ; les moments passés en leur compagnie ont illuminé ma vie. Certes, ils ont pu me raconter des bobards, et moi aussi, mais cela ne change en rien ce que nous nous devons mutuellement. Comme mon père aime le dire : « Deux torts ne font pas un bien (*right*), mais deux Wright font un avion. »

C'est l'histoire de la fabrication d'un avion.

C'est une histoire de mensonges, oui, mais des mensonges par omission, les mensonges les plus inoffensifs, les mensonges que nous exprimons par nos silences. Les mensonges que nous professons par amour.

PREMIER JOUR
Floride

— Le vent du changement est le maître, pas l'ennemi, déclare Rohit Subramaniam.

Debout près de la baie vitrée panoramique de ses bureaux en attique, nous admirons le paysage arachnéen de Miami, pastel de palmiers royaux, de béton et de vitrages vertigineux. Nous venons d'accomplir une heure de yoga kundalini de niveau quatre; nous avons gagné en équilibre, en souplesse et en bien-être. Quelqu'un a disposé des tranches de papaye dorées et des verres de jus frais vert perruche. Le jour se lève et la vue s'étend jusqu'à l'horizon ondoyant des Everglades. La nuit dernière, de nouvelles manifestations ont eu lieu. Je ne sais plus depuis combien de temps le désordre règne. Il y a quelques jours, des contestataires ont incendié un poste de police près de l'autoroute, et une fine fumée grise flotte encore sur la zone. Les citoyens en ont assez; quelque chose doit changer ou tout va s'effondrer. Les tessons de verre scintillent sur les trottoirs comme des confettis. Le calme est retombé maintenant. C'est une heure réservée aux imbéciles comme nous : ceux qui accueillent l'aube, ceux qui saluent le soleil. Nous nous vantons de ne pas avoir besoin de beaucoup de sommeil.

— N'aie pas peur; ne te décourage pas! ajoute Rohit.

Rohit Subramaniam fait son Rohit Subramaniam : il tente de me motiver en mâtinant son bouddhisme de carte postale de capitalisme de progrès. *Méditez, travaillez dur, trouvez la paix intérieure, gagnez votre premier million, souffrez dans le confort*. Il me fixe comme un hibou, arquant ses sourcils broussailleux. À la fois dans l'attente et doué d'une infinie patience. Je travaille avec lui depuis assez longtemps pour connaître ses ruses – et pourtant, il est difficile de ne pas l'écouter quand il se montre insistant.

Mon employeur actuel a immigré aux États-Unis depuis le sud de l'Inde en 1977, à vingt-deux ans, avec huit dollars en poche et des babouches en mousseline. Il conduisait la nuit un taxi qui sentait les pieds, puis animait le matin un groupe de prière pour ses collègues chauffeurs. Petit à petit, il a recruté des adeptes et a fini par fonder sa société : R.S. Future Enterprise. Rohit possède le don extraordinaire d'inciter les individus à écouter leur ange gardien : pratiquer un sport régulier, manger sainement, investir de manière responsable, etc. Sa propre vie incarne le rêve américain, et c'est si simple qu'il donne la recette à tout le monde. Autrefois, il vendait par correspondance des cassettes VHS de motivation à 19,95 dollars. Aujourd'hui, Rohit diffuse en permanence trente-cinq cours différents sur son site web réservé aux abonnés, plus une douzaine d'extraits gratuits sur YouTube. Auparavant, il voyageait dans tout le pays et donnait des conférences dans des salles de taille moyenne. Aujourd'hui, les adeptes se pressent devant leur webcam pour assister à ses ateliers en ligne. Bref, il a su s'adapter.

Si cela peut paraître crapuleux, j'ajouterais que Rohit ne vend pas de multipropriété ni d'adhésions à une secte. Ses montages ne sont pas pyramidaux. Il n'exige pas d'être vénéré. Les soutiens de sénateurs et de chefs d'entreprise de la Silicon Valley sont, à ma connaissance, profondément sincères. Sa méthode brevetée en dix étapes continue de libérer chaque année le potentiel de centaines de milliers d'Américains. Rohit est convaincu qu'une nation plus en phase, inspirée et informée sera une meilleure nation.

Mon boulot consiste à le croire aussi.

Plus précisément, mon travail consiste à m'appuyer sur cette conviction pour écrire les mots que Rohit prononce pour qu'on y croie tous. Ma mission est d'animer sa voix. De manier ses cadences singulières et ses étranges placements de virgules. Où aime-t-il ses points-virgules ? À quelle fréquence emploie-t-il le tiret cadratin ? J'analyse en détail ses arbres syntaxiques pour chaque électorat et circonscription afin de pouvoir reproduire le mordant de ses expressions de compassion. Je parcours une vieille édition pourpre d'un *Guide de poche des principes zen* en surlignant des citations, futurs socles de paragraphes. Je les classe ensuite dans l'ordre idéal : Accroche scandaleuse. Humour terre à terre. Fait surprenant issu d'une véritable étude scientifique ! Appel à la raison. Transition. Anticipation du contre-argument. Transition. Appel à l'action ! Impératif, impératif, l'énoncé des valeurs. Une conclusion étrangement succincte qui donne envie de lire le chapitre suivant. Savonner, rincer, frotter jusqu'à ce que, ta-da, l'été dernier, son livre *Power up* entre directement dans la liste des best-sellers du *New York Times*, et plafonne en tête des ventes pendant seize semaines de folie. Je l'ai accompagné à des conférences dans des centres de congrès et des coulisses des talk-shows en journée et en soirée. J'étais toujours là, dans la loge : à préparer, observer, adapter.

Et aujourd'hui, on repart comme en quarante.

— Va voir cette femme, m'encourage Rohit en se servant deux tranches de papaye.

Hier, il m'a entendu au téléphone décliner l'invitation d'une vieille amie que je n'ai pas revue depuis l'époque où je travaillais dans la politique. Elle voulait que je vienne la voir pendant son séjour à Milwaukee, où elle rencontre des stratèges pour discuter de son avenir politique qui, au dire de tous, est brillant, brillant, brillant.

Il y a sept ans, « cette femme » n'était encore que ma députée locale, une ancienne directrice d'école que nous appelions tous Teddy, brillante femme noire qui menait une croisade pour la réforme scolaire et contre les inégalités de revenus. Aujourd'hui, Theodora Ruiz est membre du Congrès – très appréciée par la gauche et très critiquée par la droite. Cet été, on l'a vue sur tous les fronts : défiler avec un groupe de Black Lives Matter le matin, poster un TikTok sur les effets néfastes de la politique commerciale sur les adolescents l'après-midi, et rentrer chez elle à l'heure de grande écoute pour dialoguer avec les présentateurs de CNN sur Zoom. Je me réjouis pour elle, et pour ses actions bénéfiques ; nous avons besoin de cent autres personnes avec ses convictions et son énergie au Capitole.

Je ne suis pas sûr de pouvoir satisfaire sa demande, même si c'est pour une bonne cause.

Après ce que nous avons vécu ensemble il y a sept ans, je pensais ne plus jamais avoir de nouvelles de Teddy. Et aujourd'hui, elle me demande de lui rendre un service assez conséquent. Parce que nous crapahutions dans les tranchées ensemble. Parce qu'elle sait pouvoir me faire confiance pour garder des secrets ; je ne l'ai pas trahie avant.

— C'est une amie chère, me rappelle Rohit.

— Le premier commandement des Vedas, je lui rappelle aussi, est de dire la vérité. *Satyam vatha.*

Une somptueuse muraille de cumulonimbus, falaise rose de cent soixante kilomètres de large, s'élève lentement au-dessus des marécages hérissés de joncs bruns.

— Mais il y a une Vérité des vérités, réplique Rohit, qui est que toute vérité n'est pas bonne à dire.

Dans la vitre impeccable de la fenêtre, je distingue le contour de mon corps : épaules tombantes, bras maigres, grisonnement des tempes en avance d'une bonne décennie.

Il existe une vérité parallèle, où je suis le héros de l'histoire de ma propre existence, un homme qui fait les choix les meilleurs et les plus justes. Et il y a la vérité réaliste, dont j'ai plus de mal à me souvenir – car je me la suis trop bien cachée. C'est ce que nous faisons.

— Et si tu as besoin de moi au Népal ?

— Je n'ai pas besoin de toi ! me taquine-t-il. Je n'ai pas besoin de toi !

Depuis des mois, Rohit organise une expédition privée à Lhassa pour un groupe d'hommes d'affaires, une retraite dans un temple tibétain où ils se cloîtreront pour effectuer une méditation profonde de phase quatre. Je ne veux même pas savoir combien cela va lui rapporter net.

— Et si j'ai besoin de toi, tu ne crois pas que je pourrais te joindre aussi facilement à Milwaukee que dans une piaule à Katmandou ? Inutile de rester assis là-bas à fixer le plafond.

— Je dois écrire le prochain livre.

— Alors écris le prochain livre ! Écris-le sur les autoroutes et les chemins de traverse américains. N'est-ce pas ainsi que toi et l'infâme Mister Waldo avez pondu ensemble vos meilleurs discours ?

Il évoque là une confidence d'un soir, après ma sixième caïpirinha, et depuis il ne me lâche plus avec cette histoire. Le désavantage de travailler avec un gourou du développement personnel, c'est qu'il essaie toujours de suturer vos plaies, même si vous vous êtes habitué à vos blessures. Pour moi, un bon jour est un jour où je ne pense pas à « l'infâme Mister Waldo ». J'avoue, ces jours sont rares.

— Ce n'est pas le bon moment, plaidé-je. Kavya entame son troisième trimestre.

— C'est le moment idéal ! s'exclame Rohit en posant la main sur ma poitrine, entre le cœur et l'estomac.

Dans son livre, il indique que nous possédons un rayon lumineux jaune à cet endroit, un chakra du plexus solaire qui nous confère à tous le pouvoir de suivre notre chemin de vérité et d'être responsable de notre vie. Il le croit ; je l'écris.

Je ne peux pas tellement aller plus loin. Voilà le vrai problème.

— Va. Va et sois un tout. Pourquoi as-tu si peur ?

J'ai envie de répondre que je suis déjà un tout : un tout plein de trous. Un homme amputé de certaines parties de lui-même. Des pans sentimentaux sectionnés par ma propre main et éparpillés à travers le pays. Ce n'est pas parce que Teddy a appelé que je dois aller les déterrer : ma foi, ma famille, mes échecs, mes amis, mon avenir.

Ce nuage bas au-dessus des Everglades. Si je reste ici assez longtemps, je le verrai grossir et s'assombrir, le rose virer au violet. Le violet devenir noir alors que les rayons du soleil évaporent l'eau des marécages dans l'atmosphère. Des trillions de gouttes qui se condensent paisiblement, enflent heure après heure jusqu'à ce que, vers quinze heures trente chaque jour, la masse libère une pluie torrentielle aux reflets argentés. Elle tombe pendant dix minutes et se dissipe jusqu'au lendemain après-midi.

Mais combien de temps cela peut-il durer ? En caressant le soir le ventre rond comme un melon de Kavya, je murmure à notre fille en gestation : « Ne sors jamais, petit poisson. » Les campagnes flambent ; la peste et la dévastation ont gagné tout le pays. Il fut un temps où nous pensions bons et loyaux nos amis et nos voisins, avant qu'ils ne portent au pouvoir des fous furieux, qui balancent chaque jour une nouvelle atrocité à la une des journaux et des bandeaux d'information. Je ne peux pas dire, à l'heure actuelle, si nous pourrons revenir en arrière.

Oh, petit poisson, où est l'Amérique que j'aimais ? Que je voulais pour toi ?

Mais Rohit m'assure que c'est la même Amérique qui a toujours existé. Que je découvre seulement ses dimensions réelles pour la première fois. Dans une autre vie, j'ai pris soin d'enseigner à mes élèves du secondaire que notre Amérique n'a jamais été le pays de la vie, de la liberté et de la justice. Loin de là. Professeur d'histoire, je savais que c'était vrai – mais d'une façon qui me permettait de croire qu'il y avait aussi autre chose. J'ignore aujourd'hui si cette autre chose existe encore.

— N'aie pas peur, ne te décourage pas.

Rohit l'aime bien celle-là. Celle-ci aussi : *Il n'y a pas de honte à échouer, l'échec est de ne rien tenter.* Une leçon que j'ai apprise de mon père, puis de l'infâme Mister Waldo, et que je semble pourtant toujours avoir besoin d'expérimenter.

Et puis, si notre histoire est une histoire d'échecs, alors cela vaut doublement pour les cauchemars du présent dont nous essayons aussi de nous réveiller – et donc, oui, j'ai peur. Et donc, oui, je suis découragé. Pourtant, même si je pars affronter des fantômes, je dis à Rohit que je vais y aller. En prenant la route maintenant, je devrais passer avant la pluie.

PREMIÈRE PARTIE

1

Waldo. Dans mon enfance, on voyait ces livres[1] partout, le pull à rayures blanches et rouges, le bonnet blanc à pompon rouge et la canne – où était-il ? Mais le Waldo qui travaillait au bureau de campagne de la députée locale n'était ni mince ni jovial comme le Waldo des bouquins. Il affichait une corpulence solide, avec des bras qui touchaient presque les murs de son bureau lorsqu'il s'étirait dans une pétarade de craquements d'os. Ainsi fut ma première vision de Waldo Woodson Jr, de dos et tout en épaules, lorsque je pénétrai, un peu dérouté, dans son espace de travail trop bien rangé.

Un nounours, ça se voyait. De ceux qui vous tapent dans le dos. Le genre d'homme dont on qualifie le rire de tonitruant. Qui peut bien décider de tourner son bureau vers le mur pour ne pas voir la porte ? Eh bien, maintenant, je le sais : une plume politique. Le dircom de la députée de

---

1. *Where's Waldo?* est la version américaine de la série *Où est Charlie ?*

notre district, chargé de rédiger les déclarations publiques. Cette année-là, je m'étais présenté au bureau de campagne de la députée Ruiz à la fin de l'été pour leur offrir mon temps à titre bénévole après avoir perdu successivement mon père et mon poste de professeur d'histoire au lycée public de Pine Grove.

C'est surtout ma femme, Kavya, qui voulait me faire sortir de la maison. Pour que je cesse de stresser au sujet de la succession de plus en plus embrouillée de mon père, et que je panse mes plaies. Elle m'avait déjà aidé à trouver un nouvel emploi à l'Académie Chumsford, l'école préparatoire réputée qu'elle avait fréquentée, jeune fille, dans le nord de l'État. Elle avait gardé le contact avec plusieurs camarades de Chumsford ; son ex-petit ami Shabib travaillait au bureau du doyen. Malgré mes protestations, elle lui avait demandé de glisser un mot en ma faveur, et ça avait marché. Dans quelques jours, j'allais enseigner l'histoire passée et actuelle des États-Unis en tant que membre junior du corps professoral de la faculté. C'était mieux payé que Pine Grove, pour moins d'heures de cours et, cerise sur le gâteau, des classes moins nombreuses. Le poste s'accompagnait en plus d'une pléthore d'avantages sociaux et de privilèges. Les élèves recevaient chaque année la visite de grands penseurs et défenseurs de la paix comme Noam Chomsky, Malcolm Gladwell et Toni Morrison. On préparait ces enfants à devenir les leaders de demain, m'expliquait Kavya ; elle avait toujours voulu que je travaille là-bas. Je pourrais être un maître de conférences. Je pourrais être un surveillant ! Je pourrais porter un blazer marine avec un écusson chic cousu sur la poitrine. Des coudières, sans être ridicule. Je pourrais apprendre un hymne scolaire en latin. *Esse quam videri*, proclamait leur devise. « Être plutôt que paraître. » Un idéal suffisamment noble pour l'adopter jusqu'à la fin de ma vie.

Alors pourquoi me tenais-je dans l'embrasure de la porte de Waldo Woodson Jr, un CV à la main, plongé dans la contemplation de sa colonne vertébrale ?

Aucune tonsure ne semblait menacer les cheveux blonds et fins de cet homme, malgré sa quarantaine bien entamée. Une chemise blanche impeccable soigneusement rentrée ; des chevilles enroulées autour des roulettes de son siège pivotant. Ses souliers, comme les ailes d'un papillon brun, battaient au rythme de l'effort alors qu'il écrivait, ou essayait d'écrire, le discours qui serait prononcé lors du point presse du lendemain. Ce mouvement cessa lorsque je toquai, puis il se tourna d'un seul bloc vers moi. Dans sa grosse pogne, un stylo Pilot noir ordinaire de la taille d'une cigarette. Et bien que je ne sois pas du genre à le remarquer, une alliance en or à l'annulaire gauche. Deux yeux, trop bleus, me scrutèrent.

— Monsieur Woodson ? m'enquis-je.

Il avança tout son corps pour me serrer la main.

— Waldo, je préfère. Et on se tutoie ici. Que puis-je faire pour toi ?

— Je cherche June Barnabas.

Il balaya la pièce vide d'un regard théâtral et comique.

— Elle n'est pas là.

Puis, boum, le rire tonitruant : XVIIIe siècle, origine écossaise. Un bon gros rire sonore et communicatif. Je ris aussi, incapable de me retenir.

— Je sais. La députée m'a conseillé de m'adresser plutôt à toi.

Waldo jeta un œil derrière moi vers l'endroit où sa patronne se trouvait il y a quelques minutes. Elle était entrée en réunion avec un donateur dans une pièce adjacente.

— Ah ouais ? Eh bien, les amis de Teddy sont mes amis.

Je n'étais pas un « ami » de Teddy. La députée m'avait adressé la parole deux fois durant tout l'été. La plupart du temps, elle affichait un sérieux intimidant au bureau et se déplaçait avec assurance dans l'espace exigu, le remplissant du cliquetis des perles en argent qui s'entrechoquaient au bout de ses tresses. Elle portait des vêtements chers aux couleurs vives et à la coupe en biais. Elle conduisait un SUV Mercedes blanc à côté duquel nul n'osait se garer. Je la connaissais auparavant comme la belle-mère d'une de mes étudiantes, la jeune Cecily, envers qui j'avais une petite dette, du moins dans mon esprit.

— June se trouve peut-être dans l'autre bureau ? suggérai-je à Waldo, tendant gauchement mon CV d'une main molle.

Il était censé exister une séparation drastique, type séparation de l'Église et de l'État, entre le bureau politique du bâtiment du Capitole et celui-ci, mais d'après ce que j'avais compris, les mêmes personnes travaillaient dans les deux instances : June, Waldo et un directeur de campagne râblé et moustachu, Francis Westendorf. Ils se plaignaient souvent de l'exiguïté et de l'indécence de ce bureau de campagne : environ quatre-vingt-dix mètres carrés à l'arrière d'un bâtiment en béton gris de deux étages, à l'écart de l'artère principale de la ville. Il avait pour autres locataires un cabinet dentaire, le bureau syndical de l'Ordre fraternel de la police qui était toujours fermé, et un studio de yoga qui occupait l'étage inférieur.

June était la coordinatrice des bénévoles à qui je rendais compte chaque jour. J'alternais les appels téléphoniques et les parcours à pied dans les recoins du district pour recueillir des informations sur les électeurs pour la députée. Heureusement, Teddy Ruiz jouissait d'une grande popularité dans notre district et les concurrents dans la campagne de réélection ne couraient pas les rues. Mais June m'envoyait quand même frapper aux portes : des portes en acajou avec poignée en laiton, des portes-moustiquaires branlantes, des portes gardées par des cerbères agressifs. Portes simples, portes doubles, portes rouges, portes bleues. Plus je cochais d'adresses sur ma liste, plus il en retombait le lendemain. Et ça me plaisait vraiment. J'aimais parler aux citoyens, découvrir leur vie. Conduire, me balader au soleil. J'avais le sentiment pour la première fois de ma vie d'accomplir une forme de travail manuel, et j'en tirais une telle satisfaction que je commençais à me demander si je ne pourrais pas faire plus. Contribuer à la sensibilisation dans les écoles. Peut-être organiser une intervention de la députée à Chumsford, où je prenais mon nouveau poste dans quelques jours. Voilà quelle était mon intention en repassant au bureau déposer un CV pour June Barnabas. Au cas où. Seulement, elle était introuvable.

— Sais-tu quand June sera de retour ? demandai-je à Waldo.

— June est..., dit-il, puis il fit une pause, cessant de faire semblant de la chercher dans son bureau. Partie.

— Partie ?

— On prétend que la discrétion est mère de sûreté.

— Je pense que c'est la « prudence ».

Waldo me regarda droit dans les yeux. Un regard profond, conspirateur. Puis il se toucha le nez, comme s'il communiquait en code. Prudence, oui.

— Tu es de mèche avec le FBI ? chuchota-t-il. Si c'est ça, tu dois me le dire.

— Je ne suis de mèche avec personne.

Je commençais à flipper.

Puis Waldo éclata de rire.

— J'ai failli t'avoir. June a changé de boulot. Consultante. C'est notre lot à tous. Hélas. Mais je pourrais peut-être t'aider ?

— J'étais bénévole cet été. Et j'aimerais continuer de m'impliquer dans la campagne. La députée m'a dit de te laisser mon CV si June n'était pas là. Je suis enseignant, je reprends les cours dans quelques jours.

— Qu'est-ce que tu enseignes ?

— L'histoire. Principalement des États-Unis.

— Ah. Malheureusement, notre département d'histoire est au complet.

À ce moment-là, je remarquai une faible lueur sur le mur du bureau de Waldo. Dans un coin sur le sol se trouvait un ordinateur portable, à l'envers, mais ouvert et allumé.

— Qu'est-ce qui est arrivé à ton ordinateur ?

Il fixa l'objet au sol pendant un moment.

— Manque de coopération. Il est au coin, le temps de réfléchir à ses erreurs.

En jetant un coup d'œil sous son bras, je constatai que son bloc-notes ne coopérait pas non plus, car il était gribouillé d'un vortex de cercles noirs. Je lui montrai du doigt en grimaçant.

— Après, il ne restera plus que la tablette de pierre.

— Ne jamais régresser jusqu'au burin, convint-il.

Au moment où j'allais le remercier de m'avoir reçu, Waldo repoussa sa chaise et se leva. Je fus surpris de voir à quel point il remplissait l'espace.

— Tu fais quelque chose maintenant ?

— Moi ? Non. Je te donne mon CV.

— Bien, dit-il en me le prenant des mains. CV donné, CV pris. C'est bon. Suis-moi.

Pensant que nous sortions du bureau pour parler à Francis ou à la députée, je suivais Waldo avec plaisir. Mais il trottina vers la cage d'escalier et dévala les marches deux par deux comme un gigantesque chiot. Était-ce l'heure de sa pause clope ? Il tira un briquet vert citron et un paquet de Pall Mall de sa poche, mais ne se dirigea pas vers le hall du rez-de-chaussée où les assistants dentaires se calmaient les nerfs à la nicotine. Non, Waldo poussa les doubles portes dans un bruit de ferraille et nous sortîmes sur le parking mouillé. Il alluma sa cigarette en marchant, ne s'arrêtant qu'aux confins de l'aire de stationnement, où il avait garé sa voiture.

— On va quelque part ? demandai-je.

— On va faire un tour. Se rafraîchir les idées. Tout le toutim.

De loin, la Lincoln Continental décapotable noire de Waldo impressionnait, mais de près, il s'avérait qu'elle tenait littéralement par du ruban adhésif. Un seul phare fonctionnait. À l'intérieur, les sièges en cuir étaient griffés comme un arbre à chat. L'ensemble du véhicule tangua péniblement lorsque Waldo grimpa sans grâce sur le siège conducteur en enjambant la portière qui, je le devinai, ne s'ouvrait pas.

— Viens, dit-il. Tu n'as rien à faire, n'est-ce pas ?

Ayant déjà répondu non, je montai en ciseaux par l'autre portière. Waldo sourit et m'informa que celle-ci s'ouvrait normalement.

Qu'est-ce que je faisais ? Où allions-nous ? Aucune idée. Je savais seulement que j'aimais parler à cet homme, qui semblait voir en moi un ami, denrée devenue rare dans ma vie.

— Quel âge a cette voiture ? demandai-je alors que nous nous engagions sur la voie rapide.

— C'est une question métaphysique, tonna-t-il dans le vacarme du vent et du moteur.

— Ah bon ?

— Tu connais l'histoire du bateau de Thésée ?

— Thésée, le gars de la Grèce antique ?

Waldo hocha la tête et ajusta la paire de lunettes de soleil en équilibre instable sur son nez.

— Un problème de philosophie élémentaire. Thésée rentré vainqueur de ses quêtes, les Athéniens décident de conserver son bateau légendaire dans le port comme une pièce de musée. Avec le temps, le rafiot commence à tomber en ruine. Petit à petit, on remplace les planches, les voiles, les cordages, les hublots... et, au bout de deux cents ans, quelqu'un déclare : « On a remplacé au moins une fois toutes les planches et tous les bouts de ficelle de ce vieux rafiot. » Et Plutarque de questionner : « Donc, est-ce toujours le bateau de Thésée, ou pas ? » Est-ce le même bateau qu'à l'origine ou est-ce un nouveau bateau ? Et s'il est nouveau, à quel moment a-t-il cessé d'être l'ancien bateau ? Dès lors qu'on a changé le premier écrou hexagonal ? Quand il était exactement à mi-chemin ? Ou seulement lors du remplacement de la dernière pièce d'origine ?

J'opinai, pas sûr de tout comprendre.

— Donc, si mon père, l'honorable Waldo Woodson Sr, a acheté cette Lincoln flambant neuve en 1977 et qu'au moment où j'en ai hérité, trente-six ans plus tard, il avait déjà remplacé la calandre, le pare-brise, les pneus, etc., et qu'ensuite j'ai fait remplacer le moteur, le capiton des sièges, les portières..., bref, à peu près toutes les pièces, je dois me poser la question de savoir si c'est une Lincoln Continental de 1977... ou si c'est autre chose. Tu vois ?

— D'accord, dis-je après un moment. C'est la pire panne d'inspiration que j'aie jamais vue.

Mais Waldo agita l'index.

— Je n'ai pas de panne d'inspiration. Je procrastine. Très différent.

À ce moment-là, il tourna à droite et rejoignit l'autoroute. À quel moment est-on « kidnappé » ? Au moment où on monte dans la voiture d'un inconnu ? Au moment où on réalise que l'on ne peut pas en sortir ? À mi-chemin entre les deux ?

— Tu aimes le baseball ? beugla-t-il dans le vent.

— Pas vraiment, criai-je. Pourquoi ?

— Parce qu'on va voir un match des Wizards !

— Pourquoi un match des Wizards ?

— Parce que le baseball est le sport des rois !

— Ce serait plutôt la course hippique.

Waldo réfléchit.

— Tu as sans doute raison. Alors c'est parce que le baseball est le sport de l'homme du peuple. Le monsieur Tout-le-Monde. Les masses laborieuses. Le *vulgum pecus*.

— Tu inventes tout ton discours en parlant, observai-je.

— C'est l'idée, convint-il. On doit être spontané. Se lancer dans une boucle, non ? Tu sais, voir comment les mots se...

Il s'interrompit, bloquant sur le verbe, et effectua un geste circulaire de la main pour désigner le « flux ». Puis il me demanda :

— Quel est ton discours préféré ?

La question me prit au dépourvu. Je ne savais pas. Mais je sentais que s'il y avait plus d'une bonne réponse possible, il y en avait un paquet de mauvaises.

— Discours politique préféré ?

— Évidemment. Allons, tu as coaché l'équipe de Débat. Enseigné la politique au lycée.

— Comment le sais-tu ?

— J'ai lu ton CV.

Je biglai sur la feuille, roulée dans le vide-poches de la portière.

— Tu ne l'as pas lu.

Il éclata de rire.

— Bien vu. En vérité, je t'ai googlé le jour où tu as commencé à faire du bénévolat.

— Pourquoi ?

Waldo me regarda avec sympathie, indiquant que sa réponse ne devait pas m'offenser.

— On est à deux mois d'une élection quasiment imperdable. Nos bénévoles sont en majorité des retraités et des femmes au foyer qui s'emmerdent. Quand je t'ai vu parler à June le premier jour, je n'ai pas pigé ce que tu faisais là. Mais ensuite, j'ai lu sur Internet toutes les infos sur toi et la manifestation au lycée. Et j'ai compris.

Je ne dis rien pendant un moment. J'étais gêné, je suppose, mais aussi flatté d'avoir vaguement intéressé ce bonhomme qui m'intriguait beaucoup. Flatté qu'il ait compris une chose qui m'échappait en partie : pourquoi je faisais tout cela.

2

J'étais revenu à Pine Grove à cause de mon père. Il avait été contraint de prendre sa retraite après trente-cinq ans chez IBM. Ma mère l'avait déjà quitté pour Memphis et une Vietnamienne prénommée Linh. J'étais tout ce qui lui restait et il n'allait pas bien. J'avais donc accepté un poste temporaire dans le département d'histoire de mon *alma mater*, le lycée public de Pine Grove, en espérant que mon père retrouverait le moral avant l'expiration de mon contrat de trois ans, et que je pourrais changer de pâturages.

Mais le temps passe plus vite qu'on ne le pense, et un soir Kavya m'avoua qu'elle s'était habituée à la banlieue. Je ressentais la même paix. Comme les pots d'oignons verts et de pommes de terre Red Bliss qu'elle accrochait parfois au rebord de la fenêtre, nous avions pris racine sans nous en rendre compte. Alors que nous avions décidé de rester, je découvris que je ne pouvais plus travailler à Pine Grove. Le budget de l'État était gelé depuis la crise financière et les écoles publiques manquaient de ressources pour embaucher de nouveaux professeurs titulaires. On nous proposait uniquement des contrats temporaires et, en raison de règles syndicales, Pine Grove ne pouvait pas renouveler ma mission pour une autre période. Cette mesure visait à éviter aux enseignants l'incertitude des contrats à court terme mais, sans déblocage budgétaire, les jeunes professeurs comme moi pouvaient rarement rester dans un établissement, à moins d'un départ en retraite ou d'un décès.

J'avais organisé une réunion de la dernière chance avec ma supérieure, Mlle Terlizzi, dans l'espoir de la persuader de faire une exception, même pour ne gagner qu'une année supplémentaire. J'avais entendu des rumeurs sur des arrangements similaires dans d'autres écoles du district, à condition de prouver l'urgence de la situation. Mais quelques jours avant la réunion, mon père décéda. J'avais la tête ailleurs. Je ne vis rien venir.

Je veux dire par là que je n'étais pas au courant du mouvement de protestation.

Autre chose que j'ignorais à l'époque, n'ayant pas encore croisé la route de « l'infâme Mister Waldo » : pour l'hommage à un défunt, il existe une différence entre écrire un éloge et une élégie.

Si les deux termes viennent du grec, le premier dérive d'*eulogia*, signifiant « louer » ou « bénir », et le second découle d'*elegeia*, « se lamenter, pleurer ».

Quelle est votre intention ? Il faut savoir dès le départ quel chemin emprunter, sinon on ignore ce qu'on laisse de côté – et c'est ce que l'on omet qui compte le plus.

Mon père, Sy, était un inventeur. Quand je le dis, les gens veulent savoir ce qu'il a inventé. Ma famille était-elle riche grâce aux Post-it ? assise sur des millions provenant du rétroéclairage Indiglo utilisé dans les cadrans de montre ? Mon père avait-il apporté une contribution essentielle au monde, qui nous valait aujourd'hui une reconnaissance éternelle ?
Non, non, je les rassure, mon père n'a jamais rien inventé. Ou plutôt je réponds qu'il a inventé des centaines de choses. Des trucs formidables, inspirés, qui n'ont jamais quitté son atelier dans le garage ni rapporté un centime. Je dis que ça dépend de la façon dont on voit les choses, ce qui est vrai.

Je peaufinais l'ouverture de l'éloge funèbre en cinquième heure de cours, pendant que mes élèves en histoire américaine révisaient pour leur examen. Ils travaillaient en binômes, s'interrogeant mutuellement, quand je vis dans un coin de la salle une fille aux cheveux pissenlit, Cecily Ruiz, lever la main et demander : « Quels sont les défenseurs des droits civiques à réviser pour l'examen ? »

Cecily faisait partie des quelques excellents élèves de première année que j'avais autorisés à suivre le cours. Elle aimait essayer de me piéger ainsi. J'allais répondre *tous*, que n'importe lequel pouvait tomber, qu'un examen consistait en un sondage aléatoire de leurs connaissances générales, que si j'indiquais « Malcolm X et Shirley Chisholm, mais pas Bayard Rustin ou Hosea Williams », cela irait à l'encontre du but recherché. Seulement avant que j'ouvre la bouche, Cecily regarda la pendule et se leva pour sortir de cours.

Nos yeux se croisèrent lorsqu'elle passa devant moi. Les lèvres tordues par la colère, elle serra le poing et le brandit en l'air en quittant la classe.

Avais-je dit ou fait quelque chose ?

Cecily et moi nous étions toujours bien entendus. À l'époque, je savais seulement que sa belle-mère participait à la politique locale et que son père était un joueur de baseball idolâtré par les amateurs de sport – ce qui n'était pas mon cas. Mais Cecily était surtout une grosse bosseuse qui semblait vouloir réussir socialement par ses propres moyens. J'avais insisté pour qu'elle intègre l'équipe de Discours et débat. La lettre de recommandation que je lui avais écrite pour le stage d'été des jeunes leaders à Aspen s'étalait sur quatre pages. Quelle rancune nourrissait-elle contre moi ? Je ne m'attendais pas du tout à ce que cette élève cause des problèmes. Et pourtant, son poing resta brandi alors qu'elle se dirigeait vers la galerie.

Puis trois autres élèves se levèrent et la suivirent, en brandissant le poing gauche.

Nous l'avions étudié, bien sûr. Le poing levé. Celui des Industrial Workers of the World[2] en 1917 et du Taller de Gráfica Popular[3], du Black Panther Party et des athlètes Tommie Smith et John Carlos aux Jeux olympiques d'été de 1968. Le geste que le psychologue Oliver James décrivit comme la rencontre d'une « force institutionnelle massive et malveillante avec la force individuelle ».

Tandis que les camarades de Cecily se levaient de plus en plus nombreux et sortaient, une pensée me traversa l'esprit : ils ont appris. Je leur avais enseigné un moyen de tenter d'aboutir à une solution. Bien que déconcerté, j'en éprouvais une certaine fierté.

Salut, force institutionnelle massive et malveillante. Ravi de te rencontrer.

Le jour, mon père, Sy, était un ingénieur informatique. Un homme brillant. Aujourd'hui encore, son code sous-tend des systèmes de commande d'avion et rationalise la production de chaînes de montage en usine. Il n'ambitionnait pas de réussir dans son métier. Lorsque ses collègues venaient aux dîners de ma mère le samedi soir, ils avaient l'air tellement satisfaits ! Heureux de dépenser leur argent et leur énergie dans les ligues de quilles, les danses en ligne, la restauration de voitures anciennes... mais mon père déclinait leurs invitations et passait tout son temps

2. IWW, syndicat international fondé aux États-Unis en 1905 visant à l'abolition du salariat.

3. Collectif d'artistes graveurs mexicains fondé en 1937 pour soutenir la révolution mexicaine.

libre dans notre garage, à mettre au point ses inventions. Dans mon esprit, il est là-bas aujourd'hui, les doigts butinant sa dernière tentative infructueuse. De la sciure dans sa moustache, penché sur un bidule ou un bitoniau. Quand il me conduisait à l'école ou supervisait mon club de modélisme, je savais qu'en réalité il se trouvait dans le garage par la pensée. En train de recâbler ou modifier un truc dans sa tête. Je voyais ses lèvres remuer, calculant en silence la résistance, l'ampérage, la puissance électrique...

Pendant longtemps, ma mère et moi supportâmes sa marotte, pensant qu'il allait faire une découverte ou alors abandonner ses bidouillages et se mettre au golf. Mais il persévéra, année après année, jusqu'à la déraison. Je n'emploie plus le mot « insensé » à la légère. Il ne m'était jamais venu à l'esprit que sa persévérance ne reposait pas sur la volonté de ne pas s'arrêter, mais sur l'incapacité de le faire.

Le dernier élève à sortir de ma classe, James Forte, un garçon au visage anguleux et grêlé d'acné, me salua comme si j'étais son sergent instructeur.

— Je vous soutiens, m'sieur ! cria-t-il.

Mon esprit relia enfin les points. Ils ne manifestaient pas contre moi. Ils manifestaient *pour* moi. Ils avaient découvert que je ne reviendrais pas l'année prochaine et croyaient, à tort, qu'on m'avait renvoyé. Au fond de la galerie, les étudiants entonnèrent un chant de protestation. Ils scandaient mon nom en boucle, amplifié en écho par les rangées de casiers métalliques.

— James ! appelai-je sur le seuil de la porte.

Mais tous se dirigeaient déjà vers les escaliers.

Le héros de mon père, Thomas Edison, fut autant un inventeur qu'un perfectionneur de machines imaginées par d'autres : le phonographe, le kinétoscope, le fluoroscope à rayons X, le courant alternatif, l'ampoule électrique – tous naquirent des améliorations apportées à une invention qui existait déjà. Comme Edison, la passion de mon père consistait à imaginer le progrès. Un gilet automassant doublé en polaire. Des tongs détectrices de métal pour marcher sur la plage. Une porte dépliable en planche à repasser. Un parapluie pour chien. Mon père, Sy, le Magicien de Pine Grove. Il m'expliquait ses bricoles le week-end, quand ma mère jardinait et fumait comme un pompier. « Je vais te montrer ma dernière trouvaille, disait-il. Cette fois, crois-moi, ça va faire un malheur. »

Seul dans le couloir désert devant ma salle, je jetai un coup d'œil aux annonces manuscrites et colorées que la promotion sortante des terminales avait affichées dans le couloir auparavant beige, depuis que les avis de « décision anticipée » avaient commencé à arriver en janvier. Des feuilles cartonnées multicolores proclamaient les acceptations. ANTHONY RIDNICKI – BOWDOIN COLLEGE. SUZANNAH LAPIRMAY – US MARINE CORPS. Et ainsi de suite. Les admissions régulières étaient pour la plupart terminées maintenant, et les fanfarons de l'hiver avaient été rejoints par une légion de nouveaux admis. POLLY HOWLAND

– UCLA. RYAN CLARK – FLORIDA POLYTECHNIC UNIVERSITY. MATTHEW BYRNE – YALE UNIVERSITY.

Par la grande fenêtre au bout du couloir, je vis les étudiants se rassembler autour du mât de drapeau. Leurs pancartes faites à la main faseyaient comme des voiles dans la brise – la bannière étoilée claquant au-dessus de leurs têtes. Un deuxième groupe, en provenance de l'aile est de l'école, se joignit à eux en scandant : « Hé-hé ! Ho-ho ! Pine Grove aime Mme Snow ! », professeure d'art qui, d'après ce que j'avais compris, se trouvait dans une situation similaire.

En regardant les groupes se mélanger, je ressentis une bouffée de culpabilité. Toute l'année, j'avais rempli la tête de mes élèves de choriambes sur la désobéissance civile et de rapsodies sur l'activisme. Or je n'avais personnellement jamais manifesté. Bien sûr, je votais lors des grandes élections et je suivais l'actualité, mais je n'avais jamais assisté à un rassemblement politique ni participé à une grève. Lorsque les milliers de contestataires du mouvement Occupy Wall Street avaient pris d'assaut la Bourse, j'avais suivi les événements devant mon poste de télévision en pestant contre les embouteillages.

Qu'en savais-je ? Quel changement s'était-il produit un jour grâce à moi ?

L'objet le plus effrayant dans l'atelier de mon père – plus que le portemanteau télécommandé ou le distributeur automatique de céréales – était le pic. C'était un clou de charpentier ordinaire, de vingt centimètres de long. Mon père l'avait enfoncé dans le mur près de la porte menant au garage de sorte que la pointe dépassait à l'horizontale. J'étais petit, mais mon père devait se courber pour passer dans l'entrée. Quand il s'en souvenait, il tendait le bras pour tapoter la pointe du clou en passant. Il touchait le clou et la liasse croissante de papiers qu'il y piquait au fur et à mesure de leur arrivée : des lettres de l'office des brevets l'informant que quelqu'un avait déjà développé son idée, des lettres de fabricants rejetant ses propositions, des lettres de banques lui refusant un prêt. Il saluait ces refus en entrant et sortant, chaque fois.

Ces lettres le contrariaient-elles ? me demandais-je en voyant la pile s'épaissir par incréments de quelques micromètres. Il n'enrageait pas, ne s'arrachait pas les cheveux. Trois décennies de « ne correspond pas à nos besoins pour le moment » s'accumulèrent ainsi sans faire de bruit, une plaque sombre sur ses dendrites, aggravant ce qu'un médecin avait appelé son « mode de vie sédentaire ». Il oubliait de manger pendant deux jours puis se gavait de livraisons de fast-food. Vers la fin, sur une étagère en hauteur à côté d'une boîte de vieilles charnières, j'avais trouvé une fiole Erlenmeyer remplie de toutes les pilules qu'il avait fait semblant de prendre. Au crayon gras rouge, mon père avait tenu un décompte quotidien sur la fiole, de sorte qu'il ne semblait jamais manquer d'un médicament ni l'avoir en excès. Sa folie était si saine – c'est ce qui me pèse encore.

Le jour de sa mort, je lus la dernière lettre clouée au pilori de vingt centimètres.

Votre produit est intéressant et remarquable, mais je ne suis pas sûr qu'il convienne à notre gamme actuelle...

Mon père, Sy.

Mon père (soupir).

Mon collègue Zeke Irving finit par sortir de sa classe pour suivre ses élèves qui rejoignaient le combat. Il scandait « À bas le pouvoir ! », « Mort aux vaches ! », des slogans anarchistes. Zeke avait été le dernier du département à être titularisé, quatorze ans avant mon embauche. Grand, mais pourvu d'une bedaine qui enflait davantage chaque été, il portait une queue-de-cheval grisonnante. En cours, Zeke traitait les politiques de « branleurs » et improvisait sur la Révolution française. Autre fait d'armes, il racontait aux élèves ses voyages à Cancún et Bangkok sous l'emprise de la drogue et entretenait une liaison très publique avec Mme Holly, du département d'anglais. Il picolait pendant les matchs de baseball de l'école le week-end. Il n'essayait même pas de cacher son écran à la bibliothèque lorsqu'il parcourait les profils Facebook de ses étudiantes. Les élèves l'appelaient « Pervers Pépère ». Moi aussi, à la maison, avec Kavya.

— C'est trop cool, lança-t-il en s'approchant de moi. Quel honneur, hein ?

Je répondis que oui, sans doute. J'espérais surtout que cela plaiderait en faveur de mon renouvellement ; c'était la preuve que les élèves m'adoraient et que j'étais un élément essentiel du corps enseignant. Mais d'après Zeke, je devais m'attendre à un autre effet.

— Terlizzi va péter un câble.

— Je ne leur ai pas demandé de manifester.

— Sans blague, s'esclaffa-t-il comme si l'idée que je fomente un putsch était carrément absurde – et elle l'était sans doute. À plus dans le bus. Je me casse d'ici.

Un check du poing et il était parti. Je ne pus m'empêcher de penser avec un pincement que lui serait là en septembre, quoi qu'il arrive.

Mon père aimait citer la biographie d'Edison de Walter S. Mallory. « Je lui ai dit : N'est-ce pas dommage qu'avec l'énorme quantité de travail réalisé vous n'ayez pas obtenu de résultats ? Edison s'est tourné vers moi et a répondu en souriant : Des résultats ! Mais mon vieux, j'ai obtenu beaucoup de résultats ! Je connais quelques milliers de choses qui ne fonctionnent pas. »
C'était ça la vie, soulignait mon père. C'était le travail, le mariage, la paternité. C'était l'Amérique. Un vaste réseau d'idées qui ne fonctionnaient pas, dont la complexité ne cessait de croître et qui, pourtant, nous faisait miroiter la promesse d'un possible succès.

Mon père mourut dans son garage. Les ambulanciers me dirent que c'était arrivé quelques heures seulement avant ma visite. Comme si j'allais y puiser un réconfort. Je n'arrive pas à penser à lui, ici, déjà froid, alors que j'effectuais le long trajet en voiture, me plaignant à Kavya de l'expiration de mon contrat. « Ce n'est pas un échec de *ta* part », m'avait-elle déclaré.

Pourquoi entendre cette phrase avait-il été encore plus douloureux ?

Avant même d'arriver à la maison cet après-midi-là et de l'appeler dans le garage, avant de me courber sous le clou, j'avais décidé de ne pas parler à mon père de mes soucis professionnels.

Je me souviens que j'aurais aimé pouvoir dire qu'on m'avait licencié – pourquoi ?

J'avais honte, bien que je n'aie rien à me reprocher.

Kavya avait raison. Je ne devais pas considérer mon départ comme un échec.

C'était bien le problème. L'échec, au moins, mon père l'aurait compris. Mais être passé sans effort à travers le système et en ressortir ? Cela, il ne l'aurait jamais admis.

J'aurais aimé qu'il puisse voir la manifestation. J'aurais aimé pouvoir lui raconter. De plus en plus d'élèves se rassemblaient sur la pelouse autour du mât de drapeau, y voyant une bonne excuse pour sortir de classe. Jugeant impossible que le proviseur adjoint leur colle à tous une retenue, les jeunes affluaient vers le cercle d'herbe verte autour du mât. Bientôt, ils furent plus de deux cents, et d'autres continuaient d'arriver, ignorant sans doute pour la plupart qui j'étais. Je voyais des élèves brandir des pancartes affichant de nouvelles revendications : POUR LES DROITS DES ANIMAUX ! et FUMER DE LA BEUH 24/7. Une poignée d'entre eux semblait penser que la manifestation avait un rapport avec l'engagement permanent de notre nation dans des guerres à l'étranger. Bien sûr, me dis-je. Pourquoi pas ? Traitons de tous les sujets.

> « Tout vient à celui qui agit pendant qu'il attend », disait toujours mon père, citant Thomas Edison comme il aimait, naturellement, le faire.

Après les conclusions du légiste et l'organisation des funérailles, j'avais embauché des ferrailleurs pour vider tout le fourbi du garage. Tous les bidules et les bitoniaux. J'observais la scène depuis la vieille cuisine en comptant les lettres de refus sur le pic, une par une. Les hommes en bleu de travail transportèrent tous les bacs du garage à la benne à ordures de location.

Après leur départ, je passai un moment à essayer d'arracher le pic du mur, mais il ne bougeait pas. Je finis par prendre un des lourds étaux en acier de l'établi de mon père et frapper le clou de toutes mes forces. Une poussière blanche pulvérulente explosa dans l'air et se déposa, comme de la cendre, sur le sol en béton. Au bout d'une demi-heure d'acharnement, le clou tomba au sol. Je le glissai dans ma poche et quittai la maison pour la dernière fois.

Le jour de la manifestation, j'attendis à l'intérieur jusqu'à ce que le bâtiment se vide presque entièrement. Les yeux levés, j'étudiais les fiches cartonnées de déclarations d'admission à l'université. Puis j'en vis une que je n'avais pas remarquée avant : ce bon vieux James Forte ! Il avait épinglé son carton sur le mur juste au-dessus de la porte de la classe de Zeke. Il y avait de l'espace tout autour, comme si aucun autre carton ne voulait attraper sa maladie. La fiche bleue portait son nom accompagné de l'inscription BROWN UNIVERSITY. Et à l'encre rouge, James avait tracé en travers une barre oblique et écrit le mot REFUSÉ.

Ma lettre de recommandation pour James ne faisait qu'une page, mais elle était solide. Moins doué que Cecily, il avait néanmoins sa place dans l'équipe de Discours et débat. Il ne m'avait jamais demandé sur quelles personnalités porterait le prochain examen. Il jouait à Donjons & Dragons et travaillait comme serveur dans un coffee-shop près de la gare. J'étais sûr qu'il se remettrait d'un refus de l'université Brown. Il aurait juste une vie un peu moins facile que prévu. Je ressentis un pincement au cœur. J'avais envie d'écrire mon nom à côté du sien et le tamponner de la mention REFUSÉ.

Mais je ne pouvais pas. Car je n'avais pas été refusé. Je n'avais pas échoué. La cause de mon départ résultait de négociations entreprises des années auparavant avec des politiciens que je n'avais jamais rencontrés. C'était la raison pour laquelle je n'avais pas voulu en parler à mon père. Il ne s'agissait pas de lui cacher un échec. Non, je ne voulais pas qu'il sache que j'avais échoué à échouer. Je n'avais pas essayé de tendre vers un idéal que j'avais peu de chances d'atteindre. De risquer ce qu'il avait risqué chaque fois qu'il était entré dans le garage. De ressentir ce qu'il avait ressenti chaque fois qu'il avait cloué une lettre sur ce pic.

Lorsque je descendis dans le bureau du proviseur adjoint, il était vide. C'est alors que je reconnus la voix de Mlle Terlizzi qui résonnait dans un mégaphone à l'extérieur.

Elle se tenait debout sur le rebord d'une grande jardinière, les talons écrasant les rhododendrons.

— RETOURNEZ EN CLASSE, ordonnait-elle dans le porte-voix.

Mlle Terlizzi dirigeait le département d'histoire du lycée de Pine Grove depuis l'époque de l'administration Carter. Elle avait été ma professeure, il y a longtemps. Jamais je n'avais autant stressé pour un examen que dans sa classe. Je me souviens de l'immense fierté que j'éprouvais à décrocher ne serait-ce qu'un B^{-} en cours.

— Je n'étais pas au courant, lui assurai-je. Honnêtement, je n'y suis pour rien.

Elle agita les mains vers la masse d'étudiants. Elle essayait de dire quelque chose, mais les mots peinaient à sortir. J'y étais habitué, comme tous ses élèves. La tremblote agitait ses mains en permanence, plus cette année que l'année dernière, d'ailleurs. Les élèves la surnommaient Mlle Parkinson. (Ah, la cruauté inouïe des adolescents !)

— J'ai été très... claire avec toi quand on t'a engagé.

Exact. Elle me l'avait bien expliqué. Il n'y aurait pas de place pour moi ni quiconque à Pine Grove Park jusqu'à ce qu'un enseignant démissionne ou prenne sa retraite – disons, pour raison de santé.

Avais-je remarqué son tremblement il y a trois ans et songé que j'avais une chance ? Oui. Et c'est le pire reproche que l'on pourra me faire sur mon séjour dans ce lycée.

— Ces jeunes ne savent... rien, s'énerva-t-elle. Au moins à mon époque, on avait le Vietnam.

— Vous avez manifesté ? demandai-je.

— Mon père m'aurait écharpée.

Elle tenta de nouveau de renvoyer les élèves dans leur classe, mais ils répondirent par des cris de protestation, contre elle, contre moi. Il n'y avait rien à faire. Le mouvement avait pris trop d'ampleur.

— Je n'ai rien initié, je le jure, lui assurai-je.

Son visage s'adoucit, amical et épuisé.

— Oh, soupira-t-elle. Non. Je sais que tu... ne le ferais pas.

— J'espère que ça ne va pas ruiner mes chances. Que vous ne m'en voudrez pas.

Elle me regarda, perplexe.

— Bien sûr... que non.

— J'aime mon travail et je voudrais rester ici, si c'est possible.

Les élèves, derrière nous, chantaient. Les paroles étaient incompréhensibles.

Terlizzi arbora une expression entre la pitié et l'amusement.

— Tu sais que ce n'est pas de mon ressort.

— J'ai pensé qu'il pourrait y avoir une exception, dis-je. Enfin, combien de temps encore peut...

Mais elle leva une main branlante, m'intimant de ne pas dire ce que nous savions tous deux être vrai.

— Je ne peux... rien faire. Navrée. C'est... sans appel.

Voilà. J'avais essayé et échoué. Même si j'éprouvais de la déception, cela me réconfortait.

— Écoute, dit-elle. Zeke nous a appris pour... ton père. Toutes mes condoléances. Comment est-ce arrivé ?

Comment était-ce arrivé ? Comment ?

Avant que je puisse formuler une réponse, un chahut agita la foule. Un élève en avait poussé un autre et une bagarre éclatait au milieu du troupeau d'étudiants.

— Seigneur. Je vais... devoir appeler la... police, gémit Terlizzi.

— Je peux ? demandai-je.

Elle me tendit le porte-voix avec plaisir et descendit du bac à fleurs.

Je montai à sa place et balayai la foule du regard. J'appuyai l'index sur le bouton et laissai les parasites se propager sur la pelouse. Au moins, ils se calmèrent et se tournèrent pour voir ce que j'avais à dire. Tous ces visages, tous ces téléphones braqués sur moi – pour quoi ? Pour leur apprendre quelque chose. Pour prononcer des mots vrais au sein de cette grande confusion. Vrais, ou au moins honnêtes. Je serrai le clou dans ma poche.

— Je suis un peu perdu, parvins-je à articuler.

Je ne pus aller plus loin.

Dans la nécrologie de mon père et à l'enterrement, nous mentionnâmes qu'il était « décédé des suites d'une longue maladie ». Ce qui était à la fois vrai et faux. Seuls quelques-uns d'entre nous – moi, Kavya, ma mère et Linh – connaissaient la vérité. Mon père, Sy, s'était pendu dans son atelier avec un cordon électrique orange, le genre de cordon au bout duquel on accroche une lampe de chantier de soixante-quinze watts, dans sa cage de protection censée l'empêcher de se briser.

Mais on ne peut pas le dire aux autres. Personne ne voulait l'entendre. Il est même cruel de l'écrire ici. Si je le fais, c'est uniquement pour prouver qu'il faut omettre ce genre d'information ; vous comprenez ?

Par mansuétude.

3

Le stade où les Wizards jouaient ce jour-là le deuxième match d'une série de fin de saison se trouvait à une heure de route. Waldo écoutait la radio et je fus surpris de l'attention extrême qu'il portait à une rencontre absolument sans enjeu, d'après ce que j'avais compris. Les Wizards avaient raté leur saison et l'autre équipe n'était pas un adversaire de longue date contre lequel nous nourrissions une rancune historique. Même le journaliste sportif commentait d'un ton blasé. Pourtant, Waldo plongeait dans un silence total avant l'annonce de chaque lancer et de chaque prise. Il balançait le poing dans la portière quand un Wizard manquait une réception. Il hua l'un d'eux quand il frappa une chandelle à la deuxième base ; le joueur suivant enregistra trois prises et les équipes changèrent. Le parking n'était qu'à moitié plein à notre arrivée, et la troisième manche était déjà bien entamée.

— Je peux rembourser mon billet, proposai-je alors que nous nous dirigions vers le stade.

— Oh, non, non. On a des places gratos ! Tu sais que Teddy est mariée à Hector Ruiz, l'arrêt-court ?

Je l'avais presque oublié.

— C'est vrai. Leur fille, Cecily, était dans ma classe.

— Oh, Cecily est fabuleuse ! Elle fait la fierté de sa belle-mère. On bossera tous pour elle dans dix ans. Une fille adorable. Aussi futée qu'un pétard.

Les pétards étaient-ils particulièrement futés ? Difficile de dire quelles métaphores il mélangeait. De toute évidence, il n'était pas en état d'écrire un discours affûté pour la députée.

Nous arrivâmes au poste de sécurité à l'entrée du stade. Je gardais le clou de vingt centimètres de l'atelier de mon père dans ma poche comme un souvenir, un porte-malheur, depuis le jour où je l'avais arraché du mur. Au moment de passer les détecteurs de métaux, je le déposai dans le plateau avec mes clés et mon téléphone. Le garde ne sourcilla pas, à la différence de Waldo.

— Tu construis un truc ? demanda-t-il.

— Euh, une cabane à oiseaux, répondis-je en le rangeant dans ma poche.

— Une cabane maousse alors...

— Pour les albatros, improvisai-je.

Ma réponse sembla lui plaire.

— Un marin qui abat un albatros doit le porter autour du cou. Je l'ai entendu quelque part. Allons chercher de la bouffe.

J'avais vaguement compris que l'époque des cacahuètes et des pop-corn sucrés était révolue, mais j'ignorais qu'on mangeait mieux aujourd'hui dans un stade de baseball que partout ailleurs dans Pine Grove. Waldo commanda un burger d'aloyau vieilli à sec sur un petit pain bretzel nappé d'une sauce oignon-fromage à vingt-deux dollars. D'une tireuse à bière ornementale, on lui servit une Triple belge dans un gobelet commémoratif.

— J'ai visité l'abbaye où ils la fabriquent, déclara-t-il. En fait, elle se trouve en France, pas en Belgique. Un endroit étonnant appelé Soligny-la-Trappe...

Alors qu'il décrivait le processus de fermentation, les robes de bure des moines utilisées comme couleur étalon pour la bière et les composés volatils qui donnaient une saveur si particulière au breuvage, je me demandai s'il s'échauffait verbalement ou s'il essayait simplement de gagner du temps. Je tentai de le ramener vers le sujet brûlant.

— Ce discours doit avoir lieu quand ? lançai-je.

Nous descendîmes du surplomb en béton et nous dirigeâmes vers nos sièges qui étaient idéalement situés, juste sur la ligne de troisième base. Il jeta un coup d'œil autour de lui afin de tout voir : les rangées de gradins de différentes couleurs, la répartition aléatoire des duos pères-fils, barjos et énergumènes en tout genre. Puis, finalement, il me répondit.

— Demain matin à dix heures.

— Il est long ?

Il mordit dans son burger et parla la bouche pleine.

— Cinq minutes.

— C'est déjà ça de gagné.

— Non, non, me corrigea Waldo. Cinq minutes, c'est plus difficile que quinze minutes. Quinze minutes, c'est plus difficile que cinquante minutes. Cinq minutes ne laissent place à aucune digression, erreur, répétition. Il n'y a pas d'endroit où se cacher dans un discours de cinq minutes.

— Compris.

— Si c'était un discours de quinze minutes, je l'aurais terminé il y a une semaine.

J'allais lui demander s'il ne pouvait pas partir d'une version de quinze minutes et la réduire quand Waldo se dissimula soudain derrière un pilier voisin, pas assez large pour le masquer entièrement. Il pointa discrètement un doigt vers les tribunes à moitié vides.

— Tu vois cette femme là-bas ? En blazer rose bonbon ? Est-ce qu'elle regarde par ici ?

En jetant un coup d'œil, je repérai dans les gradins près de la ligne de lancer franc une femme en veste ample couleur œillet qui parlait à une amie. Difficile de le confirmer à cette distance, son visage étant masqué en partie par des lunettes de soleil, mais j'avais l'impression de la connaître.

— Non. Elle regarde son amie. Qui est-ce ?

— Personne. Tu sais qu'en fac de droit on finit par coucher avec tout le monde ?

Je répondis que je n'avais pas fait d'études de droit. Waldo réfléchit un moment, puis secoua la tête.

— Retournons au poulailler. Ça fait du bien de prendre de la hauteur.

Très vite, nous nous retrouvâmes au niveau de la tribune supérieure, avec une vue plongeante sur le diamant[4]. D'ici, tout paraissait minuscule, les joueurs se déplaçaient comme des fourmis sur le gazon du champ extérieur. Nous supposions que la balle, invisible à l'œil nu, se trouvait dans la zone où ils couraient tous.

— C'est ainsi que la vraie Amérique regarde le baseball, déclara Waldo alors que nous prenions place au bout d'une rangée presque vide.

Il inspira à fond et observa ses voisins, scrutant chaque visage pour une raison qui m'échappait encore.

— Nous ne sommes pas très bons, hein ? finis-je par commenter.

— Nous ? Toi et moi ?

— Non. Le nous de l'équipe. Les Wizards. On est nuls, non ?

Cela me valut un regard désobligeant de la part d'un couple situé deux rangs devant nous : une femme portant un maillot floqué Ruiz 37 et un chignon vertical orange rivalisant avec celui de Marge Simpson, et un homme

4. Zone à l'intérieur des trois bases sur un terrain de baseball.

au visage peinturluré en violet. Mais Waldo n'y prêta pas attention.

— On est avant-derniers de notre division. Mais normalement, on est tout en bas du tableau.

— Eh bien, on peut encore descendre.

Cela me valut un rire franc.

— C'est bien vrai, ça.

J'essayai de tirer un enseignement de son attitude positive. Il passait un bon moment ! Les gens s'amusaient, ici, ailleurs, partout. C'est ce que les gens faisaient. Ils laissaient leurs soucis à la porte du stade et prenaient du bon temps. Peu importe que leur père soit mort récemment, qu'ils aient perdu leur emploi ou que leur mère vive au Tennessee avec une femme prénommée Linh. Une compagnie agréable, un match de baseball pouvaient tout faire disparaître, du moins le temps de quelques manches.

Waldo et moi cassions la croûte quand le lanceur de l'équipe adverse élimina deux Wizards coup sur coup. Un troisième obtint une frappe depuis la ligne de base, mais il se fit taguer à mi-chemin de la première base. Des huées et insultes fusèrent dans toutes les directions. Quelqu'un traita le coureur de ce qui ressemblait à « espèce de gros poissonnier », mais je doutais d'avoir bien compris. Waldo se pencha sur la rangée devant nous et applaudit en signe de soutien.

— On les aura la prochaine fois, Robinson ! beugla-t-il.

Il n'avait pas l'air de quelqu'un qui a un discours important à finir – ou à commencer.

— J'ai une question, dis-je. Imaginons qu'on gagne le match aujourd'hui.

— C'est mal barré, mais je t'écoute.

— Et supposons qu'on gagne tous les matchs jusqu'à la fin de la saison.

— D'accord.

— Et que toutes les autres équipes perdent leurs matchs.

— Théoriquement, elles ne peuvent pas toutes perdre, car elles jouent l'une contre l'autre, donc...

— Ma question est : si toutes les autres équipes font les pires scores possibles et nous les meilleurs scores possibles à partir de maintenant, irons-nous au championnat ?

Waldo inclina la tête.

— S'il se produisait un miracle ?

— Oui.

Il réfléchit.

— Non. Je... non. On a quoi... trente victoires de retard ?

Je levai les mains.

— Alors quelle est l'utilité de tout cela ?

Waldo tendit le bras et m'ébouriffa les cheveux comme un gamin, ou un chien.

— Si on devait circonscrire l'activité humaine à ce qui est utile, on mourrait tous dans nos bureaux. En supposant que notre travail ait une utilité, ce qui, avouons-le, ne concerne pas le plus grand nombre...

— Voilà une phrase d'introduction inspirante, plaisantai-je.

Il contempla d'un air songeur la mousse de sa bière trappiste.

— Raconte-moi la manifestation, dit-il.

— Oh, il n'y a rien à dire, vraiment. C'était assez embarrassant pour être honnête.

Waldo sembla presque offensé par ce commentaire.

— Enfin, c'est incroyable ! Ces adolescents étaient exaltés ! Je n'aurais jamais fait ça pour mes profs de lycée. Je les aurais plutôt poussés en direction de la sortie. Toi, mon ami, tu as un don.

Je le remerciai, un peu déconcerté par son attitude positive. Je ne savais pas encore que Waldo était un homme qui n'hésitait pas à complimenter. Pas cynique par nature, il voyait le bon côté des choses et des personnes. Il voulait en venir quelque part, et il parvint à destination.

— Maintenant que June est partie, on a besoin de quelqu'un pour encadrer les bénévoles. Et me filer un coup de main. On est une petite équipe, tous un peu touche-à-tout. C'est épuisant, mais au moins, c'est mal payé.

— Tu me proposes un travail ?

— Ça t'intéresse ?

Je lui dis que j'étais flatté, mais qu'il ne me restait que quelques jours avant de prendre mon poste à Chumsford.

— Ah, Chumsford, sourit-il, comme si le volume des informations qu'il savait sur cet établissement dépassait l'entendement. *Façonner la génération future*.

— Exactement.

— Je n'ai jamais aimé le verbe façonner. À croire qu'il s'agit d'une usine.

— Une fabrique de cerveaux.

Son rire tonitruant eut vite fait d'irriter nos voisins de tribune. La femme à la coiffure de Marge Simpson chuchotait à son mari à notre sujet, mais Waldo ne se sentait pas concerné.

— Modeler ? Sculpter ? suggéra-t-il. Construire ?

— Tailler la génération future.

Il rit.

— Si je prends ce poste, je ne manquerai pas de leur en parler.

Il inclina légèrement la tête.

— ... sous-entendu que tu pourrais ne *pas* prendre ce poste.

— Tu es quoi, un avocat ? D'ailleurs, tu l'es ? Avocat ?

Le visage de Waldo s'assombrit – c'était la première fois que je le voyais négatif.

— Non, merci, dit-il froidement. Plutôt mourir.

Puis, sans me laisser le temps de m'excuser, il se leva pour aller aux toilettes. Dès qu'il fut parti, j'eus l'impression d'un vide immense. L'absence de Waldo était palpable. Comme la tonalité d'une journée change quand le soleil se cache derrière un nuage. Tout autour de moi semblait assourdi, grisâtre. L'odeur de bière renversée et de saucisse de Francfort bouillie m'agressait l'odorat alors qu'il y a quelques instants j'aurais juré qu'elle me faisait saliver.

J'envoyai un texto à Kavya pour la prévenir que j'assistais à un match de baseball avec un membre du bureau de la députée et que je rentrerais tard.

« Un match de baseball ? répondit-elle. On t'a kidnappé ? »

« C'est une question métaphysique », répondis-je en ajoutant un smiley pour m'assurer qu'elle ne s'inquiète pas.

Enfin, Waldo revint en tenant un plateau en carton chargé de quatre bières fraîches et tout rentra dans l'ordre. Il s'arrêta au bout de la rangée pour offrir deux Budweiser mousseuses à Marge et Visage peint, s'excusant spontanément pour son rire bruyant.

— Quand j'étais jeune, j'ai avalé un mégaphone.

Ils protestèrent mollement par un « Oh, vous n'étiez pas obligé... », mais ils prirent quand même les bières et trinquèrent « aux satanés Wizards ! » à un volume maximum. Waldo avait l'air de vouloir rester là et de s'asseoir avec eux un moment, puis, comme s'il se souvenait de moi, il les salua jovialement et regagna sa place. Il me tendit un gobelet de la fameuse bière trappiste sur laquelle il s'était extasié. Je bus une gorgée et m'efforçai d'avoir l'air impressionné par les proportions tête et corps, la bonne tenue de la mousse... Ça avait juste le goût de la bière pour moi, mais je ne laissai rien paraître.

Comme si j'avais réussi le test, il me tendit un iPhone obsolète et constellé de rayures. Derrière l'écran craquelé, je distinguai la photo d'un graffiti, sans doute prise aux toilettes. Sur le sèche-mains s'étalaient les mots : PAR LE POUVOIR DE GRAYSKULL. JE DÉTESTE LE POUVOIR[5].

— C'est toi qui l'as écrit ? m'esclaffai-je.

Il recula, offensé.

— Absolument pas ! C'est de la triche d'écrire le sien.

— Tricher à quoi ?

— Au jeu. Partout où je vais, je cherche des graffitis de qualité. C'est le concept du found art, le ready-made, tu vois ? Si tu en trouves un bien quelque part, tu dois me l'envoyer par texto.

— Comment gagne-t-on à ce jeu ?

— Ce jeu ne se gagne pas, déclara-t-il solennellement. Il se joue, c'est tout.

Sur ce, nous fîmes tinter nos gobelets commémoratifs. Il m'envoya la photo, puis posa son téléphone et me regarda avec une soudaine gravité.

— Bon. Assez de tergiversations. Ton discours préféré.

Il y avait des réponses faciles : MLK. JFK. FDR[6]. Mais j'en avais une autre en tête.

— Le discours de Reagan à la nation. 28 janvier 1986.

— L'explosion de la navette *Challenger*, répliqua Waldo du tac au tac.

J'avais quatre ans à l'époque, mais je m'en souvenais. En fait, c'est l'un de mes tout premiers souvenirs. Je

---

5. Réplique culte de la série TV d'animation *Les Maîtres de l'Univers*.

6. Martin Luther King. John Fitzgerald Kennedy. Franklin Delano Roosevelt.

racontai à Waldo comment, enfant, j'avais peur du noir, de ne pas réussir à dormir. Mon chagrin d'être séparé la nuit de mes parents était si grand que je m'allongeais sur le sol de la chambre, face à face avec les ombres sous le lit, et je rampais à la manière d'un soldat jusqu'à la fente de lumière du couloir. J'ouvrais la porte sans bruit et, glissant à plat ventre sur la moquette chartreuse, j'avançais tout doucement.

Il y avait un endroit précis où je m'allongeais, mes yeux passant tout juste entre les barreaux de la rampe, pour voir mes parents sans qu'ils puissent me repérer facilement. Ils regardaient la télévision dans le salon. C'étaient des personnes différentes. Mon père, sans souliers, les chaussettes noires à bout doré posées sur la table basse, et ma mère dans sa chemise de nuit rose, assise à côté de lui, le nez dans un *Reader's Digest*. Là, mes parents étaient heureux.

Seulement ils n'étaient pas heureux ce soir-là, comme je l'observais du haut de l'escalier alors que le « Journal de la nuit » rediffusait le discours du président Reagan dans le Bureau ovale après l'explosion de *Challenger*.

Nous n'avons jamais connu une telle tragédie, disait le président Reagan, le front plissé par le chagrin. Il cita les noms des passagers de la navette, les « Sept de *Challenger* » comme on les appellera, et déclara : *La nation tout entière pleure leur perte.*

Je ressentis une forme d'admiration que j'avais déjà remarquée quand mes parents parlaient de Reagan ; ils étaient républicains à l'époque. Ignorant tout de sa politique à cet âge, je ne connaissais que sa présence. Il fut mon premier exemple de leadership. Et du pouvoir des mots lorsqu'ils étaient placés dans le bon ordre et prononcés avec confiance.

Le courage et la force d'âme de ceux qui vous étaient chers culminaient en cet esprit particulier qui s'écrie : « Lancez-moi un défi, et je le relèverai avec joie. » Ils avaient soif d'explorer l'Univers et de dévoiler ses mystères. Ils voulaient servir, et c'est ce qu'ils ont fait. Ils nous ont tous servis.

Lancez-moi un défi, et je le relèverai avec joie. Je me souviens d'avoir été bouleversé par cette phrase. Ce qu'elle racontait de ces hommes et ces femmes qui avaient péri.

Une élégie, oui.

Je récitai de mémoire la conclusion à Waldo.

— *Nous ne les oublierons jamais, pas plus que nous n'oublierons la dernière fois que nous les avons vus, ce matin, alors qu'ils se préparaient pour leur voyage et nous saluaient d'un geste d'adieu, avant de rompre les lourdes attaches de la Terre pour toucher le visage de Dieu.*

Waldo opina, toujours silencieux.

— La plupart des gens aiment cette dernière partie, expliquai-je. Le visage de Dieu. Mais c'est le passage juste avant que je préfère.

— *Rompre les lourdes attaches de la Terre*, répéta lentement Waldo. Pourquoi ?

— C'est extrait d'un poème. On l'entend à la sonorité.

Le vers provenait d'un sonnet écrit par le pilote de la Royal Canadian Air Force John Gillespie Magee Jr pour ses milliers de frères d'armes fauchés en plein vol, comme lui-même allait périr.

— L'alternance de syllabes longues et courtes. La façon de serrer les dents sur *rompre*. Plus le pop du *p*, qui est un peu violent... ensuite on ouvre les lèvres pour le *l*, on prend appui sur le *de*, très respectueux, et on monte haut ensuite. On s'accroche sur le *ch*, puis on redescend sur *Terre*. Tout en puissance, mais avec élégance.

Le regard de Waldo changea. Une distance, une amplitude. Un mouvement des lèvres comme si une phrase défilait sur une page de son esprit. Ses doigts se mirent à papillonner sur le dossier du siège devant nous comme s'il dirigeait un orchestre invisible. Quelque part en lui, un déclic s'était produit. Il n'était pas excité, pas encore. Pas plus qu'il n'était fier, ou soulagé. Au contraire, on sentait une forte tension. Un voile s'était levé, presque craintif. Cette idée qui avait surgi pouvait encore s'échapper.

— D'accord, déclara-t-il après un moment. Très bien. Mais ne cite plus jamais Reagan.

Nous bûmes nos bières en silence tandis qu'en bas la huitième manche se déroulait. Le soleil disparut derrière les tribunes hautes du stade dans une pluie de couleurs.

Nous trônions au sommet du monde, une paire de rois loin au-dessus des terres rose, orange et mauve. Waldo resta silencieux plusieurs minutes, concentré sur le jeu, mais sans réagir, même lorsque Ruiz frappa un home run inattendu et égalisa le score.

Autour de nous montait une vague d'enthousiasme pour le match. Ils pouvaient gagner. Et même si ce que j'avais dit plus tôt était vrai, et qu'aucune victoire ne nous propulserait vers le championnat, il semblait à ce moment-là que nous participions à un événement d'une extrême importance. Victoire. La foule se levait et s'abaissait comme un seul homme. Mille personnes hurlaient d'une seule voix.

Waldo restait assis en silence. Jusqu'au moment où, se sentant prêt, il tira un stylo et un bloc jaune de sa poche. Au lieu de poser le stylo sur la feuille, il me passa les deux sans un mot. Puis il se mit à déclamer le discours, enchaînant les phrases comme s'il le prononçait pour lui-même. Comme s'il était déjà écrit et qu'il l'avait appris par cœur. Je m'empressai de griffonner les mots sur le papier à mesure qu'ils déferlaient.

4

Une heure plus tard, Waldo et moi étions assis sur le capot de la Lincoln dans le parking vide du stade et nous relisions ensemble la liasse de feuilles jaunes du bloc-notes. Les dernières minutes du match défilaient dans ma tête. Les Wizards avaient gagné et, au coup de sifflet final, j'avais ressenti une exaltation inédite. L'explosion de la foule avait déferlé comme une vague et l'air s'était chargé d'une énergie stimulante. Waldo écrivait avec jubilation, sa confiance retrouvée. Alors qu'il annotait et retravaillait chaque phrase, il m'expliqua enfin le contexte du discours.

La députée proposait une nouvelle loi dite « Déclaration des droits de l'étudiant ». Elle garantissait un certain nombre d'acquis attendus pour tout étudiant de l'État. Et surtout, elle posait en filigrane le cadre d'une réforme du système : hausse des financements, prime pour les enseignants, diminution de la taille des classes et décentralisation des examens, en plus d'un allongement de la journée de cours de quarante-cinq minutes et un prolongement de l'année scolaire empiétant de deux semaines sur les vacances d'été. Le jardin d'enfants passerait de la demi-journée à la journée complète, la maternelle proposant les deux options au même prix. Pour financer la réforme, la députée créerait un programme de partage des coûts dans lequel les communautés les plus riches allégeraient le budget des écoles des quartiers voisins plus pauvres. Les parents aisés de Pine Grove verraient leurs impôts fonciers augmenter de deux pour cent pour soutenir la communauté voisine d'Eastbrook, aux revenus inférieurs de cinquante-cinq pour cent. Et il y aurait un nouveau prélèvement sur les dotations des écoles privées comme Chumsford, assises sur des millions de dollars de dons d'anciens élèves déductibles des impôts, qui leur faisaient gagner des centaines de milliers de dollars en retour, également exempts d'impôts. Ce principe s'appliquait aussi aux dons faits aux associations de parents d'élèves qui fonctionnaient sur un modèle similaire, même lorsqu'elles étaient rattachées à des écoles publiques comme Pine Grove ; elles récoltaient chaque année auprès de parents fortunés des centaines de milliers de dollars qui pouvaient être dépensés à leur guise, de l'achat de nouveaux ordinateurs à l'embauche de conférenciers, pour avantager encore plus leurs enfants.

— On doit vraiment parler du *redlining*, s'emporta Waldo. Il ne s'agit pas seulement de transférer les enfants d'un district à l'autre, mais de redessiner la carte. Il ne devrait pas y avoir trois districts scolaires : Pine Grove, Eastbrook

Nord et Eastbrook Sud. Il devrait y avoir un seul district qui partage la même cagnotte.

J'essayai d'imaginer l'apoplexie des parents de Pine Grove à l'annonce qu'un groupe de gamins d'Eastbrook seraient désormais scolarisés à Pine Grove, et que certains de leurs enfants iraient à Benjamin-Franklin ou James-Monroe. La scolarité était la seule raison pour laquelle la plupart de ces résidents avaient acheté une maison à Pine Grove. Ils seraient fous de rage. Sacrebleu. Et bien sûr, ils trouveraient mille façons de justifier leur colère qui n'avaient rien à voir avec le racisme – même si la majorité des enfants de Pine Grove étaient blancs et la majorité des enfants des autres écoles ne l'étaient pas. Ils protesteraient que le niveau scolaire allait être tiré vers le bas, juste avant le prix de l'immobilier. Et la violence des gangs ? Même s'il n'y avait pas de gangs à Eastbrook, bien sûr. Cela semblait le meilleur moyen pour que la députée perde son mandat à Pine Grove, mais j'imaginais que Waldo cernait une idée qui m'échappait. Une vision globale que je ne pouvais pas encore comprendre.

— Mais je suis plus à gauche que Trotski sur ce genre de sujet, avoua Waldo. Voilà pourquoi Teddy est la politicienne et pas moi.

— Depuis combien de temps tu travailles pour elle ?

— Moi ? Oh, nous deux, c'est une vieille histoire. Tu aurais dû la voir à l'époque où elle était anarchiste.

Je ris, essayant de la visualiser.

— Sérieusement ?

— Le début des années 1990, vieux. C'était une autre époque...

Il semblait partagé entre l'envie de se remémorer ses années grunge et celle de répondre à l'appel de la page jaune. Cette dernière l'emporta. Il tourna rapidement les feuilles pour revenir à ses anciens brouillons, couverts de ratures, les marges bourrées de notes, dont beaucoup étaient également biffées. Bien que le papier soit ligné, il avait tendance à ignorer ces fines délimitations bleues et à pencher ses phrases au fil de l'écriture, donnant une forme parabolique à chaque paragraphe, de sorte que l'ensemble du discours s'élevait en volutes jusqu'au coin supérieur. Lorsqu'il trouva la page qu'il cherchait, il l'arracha et revint à ses précédents moutons. Une fois la phrase recopiée, il froissa l'autre feuille et la fourra dans sa poche de pantalon comme s'il se méfiait des poubelles publiques.

— Bon, notre travail n'est pas d'écrire un résumé en cinq pages du projet de loi, ni même de vanter ses mérites, expliqua Waldo. On vend la députée Teddy Ruiz. C'est du branding de marque pour la positionner dans l'esprit des électeurs comme la nouvelle voix fraîche de la réforme scolaire. On doit leur raconter une histoire. Créer un récit qui suscite la sympathie et l'attachement. La penser comme un personnage de roman.

Je ne voyais pas vraiment comment cela allait favoriser l'adoption du projet de loi, ni même l'obtention de la signature de notre gouverneur républicain, qui traitait les restrictions budgétaires comme un événement olympique, mais j'avais confiance dans l'expérience de Waldo. Je m'essayai à quelques lignes.

— Donc, on parle de sa carrière de proviseure, la plus jeune directrice d'école dans l'histoire de l'État ? Elle a fait monter le taux de réussite scolaire d'Eastbrook de quinze points...

Waldo secoua la tête.

— Pas besoin de son CV. On parle d'elle. Elle doit leur donner quelque chose de mémorable, de spontané. Alors... si on ouvrait par une description de la députée qui se relève en douce pour voir le discours. C'est parfait. Elle est en haut des escaliers. Observe ses parents qui regardent les infos...

Il parlait de mon histoire.

— On ne devrait pas plutôt utiliser un souvenir de *son* enfance ?

Waldo trouva ma suggestion hilarante.

— Oh, non. Écoute, je fais ça depuis des lustres. Fais-moi confiance. C'est la clé d'entrée ; une fois que tu as planté la bonne graine, tout se cristallise à partir de là.

— Mais ça ne va pas la déranger d'utiliser l'anecdote d'un autre ?

C'était, je le savais, un euphémisme bien pratique pour ne pas dire « mentir ».

— Pas du tout, répondit Waldo en chassant cette idée de la main.

Était-ce la façon habituelle de procéder ? Waldo avait démarré sur les chapeaux de roues, et plus il avançait, plus le récit lui donnait raison : nous ne pouvions pas retirer cette partie sans que tout le discours se délite. Elle en était le cœur. *J*'en étais le cœur.

Nous nous mîmes au travail. Triturant chaque phrase, chaque mot, pendant des heures. Debout, assis, en faisant les cent pas, en sautillant sur place. Nous dansions sur la musique des mots que Waldo couchait sur le papier. Il écrivait une ligne, tripotait son briquet vert en la relisant, en écrivait une autre, puis corrigeait la première, en écrivait une troisième, barrait la deuxième... Lentement, nous gagnions du terrain. Quand il avait une crampe ou besoin de se dégourdir les jambes, je prenais le relais jusqu'à ce qu'il se remette dans la course. Je finis par m'agiter aussi, faisant tournicoter le clou de vingt centimètres entre mes doigts au gré de la discussion. J'accélérais la rotation quand le débit s'emballait. Je le tapotais contre la page quand nous étions bloqués.

> L'école publique doit garantir à chacun l'égalité des chances, indépendamment de la couleur de peau, du genre ou du taux d'imposition. Il est temps pour nous de faire un acte de foi ; il est temps de relever le défi d'un nouveau siècle. Nous disposons des ressources nécessaires pour créer un avenir meilleur, non seulement pour nos propres enfants, mais aussi pour les enfants de nos voisins et les enfants de leurs voisins. Nous savons – depuis

longtemps – comment y parvenir. Il suffit de décider de le faire. Faire ce que nous savons tous être bien, juste et américain. Dans notre État, dans notre pays, nous ne réussissons de grandes choses que lorsque nous nous soutenons mutuellement...

Nous rentrâmes à Pine Grove en peaufinant le discours dans la voiture, puis nous nous installâmes à une table du Carriage House, bar local datant de l'époque coloniale. Une auberge sombre et caverneuse, décorée de mousquets et drapeaux de la Révolution. Le juke-box contenait « Nashville Skyline Rag », que Waldo écouta deux fois. Ici, on servait correctement la bière belge, m'expliqua-t-il, dans un verre tulipe portant l'inscription de la marque : Nouveau Monde. Nous bûmes et chantâmes les louanges des moines, puis nous écoutâmes « Nashville Skyline Rag » une troisième fois. Nous ne regagnâmes le parking qu'à la fermeture du bar.

Là, Waldo se calma un peu et ouvrit le paquet orange de Pall Mall Ultra Lights qu'il n'arrêtait pas de secouer. Par principe, il ne s'autorisait à allumer une cigarette qu'à chaque fin de partie du discours.

— Parle-moi du métier d'enseignant.

Je lui dis que c'était gratifiant, j'aimais avoir la chance de former de jeunes esprits. Il voulait en savoir plus, toujours plus. Alors je lui parlai de M. Pervers Pépère et des notations sévères de Mlle Parkinson-Terlizzi, du jour où notre équipe de Discours et débat avait participé au concours régional. Il réagissait comme si tout cela le fascinait au-delà de l'imagination.

— Tu as toujours voulu écrire des discours ? demandai-je à un moment.

— Oh, non, s'amusa-t-il. Je voulais être un guitariste punk.

— Toi ?

— Ben, oui. J'étais un trublion à l'époque. Mon père était un juge du tribunal de district à Oak Park, au nord de Chicago, et il voulait que mon frère et moi fassions du droit. Depuis sa naissance, mon petit frère Ritchie est le genre de gars qu'on nomme à la Cour suprême. Il a étudié à Harvard et tout le bazar. Alors que j'étais plutôt du style à finir en prison pour avoir volé la bagnole de mes parents.

J'indiquai la Lincoln de la main, et il opina.

— C'est la mienne maintenant, de toute façon, s'esclaffa-t-il. Mon seul héritage.

— Pourquoi tu l'as volée ?

Waldo poussa un soupir comme s'il devait traverser le continuum espace-temps pour revivre les événements en question.

Malgré un diplôme de Saint Ignatius obtenu de justesse, m'expliqua-t-il, son père avait tiré suffisamment de ficelles pour le faire admettre dans une bonne université de Chicago. Waldo opta pour une vengeance froide en devenant major en philosophie – le genre d'étudiant à argumenter jusqu'à deux heures du matin sur l'incompatibilisme et le libre arbitre, sans jamais rédiger de dissertation ni se présenter à l'examen final.

— Mon père pensait qu'en me gardant à la maison il pourrait me surveiller. Mais c'était impossible.

Faisant fi de l'incompatibilisme, Waldo avait déterminé que son destin serait d'être un musicien punk rock. Il avait formé avec d'autres jeunes peu recommandables du quartier le groupe Pic$ou. Ils se badigeonnaient les cheveux au blanc d'œuf pour durcir leurs crêtes et se tatouaient avec des stylos Bic fendus et des aiguilles à coudre stérilisées au Zippo. Waldo remonta sa manche de chemise jusqu'à l'épaule et me montra une croix papale triple au centre d'un cercle distordu.

— C'est le symbole des Hüsker Dü, précisa-t-il, bien que cela n'y ressemblât en rien.

Ils répétaient quelques jours par mois dans la piaule en sous-sol du batteur, Bloody Ned, un gars du quartier qui travaillait dans une boucherie et se produisait sur scène dans son tablier taché de sang. Waldo écrivait les chansons et se concentrait sur leur « message ».

— J'avais une grande vision, dit-il en riant. Je voulais dénoncer tous les maux du capitalisme, ce putain d'*Exxon Valdez* et l'opération Tempête du désert. Sauver la planète en montant sur la scène du HotHouse et en hurlant dans un micro pourave face à d'autres étudiants qui s'emmerdaient. Je pensais que j'allais mener la révolution. J'en étais persuadé.

Je ris.

— Que s'est-il passé ?

— On était nuls, voilà ce qui s'est passé. Carrément inaudibles. Même pour des oreilles férues de punk rock...

Il secoua la tête comme s'il était douloureux de l'admettre.

— Quel est le rapport avec le vol de la voiture de ton père ?

— Eh bien, je m'étais convaincu qu'on ne décrochait pas de concerts parce que Pic$ou n'était pas assez politique. On devait prendre position. Graffiter des symboles anarchistes sur les marches du palais de justice. Balancer une brique dans le pare-brise d'une voiture de police. Être plus comme Naked Raygun ou Black Flag. Je pensais que notre problème venait d'un manque de mauvaise réputation.

— Plutôt que d'un manque de talent ?

— Exactement.

— Bref, un soir on répétait dans ce vieux garage près du campus comme d'habitude, et qui débarque ? Teddy Ruiz. Sauf qu'à l'époque elle s'appelait Grayson, c'était avant son mariage. Teddy Grayson. Le plus joli piercing nasal que t'as jamais vu. Un jean noir déchiré au genou. Une grosse mèche rose Manic Panic. Des Dr. Martens brunes. Tout droit sortie d'une agence de casting.

— Elle aimait votre groupe ?

— Oh, non, me rassura Waldo. Elle avait correctement évalué notre nullité. Elle voulait juste qu'on fasse moins de bruit parce qu'elle et ses amis des ESJS, les Étudiants soucieux de justice sociale, en réunion à côté, essayaient d'organiser une manifestation sur le campus. Mais ils n'arrivaient pas à s'entendre penser avec le boucan.

— Ah ah.

— Ned et les gars voulaient l'envoyer bouler, mais j'ai réfléchi à notre problème : l'angle politique. Alors je me suis excusé. J'ai fumé une clope, je lui ai demandé son nom et ce qui révoltait tellement ses amis et elle. Il se trouve que c'était la discrimination positive.

— Ils étaient contre la discrimination positive ?

— Non. Pour, bien sûr. En Californie, le conseil d'administration de l'université UC avait voté pour mettre fin à cette politique et un groupe d'étudiants avait décidé de manifester en signe de protestation. Ils avaient contacté d'autres groupes, comme celui de Teddy, pour les convaincre de les rejoindre. Pour une « Journée nationale de mobilisation », comme ils l'appelaient.

— Ça ne ressemble pas aux manifs où l'on vend des tee-shirts déchirés, observai-je.

Waldo acquiesça.

— Ce n'était pas ce que j'espérais. C'est d'ailleurs ce que je lui ai dit grosso modo. Je lui ai dit : « Si tu veux que les gens se mobilisent et protestent, tu dois leur donner du sexe, de la drogue et du rock and roll, non ? » Elle m'a répondu : « Quelle personne saine d'esprit voudrait l'une de ces trois choses venant de vous quatre ? » (Il mima la douleur causée par sa remarque.) Alors je lui ai parié mille dollars que je pouvais faire venir cent personnes à sa manifestation, et elle a répondu qu'elle serait étonnée que j'aie mille dollars. J'ai dit : « Je connais des gens qui ont mille dollars. » Elle m'a rétorqué qu'elle ne me croyait pas.

— Tu veux dire que vous avez eu un coup de foudre ?

Waldo répondit qu'il n'emploierait pas exactement ce terme.

— Par quel stratagème prévoyais-tu d'envoyer tant de personnes à sa manifestation ?

Waldo sourit en joignant deux doigts.

— Avec une Fender 400 PS et trois enceintes dix-huit pouces que des potes d'Off the Alley pouvaient emprunter aux Bollweevils pour la soirée.

Je ne savais pas ce que ça voulait dire, et cela se vit.

— On parle de vrais amplificateurs à tubes. Quatre cent trente-cinq watts. Cent quarante-huit décibels. Comme si tu étais sur le pont d'un porte-avions au décollage d'un Rafale.

— Donc, c'est fort ?

— Pas seulement fort, pouffa Waldo. Mais un son fracassant, à décorner les bœufs, à crever les tympans, à ne plus s'entendre penser.

Là, je commençai à me demander si le volume sonore généralement élevé de la voix de Waldo ne résultait pas d'une perte d'audition.

— Alors que s'est-il passé ? demandai-je.

Il m'expliqua qu'il y avait eu un léger problème quand la nouvelle s'était répandue. Au lieu de la centaine de fans de punk rock du coin et la douzaine de membres des ESJS avec leurs pancartes et leurs slogans, le concert guérilla de Pic$ou avait attiré plus de cinq cents personnes dans la cour carrée devant le bâtiment des admissions. Pour être honnête, précisa Waldo, le public de leurs précédents concerts n'avait jamais dépassé vingt personnes. C'est l'idée d'un concert illégal sur le campus qui avait séduit tout le monde. Ce qui confirmait sa théorie, dans une certaine mesure. Mais à un moment donné, pendant l'interprétation de « Linoleum » du groupe NOFX (même si personne ne reconnaissait le morceau), il était possible que quelqu'un ait déclenché une petite émeute qui avait conduit quelques centaines de personnes à prendre d'assaut le bureau du doyen des admissions et à casser quelques vitres avant que la police du campus n'intervienne et mette tout le monde dehors. Quelques étudiants furent blessés, dont un assez gravement. Et Waldo s'était fait cueillir par la police de Chicago alors qu'il tentait de s'enfuir dans la Lincoln, dont il avait « emprunté » les clés à son père. Dans sa fureur, le très honorable Waldo Woodson Sr avait déclaré le véhicule volé et fait brièvement coffrer son fils.

— Les esprits se sont calmés ? demandai-je.

— En quelque sorte, répondit Waldo en observant la volute de fumée qu'il venait d'exhaler. En quelque sorte.

— La discrétion..., le taquinai-je.

— Est mère de sûreté, continua-t-il.

— As-tu réussi à impressionner Teddy au moins ? Ou à l'énerver ?

Waldo haussa les épaules.

— Un peu des deux. Ce qui compte, c'est qu'elle se soit pointée pour payer ma caution ce soir-là, même si c'était avec les mille dollars que j'avais gagnés.

— Où a-t-elle trouvé mille dollars ?

— Oh, elle les avait piqués à son mec plein aux as.

— Son mec plein aux as ? Depuis quand il y a un petit ami riche dans cette histoire ?

Waldo faillit glousser, mais se retint.

— Depuis toujours, *mi amigo*. Pour citer le Barde... *Il en va toujours ainsi.*

L'université l'avait renvoyé, mais le rôle de Teddy dans l'événement avait été tellement minimisé qu'aucun blâme n'avait sanctionné les Étudiants soucieux de justice sociale. Et bien qu'aucune de leur demande n'ait été satisfaite, le nombre de membres avait augmenté d'une centaine de personnes la semaine suivante, et Teddy avait été interviewée dans une demi-douzaine de journaux locaux au sujet des mesures de discrimination positive.

Selon Waldo, ce moment marqua le début de sa carrière en politique.

— Je m'en attribue tout le mérite, plaisanta-t-il. Et j'imagine que j'essaie toujours de faire passer son message, à ma façon. Mais aujourd'hui, au lieu d'amplis à tubes saturés, je n'ai pour tout matériel qu'un stylo et un papier.

— Qu'est-il arrivé au matériel que vous aviez emprunté ?

— Oh, tout a été détruit. On était carrément des parias après ça.

— Ça a sonné le glas des Pic$ou ?

Waldo hocha la tête.

— Au moins, il en est sorti quelque chose de bien.

> Soyons francs : nos rêves ont un coût réel. Mais nous ne pouvons pas faire les choses à moitié. Nous ne pouvons plus différer l'avenir que nous devons à nos enfants et à nous-mêmes. Quand je pense à hier, à cette petite fille qui regardait la télé en cachette, je me souviens de mon sentiment de vivre dans un pays qui n'a pas peur d'essayer. Qui n'a pas peur de rêver. Aujourd'hui, je vous demande de faire ce premier pas avec moi en plaçant nos objectifs plus haut que nous n'avons osé viser avant. Si haut que nous nous souviendrons de ce moment où nous nous sommes permis pour la première fois de croire à l'impossible, et nous dirons à nos enfants que tout est possible.

Tourmentés par la faim et la gueule de bois, en manque de caféine, Waldo et moi nous mîmes à déambuler dans le centre-ville, aucun de nous n'étant assez frais pour prendre le volant de la Lincoln. À cinq heures du matin, tout était fermé sauf, fit remarquer Waldo, une boulangerie de l'autre côté de la voie rapide, DiGenova. Depuis mon adolescence, je n'avais jamais erré aussi tard dans Pine Grove.

J'avais oublié ce spectacle merveilleux des rues désertes, éclairées de façon féerique par le halo blanc des réverbères pittoresques d'antan. La lune était énorme, et la nuit était si claire que je distinguais à l'œil nu toutes les étendues sombres sur sa surface. Mon père m'avait appris qu'on les appelait des « mers » : la mer de la Tranquillité, *Mare Tranquillitatis*, où avait aluni l'*Eagle*, le module lunaire de la mission Apollo 11. Pendant des heures et des heures, nous restions dans le jardin, le télescope pointé vers le ciel, à nommer les mers. La mer de la Connaissance, la mer de la Sérénité. La mer du Froid. L'océan des Tempêtes. Ces noms magnifiques que nous leur avions attribués, plusieurs siècles avant de savoir qu'elles n'étaient que des plaines sèches basaltiques et minérales, et non des étendues d'eau lunaire. Point de déesse blanche, là-haut dans le ciel, mon père me l'avait souvent répété : la Lune était un accident cosmique, comme tout le reste ; le résultat d'une collision entre notre Terre encore en formation et une protoplanète de la taille de Mars, environ 4,5 milliards d'années avant l'existence de la vie.

C'était un accident ; nous étions tous un accident. Nos vies étaient régies par le hasard et par le choix. Je détestais ce discours de mon père.

« Nous choisissons d'aller sur la Lune, l'avais-je entendu répéter un million de fois, citant le président Kennedy, et de faire d'autres choses encore, non parce que cela est facile, mais bien parce que cela est difficile. »

Pour lui, c'était le sens de la vie. Il voulait que je le comprenne plus que toute autre chose.

Comme s'il lisait dans mes pensées, Waldo demanda :

— Tes parents vivent toujours dans le coin ?

Immédiatement, je vis se dessiner les contours du reste de ma vie. Waldo était le premier inconnu que je rencontrais depuis le suicide de mon père, et je me trouvais face à un dilemme. Dire la vérité et laisser le malaise envahir cette soirée jusqu'à présent extraordinaire, ou l'éluder et risquer que cela devienne problématique par la suite ? Je savais déjà que je voulais travailler pour Waldo et la députée. J'allais côtoyer cet homme pendant longtemps. À un moment donné, je finirais par lui dire la vérité, alors pourquoi ne pas le faire maintenant ? Il était tard et il m'avait fait des confidences sur son passé, mais je n'arrivais pas à formuler ma phrase. La raison, me dis-je, était que je ne voulais pas le bouleverser. En réalité, je ne voulais pas craquer devant lui.

Je tentai une diversion.

— Ils ont divorcé il y a plusieurs années. Ma mère vit aujourd'hui à Memphis avec sa compagne.

— Compagne ?

— Elle s'appelle Linh.

— Mais elles sont... ?

Là, ce n'était pas une omission. Honnêtement, je ne connaissais aucun détail de la seconde vie de ma mère, version lesbienne, au Tennessee, car elle mettait un point d'honneur à ne pas m'en parler. En vérité, même s'il était évident depuis des années que ma mère et Linh étaient plus que de simples amies, elles ne s'étaient jamais appelées autrement que « Linh » et « Connie ». Elles ne se tenaient pas la main, ne s'embrassaient pas et ne se montraient pas affectueuses en public. Ce n'était pas si différent de sa vie avec mon père.

— Donc ton père vit à Tampa avec un certain Sven... ?

J'avais cru esquiver habilement, mais un grand silence s'ensuivit, me forçant à répondre quelque chose. J'optai pour une vérité partielle ; un petit pas vers la vérité.

— Il est mort il y a quelques mois. Il était malade depuis un moment.

J'avais imaginé que la nouvelle mettrait Waldo mal à l'aise, or l'inverse se produisit. Il s'arrêta, articula « Waouh », et avant que je puisse l'arrêter, il m'enveloppa dans un câlin d'ours. Une étreinte fraternelle, puissante. Ma joue reposait sur le tissu souple de sa veste de costume tandis qu'il pressait une paume contre ma colonne vertébrale et me tapotait gentiment le dos de l'autre. Le câlin ne dura que quelques secondes, mais c'était si déroutant et sincère qu'il me déstabilisa. Aucun homme ne m'avait pris dans ses bras depuis mon père, il y a des années.

— Tu as écrit l'éloge ?

Pour faire bonne figure, je récitai les premières lignes de mémoire. Waldo parut impressionné. Nous en discutâmes un peu, et c'est là qu'il m'instruisit de la différence entre élégie et éloge. À mon grand soulagement, la conversation ne revint pas sur la cause du décès de mon père, et je décidai dorénavant de servir cette réponse. « Il était malade depuis un moment. » C'était suffisamment vrai pour crédibiliser cette version si je la racontais à toutes les personnes rencontrées dans ma nouvelle vie.

Tandis que nous marchions, Waldo alluma ce qui devait être sa huitième cigarette en une heure.

— Je t'en offrirais bien une, mais ces saloperies te tueront.

— Et pas toi ?

— Les principales causes de décès aux États-Unis sont en un les maladies cardiaques, en deux le cancer. Le tabagisme bousille les artères et nique les poumons. Quatre fois plus de risques de provoquer une crise cardiaque. Vingt-cinq fois plus de chances d'avoir un cancer du poumon.

— Ça ne t'effraie pas ?

— Pas autant que le numéro trois, dit-il en levant trois doigts à la façon du salut scout. La troisième cause, ce sont les accidents. Collision sur la route. Glissade sous la douche. Chute dans les escaliers.

— Tu préfères avoir une crise cardiaque ou un cancer plutôt que de mourir dans un accident ?

— Je veux la voir venir, dit-il. Je veux être couché et lui dire : Je t'attendais.

Je n'avais jamais rencontré quelqu'un comme lui.

Nous parvînmes enfin à la boulangerie DiGenova et nous retrouvâmes bientôt avec deux cafés fumants et un sac de beignets chauds au glaçage rose et doré, fourrés à la crème fouettée et à la gelée de framboise. La vieille dame derrière le comptoir, une DiGenova en personne, connaissait bien Waldo, et elle plaisanta sur sa coupe de cheveux en nous servant. Les gars en cuisine le connaissaient aussi et le saluèrent de la main avant d'apporter notre commande. Ils voulaient lui offrir le café et les beignets. Il insista pour payer, en vain. Alors il glissa un billet de vingt dollars dans le pot à pourboires. *Grazie, grazie, i miei ringraziamenti.*

Nous nous assîmes sur des tabourets près de la vitrine, d'où l'on voyait la rue en pente à travers les lettres peintes à l'envers. Il me raconta des anecdotes sur l'année qu'il avait passée, dans sa jeunesse insouciante, à voyager en stop dans le nord de la Californie et la région du nord-ouest du Pacifique avant de se joindre à un groupe de l'organisation Habitat for Humanity qui reconstruisait des maisons détruites lors d'une saison d'incendies particulièrement violente.

— Certaines des plus belles personnes que j'ai rencontrées dans ma vie.

À un moment donné, je remarquai qu'il ne cessait de dévier le regard vers le haut de la rue. La boulangerie se situait au pied d'une colline qui offrait l'un des plus beaux panoramas sur la ville. Les premières lueurs du jour pointaient, mais tout était calme. Que regardait-il ? Il fixait le sommet de la côte. Au même moment, une silhouette solitaire apparut en haut de la rue, se découpant sur l'aube rose orangé. Elle semblait courir, ce qui n'avait rien d'inhabituel. Il n'était pas rare de voir des joggeurs courir avant leur journée de travail. Il devait être spectaculaire de finir sa course à cet endroit enflammé par les couleurs de l'aube. De sentir son corps flotter jusqu'en bas de la colline.

— Voilà ton *amorina*, le taquina la vieille dame tandis que les hommes, en cuisine, roucoulaient en faisant des bruits de baiser.

Waldo leur intima l'ordre de se taire, sans jamais détourner le regard de la vitre.

La joggeuse était une grande brune aux cheveux nattés. Elle se trouvait à une centaine de mètres et le manque de sommeil brouillait ma vision, mais à mesure qu'elle se rapprochait, je la reconnus.

— Ce ne serait pas la députée ?

Waldo ne répondit pas. Il fixait sa silhouette en mouvement, la lumière rasant les muscles de son dos et son épaule. À un signal musical dans ses écouteurs, que nous ne pouvions pas entendre, Teddy ferma les yeux et balança le cou d'un côté puis de l'autre. Chantonnant dans sa tête, elle prit de la vitesse et dévala la colline, traversant avec fluidité notre champ de vision derrière la vitrine du boulanger, tel un corps aqueux glissant sur le verre. D'un bond, elle disparut, s'éloignant dans la ville plus bas.

— Elle vole vraiment, m'extasiai-je.

— Elle a étudié à la fac grâce à une bourse d'athlétisme, expliqua Waldo. Elle détenait le record de l'État.

Peut-être qu'il était fatigué, ou peut-être qu'il s'en fichait. En tout cas, Waldo ne fit aucun effort pour cacher ce que je décrirais comme du pur désir. Ce n'est qu'à cet instant-là que je me rappelai qu'il portait une alliance. Seulement lorsque je regardai sa main, elle avait disparu. L'avais-je imaginée ?

— Écoute, dit Waldo brusquement. Je vais dormir quelques heures. J'habite par là. Je prends l'allée qui traverse ce parc là-bas.

— Et la Lincoln ?

— Je reviendrai la chercher plus tard. Tu as besoin d'un taxi ?

— Non. Je n'habite pas très loin.

— OK, dit-il en se tournant pour partir.

Puis, après coup, il agita le bloc-notes jaune avant de pousser la porte.

— N'oublie pas, le discours est à dix heures.

Il me salua de dos en sortant. Je le regardai traverser la rue et se diriger vers le parc. Il disparut bientôt entre les arbres.

L'aube naissante me suivit dans la rue comme un millier de doigts lumineux roses. Je rentrai à pied, épuisé et exalté à la fois. J'arrivai au moment où Kavya se réveillait. Je me glissai dans le lit à côté d'elle. D'habitude, elle avait le sommeil incroyablement lourd mais, cette fois, elle se retourna dès que je m'allongeai sous la couette.

— Tu as fumé ?

— Non, protestai-je. Pardon. Je peux me doucher. C'est l'ami avec qui j'étais qui fume.

— Quel ami ? Zeke de Pine Grove ?

Je me blottis contre elle. La respirai. Je me sentais bien avec elle, j'étais chez moi.

— Non, c'est ce type, Waldo, du bureau de la députée. En fait, il veut que je travaille pour la campagne. Que je l'aide à rédiger les discours.

À ces mots, Kavya s'éloigna et attrapa ses lunettes sur la table de nuit. Elle les chaussa et m'observa pour voir si j'étais sérieux. Elle dut en conclure que je l'étais.

— Et Chumsford ?

— Je ne sais pas. J'ai le sentiment que c'est une occasion unique de changer la société.

Alors que je lui parlais du projet de loi et du discours, je compris que cela n'expliquait pas la force de ma détermination à m'engager dans la campagne. Mais Kavya le savait aussi bien que moi, sinon mieux. Elle pouvait m'expliquer mieux que moi-même.

— Tu pourrais prendre le poste à Chumsford l'année prochaine ; j'appellerai Shabib. Si tu crois vraiment à tout ça, alors tu devrais accepter.

Par « tout ça », elle voulait certainement dire la députée et sa candidature. Le projet de loi pour venir en aide aux étudiants de l'État, et aux écoles qu'ils fréquentaient. Aux enseignants comme moi. Et à dire vrai, je trouvais ce projet très attrayant ; il était important, noble et tout le reste. Mais alors que je m'endormais au lever du soleil, c'est à Waldo que je pensais. C'est en lui que je croyais.

DEUXIÈME JOUR
Millpond Beach

Me voici, au milieu de nulle part. Me voici, dix-sept heures d'autoroute plus loin. Me voici, à contempler l'immensité bleue du golfe du Mexique, le pavé brûlant sous mes semelles. Le GPS me situe à Millpond Beach, bien que je n'aie pas vu beaucoup de sable. C'est une partie du Big Bend du littoral de Floride, région où les eaux côtières sont denses et spongieuses, mélange de marais salants et de joncs noirs dont les réseaux de racines profondes retiennent le rivage.

Je l'imagine tel qu'il dut apparaître en 1501 au cartographe florentin Amerigo Vespucci, lorsqu'il affirma avoir devancé Colomb et découvert un véritable continent, *Mundus Novus*, le Nouveau Monde. Bien qu'en réalité Amerigo débarqua probablement dans le Yucatán… et seulement au terme de sa quatrième tentative – des historiens le soupçonnent d'avoir possiblement inventé les deuxième et troisième voyages. Depuis le début, l'Amérique est plus opaque qu'on le souhaiterait.

Je joue quand même le jeu. Je m'imagine fouler la terre ferme pour la première fois après des mois en mer, au lieu de fouler le pavé pour la première fois après huit heures d'autoroute en espérant que l'établissement Pelican Pete aura des toilettes propres.

Le Pete est une baraque de plage dont l'enseigne au néon au-dessus de la porte promet une bière gratuite à quiconque écrit un commentaire positif à propos de l'endroit sur son couvre-chef et le suspend aux poutres de la salle. De vieilles visières et des casquettes de toutes sortes oscillent dans les flux d'air des ventilateurs de plafond : Red Sox ou Mets, Jaguars ou Longhorns, Jimmy Buffett ou Metallica, MGM Grand ou Caesars. Cet amalgame de demi-lunes en coton et en carton forme un seul grand chapeau au-dessus de nos têtes.

Parmi les tables du fond, je repère l'homme que je suis venu voir, la main plongée dans un seau de quarante ailes de poulet à trente-cinq cents. « Le Big Mother », comme le nomme le menu.

— Ned ? dis-je en me posant sur la banquette voisine.

— Ouais, mec, confirme-t-il en agitant sa main luisante de sauce.

Son tee-shirt délavé porte l'inscription Shame Ogre en lettres gothiques, sans doute du death metal vu le nombre de pentagrammes et de cornes de chèvre. Mais Ned ne semble pas personnellement satanique. Un type avenant, un sourire chaleureux encadré par de longs cheveux grisonnants qui brillent comme une crinière. Il porte un bandana noir en collier et, sur la partie gauche du cou, un trio de croix tatouées. D'un anneau à l'oreille droite pend une plume noire et blanche.

— Eh bien, salut, mec, ça m'a fait plaisir d'avoir des nouvelles, dit-il, malgré les circonstances.

Malgré elles, en effet. Je le remercie d'avoir accepté le rendez-vous. Il m'offre quelques ailes de poulet, mais je décline. Végétarien depuis que je travaille pour Rohit, je me contente d'une branche de céleri.

— Waldo Woodson, toussote Ned en tournant la tête. Je n'ai pas pensé à ce mec depuis des lustres.

Ned était difficile à trouver. L'ancien groupe punk de Waldo, Pic$ou, s'était dissous avant l'époque de Myspace et Napster. Off the Alley n'existait plus depuis vingt ans, le club HotHouse sur Balbo avait fermé en 2007. J'avais réussi à retrouver d'anciens étudiants en philosophie de l'université de Chicago qui avaient conservé un annuaire de leur promotion – et, bientôt, je tombai sur la trombine du jeune Waldo : un intello, mais large d'épaules et grand sourire. Cheveux hérissés et visage boutonneux. Teddy Grayson était, malheureusement, « non photographiée ».

Ses camarades de classe ne se souvenaient pas du tout de Waldo, mais lorsque j'avais mentionné « Bloody Ned », ils avaient immédiatement su de qui je parlais. Ned n'était pas un étudiant à l'époque, mais « le type » sur le campus disposant des contacts pour fournir de la drogue, des fûts de bière et un sous-sol pour organiser des fêtes. J'obtins un nom de famille : Boone, et suffisamment d'informations pour identifier un profil Facebook. Devenus « amis », je lui avais dit que je l'appellerais si jamais je passais dans le coin.

Et me voici là, face à « Bloody » Ned Boone en personne.

Nous avions déjà replanté le décor en ligne : Ned travaillait dans une boucherie sur South Racine Avenue et avait été le batteur de Pic$ou pendant un an. Mais Waldo n'avait pas mentionné que « Bloody Ned » était amérindien, une dimension soigneusement omise. En fait, d'après Ned, c'était la seule justification de son surnom. Il réfutait le fait d'avoir porté un tablier de boucher sanguinolent durant les répétitions de Pic$ou.

— Lui et les autres étudiants se foutaient de ma gueule en m'appelant « Grand Chef sioux » ou « le Comanche ».

— Je suis désolé, dis-je comme si le fait s'était produit en ma présence.

J'avais du mal à imaginer Waldo proférer ce genre d'insulte, mais le crétin souriant de l'annuaire aurait pu le faire.

Ned rit.

— Pas de souci. Je ne me rappelle même pas comment je les appelais.

— Tu es de quelle tribu ?

— Les Miccosukee, de la nation séminole. C'est là qu'ils vivaient, avant Christophe Colomb. J'ai des cousins dans la réserve de Tampa ; ils travaillent au Hard Rock Hotel.

Il fait le signe semi-ironique des cornes du diable et termine sa bière.

— Tu connaissais Teddy ? demandé-je, avant de me souvenir d'utiliser son nom de jeune fille. Teddy Grayson ?

Ned secoue la tête.

— Pas vraiment. Pour être honnête, je ne l'ai jamais aimée. Trop politique.

— Tu ne soutenais pas les actions en faveur de la discrimination positive ?

— Si, bien sûr. Mais pas les activistes, explique Ned. Au moins, elle n'était pas comme Waldo, à vouloir faire croire qu'elle n'était pas une Américaine pure souche. Au contraire, c'était l'opposé. Mais ses amis et elle n'ont jamais essayé d'organiser une marche pour les ouvriers exploités par l'industrie, ni de se battre pour le droit à la terre des autochtones comme moi – ce qui aurait eu du sens. Non, ils se contentaient d'agiter des pancartes pour interdire les armes nucléaires ou protester contre la guerre du Golfe. Très bien, mais il y a des vrais combats à mener si tu te soucies tant que ça de la société.

— Comme casser les fenêtres du bureau des admissions ? plaisanté-je.

Ned étouffe un soupir.

— Que sais-tu de cette nuit terrible ?

Je raconte le récit de Waldo sur les amplis, le concert guérilla et l'émeute qui avait suivi. Puis son arrestation pour le vol de la Lincoln.

Ned écoute en silence jusqu'à la fin, puis il s'étonne :

— Pour vol ?

Je lui dis que c'est la version de Waldo, et il grogne.

— Eh bien, ce n'est pas exactement la version dont je me souviens.

— Raconte.

Ned fronce les sourcils et se replonge dans les ailes de poulet.

— Je croyais que je n'étais pas censé en parler.

Je le rassure, nous aborderons cette partie plus tard, mais il semble mal à l'aise. C'est peut-être à cause d'une table voisine où viennent de s'installer trois bikers, les bras couverts de tatouages de crânes du Punisher. Sur le blouson de l'un d'eux est imprimé un drapeau américain noir et blanc avec une seule ligne colorée en bleu. Un autre arbore sur son tee-shirt le visage souriant de l'ancien président. Mais ils s'occupent de leurs ailes de poulet et leurs bières et ne s'intéressent pas à nous.

Puis Ned me pose une question.

— Depuis combien de temps tu connaissais Waldo ?

— Un peu moins d'un an.

— Je n'arrive pas à croire qu'il travaillait pour le gouvernement. Tu as entendu parler d'une vérification des antécédents en ce qui le concerne ?

— C'était le dircom de la députée locale, dis-je. Il écrivait les discours, les communiqués de presse et autres. Rien qui nécessite une accréditation.

— Mais quoi, elle pense qu'elle en aura besoin maintenant ? Elle va se présenter à la présidence ? chuchote-t-il pour que les bikers n'entendent pas.

Je hausse les épaules.

— Mon salaire ne me permet pas de le savoir.

Ned est nerveux, et je sens qu'il est sur le point d'en venir à la véritable histoire.

— Tu suis son actualité ? Tu t'intéresses à la politique ? (Il jette un regard oblique vers les bikers.) Je ne m'y intéresse pas. Une grosse perte de temps, à mon avis.

J'hésite. Je décide que le moment est venu de changer de sujet.

— C'est chouette ici, dis-je en contemplant le golfe. Quelles sont les activités sympas à faire ?

— La pêche, c'est pas mal. Il faut aller assez loin à cause de la prolifération des algues. La Dead Zone, on l'appelle. Comme un film de zombis.

Ned explique qu'en raison des pluies diluviennes et des chutes de neige plus intenses en hiver le Mississippi est inondé par les produits chimiques agricoles, les eaux usées et même les désherbants de gazon des particuliers. Tout ce flux se déverse dans le golfe. Ironie du sort, le problème n'est pas la boue toxique, mais l'excès de nutriments. Les algues se gorgent du phosphore et de l'azote contenus dans les engrais et « prolifèrent » au point de couvrir une étendue équivalente à celle du Delaware. L'efflorescence aspire tout l'oxygène de l'eau, ce qui asphyxie les poissons. C'est réellement comme un film de zombis quand on y regarde de plus près.

— Tu devrais revenir en octobre, dit Ned. Mes cousins et moi participons à la reconstitution. Tu connais la seconde guerre séminole ?

— Vaguement.

À Pine Grove, j'avais consacré une semaine à l'histoire des autochtones, de Hernando de Soto à Zachary Taylor en passant par la Piste des larmes et Andrew Jackson. Les élèves détestaient ce cours, car il était relativement difficile de mémoriser les noms et les dates de dizaines de traités que le gouvernement américain avait bafoués par la suite – ce qui était secrètement le but de mes interros sur le sujet. En résumé, ce fut le conflit le plus long, le plus sanglant et le plus coûteux de l'histoire américaine avec les tribus indiennes. Les Séminoles rassemblaient des dizaines de tribus hétérogènes qui avaient déjà été déplacées dans le Panhandle ou corridor de Floride. Ils avaient été brutalisés, contaminés et assassinés par les colons européens depuis l'époque du *Mundus Novus*. Un « nouveau » monde seulement si on faisait abstraction de tous les peuples qui vivaient là depuis des siècles.

Le président Andrew Jackson avait regroupé tout le monde et déplacé les Indiens dans une réserve au cœur de la région marécageuse prise aux Espagnols. Ils n'étaient là que depuis quelques années lorsqu'on leur demanda, à nouveau, de partir. Cette fois, ils devaient migrer jusqu'à l'ouest du Mississippi. Les tribus résistèrent ; une nouvelle guerre éclata. Les États-Unis envoyèrent des milliers de soldats pour soudoyer, tuer ou déplacer un maximum d'individus. Au final, le gouvernement américain déboursa quarante millions de dollars pour massacrer, affamer et asservir toute la population autochtone. À la fin de la guerre, il restait à peine une centaine de Séminoles, qui avaient été déplacés jusqu'aux Everglades. Dans les années 1940, la zone devint un parc national et ils furent forcés de déménager une fois de plus.

— Comment se passe la reconstitution ? Vous vous déguisez et vous vous attaquez dans les marais ?

— Quelque chose comme ça, répondit Ned. D'abord, on campe pendant quelques jours dans la réserve, pour nous préparer. On rassemble généralement une trentaine de gars. Ils viennent de partout : Texas, Géorgie, Oklahoma. Plus trente autres du camp états-unien qui s'installent sur le site de l'ancienne plantation.

— Et les gens viennent voir ça ?

— Oh, ouais. De partout. Ils font venir des groupes scolaires en bus. Les tribus vendent de l'artisanat et des plats traditionnels. L'année dernière, on a eu environ trois cents spectateurs venus assister à l'embuscade.

Ned se met à tracer des lignes de bataille sur la table de pique-nique, utilisant les os de poulet rongés pour marquer l'emplacement des trois lignes de soldats et l'endroit où les Indiens lanceraient leur attaque avant d'être finalement repoussés dans une zone plus basse, puis se regrouper pour l'assaut final, sous une pluie d'obus et de tirs d'artillerie.

— Je vais mourir cette année, annonce gaiement Ned. J'ai répété mon rôle.

Il mime l'impact d'une balle dans la poitrine et bascule en arrière en s'étreignant le cœur et en émettant des bruits grotesques qui semblent amuser les bikers.

— Que se passe-t-il ensuite ?

— Rien d'autre. On bat en retraite et tout le monde se défonce pendant deux jours.

— Et tes amis font tout ce chemin pour reconstituer une bataille que vos ancêtres ont perdue ?

Ned sourit.

— Pour moi, l'histoire existe, qu'on le veuille ou non, mais personne n'est obligé de l'accepter sans rien dire. On la rejoue pour que les gens se souviennent au moins qu'on s'est battus, tu vois ? Imagine que je doive me trimballer ici en pensant que mes ancêtres ont baissé les bras et abandonné. C'est déjà assez dur comme ça, non ? Je dois honorer leur bravoure au combat.

Ned descend la fin d'une Budweiser et nous regardons les bikers broyer leurs emballages et les laisser sur la table avant de repartir chevaucher leurs motos. L'ambiance est plus légère sans leur proximité. Ned se penche en arrière et revient à la réalité.

— Waldo n'a pas été arrêté pour avoir volé cette bagnole, déclare-t-il. Il s'est encastré dans une putain d'épicerie en essayant de fuir la police.

Je lui dis que je l'ignorais.

— Il y a eu des blessés ?

Ned me regarde comme si j'étais débile.

— Tu as déjà rencontré son frère, Ritchie ?

J'opine.

— Une fois.

— Tu as vu son visage alors ? Il a traversé le pare-brise et atterri dans un rayon de chips Lays. Il a eu des lésions cérébrales aussi. Permanentes. Il était censé entrer à Harvard mais, après l'accident, c'était foutu. Waldo ne te l'a jamais dit, hein ?

Je reste silencieux pendant un moment, plongé dans mes souvenirs. Puis je secoue la tête.

— Non, il n'a pas mentionné la présence de Ritchie.

— Ce gamin vénérait le sol qu'il foulait. Évidemment qu'il était venu voir le concert. Waldo a tenté de l'exfiltrer de l'émeute, à sa décharge. Voilà pourquoi ils étaient tous dans la voiture.

— Tous ? Pas seulement Waldo et Ritchie ?

— Non, mec, dit Ned en baissant la voix. Elle était là aussi, tu ne le savais pas ?

Je secoue la tête.

— Je n'ai jamais entendu cette version.

— Eh bien, ils ne pourront jamais le prouver. Elle était partie quand les flics sont arrivés. Waldo a prétendu que ses affaires étaient dans l'épave seulement parce qu'il les gardait pour elle.

— Mais tu sais que c'est faux.

— Je l'ai vue monter en voiture avec eux, si c'est ta question.

J'ai froid partout, et pas seulement à cause de la brise qui vient du golfe, cette montée soudaine d'air glacial qui annonce une forte pluie. Le long de l'horizon, de gros nuages gris planent au-dessus de l'eau, leur sommet plat comme une enclume à cause des vents. Au loin, les silhouettes des plateformes pétrolières paraissent minuscules sous ces nuages.

— Alors, on passe aux choses sérieuses ? demande Ned comme je m'y attendais.

Je hoche lentement la tête et sors de mon sac une liasse de papiers que les avocats de Teddy ont déposée à mon hôtel ce matin.

En haut de la première feuille, on peut lire : ACCORD DE CONFIDENTIALITÉ.

Je passe une fois de plus en revue les termes du contrat avec Ned : il prend en compte tout ce qu'il m'a dit, ainsi que tout ce dont il se souviendra à l'avenir au sujet de Waldo Woodson Jr ou Teddy Grayson.

— En ce qui te concerne, expliqué-je, c'est comme s'ils n'avaient jamais existé. D'accord ?

Ned acquiesce et je lui montre où signer, à côté d'un autocollant vert fluo, au-dessus de l'inscription : PARTIE DIVULGATRICE.

— Dois-je m'attendre à ce que quelqu'un vienne me poser des questions ?

J'hésite.

— Si tu entends parler d'un certain Bob Burdick, envoie-moi un message via l'application qu'on a utilisée jusqu'ici. Tout de suite.

Puis je lui assure qu'il recevra son chèque sous trois à cinq jours ouvrables à l'adresse qu'il nous a indiquée. Il va acheter une voiture d'occasion, m'explique-t-il, une Corvette bleue que son cousin a retapée à Tampa.

— Ah ouais ? Raconte, dis-je en mâchant mon céleri.

Je n'ai pas envie de partir. Je veux entendre parler de la Corvette, de Ned et de sa vie. Il existe un être en moi qui se nourrit encore de ce genre de récit. Une partie de moi qui désire connaître son histoire. Bientôt, le crépuscule tombera et je rentrerai dans un motel. Mais, pour l'instant, je me réjouis de parler à quelqu'un qui connaissait mon ami, même si aucun de nous ne l'évoquera plus dans la conversation ce soir.

DEUXIÈME PARTIE

1

Les dix mots les plus célèbres écrits par un Américain dans la première moitié du XXe siècle furent prononcés par Franklin Delano Roosevelt lors de son discours d'investiture en 1933. Dix mots, une formule, au milieu de la cinquième phrase du discours : *The only thing we have to fear is fear itself*[7]. Dix mots pour donner le ton du sauvetage d'une nation embourbée dans la Grande Dépression et annoncer le New Deal qui allait changer la vision des Américains sur leur gouvernement pour le siècle à venir. Aujourd'hui, ces dix mots sont gravés en lettres capitales sur le mémorial du président Roosevelt, qui couvre une superficie de trois hectares près du Potomac, au cœur de la capitale de notre nation. Plus de trente millions de visiteurs les lisent chaque année. Parmi eux, seule une douzaine de touristes patriotes sait que ces mots n'ont probablement pas été écrits par

---

7. « La seule chose dont nous devons avoir peur est la peur elle-même. »

Franklin Roosevelt, mais par un certain Raymond Charles Moley, originaire de Berea dans l'Ohio.

Un rédacteur de discours. Aujourd'hui une note de bas de page dans les livres d'histoire, une réponse au Quizzo[8] du jeudi soir dans les bars de Georgetown : « Qui était *l'aide de camp*[9] du président Roosevelt ? »

Et c'est le métier : tutoyer la grandeur, sans jamais être grand.

Il ne fallut pas longtemps pour que je le constate par moi-même.

Le matin du discours sur la Déclaration des droits de l'étudiant, après avoir dormi à peine deux heures, je me douchai, me rasai et j'avalai un petit déjeuner. Arrivé au bureau de campagne à huit heures trente, je trouvai porte close. La pièce était sombre et silencieuse comme un musée la nuit. J'étais certain que Waldo m'avait demandé de le retrouver ici. Je lui envoyai un texto pour savoir si je devais l'attendre. Pas de réponse. J'appelai deux fois, sans succès. Après une recherche rapide, je trouvai sa page Facebook et lui envoyai un message. Toujours pas de réponse.

Quand j'arrivai sur le parking du Carriage House, la Lincoln ne s'y trouvait plus. Teddy devait prononcer son discours au lycée Benjamin-Franklin à Eastbrook, dont elle avait été la directrice. Réalisant que je ne pourrais pas m'y

---

8. Jeu de questions façon Trivial Pursuit organisé dans les bars américains.

9. En français dans le texte.

rendre à temps, je rentrai chez moi et allumai News12 au moment où le présentateur passait la parole au journaliste sur place. Les mains moites, je textai à Kavya de penser à regarder. Teddy apparut à l'écran au milieu de l'introduction que Waldo et moi avions écrite.

« ... m'allongeais sur le sol de la chambre, face à face avec les ombres sous le lit, et je rampais à la manière d'un soldat jusqu'à la fente de lumière du couloir. J'ouvrais la porte sans bruit... »

C'était parfait. Elle le disait exactement comme Waldo l'avait écrit. Comme je l'avais raconté. Comme si cela lui était arrivé. Elle marqua une pause au passage des ombres sous le lit, comme au souvenir de son effroi. Son ton était habituellement plus tranchant, plus autoritaire. Il devint grave au moment où elle décrivit sa vision, entre les barreaux de la rampe, de l'allocution de Reagan au journal télévisé.

« Tu ne m'as pas raconté cette histoire ? » m'écrivit Kavya quelques instants plus tard.

« Je lui ai prêtée », avouai-je.

À la fin du discours, le présentateur souriant relata une anecdote sur son mari, Hector Ruiz, puis évoqua la réception impressionnante dans la neuvième manche du match auquel Waldo et moi avions assisté.

« Félicitations », envoyai-je à Waldo. Pas de réponse. J'attendis encore une heure, puis je retournai au bureau. Fermé. Je traînai dans le coin jusqu'à la fin de la journée, à dix-sept heures. Personne ne vint. Et Waldo ne répondit jamais.

Le lendemain matin, le bureau de campagne était ouvert, mais, au lieu de Waldo et de l'équipe, il n'y avait que deux étudiants stagiaires qui ne savaient pas quel était le programme et qui ignoraient que Waldo m'avait – du moins, je le croyais – embauché au poste de coordinateur des bénévoles. Comme il n'y avait personne, je leur dis de passer des appels pendant une heure et de faire du porte-à-porte le reste de la journée.

Le jour suivant, je trouvai le directeur de campagne au travail dans le bureau du fond. Francis avait le physique d'un petit taureau dégarni, mais aux sourcils si fournis qu'ils semblaient remplacer la racine des cheveux. La sueur perlait sur son front, et la température extérieure ou intérieure ne semblait pas être déterminante. Je me présentai et expliquai que Waldo m'avait engagé pour remplacer June.

— Il n'est pas autorisé à recruter, déclara Francis en évitant de croiser mon regard.

— J'ai travaillé avec lui sur le discours sur l'éducation l'autre jour. Il a dû le mentionner ?

— C'est possible, répondit-il comme s'il n'en avait franchement aucune idée.

— Je n'arrive pas à le joindre.

— Waldo ? Il est au Capitole avec Teddy. Il doit être débordé. Elle enchaîne les interviews à la radio. La nouvelle session législative commence demain. Ils seront là-bas toute la semaine. Je devrais être parti depuis une heure, grogna-t-il en regardant sa montre. Pourquoi ne pas rentrer chez toi et je t'appellerai quand on aura réglé cette histoire ?

C'était la fin de l'aventure, je le sentais, à moins de trouver un moyen de conserver le poste.

— J'ai des bénévoles sur le terrain aujourd'hui, je vais rester pour contrôler leurs résultats.

Francis était perplexe.

— Quels bénévoles ? On est en août. On n'a pas encore de bénévoles, à part ce prof de lycée.

— C'est moi. Je suis l'enseignant du secondaire.

Francis était agacé maintenant.

— *Toi?* Tu es prof?

— Oui, j'enseigne l'histoire des États-Unis et les politiques gouvernementales. Je coache l'équipe de Débat. Et j'ai aidé Waldo à écrire le discours de la députée sur la Déclaration des droits de l'étudiant.

Francis agita la main.

— D'accord, d'accord. Reste. Finis ton travail. On t'appellera.

Après son départ en trombe, je m'assis dans la pièce, seul, et j'observai la poussière voleter dans les rayons du soleil, ne sachant comment m'occuper. Je n'arrivais pas à croire que Waldo ait passé toute une soirée à discuter avec moi, à s'intéresser sincèrement à mes histoires, à me raconter des anecdotes sur son frère comme si nous étions des vieux potes, pour disparaître du jour au lendemain. Kavya avait déjà appelé et supplié Shabib de convaincre le doyen de me laisser prendre le poste après les vacances d'hiver. Je songeai à rentrer chez moi et à admettre ma naïveté. Mais je ne pouvais pas avouer mon échec. Pas une nouvelle fois. Ma seule solution consistait à poursuivre mon action.

Je devais coordonner de vrais bénévoles d'une manière ou d'une autre, et rapidement, pour avoir des résultats tangibles à présenter à Francis lundi, dès son retour. Je tripotais nerveusement le clou en repensant à la nuit où Waldo et moi avions écrit le discours. C'est alors que je sus qui pourrait sauver la mise et je le cherchai immédiatement sur le web.

Raymond Moley enseignait l'économie avant d'être professeur de droit à l'université Columbia. Franklin Roosevelt, alors gouverneur de l'État de New York, découvrit ses travaux et persuada Moley d'intégrer son brain trust de conseillers. Moley présenta à Roosevelt le concept économique de « l'homme oublié » : celui qui est ignoré par les politiques gouvernementales. Il avait l'intuition que ces citoyens délaissés seraient sensibles à un effort sincère de reconnaissance. C'est donc à l'homme oublié que Roosevelt s'adressa dans ses discours de campagne présidentielle. Et en 1932, ces hommes oubliés votèrent effectivement pour FDR. En plein Dust Bowl[10], alors que les banques

---

10. Série de tempêtes de poussière qui s'est abattue sur les États-Unis dans les années 1930.

paniquaient, ils élurent Roosevelt à la tête d'une nation comptant un quart de sa population au chômage, meurtrie et fatiguée des anciennes méthodes. Et c'est à ces hommes oubliés que FDR déclara lors de son investiture que la seule chose dont ils devaient avoir peur était la peur elle-même.

Imaginez-vous dans le public en 1933. Entendre cette reconnaissance. Retrouver du courage, de la solidarité et une raison de vivre. Mais comment se sentit Moley, en coulisse, quand il entendit ces dix mots acclamés par la foule ? Célébré ? Oublié ? L'un et l'autre.

J'appelai le café Pine Grove près de la gare. J'espérais que James Forte, mon ancien élève, y travaillait encore ; j'avais mentionné ce job dans sa lettre de recommandation pour l'université. À mon grand soulagement, non seulement James décrocha, mais il était heureux de m'entendre. Il m'apprit qu'il était libre jusqu'à dix-huit heures, quand son équipe de Donjons & Dragons reprendrait sa campagne contre les armées du Roi Liche. Je m'y rendis sans attendre en voiture avant de changer d'avis.

Il était là, derrière le comptoir, le même visage benêt et grêlé d'acné, vêtu d'un tee-shirt beige, le diagramme de la molécule de caféine floqué sur la poitrine. Le café au mobilier hétéroclite et bariolé était chaleureux et cosy, le menu écrit à la craie sur des ardoises. On s'attendait presque à voir Phoebe Buffay jouer de la guitare acoustique près de la fenêtre, et j'allais sortir la vanne avant de réaliser que James était sûrement trop jeune pour comprendre la référence. Je me contentai donc de le saluer chaleureusement en l'invitant à m'appeler par mon prénom maintenant que je n'étais plus son professeur.

— Je pensais que tu serais déjà reparti à l'université, dis-je. Les cours ne reprennent pas après la fête du Travail ?

— Oh, je prends une année sabbatique. Je mets de l'argent de côté.

— C'est malin. Beaucoup de jeunes font ça maintenant. Une année pour souffler.

— Je n'ai pas été admis à Brown, l'université que je voulais.

Je hochai la tête, me souvenant de sa fiche cartonnée dans le couloir.

— Tu n'as pas postulé ailleurs ?

James secoua la tête.

— Ma petite amie a été acceptée sur dossier, alors je n'ai postulé que là-bas. C'était un peu stupide parce que maintenant elle y est et pas moi...

— C'est dur, James. Navré pour toi.

— C'est bon. On a prévu de se parler tous les soirs et je trouverai bien un moyen de booster ma candidature cette année. Si je suis accepté et que j'obtiens mon prêt, je la rejoindrai très vite.

Je simulai l'enthousiasme, même si je doutais fort que la petite amie de James passe le trimestre sans finir dans les bras d'un autre. Kavya et moi nous étions rencontrés lors de sa première année, alors qu'elle entretenait une relation à distance avec Shabib. Mais je n'allais pas le raconter à James, en train d'ôter la peau du lait avec une spatule en bois.

— Dis-moi, quel est ton projet pour booster ta candidature ?

James regarda la salle de café à moitié vide et ne répondit pas. J'inspirai à fond et lui exposai le plan que j'avais concocté en chemin.

Quand je retournai au bureau le lundi suivant, l'activité battait son plein. Waldo était dans son bureau, porte fermée. Teddy prenait des appels dans la pièce voisine. Quand Francis me vit arriver, il me fit signe d'approcher. Avant qu'il ait le temps de parler, je lui tendis une pile de porte-blocs avec des plannings sur feuilles vertes et lui annonçai que j'avais recruté six « jeunes influenceurs experts en réseaux sociaux » qui avaient passé le week-end à démarcher en porte-à-porte et par téléphone. Ils avaient récolté plus de neuf cents dollars en petits dons et distribué quatre-vingt-deux pancartes de campagne à planter sur les pelouses des maisons. C'était la stricte vérité – en omettant de préciser que mes influenceurs étaient les partenaires de James à Donjons & Dragons et que je les avais soudoyés avec des pizzas. J'omis aussi de préciser que j'avais octroyé à James le titre bidon de « capitaine de district » et promis que la députée lui écrirait une lettre de recommandation pour sa candidature à Brown en septembre.

— L'un des gars est un as de la programmation, assurai-je. Ils vont nous créer une nouvelle application mobile qui sera directement reliée à la base de données principale.

En vérité, j'ignorais si ces gamins pouvaient programmer autre chose qu'un four micro-ondes. Mais ils semblaient du genre à pouvoir tenir mes promesses. Le cas échéant, j'assumerais la responsabilité de l'échec.

Je n'étais pas fier de mon stratagème, mais il fonctionna. Francis fut intrigué par l'idée de l'application et soulagé de ne pas perdre un temps précieux à chercher un nouveau coordinateur des bénévoles. Il m'offrit un salaire qui me fit regretter ma paie de l'école publique. Heureusement, c'était un emploi temporaire : l'élection avait lieu dans quelques semaines et ensuite, précisa Francis, le bureau de campagne fermerait jusqu'au prochain cycle électoral, dans deux ans. J'aurais achevé ma mission à temps pour accompagner Kavya à un mariage familial à la mi-novembre. Puis, après les fêtes de fin d'année, je serais d'attaque pour prendre le poste à Chumsford comme promis.

Après avoir signé mon contrat avec Francis, j'allai annoncer la bonne nouvelle à Waldo. La porte de son bureau était ouverte, mais il était vide et plongé dans la pénombre, à l'exception de la lueur de l'écran de l'ordi, au coin. Dehors, point de Lincoln.

Alors que je cherchais une table libre ou un endroit pour m'installer, la députée sortit de son bureau pour se servir un café. Elle tenait à la main les plannings verts que j'avais remis à Francis plus tôt. Je la saluai en souriant fièrement.

— Je suis la nouvelle June Barnabas ! Autrement dit, le nouveau coordinateur des bénévoles.

Mais cela ne l'enthousiasma guère.

— Tu peux dire à ces imbéciles que tu as dégotés de vérifier les adresses la prochaine fois qu'ils passeront des appels. Ça part dans tous les sens.

Je m'excusai et promis de m'en occuper immédiatement. Puis je lui demandai si elle savait, par hasard, quand Waldo reviendrait.

— Je ne suis pas sa secrétaire, rétorqua-t-elle en évitant de me regarder.

— Non, m'esclaffai-je. Bien sûr que non. Je pensais simplement qu'il vous l'avait peut-être dit.

— Nan.

Il y eut un silence tandis qu'elle replaçait la cafetière presque vide sous le filtre. Elle grésilla sur la plaque.

— Tu veux bien refaire du café ?

Je ne pouvais pas prétexter être occupé à une tâche plus importante.

— Bien sûr, dis-je en prenant le filtre pour le vider dans la poubelle.

— Il faut bien le laver dans l'évier. Ça se dégueulasse vite, sinon.

Au cours de la semaine suivante, je tentai plusieurs fois de papoter avec la députée, en l'interrogeant sur Hector et les Wizards, sur Cecily, sur les projets législatifs. Je n'obtins que des réponses laconiques tenant en un seul mot. Et pourtant, avec les autres bénévoles, elle était bavarde, chaleureuse et amicale – ceux du moins dont les rangs recommençaient à grossir de manière organique, les retraités et les épouses désœuvrées évoqués par Waldo. Je ne voyais pas ce que j'avais pu faire pour susciter une telle froideur de sa part. Idem pour Waldo, d'ailleurs, qui n'était plus qu'un fantôme au bureau.

Certains jours, c'était une maison de fous, et d'autres, c'était si calme que je devenais dingue. J'essayais d'être proactif en me rendant à la bibliothèque pour consulter des ouvrages de plumes politiques. Je lus le travail de Ted Sorensen avec JFK, et je parcourus deux mémoires de Peggy Noonan ainsi que son manuel sur l'art de bien parler, *On Speaking Well.* C'est elle qui avait cité le poème dans le discours de Reagan sur *Challenger*. Elle avait écrit toute l'allocution.

Je lus aussi un passage sur Raymond Moley dans une biographie de FDR qui dépassait les deux mille pages. Seule une vingtaine de pages était consacrée à son rôle dans l'histoire, au début de l'ouvrage. J'appris qu'au moment où Raymond Moley travaillait sur le discours d'investiture un autre rédacteur avait intégré le brain trust : Louis McHenry

Howe. Moley se querellait constamment avec lui, chacun étant jaloux de la proximité de l'autre avec le candidat ; chacun réécrivait en secret les ébauches de l'autre et rivalisait pour que son discours ait la préférence de Roosevelt.

Quelques jours avant l'investiture, Moley se rendit à Hyde Park pour remettre le premier jet de son discours à Roosevelt, à l'insu de Howe. Le président élu dîna avec Moley, puis il s'installa dans son bureau et recopia le texte à la main. Ainsi, Howe ne soupçonnerait pas que l'auteur original était son rival. Puis, buvant un whisky devant un feu de cheminée, les deux hommes peaufinèrent le discours jusqu'à ce qu'il les satisfasse tous deux. On raconte que Moley jeta ensuite son brouillon dans le feu en déclarant à Roosevelt : « C'est votre discours maintenant. »

Certes, ils réussirent à duper Howe, mais l'histoire ne retint pas le rôle de Moley dans la rédaction du discours. Le texte manuscrit du président fut accrochée pendant des décennies dans la bibliothèque de Hyde Park avec une note, signée par Roosevelt, déclarant qu'il l'avait écrit seul dans un hôtel la veille de l'investiture, veillant jusqu'à une heure trente du matin pour le terminer. Ce sera le récit historique officiel pendant des dizaines d'années, jusqu'à ce que Moley décide enfin de s'exprimer.

Waldo disparut des radars ; aucune réponse à mes demandes par e-mail de participer à la rédaction d'autres discours. Francis prétendait que Waldo travaillait de nouveau hors du bureau, en déplacement dans la capitale de l'État. Mon message Facebook resta sans réponse, ainsi que mes photographies de graffiti prises dans les toilettes du Carriage House. Quelqu'un avait griffonné au-dessus du lavabo : ELLE M'A AVEUGLÉ AVEC LA SCIENCE ! Un classique, avais-je pensé, certain d'attirer son attention. Mais non.

Et n'étais-je pas allé dans les toilettes un soir avec un marqueur permanent pour griffonner le titre d'une chanson des Hüsker Dü sur la pissotière du fond ? CHARITY, CHASTITY, PRUDENCE, AND HOPE. Charité, chasteté, prudence et espoir.

Était-ce mieux si je n'envoyais jamais la photo ? Ou pire ?

À la fin de l'année 1933, Moley et Roosevelt se brouillèrent. Moley désapprouvait de plus en plus le contenu des discours qu'il rédigeait pour Roosevelt. Il écrira plus tard qu'il avait commencé à comprendre « à quel point les mots grandiloquents peuvent griser non seulement ceux qui les entendent, mais aussi ceux qui les prononcent ». Bien qu'il ait continué d'écrire pour le président de manière officieuse pendant des années après sa démission, Moley ne croyait plus au coûteux New Deal et il le critiquait régulièrement dans la *National Review*. Devenu républicain, il témoigna même contre l'administration de Roosevelt devant la Cour suprême.

Puis, dans l'un de ses mémoires, Moley révéla son véritable rôle dans la rédaction de la première version du discours d'investiture, réfutant l'affirmation d'Eleanor Roosevelt selon laquelle « La seule chose dont nous devons avoir peur est la peur elle-même » était l'adaptation d'une phrase de Thoreau que le président avait lue dans sa chambre d'hôtel la nuit où il avait rédigé le discours. Moley déclara qu'il s'était inspiré de l'accroche publicitaire d'un grand magasin, mais il ne put retrouver la publicité en question ni prouver ses allégations. Le seul exemplaire de son propre brouillon avait été réduit en cendres dans la cheminée du bureau de Hyde Park des années auparavant.

Combien de temps peut-on supporter de voir un autre s'attribuer tout le mérite ? Cela doit finir par laminer d'être l'humble serviteur, le fantôme derrière la présence corporelle.

Juste une voix, facile à remplacer.

Mais finalement, renoncer aux mérites, être un serviteur fidèle – pour la bonne personne... – ce ne serait pas si mal. Ce serait peut-être même un honneur. Tomber dans l'oubli n'était pas si dramatique. Mieux vaut être une note de bas de page dans l'histoire que ne jamais y entrer. Après tout, à quoi servent dix mots ou cent sans la voix capable de les clouer au firmament ?

2

Puis ce fut fini. Novembre arriva et je retombai à la case départ. Le jour de l'élection, j'avais piétiné pendant douze heures, à trente mètres précisément du bureau de vote local, en tenant une pancarte qui exhortait les électeurs à voter pour la députée. L'équipe adverse ne s'était même pas donné la peine d'envoyer un militant occuper l'autre angle de rue. On nous prédisait une victoire de vingt points. La seule inquiétude au bureau était de l'emporter avec un écart moindre, ce qui serait embarrassant. J'avais croisé Waldo quatre fois en deux mois, et nous n'avions pas échangé plus qu'un salut de la tête ou de la main. Il était préoccupé et distant, et j'étais passé de la perplexité à l'humiliation totale.

La célébration de la victoire avait lieu ce soir-là dans la salle de réception C du Marriott sur la Route 3. Une salle de taille moyenne avec des murs en miroir et une fresque au plafond cachée par une nuée de ballons rouges, blancs et bleus retenus par un filet. Même avec les donateurs invités et les sympathisants venus en famille, elle semblait vide. Un employé de la maintenance finit par déplier un paravent en accordéon pour réduire l'espace. Kavya, coincée au travail, n'avait pas pu venir, et je traînais comme une âme en peine, remerciais les bénévoles pour leurs efforts – surtout James et ses amis –, qui avaient récolté au total dix mille dollars de dons. Et James avait effectivement créé une application mobile qui ne plantait pas trop. Je l'avais personnellement aidé à déposer un copyright et à la vendre au bureau de campagne pour une modique somme. C'était le moins que je puisse faire pour le gamin.

J'avais pour ma part été payé comme convenu, mais mon solde débiteur avait grossi depuis septembre, en partie à cause de la fourniture abondante de pizzas à l'équipe Donjons & Dragons. Si j'étais prudent, et si la maison de mon père se vendait, Kavya et moi pourrions vivre sans trop nous serrer la ceinture jusqu'à ce que j'enseigne à Chumsford après le Nouvel An. J'essayai de ne pas m'attrister que tout soit fini, et si vite. J'essayai d'être fier ; au moins j'avais retroussé mes manches et je m'étais impliqué. Mais il était difficile de faire croire que l'issue aurait été différente si je ne m'étais pas engagé dans la campagne.

L'humeur était sombre partout. Dans le reste du pays, les élections de mi-mandat avaient marqué un nouveau recul des démocrates. Le parti républicain resserrait son étau sur la Chambre des représentants et il était en passe de remporter le Sénat. Notre espoir de mettre un terme au blocage national était anéanti. Il semblait que les deux dernières années de la présidence d'Obama allaient suivre le même schéma : shutdown du gouvernement et agenda politique gelé. Il restait tant à faire, et maintenant...

James, avec ses copains, déprimait aussi à mon arrivée. Sa petite amie avait rencontré un étudiant à Brown – dans les délais prévus. Elle avait rompu par texto ce matin-là.

— « Il faut laisser partir ceux qu'on aime, lut James sur son téléphone. Si la personne revient, elle sera tienne. Si elle ne revient pas, elle n'était pas faite pour toi. »

Nous grimaçâmes tous. Brutal, mais prévisible.

— Je suis vraiment navré, James, soupirai-je en lui tapotant l'épaule tandis que ses amis en jean noir et boots militaires tournaient en rond, mal à l'aise.

— Tu sais ce que tu dois faire, mec ? dit l'un d'eux en apportant à James une bière qu'il n'était pas en âge légal de boire. Entrer à Brown et tout déchirer. Montre à Kate et à ces étudiants snobinards des grandes écoles que c'est elle qui rate quelque chose.

James se gratta le nez.

— Je ne regarderai plus *La Revanche d'une blonde* avec toi, Chester.

Chester, vexé, se lança dans une argumentation sur l'excellence de ce film daté, et même si j'étais assez d'accord, je ne voulais pas me faire happer dans un débat sur Reese Witherspoon par une bande de jeunes qui passaient leur temps libre à jouer en cotte de mailles dans le sous-sol de Mme Forte. Alors que je prenais congé, James me remercia.

— C'était marrant à faire. Peut-être que je pourrai vous aider une autre fois avec ces trucs politiques.

Je ne savais pas comment lui dire que notre rôle était terminé. Que, comme lui, je retournais à la vie ordinaire, sans lauriers. Que nous avions réussi une mission que personne n'aurait pu raisonnablement rater, et que, sans surprise, je ne me sentais pas si bien que ça, malgré nos propos.

Mais... omettre. Omettre.

— Avec grand plaisir, James. Et je vais t'obtenir cette lettre. Tu peux être fier de ce que tu as accompli. Tu as été un formidable capitaine de district.

Mes paroles semblèrent le réjouir sincèrement.

— Sans vous, j'aurais gâché mon semestre. J'aime bien avoir des trucs à faire. Hé, peut-être que je vais y aller, après tout. Je vais me la jouer « Elle Woods dans l'Ivy League[11] ».

Je souhaitai bonne chance à James et lui promis de garder le contact. Puis je vis Francis arriver enfin, sous de maigres applaudissements. Mais pas de Teddy, et pas de Waldo.

Lui avait-il écrit un discours de remerciement ? Étaient-ils en train d'y travailler ensemble ? Je vérifiai mes e-mails, mais je n'avais rien reçu. Dehors, la pluie se mit à frapper

11. Héroïne du film *La Revanche d'une blonde* (2001).

contre les vitres de la salle de réception, attirant les convives vers les fenêtres, juste pour la regarder tomber.

Jugeant que je devais au moins serrer la main de Francis avant de partir, je me dirigeai vers le bar où il discutait avec un chauve en costume bleu. L'homme avait des yeux ronds et enfoncés. Un appareil Bluetooth coincé dans l'hélix de son oreille clignotait toutes les trois secondes. En approchant pour me présenter, je vis qu'il avait un peu de mousse de bière sur le menton.

— Je te présente Bob Burdick, dit Francis. Il est ici avec la maire.

— Roberta Kent ? m'extasiai-je en cherchant notre maire bien-aimée dans la salle tout en tendant la main pour saluer Burdick.

L'homme émit un son entre le hoquet et le coassement en désignant une femme en tailleur-pantalon mauve, non loin de nous. Cela faisait maintenant quinze ans que Roberta Kent était la maire de Pine Grove ; je me souvenais de ses conférences au lycée où j'étais scolarisé. Tout le monde l'adorait, un peu comme une grand-mère. Elle vivait dans un hôtel particulier au nord de la ville. Son mari travaillait dans l'industrie pharmaceutique.

— C'est ma tante, déclara Burdick. Elle m'a demandé d'écrire son intervention de ce soir, mais je ne pense pas pouvoir rester. J'ai un avion à prendre.

— Bob travaille pour le sénateur Cotter dans le Wisconsin, expliqua Francis.

Je mentis en prétendant me souvenir d'avoir vu leurs spots de campagne en ligne.

— Mouais, fit Burdick, donnant bizarrement l'impression de mâcher sa bière. Celui avec le bébé et le péquenaud édenté ? C'était moi.

Francis me désigna de la main.

— Ce gars-là a travaillé sur certains discours avec Woodson. La Déclaration des droits de l'étudiant ? Et... ?

J'agitai la main.

— Non, seulement celui-là. Et juste une partie.

L'intérêt de Burdick s'éveilla légèrement.

— Où est Woodson au fait ?

Francis ne le savait pas non plus.

— Teddy ! appela-t-il derrière moi. Où est Woodson ?

Je me retournai et vis la députée, le téléphone allumé, les yeux rivés sur son écran.

— Aucune idée, mais il n'arrête pas d'envoyer des modifications, s'agaça-t-elle, manifestement exaspérée.

— Pour le discours de remerciement ? demanda Francis.

Teddy roula les yeux.

— Ça ne me dérangerait pas si c'était ça, mais non, pour un discours de défaite. Il prétend que ça porte malheur de ne pas préparer les deux.

Francis rit.

— Ils prédisent que tu vas gagner de vingt points.

Teddy refila le téléphone à Francis.

— Dis-lui alors, et aussi de rappliquer ici.

Burdick se glissa entre eux.

— On ne se connaît pas, dit-il en lui tendant la main. Félicitations pour votre victoire.

— Eh bien, merci, mais le vainqueur n'a pas encore été annoncé.

Teddy fit un signe vers le bar pour qu'on lui apporte une bière.

Burdick gloussa.

— Alors, comment va l'ami Waldo ? Vous savez qu'on écrivait ensemble avant.

— Je sais. Et il est bon. Quand j'arrive à mettre la main sur lui.

Burdick comprit qu'elle n'avait pas envie de parler. Il répéta, avec un petit rot, qu'il avait un avion à prendre et partit.

La députée, soulagée d'être débarrassée de lui, prit Francis en aparté pour discuter des derniers changements apportés par Waldo au discours qu'elle ne ferait pas dans quelques minutes.

— Sois aimable avec ce type, la réprimanda Francis. Il connaît du monde.

— Tout le monde connaît du monde. Bon, aide-moi avec ce fichu discours.

Je décidai de rester pour découvrir ce que Waldo avait écrit pour la députée, et j'avais envie d'entendre ce qu'avait pondu Burdick, curieux de voir à quel niveau volait la plume d'un sénateur. Mais, à ma grande déception, l'intervention de Kent manquait cruellement d'inspiration et d'originalité. Mes étudiants de Pine Grove auraient pu faire un meilleur travail. En l'écoutant, j'imaginais le stylo de Waldo raturer un cliché après l'autre.

> Mesdames et messieurs du 7e district, je m'appelle Roberta Kent et je suis fière d'être la maire de notre belle ville historique de Pine Grove. Ce soir, je souhaite apporter mon soutien le plus sincère à la députée, à son mari et aux habitants du 7e district. Cette élection nous a rappelé qu'une communauté ne peut prospérer que si nous travaillons tous main dans la main. Vous savez, quand j'étais enfant, on m'a appris que si on ne se bat pas pour quelque chose, un rien nous fait trébucher. Cela nous rappelle aussi que les principes forts qu'il importe d'appliquer à notre propre vie doivent également diriger la vie de nos représentants élus. À notre époque, nous avons plus que jamais besoin de vision et de leadership...

Un ramassis de phrases lourdes et vides. C'était pénible de l'entendre répéter les mêmes mots insignifiants, et pourtant, tout le monde l'applaudissait au bon moment. Ce n'était pas son propos qui importait, mais sa manière de le dire. Personne n'écoutait de toute façon. Ça me déprimait, et je n'étais même pas une vraie plume politique.

Puis la victoire fut annoncée. Tout le monde applaudit et trinqua, l'orchestre joua « Man! I Feel Like a Woman! » et les ballons dégringolèrent du filet en même temps qu'une pluie de confettis blancs, rouges et bleus tirée par des canons aux quatre coins de la salle. James et ses amis se mirent à sautiller d'excitation. J'applaudissais en essayant de m'imprégner de la liesse, d'éprouver le plaisir de la victoire, sachant que tout cela allait bientôt se terminer. La députée monta sur scène et fit taire l'auditoire pour prononcer le discours que Waldo avait écrit – enfin, je veux dire, son discours à elle.

> Merci à tous. Un grand merci à vous tous. Je suis enthousiasmée par cette victoire ce soir, et si heureuse de la fêter avec vous. Ma passion pour la politique a commencé quand j'étais une petite fille. Enfant, j'avais peur : du noir, de ne pas m'endormir. Pendant longtemps, chaque soir, je restais éveillée dans mon lit...

Pendant cinq minutes exactement, je l'entendis prononcer mot pour mot le même discours que Waldo et moi lui avions écrit en septembre. Elle faisait les mêmes pauses, les mêmes gestes, accentuait les mêmes syllabes. Je n'arrivais pas à décider si j'étais plus contrarié qu'elle recycle ses vieux discours ou qu'il s'agisse encore de mon histoire. Mais je regrettais surtout de ne pas avoir entendu un texte inédit de Waldo après avoir attendu toute la soirée.

À la fin des applaudissements, quand la foule commença à se disperser, je vis la députée s'éloigner vers les coulisses. J'en avais eu assez. Il était grand temps que je rentre chez moi pour réévaluer mes choix de vie. Cherchant une dernière fois Waldo du regard, je saluai James et m'orientai vers la sortie. Et cela aurait pu être la fin, si je n'avais pas percuté la députée dans le couloir, qui pianotait rageusement sur son téléphone. Elle leva les yeux et me dévisagea avec fureur.

— Sais-tu où est Waldo ? grogna-t-elle.

— Non, désolé. Je n'en ai aucune idée. Félicitations pour votre victoire.

— Incroyable..., marmonna-t-elle en s'éloignant.

Cela m'inquiéta soudain.

— Vous ne le trouvez pas ?

— Non ! Et il ne m'a jamais envoyé ce fichu discours ; la dernière version en ma possession était encore totalement brouillonne.

— C'est pour ça que vous avez repris l'ancien discours, compris-je enfin.

— C'était nul ? Je me suis sentie tellement bête. Je vais le tuer, je le jure.

— Non, pas du tout, lui assurai-je. Je peux vous demander s'il est toujours aussi... peu fiable ?

— Ce n'est pas son habitude. Tu as reçu la dernière version ? Celle de neuf heures ?

— Ce soir ? Non. Il ne m'a rien envoyé depuis le soir où on a travaillé ensemble sur le projet de loi pour les étudiants.

La députée ouvrit de grands yeux.

— Il m'a dit que tu l'aidais.

Je secouai la tête.

— Seulement le premier soir. Il m'a à peine parlé depuis.

Elle soupira quand je lui expliquai que je l'avais contacté en vain par e-mail et texto, et qu'il m'avait ignoré les rares fois où il était venu au bureau, agissant comme si nous ne nous connaissions pas. Quand j'arrivai à la fin de mon récit, elle éclata de rire.

— Il te ghoste.

— Il me quoi ?

— C'est quand tu sors avec quelqu'un et que tu cesses de répondre à ses textos. Tu disparais complètement de la circulation.

Je ris.

— C'est lui le fantôme dans ce scénario, ou c'est moi ?

Elle soupira et m'invita à boire une bière. Nous retournâmes dans la salle de réception, et, après les acclamations chaleureuses des convives encore présents, elle serra les mains autour d'elle et salua tous ceux qui passaient. C'était épuisant – un parcours du combattant de dix minutes juste pour atteindre le bar –, mais là, nous trouvâmes un coin plus discret pour discuter. Elle était désormais aussi chaleureuse et accueillante avec moi qu'avec tout le monde ici. Elle commença par me présenter ses excuses.

— Je suis un brin surprotectrice avec Waldo. Si quelqu'un d'autre me faisait ce plan, je le virerais sur-le-champ. Mais on se connaît depuis longtemps. J'ai cru que tu voulais lui piquer son boulot.

— Pas du tout, madame, lui assurai-je.

— Oh, je déteste les civilités, s'esclaffa-t-elle. Je t'en prie, appelle-moi Teddy et dis-moi tu.

J'opinai.

— Je voulais seulement retravailler avec lui. On a passé une nuit fabuleuse quand on a écrit ce discours.

Elle s'excusa encore.

— Passe suffisamment de temps avec les politiciens et tu verras le pire en chacun. La plupart sont vraiment sans âme. Tu as rencontré Bob Burdick tout à l'heure.

Je me lançai immédiatement dans une critique acerbe de son discours.

— Il est ignoble ! s'exclama-t-elle. Vraiment abject. Et le pire, c'est qu'il n'a aucune idée neuve. Ses candidats gagnent uniquement parce qu'il est vicelard.

Je lui racontai bientôt que je ne savais pas, au début, si j'avais le poste. Que je m'étais mis au travail avant que quelqu'un puisse m'arrêter. Quand j'arrivai à l'épisode de James et de l'équipe Donjons & Dragons, elle éclata de rire.

— *Si on ne t'offre pas une place à table, apporte ta chaise pliante.*

— C'est de Shirley Chisholm ?

Elle fit tinter sa bière contre la mienne.

— Tout à fait.

— Tu me compares à la première femme afro-américaine à se présenter aux présidentielles ? m'esclaffai-je.

— Seulement, dans ton cas, les chances sont très minces.

Je dis que j'acceptais le compliment. Mon téléphone sonna, Kavya, qui se demandait sans doute à quelle heure je rentrais.

— Tu en veux une autre ? demanda Teddy en se dirigeant vers le bar.

J'opinai et décrochai.

Kavya avait déjà la voix ensommeillée.

— Hé, vous avez gagné ! Bravo.

— Merci.

— Tu veux que je te rejoigne ?

— Pas la peine, dis-je, sachant qu'elle mourait d'envie de se coucher.

Elle travaillait tard ces derniers temps elle aussi, et nous nous voyions à peine. Heureusement, le mariage de sa cousine approchait. Un long week-end dans les montagnes que nous passerions en couple sans être dérangés. Le simple fait d'y penser m'apaisa.

— Ils sont encore méchants avec toi ? me taquina Kavya.

— En fait, j'ai eu une ouverture. Avec certains des gars.

Un aveu spontané. Je pensais qu'il valait mieux éviter tout malentendu avec Kavya. Dès demain matin, je lui raconterais ma discussion avec la députée – avec Teddy – et j'organiserais une rencontre. Nous pourrions même dîner avec Hector Ruiz. Je commençais à penser que « tout cela » en valait la peine.

Kavya bâilla.

— Très bien, à tout à l'heure. Sois prudent, il pleut des cordes.

— Promis. Je t'aime. Bonne nuit.

En retournant près du bar, je vis Teddy tenir par le goulot deux bouteilles de Budweiser fraîches. J'en pris une en la remerciant et nous trinquâmes. La foule était beaucoup moins dense et il était plus facile de s'entendre. En parlant, je traçais des motifs dans le tapis de confettis. De temps en temps, un ballon désenchanté flottait en décrivant un arc de cercle, puis s'immobilisait.

— Waldo n'a pas commandé sa prétentieuse bière belge ?

Teddy faillit se plier en deux.

— Oh ! mon Dieu. Je suis allée dans l'abbaye où il fabrique ce truc. Bla-bla-bla. Avec le verre tulipe ?

Elle éclata de rire.

— Il m'a dit que vous vous êtes rencontrés à l'université ? demandai-je en quête d'informations sur leur passé.

— Oh ! à peine, répondit-elle prestement. Attends, il ne t'a pas parlé de la Californie, j'espère ?

— Juste qu'il a reconstruit des maisons avec Habitat.

Elle rit.

— Il n'a jamais reconstruit de maisons, je peux te le dire.

— Tu étais là ?

— C'est confidentiel, j'en ai peur, plaisanta-t-elle. On a réellement commencé à travailler ensemble pendant la campagne d'Obama en 2008, et, quelques années plus tard, je l'ai engagé pour bosser sur ma campagne. C'est un type incroyable et quand il se reprend en main, c'est la meilleure plume que j'aie jamais vue.

— Qu'est-ce qui lui arrive en ce moment ?

Elle fit la moue.

— Je ne devrais pas en parler. En général, c'est à cause de sa femme.

— Donc il est marié ? m'étonnai-je. La première fois que je l'ai vu, j'aurais juré qu'il portait une alliance. Mais depuis, elle a disparu.

Teddy leva les yeux au ciel.

— Il l'enlève « quand il écrit », dit-elle en mimant des guillemets.

Pourquoi des guillemets ? Je n'étais pas sûr de la raison, mais j'aurais pu la deviner.

Nous bûmes une troisième bière en parlant de Shirley Chisholm, une de ses idoles. Teddy fut heureuse d'apprendre que j'avais fait un cours sur la campagne présidentielle de 1972. Nous discutâmes de sa décision de rendre visite à l'hôpital à George Wallace, son adversaire ségrégationniste, victime d'une tentative d'assassinat. Teddy n'avait jamais entendu mon anecdote préférée, qui sciait toujours mes étudiants : Wallace avait annoncé à ses partisans que s'il n'obtenait pas l'investiture, ils devaient voter pour Chisholm plutôt que pour l'un des « lézards à tête ovale » qui se présentaient contre eux. Chisholm estima par la suite que cette déclaration avait ruiné ses chances, car la communauté noire et les suprémacistes blancs imaginèrent qu'ils avaient conclu une alliance contre nature.

— Les gens sont tellement bêtes, soupira Teddy. Pourquoi sont-ils si bêtes ?

— *La démocratie est la pire forme de gouvernement*, répondis-je en citant Churchill.

— *À l'exclusion de toutes les autres*, compléta-t-elle. Ouais, ouais.

Nous en vînmes à parler de ma mère et Linh, puis de mon père, de toutes les choses qu'il n'avait pas inventées et de sa mort récente. J'éludai la vérité encore une fois, disant seulement qu'il était malade depuis longtemps. Heureusement, elle ne demanda pas plus de détails. Elle me présenta ses condoléances et évoqua son père, qui vivait toujours à Ridgewood. Quand elle était enfant, il travaillait à l'usine de meubles locale, où il était tourneur, jusqu'à ce qu'un accident le rende pratiquement sourd des deux oreilles. C'était arrivé lorsque Teddy était jeune, et elle avait appris à lire sur les lèvres. Elle prétendait être capable de saisir les paroles de quelqu'un à une distance de trente mètres. Naturellement, cela se testait, et elle paria avec moi une autre tournée (gratuite) qu'elle pourrait restituer deux phrases que je prononcerais à l'autre bout de la pièce.

Elle réussit sans aucun problème à lire « Les chaussettes de l'archiduchesse sont-elles sèches, archisèches ? » et « Je ne suis rien d'autre qu'un vieux chien de chasse ».

— Je suis content d'avoir pu l'expérimenter, dis-je en frappant ma nouvelle bouteille de bière contre celle de Teddy.

— Ouais. Je suis contente que tu aies eu une ouverture avec « certains des gars » et tout.

Je me figeai, réalisant qu'elle avait écouté – ou plutôt lu sur mes lèvres – ma conversation téléphonique avec Kavya.

— Hé, protestai-je en rougissant. Ce n'est pas fair-play.

— Désolée, excuse-moi, dit-elle en riant, le regard amusé. Je promets de ne pas recommencer sans ta permission.

— Promis ?

Elle secoua la tête.

— Non, je lis constamment sur les lèvres, donc tu ferais mieux d'être honnête.

— C'est très perturbant.

— Allons, plaisanta-t-elle. On est entre nous.

Je pouffai, ne sachant pas trop quoi en penser. Est-ce qu'elle me taquinait ? Ou est-ce qu'elle flirtait ?

— Je peux te poser une question ? Pourquoi ne pas utiliser l'histoire que tu m'as racontée ? Au sujet de ton père. Ou parler de Shirley Chisholm ; elle était députée comme toi, non ? Ça ne me dérange pas que tu utilises mon histoire dans ton discours, mais...

— Ton histoire ?

— Ramper comme un soldat jusqu'à l'escalier, le discours de Reagan et tout ça.

— C'était toi ? s'esclaffa-t-elle. Désolée, je ne savais pas. J'ai appris à ne pas lui demander d'où il tire ses histoires. En général, c'est au hasard de...

Mais avant qu'elle n'en dise plus, son mobile bipa bruyamment. Alors qu'elle se retournait avec le téléphone, j'eus le temps de voir le message précédent affiché sur l'écran : la photo d'un mur de toilettes portant le graffiti JE DÉTESTE LE VANDALISME.

— Bon sang, dit-elle en jetant le téléphone dans son sac. Viens.

— C'était Waldo ? demandai-je pendant que nous nous précipitions vers la sortie.

Teddy attrapa son imperméable et nous quittâmes la salle de réception, laissant un sillage de confettis derrière nous. Elle m'entraîna vers le parking sur le toit.

— Qu'est-ce qui se passe ? demandai-je, essoufflé, en grimpant l'escalier en béton.

Nous montâmes jusqu'au deuxième étage, puis continuâmes dans la cage d'escalier, qui résonnait de nos pas, et émergeâmes sur le parking en hauteur de l'hôtel. J'ignorais pourquoi Waldo se trouvait là-haut ; le niveau était à moitié vide. Il flottait dehors une odeur à la fois fraîche et écœurante, mélange de pluie et de taches d'huile de moteur. Le toit était mal éclairé et un faible croissant de lune luisait comme un ongle jauni dans le ciel noir et nuageux. Teddy fut la première à repérer la Lincoln, stationnée seule au bord du parking.

Le beuglement provenant de cet endroit n'avait pas l'air humain.

— Ma foutue jambe, criait Waldo quand nous arrivâmes derrière la voiture.

Nous le trouvâmes étendu sur le sol en béton, près de son unique phare en état de marche, recroquevillé sur lui-même.

Teddy se précipita et entreprit de l'examiner.

— Tu saignes ?

— Je me suis cassé ma foutue jambe, hurla-t-il. Putain, ça fait mal.

— Qu'est-ce que tu foutais là-haut ? demandai-je. Ne bouge pas. J'appelle une ambulance.

— Non, surtout pas. Il y a des caméras partout en bas.

Il y avait, à cette heure tardive, une seule journaliste de News12 et son camion satellite.

— On s'en fout ! gueula Teddy.

— Vous devez me conduire, gémit-il. Montez-moi dans la bagnole.

Waldo était trempé. Depuis combien de temps gisait-il sur le sol du parking ?

— On ne devrait pas te déplacer, dis-je.

Mais il nous implora.

— J'ai dû ramper. Putain, ça m'a pris une éternité d'atteindre mon téléphone. Allez, mettez-moi dans la voiture et à l'abri de la pluie. Je suis frigorifié, putain !

Teddy attrapa son bras pour le tirer et me fit signe de l'aider. Nous parvînmes à le redresser suffisamment pour qu'il glisse son énorme corps sur la banquette arrière. À l'intérieur, la Lincoln puait la cigarette, et je vis une douzaine de mégots dans le cendrier, les filtres empilés soigneusement les uns sur les autres pour créer une pyramide parfaite. Il y avait des feuilles jaunes partout : froissées, trouées par la pointe d'un stylo, déchirées en deux, ou déchiquetées en petits morceaux.

— Tu sais conduire une boîte manuelle ? me demanda Teddy.

Je hochai la tête. Waldo grogna de douleur quand Teddy grimpa sur la banquette arrière à côté de lui et l'enveloppa dans son imperméable. Il couvrait à peine un tiers de son corps. Ses frissons faisaient trembler toute la voiture. Je le sentis s'apaiser lorsqu'elle lui prit la main et lui répéta en boucle que tout irait bien.

Je réussis à opérer un demi-tour par à-coups. Lentement, nous descendîmes la rampe et émergeâmes dans la rue. Nous passâmes devant le camion de News12 stationné devant l'hôtel, la parabole déployée sur son toit. Je l'imaginai diffuser le discours de Teddy, les mots de Waldo, mon histoire, nos paroles, le tout s'enroulant autour du mât et étant retransmis dans la nuit, un faisceau d'énergie qui perçait les nuages denses. Quittait l'atmosphère. Voyageait sur une distance de trente-cinq mille kilomètres pour attraper la rotation d'un satellite en orbite qui le renverrait vers la Terre, dans les maisons et les bureaux que nous croisions en roulant sur l'autoroute sombre et mouillée, où les phares se reflétaient dans les gouttes de pluie. Dans le rétroviseur, je vis la forme de leurs deux têtes, côte à côte. Pour la première fois depuis des semaines, j'avais l'impression d'être à ma place.

TROISIÈME JOUR
Plateau

Rohit m'envoie une flopée d'e-mails avant d'embarquer pour le Tibet, et je réponds à ses missives en croquant les meilleurs flocons d'avoine de l'Alabama côtier, dans une boutique de gaufres qui empeste le sirop d'érable artificiel. Quand j'ai fini, je pianote un texto pour ma mère. J'espère dormir chez elle et Linh quand j'arriverai près de Memphis. J'ai beaucoup pensé à elle ; le paysage le long des autoroutes d'Alabama me rappelle les quelques photos que j'ai vues de son enfance dans l'Arkansas. Des petites fermes en pointillé sur une nappe de verdure, des silos à grains et des châteaux d'eau qui hachurent l'horizon. Les automobilistes me font aussi penser à elle en roulant généralement à quinze kilomètres-heure en dessous de la limite. Je suis devenu un vrai conducteur de Floride, souvent en excès de vitesse sur la voie de gauche. Mais ici, contrairement à Miami, quand un véhicule me précède, il se range gracieusement.

J'espère arriver à Mobile avant le coucher du soleil pour rencontrer une femme nommée Dianna, une ancienne bénévole d'Habitat for Humanity de Caroline du Nord, avec qui j'ai discuté sur Facebook. Je conduis pendant des heures en écoutant une série d'anciens enregistrements de Rohit, à la recherche d'un élément qui pourrait servir de point de départ au prochain livre. Mais je regarde surtout la campagne défiler, paisible et retirée. Des villages qui constituent un monde entier pour les ruraux qui y vivent de génération en génération. Chacun incarne l'Amérique pour eux. Le centre de la nation dans leur esprit – tout le reste étant vaguement lointain. Comment avons-nous cousu ensemble ce patchwork de petites Amériques ? Nous possédions une foi. Des idéaux communs. Des histoires que nous nous racontions de village en village, sur ce que nous nous devions mutuellement. Un fatras de contradictions dès le départ : nous sommes indépendants, nous sommes libres ; nous ne sommes pas du tout un « nous », mais nous prétendons tous l'être.

En fin d'après-midi, je traverse les marais qui entourent la baie ; la vue s'étend jusqu'au golfe du Mexique et, droit devant, je distingue le centre-ville de Mobile. Depuis l'autoroute, il ressemble à la plupart des autres petits centres urbains : quelques tours de verre modernes, une rangée de grues et de conteneurs maritimes le long du port. Je distingue l'*USS Alabama*, un cuirassé transformé en navire-musée de la Seconde Guerre mondiale. Les rues sont bordées de clubs de jazz, de restaurants-barbecues et de bâtiments aux couleurs pastel avec des balcons en fer forgé que j'associe à La Nouvelle-Orléans et au carnaval du Mardi gras. Bientôt, je constate que des manifestations ont lieu ici aussi. ACAB[12] est graffité sur les murs d'une banque dont les fenêtres sont condamnées. Trois jeunes femmes avec des bandanas sur la bouche me dépassent. Elles portent des pancartes et se dirigent dans la direction opposée, vers un point de rassemblement. L'une d'elles trimballe un souffleur de feuilles vert sans fil. Ils s'en servent pour repousser les nuages de gaz lacrymogènes ; je l'ai vu à la télé.

Mon hôtel se trouve quelques rues plus loin. Il possède une piscine sur le toit et un bar de l'époque de la prohibition, mais cela n'intéressait pas Dianna de m'y rencontrer. Elle m'a donné rendez-vous au Plateau, à quelques kilomètres au nord de la ville. C'est son quartier et elle préfère ne pas s'en écarter en ce moment. Je m'éloigne donc des grands immeubles pour pénétrer dans un tout autre monde. Un réseau de routes locales bordées de maisons à un étage entourées de gazon jauni par le soleil et de clôtures rouillées. D'énormes vieux micocouliers surplombent les rues et les jardins. Des chiens aboient sur ma voiture quand je passe devant leur propriété, et des enfants me dévisagent depuis les endroits où ils jouent. Ils sont tous noirs, et je me démarque suffisamment de la population locale pour

12. *All cops are bastards* : « Tous les flics sont des salauds ».

mériter ces regards méfiants. Je roule doucement, adressant un petit salut de la main à quiconque croise mon regard afin de leur montrer que je ne lui veux aucun mal.

Il y a du monde partout dehors. C'est un pays d'activités en plein air : dans les jardins, les cours, sur les perrons, dans les arbres. Par cette belle et chaude soirée d'été, des familles sont réunies en haut de la rue autour d'une piscine publique. Au bord, des barbecues à dôme rouge sont allumés. L'odeur de la fumée et de la viande dans l'air me fait fantasmer, mais la véritable attraction semble se situer sur le terrain de basket au coin de la rue : une simple surface bitumée, sans ligne à trois points ou autre, d'après ce que je vois en passant. Là, une douzaine d'hommes et d'adolescents jouent avec jubilation, parcourant le terrain comme des vagues qui entrent en collision, sous les encouragements des spectateurs. À proximité, un panneau jaune avertit de la présence de dos-d'âne et intime de ralentir, ce que je fais.

Dianna m'a demandé de la retrouver à l'extérieur d'un long bâtiment bas et blanc, où elle travaille à recueillir des récits et des objets matériels de la communauté. Beaucoup d'habitants sont des descendants directs des esclaves amenés en Alabama par le *Clotilda*, une goélette qui a capturé des hommes et des femmes au Bénin et au Nigeria pour les vendre dans la baie de Mobile en 1860, plus de cinquante ans après l'interdiction de l'importation d'esclaves. Les historiens pensent aujourd'hui que les captifs du *Clotilda* furent les derniers esclaves africains. Ils furent libérés en 1865 par les soldats de l'Union et les survivants fondèrent cette communauté et cultivèrent des légumes jusqu'à ce qu'ils puissent acheter la terre de la famille même qui les avait fait capturer et les avait vendus à leur profit. Un malaise lancinant m'envahit, il y a une douleur diffuse qui plombe tout ici, encore. Je ne veux pas verser dans le New Age, mais écoutez quatorze heures de méditation et vous verrez ce qui se passe.

En attendant l'arrivée de Dianna, je me dégourdis les jambes, puis m'assieds sur le capot de la voiture en psalmodiant doucement l'un des mantras sanskrits que Rohit enseigne : *Om Asato Maa Sad-Gamaya, Tamaso Maa Jyotir-Gamaya, Mrtyor-Maa Amrtam Gamaya, Om Shaantih Shaantih Shaantih.*

« Conduis-moi de l'irréel au réel, conduis-moi de l'ombre à la lumière, conduis-moi de la mort à l'immortalité. Om paix paix paix. »

Alors que je récite cette prière, prononçant certains des mots les plus anciens écrits dans toutes les langues, je sors le clou de ma poche et le fais tourner entre mes doigts. Il y a maintenant des zones sur sa longueur auxquelles mon stress a redonné leur brillant, et il scintille dans le soleil couchant.

Je regarde la partie de basket. Le ciel s'enflamme d'orange et de bleu. De fins nuages sillonnent les cieux. Puis j'entends une voix.

— Tu dois être l'ami de Waldo, dit cette voix féminine en arrivant derrière moi à petites foulées.

Je me retourne et vois une petite femme en legging Lycra et tee-shirt du Rocket City Half Marathon de 2019 à Hunstville. D'après ses publications sur Facebook, je sais que Dianna est une coureuse passionnée, qui participe à trois ou quatre marathons par an. Elle me salue comme si nous avions déjà discuté pendant plusieurs heures.

— J'ai retrouvé mes clés, annonce-t-elle.

— Oh, tant mieux, dis-je, ignorant qu'elle les avait perdues.

— Elles étaient chez mon frère, évidemment. Il va devoir me les envoyer par la poste parce que je ne vais pas me retaper toute la route. Ce ne serait pas un problème si ces réparateurs n'avaient pas fermé ma porte en sortant. Je leur ai dit : « Je n'ai rien à voler, inutile de fermer. Je dépense mon argent en pèlerinage. »

C'est un refrain qui revient souvent dans ses publications en ligne. L'année dernière, elle est allée à Madrid, en Terre de Feu et elle a fait une croisière en Alaska. Elle aime prendre en photo la chaise vide à côté d'elle à table, où son mari, Harry, serait assis s'il n'était pas décédé il y a trois ans. « Paix à son âme », légende-t-elle.

— Je suis un livre ouvert, je t'ai prévenu. Je te dirai tout ce que tu veux savoir si je peux m'en souvenir, ce qui est généralement le cas si on me laisse le temps. J'ai une mémoire visuelle parfaite.

Elle tapote sa tempe du doigt.

— Tu as fini ton jogging ?

— Oh, non, répond-elle avec insouciance. J'ai encore dix kilomètres à courir, mais je peux faire une pause.

— Eh bien, faisons vite, dis-je, inquiet qu'elle termine sa course à la nuit tombée. Tu as connu Teddy Grayson en Californie ?

Immédiatement, elle sourit.

— C'était deux ou trois ans après cette terrible tempête de feu. Six cents hectares réduits en cendres, et trois mille maisons détruites près d'Oakland. Beaucoup de ces familles avaient tout perdu, et la plupart ne s'en sont pas remises.

J'ai entendu un flash d'information spécial lors de mon trajet ce matin. La Californie brûle, et en raison du changement climatique, c'est pire que les incendies meurtriers des années 1990. En un peu plus d'une semaine, quatre cent mille hectares du Golden State ont brûlé et brûlent encore, le mur de flammes étant à peine à moitié contenu, et pas de fin en vue. Les incendies ont ravagé le pays des vignobles, anéanti les forêts de séquoias et traversé les collines jusqu'à la Silicon Valley. Une zone de la superficie du Rhode Island s'est transformée en cendres et en mort en un après-midi. Dans les endroits hors de la zone de danger, l'air est si lourd de suie et de fumée que personne ne peut sortir de chez soi. Dans les journaux, les photos montrent le ciel de San Francisco ressemblant à l'atmosphère de Mars. La fumée a traversé tout le pays ; les flammes à San Francisco ont eu pour conséquence que le ciel était exceptionnellement couvert jusqu'à Westchester.

— Et Waldo était là aussi ? Comme bénévole ? je demande.

— Il vadrouillait, se souvient Dianna. Il faisait de la randonnée, je suppose. Il se baladait. Comme beaucoup de jeunes de vingt ans à l'époque, après avoir fait tout un tas de conneries.

— De quels détails de son passé te souviens-tu ?

— Oh, presque aucun. Il avait un peu d'argent, un héritage, je crois, qu'il ne pouvait ponctionner que de temps en temps. Il n'achetait rien d'utile avec. Tu aurais dû le voir ! Il faisait du stop dans un velours côtelé si usé qu'on voyait à travers. Il parlait sans cesse de Nietzsche et du *Voyage avec Charley*. Il aimait porter ce vieux tee-shirt gris de Harvard – sauf qu'il n'a pas fait Harvard, j'en suis sûre. C'était peut-être censé être ironique ? Le pauvre gars se prenait pour Jack Kerouac, mais c'était le cinquantième Kerouac que je rencontrais cette année-là. Quoi qu'il en soit, il est venu rendre visite à... je peux dire son nom ?

— Bien sûr, lui assuré-je.

Dianna n'a rien signé encore, et il n'y a personne dans les parages de toute façon. Pourtant, elle semble soudain mal à l'aise.

— On peut juste dire « colocataire », si c'est plus facile, proposé-je.

— Colocataire fait croire qu'on louait un joli loft en ville.

— Où viviez-vous ?

Dianna se mordille la lèvre.

— Dans un ranch, une sorte d'exploitation agricole dans les collines avec d'autres personnes, où tout le monde mettait la main à la pâte.

Je fronce les sourcils.

— Donc on pourrait appeler ça une communauté ?

— Disons plutôt une « communauté intentionnelle ».

— Hum. Et cette communauté avait-elle un nom ?

En posant la question, je sais déjà que je n'ai pas envie de connaître la réponse. J'essaie d'imaginer Teddy et Waldo sous le soleil brûlant, en train de cueillir des avocats avec une bande de Californiens d'une vingtaine d'années, en sueur.

— Quelque chose comme... le Collectif exalté de mère Gaïa.

— Quelque chose comme ?

— Qui s'en souvient ?

— Ça fait un peu secte, soupiré-je.

— Seulement un peu, m'assure-t-elle.

— Waldo et Teddy étaient-ils amoureux à cette époque ?

— Eh bien, hésite Dianna, je dirais qu'il y avait entre eux une vibration romantique, mais je suis quasiment certaine que ce n'était pas sexuel, si c'est ta question. Elle avait un petit ami et Waldo couchait avec moi, entre autres.

Dianna rougit.

— Comment ça, entre autres ? demandé-je comme s'il existait d'autres façons de le dire.

— L'une des, euh, règles du ranch, disons, était « l'amour libre ».

À mon expression, je devine qu'elle comprend qu'il s'agit pour moi d'une mauvaise nouvelle.

— Mais Teddy n'était pas concernée par cet... aspect de la... euh, communauté intentionnelle ?

Dianna secoue la tête.

— Non. Elle était là en observatrice. Elle travaillait sur sa thèse universitaire. Quelque chose sur l'enseignement communautaire alternatif et les idées à y puiser pour réformer le système scolaire public.

— Il y avait des enfants au ranch ?

— Oh, bien sûr. De tous les âges. De toutes les origines. À l'époque, il n'y avait pas beaucoup d'endroits comme le nôtre. Ouvert à tous. Une communauté pour tous, un lieu où se reconstruire.

— Et Teddy ?

— Elle était là, elle prenait des notes, elle observait, mais elle essayait aussi de vivre parmi nous. Jane Goodall chez les hippies déjantés. Et éprise d'un gars qui travaillait dans un des restaurants du coin. Un endroit chic, avec des nappes blanches. Je ne me souviens pas de son nom, mais il était sous-chef cuisinier et elle était assez mordue. Bref, elle ne participait pas à... comment tu l'as appelé ? Cet aspect ?

Soulagé de savoir que Teddy n'aura qu'à expliquer aux électeurs qu'elle était une membre non pratiquante d'une communauté d'amour libre, je passe à la question qui m'intéresse.

— Comment a-t-elle repris contact avec Waldo ?

— Ils se sont croisés par hasard quelque part. Je crois à un rassemblement de Greenpeace. Les baleines, les océans. Un truc nautique. Elle avait beaucoup de projets pour sa ville natale après avoir fini sa thèse. Elle voulait faire de la politique et sauver les écoles... exactement ce qu'elle a fait.

— Et Waldo partait à vau-l'eau, tu as dit ?

— Oh, oui. Et j'aime à penser que je l'ai remis sur les rails. Il se défonçait quand je l'ai rencontré. Je l'ai aidé à se sevrer. On parlait pendant des heures des maisons brûlées à reconstruire. Il n'arrêtait pas de dire qu'il allait m'accompagner et prendre contact avec les bénévoles d'Habitat sur place. Faire quelque chose de bien pour le monde.

— Il l'a fait ?

— Je suis sûre qu'il en avait l'intention, soupire Dianna. C'était inscrit sur son visage. La culpabilité, tu vois ? Il avait fait quelque chose de terrible. J'ai de l'intuition pour déceler la douleur d'autrui.

En disant cela, elle me tapote la rotule. Je frémis à l'idée de la douleur qu'elle perçoit en moi.

— J'étais folle de lui. Il parlait tellement bien, et quand il était sobre, il brillait comme un soleil. Je ne sais pas comment le dire autrement. Il a ressuscité. On restait éveillés toute la nuit et il parlait de philosophie et de libre arbitre et… j'adorais ça. Il me lisait des livres écornés qu'il trimballait partout avec lui. Il réparait les fuites d'eau, les planches cassées. Il me montrait ses poèmes ou peut-être des paroles de chanson qu'il écrivait. Bien sûr, il y avait des choses sombres dans ses textes, mais il reprenait du poil de la bête. On passait beaucoup de temps dehors, en randonnée et en camping. Je ne pense pas qu'il avait fait beaucoup d'activités en plein air avant. Et là, il pêchait, il dormait à la belle étoile et tout le tralala. Je suis sûre qu'il était heureux. J'en suis sûre.

Dianna sort une vieille photo de Waldo, gentil géant à moitié visible à la lueur du feu de camp, portant le tee-shirt gris élimé de Harvard, un livre de poche en lambeaux à la main. Il contemple la lisière sombre d'une forêt de séquoias, l'air très inspiré.

— A-t-il construit des maisons ?

Elle secoue la tête.

— Non, non. Il avait toujours une excuse. Et tout s'est délité quand Teddy est tombée enceinte.

Je marque une pause. Cette information est nouvelle pour moi, mais je ne veux pas qu'elle le sache.

— Que s'est-il passé ?

— C'était en octobre, on campait sur les hauteurs. Teddy, le sous-chef cuistot, Waldo et moi. On était en pleine nature et on ignorait qu'un grand incendie s'était déclaré dans le comté de Marin. On était à une centaine de kilomètres du foyer, près de la baie de Suisun, mais quand on s'est réveillés, toute la forêt était enfumée. On ne voyait pas à trois mètres devant nous. On ne savait pas ce qui se passait – ça ressemblait à la fin du monde.

Des images des nouvelles du matin se superposent dans mon esprit au Waldo de la photo qu'elle m'a montrée. Il ouvre sa tente et découvre un monde drapé de gris. De la suie et des cendres tombent des arbres comme de la neige. Se couvrant la bouche avec le col de son tee-shirt Harvard avec lequel il a dormi, il se dirige vers l'autre tente, où la femme qu'il aime dort encore. Il redoute qu'elle soit en danger. Incapable de l'entendre l'appeler comme il n'entend pas les cris de la femme dans sa propre tente. En toussant, les yeux larmoyants, il tend le cou pour voir s'il aperçoit des flammes au loin. Ses doigts pincent et descendent la fermeture éclair de la tente voisine. À l'intérieur, il trouve Teddy réveillée, à moitié habillée, seule. Les yeux rouges de pleurs. « Où est… ? » il demande en la tirant vers lui. « Il est dans le camion, répond-elle d'abord. Il essaie de faire marcher la radio. » Et Waldo hoche la tête et tente de distinguer le camion au loin, mais c'est sans espoir. Il se demande s'ils vont tous mourir ici, et combien de temps cela prendra. Il a entendu dire qu'on meurt asphyxié avant d'être brûlé. Et c'est alors qu'elle l'avoue, comme si c'était sa seule chance de le dire. « Je suis enceinte. » Et il la serre dans ses bras, ils tentent de respirer à travers le même carré de drap humide, et ils sondent leurs regards brûlants, sans savoir ce qui se passera ensuite.

— Ça devait être terrifiant, dis-je à Dianna.

— Quand monsieur Sous-Chef a compris qu'on n'allait pas mourir, ça allait mieux. On a rassemblé nos affaires et on a roulé jusqu'au poste du garde forestier pour obtenir de l'aide. Waldo et Teddy étaient absolument silencieux ; je n'ai su la raison que plus tard. Après le départ du cuistot.

— Qu'est-il arrivé au sous-chef ?

Dianna secoue la tête.

— Teddy lui a parlé de la grossesse et il a décampé. C'est Waldo qui l'a emmenée à la clinique et qui s'est occupé d'elle. Je suis sûre qu'il a tout payé aussi, elle n'avait pas beaucoup d'argent.

Je hoche la tête.

— Teddy voulait avorter ?

Dianna opine.

— Quelques jours plus tard, elle a rendu sa thèse et quitté le ranch pour rentrer chez elle. Waldo est parti à peu près au même moment pour rejoindre un copain à New York. C'était comme ça, à l'époque. Les gens entraient et sortaient de votre vie en permanence... Mais il m'arrive encore de penser à Waldo.

Je lui rends la photo, mais elle la repousse.

— Garde-la.

Je la remercie et range le cliché dans ma poche de chemise.

— Je vais te laisser finir ton jogging. Je ne voudrais pas perturber ton rythme.

— Oh, s'esclaffe-t-elle. Je m'en fiche de finir. J'aime courir, c'est tout. Harry, mon mari, se faisait toujours du mouron, car chaque fois qu'il venait assister à un marathon, il les voyait embarquer quelqu'un dans une ambulance. Une fois, une dame qui faisait la moitié de ma taille s'est effondrée juste devant lui. Il m'a suppliée d'arrêter. Mais j'ai dit que je préférais mourir en courant. Il n'a jamais compris, mais il a appris à respecter ma passion et, d'une certaine façon, c'est ce qu'on peut espérer de mieux parfois.

— Sage conseil.

— Et finalement, c'est moi qui l'ai vu mourir.

— Ça a dû être horrible.

— Pendant longtemps, oui. Je n'arrivais plus à dormir. Je fermais les yeux et je le voyais au pied des escaliers où il était tombé, le corps mou et froid. Puis un jour, une amie m'a demandé s'il était en couleurs. « Comment ça, en couleurs », j'ai dit. « Quand tu le vois, est-ce qu'il est en couleurs ou en noir et blanc ? » Alors j'ai répondu : « En couleurs, je suppose. » Et elle m'a dit : « Tu dois effacer la couleur. C'est lié au fonctionnement de la mémoire. Change l'image. Fais-la passer en noir et blanc et tu ne le ressentiras pas de la même façon. »

— Ça a marché ?

— Cette nuit-là, je me suis allongée dans mon lit, j'ai fermé les yeux et j'ai attendu mon fantôme. J'ai fait comme si j'avais un pinceau. Comme si c'était une simple image que je pouvais décolorer. J'ai commencé par peindre en gris son visage et ses mains. Puis ses cheveux, en blanc, et enfin ses vêtements. Une chemise verte en flanelle, un pantalon marron. J'ai déteint la couleur, et les vieilles bottes bleues qu'il aimait porter pour jardiner. Il les avait aux pieds parce qu'il allait s'occuper des butternuts, tu sais.

Elle semble penser me l'avoir déjà raconté, à un autre moment, dans une conversation que nous n'avons jamais eue.

— Puis j'ai peint l'escalier, la rampe, la fenêtre, le papier peint. Cette nuit-là, j'ai dormi comme un bébé. Je n'ai plus eu de problèmes depuis.

— Super, dis-je en prenant note de creuser la question, car c'est le genre de chose que Rohit adore.

— Essaie, tu verras, répond-elle avant de se lever pour se dégourdir les jambes.

Avant qu'elle ne reparte, je sors les papiers de mon sac et lui fais signer l'accord de confidentialité. Plus d'histoires sur Waldo, plus de sacs bourrés de drogues, ni de jolies Hollandaises avec des amis douteux à Amsterdam.

— C'était il y a trente ans, dit-elle. J'ai du mal à imaginer que ça intéresse quelqu'un.

— Malheureusement, ça intéresse certaines personnes. Des individus qui veulent salir la réputation de Teddy. Et en raison de ce qui est arrivé à Waldo, c'est... eh bien, c'est beaucoup plus compliqué.

J'en ai déjà trop dit, je le sais. Et Dianna le sait aussi. Elle sautille sur place. Elle aimerait en finir vite, alors elle signe d'un grand geste. Je lui parle de l'argent, qui arrivera sur son compte dans trois à cinq jours. Elle prévoit de faire un voyage, me dit-elle, en Croatie, pour une course organisée l'année prochaine le long du littoral méditerranéen.

— C'est très rocheux, ajoute-t-elle.

— L'enfer.

— Oh, tu ne sais pas prendre du bon temps.

— C'est vrai, avoué-je. Ça ne te dérange pas de courir la nuit ?

— Pas du tout. Je pourrais courir les yeux fermés.

— C'est sûr, je veux dire ?

Elle me regarde avec pitié.

— C'est mon quartier. Je connais chaque personne qui vit ici. Et chacune me connaît.

Je mets une heure à parcourir le trajet de seize kilomètres jusqu'à mon hôtel. Les manifestants ont bloqué la circulation à deux endroits, et la police barre une autre route. À la radio, j'entends deux hommes en colère échanger leurs opinions sur le déboulonnage par la ville de la statue d'un amiral confédéré. « Ils veulent effacer notre histoire, ne cesse de s'offusquer l'un d'eux. Notre histoire ! » Comme s'il n'y avait rien de plus précieux dans la vie.

Sur le blog historique de Dianna, il y a une photographie : une femme de son âge se tient devant chez elle et brandit une paire d'anneaux en fer attachés à une chaîne entortillée. Elle les a trouvés sous le lit de son grand-père après sa mort. Ce sont les fers qu'il avait aux pieds lorsqu'il a traversé, jeune garçon, l'océan Atlantique dans la cale du *Clotilda*.

Le navire a été brûlé dans le fleuve par ses ignobles propriétaires, qui ont prétendu pendant des décennies qu'il n'avait jamais existé. L'épave n'a été retrouvée que récemment, apportant enfin une preuve irréfutable.

Et ils parlaient à la radio d'effacer l'histoire ? Alors que, dans le grand ordre de l'Univers, c'était à peine hier ?

J'arrive à l'hôtel à temps pour appeler Kavya. Aucune nouvelle de Rohit. Il est dans l'avion, je lui dis. Elle se sent bien, quelques crampes. Elle essaie de boucler un projet avant de partir en congé maternité. Elle finit par poser le téléphone sur le côté, contre la courbe de son ventre, et je m'adresse à notre petit poisson. Parfois, je lis des Upanishad, mais ce soir, j'opte pour une vieille chanson américaine – considérée comme vieille au regard de l'histoire américaine, en tout cas.

« *'Tis a gift to be simple, 'tis a gift to be free*, je chantonne à ma future fille. *'Tis the gift to come down where I ought to be...* »

Plus tard, fendant en silence l'eau de la piscine sur le toit de l'hôtel, j'essaie de m'épuiser suffisamment pour réussir à dormir. Je fais des allers-retours, m'arrête, repars sur le dos, flotte et me perds dans un ciel nocturne, baigné des lumières roses de la ville qui occultent la lueur des étoiles.

Est-ce que j'efface l'histoire ? J'aimerais surtout pouvoir mieux la faire disparaître.

Quand je ferme les yeux maintenant et que je vois mon père dans le garage, ce cordon électrique est gris. Même si je sais qu'il était orange, je ne le vois pas en couleurs. Depuis bien longtemps. Et cela me laisse espérer que je pourrais enlever la couleur de l'autre image qui est maintenant gravée dans mon esprit. Le cercle jaune miel d'un phare unique. Mais j'ai beau essayer, il garde la même couleur, une grande lune pleine qui se lève dans un ciel froid.

TROISIÈME PARTIE

1

Trois semaines après l'élection, Kavya et moi assistâmes au mariage de sa cousine Prisha dans une station de montagne huppée des Berkshires, au milieu d'une explosion automnale de rouge et d'or. C'était une réception magnifique, chaque boutonnière et chaque centre de table était parfaitement à sa place. Kavya avait une famille incroyablement nombreuse, et certains avaient fait le voyage depuis l'Inde pour participer aux festivités. Prisha épousait un Ukrainien nommé Mykhaylo (on l'appelait « Meek »), et l'on nous servit des bols de bortsch rouge betterave et de grands plats d'aloo ki tikki, des petites crêpes repliées appelées deruni et une douzaine de chutneys. Je participai à un rituel au cours duquel Meek et ses amis devaient aller voir le père de la mariée les bras chargés de citrouilles pour payer la « rançon » de l'autorisation du mariage de sa fille. À différents moments, la mariée était brièvement kidnappée jusqu'à ce que les garçons d'honneur relèvent divers défis, qui consistaient immanquablement à boire de la vodka dans des objets incongrus : trophées, saucières, chaussures... un vrai délice. Pendant trois nuits consécutives, nous dansâmes joyeusement jusqu'au petit matin. Je ne quittai pas Kavya d'un pouce, réalisant à quel point elle m'avait manqué. Je passai des heures et des heures à parler à divers membres de ma famille élargie, qui tous se passionnaient pour mes aventures durant la campagne électorale. Je leur racontai comment j'avais décroché ce poste par hasard et les frasques de Waldo, qui avaient culminé avec sa glissade et sa chute sur le parking au moment même de l'annonce de la victoire. C'était une bonne histoire – en omettant, bien sûr, la période où il m'avait complètement ignoré. Mais ce week-end-là, plus je racontais notre histoire en omettant cette partie, moins je m'en souciais et moins je m'en souvenais.

Waldo était déjà sorti de l'hôpital, la jambe plâtrée. Teddy, Francis et lui travaillaient non-stop sur le programme politique et passaient beaucoup de temps au bureau du Capitole. Teddy véhiculait Waldo partout, puisqu'il ne pouvait plus conduire sa Lincoln. J'imaginais qu'il devait se réjouir de cette excuse pour passer plus de temps avec elle en tête à tête. Le calendrier de campagne surchargé étant derrière nous, j'espérais que, bientôt, nous pourrions aller boire une bière ensemble au Carriage House et que je leur présenterais Kavya. J'enregistrais déjà mentalement toutes les chaussures remplies de vodka, les fronts maculés par une main teintée de henné pour en faire le récit à Waldo lors de notre prochaine tournée de bières belges.

C'est à ce mariage que je fis la connaissance de Rohit, l'oncle de Kavya. Après les vœux, Prisha et Meek se postèrent au bout de l'allée pour remercier les invités avant qu'ils ne partent pour le lieu de la réception. J'attendais mon tour dans la file, derrière un drôle de bonhomme au thorax en tonneau mais à la voix très douce, en costume de lin blanc. Son rire communicatif attira mon attention, ainsi que sa façon de saisir les mariés par les épaules avant d'appuyer une main sur leur poitrine, au-dessus du cœur. Il les regarda dans les yeux puis il demanda : « La citation dans vos vœux. D'où était-elle extraite ? C'était superbe. »

Le pauvre couple ignorait de quoi il parlait ; les vœux contenaient une variété de citations et de lectures puisées dans plusieurs cultures, de Khalil Gibran à lord Tennyson en passant par *Quand Harry rencontre Sally*. Meek répondit qu'il n'en avait aucune idée et passa rapidement à Kavya et moi.

Je leur souhaitai beaucoup de bonheur et les remerciai pour leur invitation, mais quand je me retournai, je vis que Rohit n'avait pas bougé. Il se tenait là avec un petit carnet vert à la main, de ceux qu'on achète pour quelques cents dans un Dollar Store.

— Je l'ai notée, disait-il, mais les mariés étaient déjà passés aux salutations suivantes.

— Je peux jeter un coup d'œil ? proposai-je.

Rohit, ravi, leva le carnet vers ses yeux de myope.

— *À moins que quelqu'un comme toi ne se sente vraiment concerné, jamais rien ne changera, jamais.*

Un coloc de fac avait lu cette phrase du Dr Seuss et parlé de la générosité et de l'avenir que le jeune couple et nous tous allions construire ensemble. Elle m'avait plu aussi, et en fait, j'avais failli la noter moi-même dans la perspective de l'utiliser dans un discours, avant de me souvenir que j'allais retourner enseigner, maintenant.

— C'est tiré d'un livre appelé *Le Lorax*, expliquai-je. Du Dr Seuss.

Rohit sourit et hocha la tête comme s'il l'avait toujours su. Puis, avec sérieux, il demanda :

— C'est un universitaire ou un docteur en médecine ?

Je ris.

— Non. Un célèbre auteur de livres pour enfants. Vous savez, *Le Chat chapeauté* ?

— Ah ! Oui.

Après m'avoir remercié, je l'entendis se dire à lui-même : « Jim Carrey. Très drôle. »

Pendant le mariage, je n'avais pas touché à mon téléphone ni consulté mes e-mails. La réception était mauvaise sur la montagne et, trop occupé, je n'avais pas regardé les informations. Mais à la fin du long week-end, lorsque Kavya et moi prîmes le chemin du retour, mon téléphone se mit à vibrer frénétiquement dès que nous entrâmes dans une zone de réseau. À ma grande joie, j'avais des e-mails de Waldo, et même de Francis ! Au début, je pensai qu'ils prenaient simplement de mes nouvelles. Mais en découvrant leurs messages, je compris qu'un événement bien plus important était en train de se produire, qui allait changer le cours de ma vie à jamais.

Notre gouverneur, après avoir été réélu à une large majorité, avait célébré sa victoire dans l'excès et devait démissionner face au scandale. Les agents du FBI l'avaient trouvé dans une chambre d'hôtel avec une employée d'à peine dix-sept ans et des amphétamines dont chacun se défaussait de la possession sur l'autre. Une enquête de moralité allait être ouverte pour déterminer si l'employée avait été contrainte et si des fonds de campagne avaient été utilisés pour étouffer l'affaire.

C'était très, très mauvais... pour lui.

Mais pour nous – dont je faisais encore partie –, c'était très, très bon.

La loi de l'État autorisait le lieutenant-gouverneur à le remplacer jusqu'à ce que des élections exceptionnelles se tiennent au mois de novembre suivant. Les dirigeants du Parti démocrate s'empressaient déjà d'organiser des primaires en juin, et plusieurs d'entre eux encourageaient vivement Teddy à se présenter. On chantait ses louanges dans un éditorial d'un journal de référence, qui la qualifiait de « nouvelle personnalité politique la plus enthousiasmante depuis des années », et l'éditorialiste citait carrément des passages du discours de la Déclaration des droits de l'étudiant en l'incitant à faire campagne.

Tout alla très vite. Teddy annonça la création d'un comité exploratoire. Francis avait déjà envoyé un briefing de stratégie. Ils étaient tous en discussion avec des donateurs, et on me demandait de reprendre contact avec nos organisateurs. Et, mieux encore, Waldo m'avait déjà envoyé deux projets de communiqué de presse. C'était un miracle. Remerciant quiconque avait commandité la fille de dix-sept ans avec des amphétamines, je textai à Waldo : « Avons-nous une chance ? »

La réponse arriva avec une rapidité grisante. « Ça dépend de qui entre dans la danse. »

Kavya, qui percevait mon excitation, sembla chagrinée par la nouvelle.

— Je m'excuserai auprès de Shabib, promis-je.

Elle me tapota le bras tandis que je conduisais.

— Je m'inquiète surtout de ne plus jamais te voir.

Je lui pressai la main.

— Je sais bien, mais on se débrouillera.

Au cours du week-end, elle avait mentionné son désir d'avoir un bébé une fois que je serais en poste à Chumsford. Certaines de ses amies découvraient qu'elles avaient attendu trop longtemps et commençaient déjà à parler de FIV et d'adoption.

— Je n'ai pas envie d'attendre encore un an pour fonder une famille, soupira-t-elle.

— Bon, d'accord. Novembre moins neuf mois, ça fait... ? (Je calculai dans ma tête et tombai sur février.) Si on patiente encore quelques mois... le bébé naîtra après novembre, et ce ne sera pas du tout un problème.

Naturellement, elle devint silencieuse après cela. Je m'excusai, plusieurs fois.

— Je suis excité, c'est tout. C'est une chance qui n'arrive qu'une fois dans une vie. Pour nous tous. J'ai besoin d'élever nos enfants tout en étant comblé par mon travail. Je leur dois cela. Et ce n'est que l'histoire de quelques mois, vraiment. Février.

Elle finit par accepter d'envisager que cela pourrait marcher. Nous pourrions nous y mettre en février. Le reste du trajet, nous élaborâmes une stratégie pour ma carrière. D'ici juin, j'enverrais mon CV à d'autres écoles et nous verrions s'il y avait encore une porte ouverte à Chumsford. Ainsi, si la députée ne remportait pas l'investiture, j'aurais une solution de repli. Si elle gagnait, je serais enrôlé jusqu'à l'élection générale. Et si, par miracle, nous étions élus au poste de gouverneur à l'automne, nous pourrions nous installer au Capitole. Je travaillerais à temps plein dans l'équipe de communication, avec Waldo. Nous pouvions accomplir tant de choses aux manettes. Nous pouvions sortir de l'impasse budgétaire, faire voter la Déclaration des droits de l'étudiant. Améliorer la vie de tellement de nos concitoyens.

— Et tu pourras toujours revenir à Pine Grove ou dans une autre école après avoir débloqué des budgets pour l'Éducation, dit Kavya.

Cette idée lui plaisait, alors je la laissai flotter dans l'air. Tout en conduisant, je pensais à l'année à venir. Je pensais au brouillon du communiqué que Waldo m'avait envoyé – je le visualisais dans ma boîte de réception, en train de m'attendre –, et je me disais qu'une fois rentré à la maison j'aurais enfin la chance de l'appeler pour que nous puissions commencer à le travailler ensemble.

2

Dès le lendemain matin, j'étais de retour au travail dans l'ancien bureau de campagne au-dessus du studio de yoga. Jamais je n'aurais cru être aussi heureux de me retrouver dans trois cents mètres carrés tapissés de linoléum desquamé, sous une douzaine de néons pâlichons qui bourdonnaient en permanence. Je disposais d'un poste de travail, enfin, en face du bureau de Waldo, avec une cloison où je punaisai une photo de Kavya et une autre du soir de la victoire, prise au moment où j'entrais dans la salle de réception derrière Teddy. J'avais des corbeilles à courrier pour les premiers jets et les versions corrigées. Un ordinateur qui fonctionnait bien certains jours. Et un téléphone fixe qui transférait tous mes messages vocaux vers une messagerie que personne ne pouvait localiser. Bref, c'était le rêve.

Plâtré jusqu'en février et réticent à monter dans notre ascenseur cauchemardesque, Waldo était rarement dans son bureau. Il avait élu résidence au Carriage House, où il occupait une longue table au fond de la salle. Je faisais la navette toute la journée pour lui apporter du bureau des dossiers et papiers dont il avait besoin. J'avais enrôlé James de nouveau, avec plusieurs de ses amis, qu'il avait nommés capitaines de district, s'étant lui-même promu superviseur général. Oui, pourquoi pas ? avais-je acquiescé. Avec son aide, nous serions rapidement en mesure d'étoffer notre réseau de bénévoles et de déboguer son application de base de données des électeurs. James commençait déjà à monter des réunions avec des organisateurs aux quatre coins de l'État. J'étais débordé, mais dès que je le pouvais, je m'asseyais avec Waldo au Carriage House, sous les appliques lumineuses, et je contemplais les murs de brique ornés de tableaux anciens de grands voiliers. Je nous imaginais vivre à une autre époque. Des pères, des fondateurs. Inscrivant les fondements d'une nouvelle nation au dos de serviettes en papier détrempées, les doigts salés par les cacahuètes.

Au début, j'étais impatient de montrer à Waldo tout ce que j'avais appris dans les nombreux ouvrages empruntés à la bibliothèque. J'émettais quelques suggestions pour éviter le « syndrome de la petite phrase » ou « la recette idéologique » quand je le vis me fixer d'un air perplexe.

— Je ne me le pardonnerai jamais, déclara-t-il, la main sur le cœur. Je t'ai délaissé et tu es tombé dans les bras de Peggy Noonan[13]. J'aurais dû m'en douter.

---

13. Ancienne plume du président Ronald Reagan.

Waldo ne m'avait toujours pas expliqué pourquoi il m'avait « ghosté », comme l'avait formulé Teddy, pendant trois mois mais seul m'importait le fait de travailler à nouveau en étroite collaboration avec lui.

— Tu as lu Sorensen, hurla-t-il depuis le juke-box. *Counselor*, pas *Kennedy*.

Sans me laisser le temps de répondre que j'avais lu les deux, Waldo s'éloigna vers le bar en sautillant sur ses béquilles pour chercher des cacahuètes. Il évoluait en arcs dans les passages étroits avec une habileté surprenante. C'était comme si la vie était une course d'obstacles, contourner les tables et les chaises, un jeu. Pourrait-il atteindre la vieille cabine téléphonique en vingt secondes ? Ou faire pivoter son corps à quatre-vingt-dix degrés sur une seule béquille ? Transporter deux bières sans les renverser ? D'un enthousiasme sans limites, Waldo coinçait les chemises cartonnées entre ses dents ; il laissait de grands demi-cercles humides sur tous les documents. Malgré son handicap, il semblait heureux, plus qu'il ne l'avait été le soir du match des Wizards.

Je soupçonnais Teddy d'être la raison de son bonheur. Ils étaient plus proches que jamais. Elle le covoiturait, lui donnait le bras pour l'empêcher de glisser sur la neige fondue du parking. Elle lui apportait aussi des choses tout au long de la journée : des mugs de café du coffee-shop en bas de la rue, des stylos neufs, des beignets arc-en-ciel de chez DiGenova. Ils jouaient à se coller en douce des Post-it vert citron dans le dos. Je fus plus d'une fois pris dans leurs tirs croisés.

Waldo prétendait s'être cassé la jambe alors qu'il apportait des changements de dernière minute au discours, sur le toit du parking, quand la tempête s'était levée. Dans sa précipitation pour mettre ses feuilles à l'abri dans la Lincoln, il avait glissé. Je ne voyais pas comment il avait pu se fracturer le fémur – se tordre la cheville, peut-être –, mais je n'avais pas quarante ans comme lui. J'avais le sentiment que, de l'autre côté du Rubicon, le corps surprenait par sa fragilité.

Mais quand même.

— Qu'est-il arrivé à sa femme ? me demanda Kavya un soir où je rentrais tard après avoir raccompagné Waldo chez lui.

J'avouai que je n'en avais aucune idée. Son alliance avait définitivement disparu. D'après Teddy, sa femme n'était pas venue une seule fois à l'hôpital durant les deux jours où on l'avait gardé. C'est Teddy qui avait apporté en personne des vêtements propres, des livres et des affaires de toilette de chez Waldo. Selon elle, son intérieur était absolument impeccable, un ordre frisant la maniaquerie – et aucun signe d'une personne y vivant en dehors de Waldo. Pas de vêtements féminins, pas de produits de beauté dans la salle de bains. Aucun bijou sur la commode. Pas de casseroles ni de poêles, pas d'aliments dans le frigo. Pas de télévision. Juste des murs d'étagères et une chaise Eames qui avait dû coûter bonbon. Et une seule voiture, la Lincoln, dans le garage.

À ce moment-là, nous étions devenus officiellement « amis » et j'avais consulté sa page Facebook. Elle n'affichait que des photos de voyage – Japon, Islande, Nigeria, Corée du Sud, Nouvelle-Zélande, Terre de Feu –, des photos de glaciers, de déserts et d'architecture. Jamais il ne postait un selfie ni une photo de la personne avec qui il voyageait. Sa situation amoureuse n'était pas précisée.

Quand Kavya l'apprit, cela renforça sa conviction qu'il n'y avait pas de Mme Waldo Woodson et qu'il n'y en avait jamais eu.

— Pourquoi mentirait-il ? demandai-je.

— Parfois, les gens qui occupent un poste très médiatisé font semblant d'être mariés pour écarter les soupçons.

— Tu penses qu'il est gay ?

Elle haussa les épaules.

— Ce serait si inconcevable ?

— Je te l'ai dit, il est amoureux de Teddy, chuchotai-je, même si personne ne pouvait nous entendre.

— Je crois qu'il est amoureux de toi, plaisanta-t-elle.

J'éclatai de rire et lui demandai si elle était jalouse.

— Oui. Je pensais que c'était évident.

Je suppose que ce point, au moins, l'était.

Le temps était bien trop précieux pour s'attarder sur les problèmes personnels. Nous approchions à grands pas de l'annonce officielle. Je passais la moitié de mon temps en conférence téléphonique et l'autre moitié dans les feuilles de calcul. Bientôt nous fûmes tendus comme des arcs, bientôt nous ne dormions plus. Toujours plus de fonds à collecter, d'appels à passer, de mains à serrer. Comme pour toute ambition politique aux États-Unis, la première étape d'une candidature au poste de gouverneur consistait à trouver beaucoup, beaucoup, beaucoup d'argent. La bonne nouvelle était que nous disposions déjà d'un réseau de donateurs locaux sur lequel nous appuyer. La mauvaise nouvelle était que ces personnes venaient tout juste de faire réélire Teddy. Il semblait presque indélicat de revenir les solliciter : « Hé, c'était pour rire. On pourrait avoir plus de sous ? » Mais nous devions essayer, et taper plus fort que les autres candidats de l'État qui envisageaient de se présenter. Le meilleur moyen de les en dissuader, disait Waldo, était de mobiliser les donateurs et de lever une énorme somme d'argent le plus vite possible.

Le timing devint crucial dès que nous disposâmes d'une vidéo d'annonce prête à être mise en ligne ; une version d'une minute du discours de cinq minutes que Waldo avait perfectionné. Éducation, inégalité des revenus, réformes de justice sociale, investissements dans les énergies renouvelables, augmentation des objectifs d'efficacité énergétique, etc. Ils avaient réalisé une version avec Teddy, assise sur le canapé de son salon, tenant la main d'Hector qui l'écoutait en soutien, mais nous convînmes après coup que cela ne fonctionnait pas. La présence d'un sportif célèbre à l'écran détournait trop l'attention de Teddy. Nous retournâmes donc sur une version avec Teddy seule, debout près d'un lac gelé dans le parc national, pour amplifier le message écologique.

L'idée était de diffuser la vidéo sur les réseaux sociaux quelques heures avant la première collecte de fonds organisée chez Teddy, où nous la verrions en compagnie d'Hector et des Wizards, plus quelques donateurs de renom et des politiciens en passe de nous soutenir. Si nous jouions les bonnes cartes et réussissions une entrée en force, nous ferions peur à tous les adversaires sérieux pour l'investiture.

Pendant deux semaines, nous travaillâmes uniquement sur la réception chez Teddy : inciter les invités à confirmer leur présence, choisir les services d'un traiteur et faire passer le mot à la presse locale. Tout le monde était excité – enfin, presque tout le monde.

— Il faut que ça ait lieu au stade ! hurlait Waldo. Un lieu familier pour...

— Le *vulgum pecus* ? ironisa Teddy.

— La base, corrigea-t-il. Ça ne peut pas se passer dans un salon luxueux avec des privilégiés qui discutent de leurs collections d'art pendant que des serveurs en nœud pap' circulent avec du caviar et du champagne...

— Génial, répliqua Teddy. On va servir des mini-bagels et de la Budweiser dans des gobelets en plastique. Les serveurs seront en jogging. Et je peux m'habiller en salopette et mâchouiller une tige de blé.

Je soupçonnais secrètement Waldo de ne pas avoir envie de claudiquer dans la somptueuse demeure d'Hector Ruiz ni de voir Teddy au bras d'un autre homme. Il ne voulait pas non plus être confronté au monde luxueux auquel Teddy appartenait et son grand truc du pouvoir au peuple était une façon de lui reprocher de venir le chercher tous les jours dans le SUV Mercedes d'Hector.

En tout cas, à l'approche du grand jour, j'étais curieux de voir ce qui se passerait lorsque Waldo et Hector se retrouveraient dans la même pièce.

Mais l'après-midi de l'annonce prévue, alors que nous nous apprêtions à quitter le bureau pour régler les derniers détails de la réception, de lourds flocons se mirent à tomber. C'était la troisième tempête en autant de jours; la radio prédisait des chutes de neige abondantes. Teddy était dans tous ses états. Devions-nous annuler et reporter? Devions-nous quand même faire l'annonce, mais annuler la collecte de fonds? Elle textait frénétiquement avec Francis, consultait des tableurs sur son iPad et observait le ciel au-dessus de l'autoroute former un mur de nuages blancs. Les routes étaient mouillées, mais dégagées, et Teddy conduisait la Mercedes avec confiance. Sur le siège passager, je jonglais avec les appels et les textos qui arrivaient.

— Le risque de tempête est désormais de soixante-trois pour cent, lus-je sur mon téléphone.

— On doit annuler, déclara Teddy sans pour autant opérer un demi-tour ni appeler le bureau pour transmettre sa décision.

— Excellente idée ! s'exclama Waldo à l'arrière.

— Tu te tais ! lança-t-elle.

Il n'en fit rien.

— C'est une opération de terrain ! Nous sommes des gens du cru, des coriaces. Nous sommes l'alliance rebelle, bébé !

— Primo, « bébé », c'est niet. Et deuzio, si on foire notre entrée, on se tire une balle dans le genou dès le début.

Waldo étendit un bras entre nous pour tripoter les boutons de la radio.

— On devrait injecter tout cet argent dans les publicités en ligne, dit-il.

— Je libérerais plus de fonds pour les réseaux sociaux si tu m'écrivais quelque chose qui devienne viral.

— On ne peut pas écrire du viral. Ça doit être organique.

— Eh bien, jusqu'à ce que tu nous pondes un truc bien, les seules choses organiques sont les champignons farcis stockés dans ma cuisine pour la réception de ce soir.

— Donc on n'annule pas ? demandai-je.

Teddy soupira bruyamment, mais ne répondit pas.

— C'était foireux depuis le premier jour. Je l'ai dit à Francis... On ne peut pas laisser les électeurs penser qu'on mange dans la main des types de Wall Street, martela Waldo en tapant sa béquille sur mon bras. Soutiens-moi là-dessus, mon pote.

En vérité, je n'étais pas d'accord avec Waldo. Je ne voyais pas où était le mal à lever des fonds auprès de gens fortunés. Certes, il était bien de dire que nous avions récolté cent mille dollars de dons citoyens, mais il était bon aussi d'avoir un célèbre joueur de baseball qui nous remettait, devant ses riches amis, un chèque de la taille du Montana.

— Mon père avait une règle, expliquai-je. Ne jamais se retrouver seul dans une pièce ni une voiture avec une femme si ma mère n'était pas là aussi.

— C'est ridicule, déclara Teddy.

— Je le pensais aussi. Comme s'il supposait qu'en étant seul dans une pièce avec une autre femme ils finiraient forcément à poil. Comme si on ne pouvait faire confiance à aucune femme, ou bien était-ce à lui-même ?

— Ta mère ne l'a pas quitté pour une femme ? s'étonna Waldo.

Je reconnus qu'il y avait une certaine ironie, tandis que Teddy lui donnait une tape.

— Quel est le rapport avec le financement de la campagne ?

— Esquiver les gros donateurs, n'est-ce pas comme admettre qu'on ne peut pas être seul dans une pièce avec une femme avec qui on n'est pas marié ?

— Tu assimiles la libido de ton père au fait de résister à la pression des donateurs ?

— Ben, oui. Est-ce que ça n'infirme pas l'intégrité d'un candidat ? J'ai envie de voter pour quelqu'un qui sait accepter l'argent et néanmoins rester ferme quand il s'agit de légiférer.

Waldo soupira comme si j'étais d'une naïveté inexcusable, et c'était peut-être le cas. Je pensais avoir Teddy de mon côté, mais elle défendit immédiatement Waldo.

— Mais chacun de ces donateurs veut quelque chose. Ce n'est pas une invitation à boire le thé qui pourrait prendre une tournure sexuelle. C'est un rendez-vous où ils s'attendent à te ramener chez eux parce qu'ils ont payé ton houmous.

— Du houmous ? s'étonna Waldo.

— Ou autre, peu importe.

— Tu commandais du houmous lors de tes rencards ?

— Excuse-moi, s'indigna Teddy. C'était quand la dernière fois que tu es sorti avec quelqu'un ?

Waldo sourit, heureux qu'elle veuille le savoir.

Le manoir des Ruiz était dissimulé par une colline enneigée, mais une fois que nous remontâmes l'allée privée, je l'aperçus niché dans la vallée en contrebas, le long de la rivière gelée. Il ressemblait plus à un petit château. Trois étages de granit bordés de haies enneigées. Une fontaine dorée à l'eau gelée. Une serre abritait une piscine bleue cristalline et un court de tennis vert pomme. Une rivière sombre et profonde coulait derrière la maison, et même si je savais que c'était la même eau qui serpentait dans le comté, elle donnait l'impression d'être leur estuaire privé.

Hector Ruiz guettait notre arrivée depuis la double porte de l'entrée quand Teddy gara la Mercedes sur la rotonde dallée entourant la fontaine. Des cheveux noirs bouclés tombaient sur ses épaules masculines. Il portait un tee-shirt vintage et un jean moulant déchiré ; je soupçonnais les deux de coûter très cher. Il s'avança pieds nus dans la neige poudreuse pour nous faire signe d'entrer. Je vis les couleurs vives de ses avant-bras se flouter, mais je parvins à distinguer le labyrinthe d'inscriptions et de tatouages stylisés qui recouvrait son corps.

— Bonjour, mon amour ! Bonjour, bonjour ! chantonna-t-il en enlaçant Teddy par la taille dès qu'elle sortit de la voiture.

Difficile de nier qu'ils formaient un beau couple.

Waldo descendit par la portière arrière, béquilles en premier.

— Qu'est-ce qui t'est arrivé ? s'écria Ruiz.

— Un petit accident de krav maga. Tu devrais voir l'autre gars.

Waldo accepta maladroitement le bras ferme de Ruiz et ils sautillèrent vers l'entrée dorée comme les participants d'une course à trois jambes. Teddy et moi les suivîmes.

— Tu dois être le professeur de Cecily, me cria Ruiz par-dessus son épaule.

Je confirmai l'avoir été et bredouillai des compliments à son égard tout en contemplant l'imposante façade du châtelet. Ruiz me serra la main et, avant qu'il la lâche, j'aperçus un cœlacanthe, une plume écarlate et une sirène s'ébattre sur son biceps. Il était plus grand que je l'imaginais, et lorsque nous entrâmes dans le vestibule, il lévita presque en nous montrant où déposer nos bottes trempées – alors que lui laissait des empreintes humides à chaque pas.

— J'ai préparé du thé, dit-il en nous conduisant dans un magnifique salon de style moderniste.

Ouvert et entièrement blanc, il était agrémenté de bonsaïs et décoré d'objets d'art vaguement asiatiques. Il y avait une cascade et un véritable ruisseau au milieu de la pièce, que nous dûmes enjamber pour atteindre le canapé en demi-cercle. Au centre, sur une table basse en bois au bord franc, trônait un élégant service à thé en porcelaine.

— Cecily est quelque part en haut. On la verra peut-être, ou pas. Une ado, quoi.

Il me regarda comme si je connaissais les adolescents, ce qui était sans doute le cas. Puis Hector inspira plusieurs fois à fond au-dessus du thé. Décidant qu'il n'était pas assez infusé, il le reposa.

Au milieu du décor zen se trouvaient plusieurs pochettes de disques des années 1950 : *Ooby Dooby* de Roy Orbison,

With His Hot and Blue Guitar de Johnny Cash, *On the Streets of New York* de Moondog et, au-dessus d'une statue en or de Bouddha, *G.I. Blues* d'Elvis Presley dédicacé à l'encre noire.

Hector m'examina de la tête aux pieds.

— Rappelle-moi ce qui s'est passé ? C'est toi qui as été viré ? Cecily a participé à une manifestation.

J'aimais qu'il en soit fier, même si cela me semblait loin.

— Mon contrat a expiré et, avec le gel budgétaire, ils ne peuvent plus embaucher de nouveaux enseignants, ce dont ils auraient grandement besoin pour augmenter le...

Je m'arrêtai net, car j'allais me lancer dans mon discours habituel pro-députée, sur la façon dont elle seule pouvait solutionner l'impasse budgétaire et ramener les enseignants motivés comme moi dans les salles de classe, là où était leur place.

— Elle travaille bien ?

— Oh, elle cartonne, dit-il en reniflant de nouveau la théière avant de décider de prolonger l'infusion ; ça sentait le vieux pneu. Elle aime bien le nouveau prof. Il enseignait à Chumsford.

J'essayai de masquer ma contrariété. Était-ce le poste de ce professeur que j'aurais pris ? Tout cela n'était-il qu'une rotation sans fin ? Puis je me souvins que ce n'était plus mon problème.

Avant que je puisse poser d'autres questions, Teddy débita un chapelet de jurons sonores au téléphone. J'en devinais la cause. La neige tombait à gros flocons, et plus densément qu'avant. Francis, de retour au bureau de campagne, avait pris la décision de reporter l'annonce et d'annuler la collecte de fonds. Tout ce travail pour rien.

— Eh bien, rentrons alors, se réjouit Waldo un peu trop vite. Avant que la tempête ne se lève.

Hector huma le thé pour la troisième fois. Toujours pas à sa convenance.

— Restez, restez ! Il est presque infusé et ils ne déneigeront pas la route principale avant que la tempête se calme. En plus, on a une tonne de victuailles en cuisine qui ne vont pas se manger toutes seules.

— Non, on devrait y aller, dit Teddy en lui claquant une bise sur la joue. Ça va faire toute une histoire.

Mais Hector se leva alors qu'elle s'apprêtait à partir.

— J'aimerais discuter d'une idée avec vous, avant que vous ne lanciez les prochaines étapes.

Teddy s'arrêta.

— Tu remets ça ?

— Une idée dont tu veux discuter avec nous deux ? s'étonna Waldo en me désignant.

Teddy regarda patiemment son mari.

— Ne commence pas. Je t'en supplie.

Je sentis mon estomac se nouer, redoutant qu'il tienne des propos accusateurs sur le temps que Waldo (et moi) avait passé avec Teddy récemment. Que savait-il exactement de leur relation, quelle que soit sa véritable nature ?

Si Waldo était nerveux, il le masqua bien.

— De quoi veux-tu discuter, monsieur Ruiz ?

— Hector, s'il te plaît.

— OK. Qu'est-ce qui te tracasse, Hector ?

L'homme se cala contre le coussin blanc et ferme du canapé et contempla la cascade comme pour se recentrer. Lorsqu'il reposa les yeux sur nous, ils étaient chargés d'une intention.

— Ces dernières semaines, j'ai fait le point sur la situation. Franchement, c'est peut-être un signe que la collecte de fonds ait été annulée.

Je transpirais et me sentais mal, mais Waldo resta de marbre.

— Comment ça ?

— Hector, soupira Teddy. On en a déjà parlé.

— C'est vrai. Mais je ne suis pas convaincu.

— Convaincu de quoi ?

— Écoutez, j'aime ma femme, évidemment. Je suis impressionné, bluffé par tous ses projets. Mais ça m'inquiète. Je ne veux pas que nous... collectivement, précisa-t-il en nous englobant d'un geste circulaire, rations l'occasion de changer l'orientation de cette campagne.

— C'est ce que nous faisons, souligna Teddy. C'est pourquoi je me présente au poste de gouverneur.

Hector se mâchouilla la lèvre.

— Le lieutenant-gouverneur est très populaire. Même après le scandale. Il pourrait en ressortir plus fort grâce à sa gestion habile de l'affaire. Il enquête sur son ancien patron. Il joue les durs. C'est un malin. On doit voir grand si on veut le détrôner.

— On en a déjà parlé, dit sèchement Teddy. Les premiers chiffres sont excellents. On déploie une stratégie qui a du sens.

Waldo alla droit au but.

— Tu insinues que ta femme ne devrait pas être candidate ?

Hector confirma d'un hochement de tête.

— Exactement.

— Qui devrait y aller alors ?

Teddy, sachant ce qu'il allait répondre, s'assit au bout du canapé et croisa les jambes, attendant que son mari abatte ses cartes. Un court silence s'ensuivit, rempli seulement par le bruit de la théière qu'Hector soulevait pour une quatrième et dernière fois.

— Moi, répondit-il avant d'inhaler profondément.

L'odeur de caoutchouc brûlé du thé était enfin à son goût. Il sourit et demanda si nous en voulions.

La situation prit un tour nouveau. En plus de convaincre Hector que sa femme pouvait gagner, nous devions aussi lui démontrer qu'il ne pouvait pas l'emporter – exercice difficile en raison de sa popularité évidente. Les gens connaissaient le nom d'Hector dans tout l'État, alors que, en dehors du district, Teddy était quasiment inconnue. Il savait, pour avoir participé à plusieurs collectes de fonds en notre faveur, que c'était le gros bémol de la campagne en ce moment. Comment allions-nous la hisser au rang de lieutenant-gouverneur ? La désignation d'Hector comme candidat résoudrait immédiatement ce problème, mais en créerait une pléthore d'autres.

— Tu as zéro expérience politique, rappela Teddy à son mari, sans doute pour la énième fois.

— C'est vrai, mais tout le monde déteste les politiciens. Sans vouloir t'offenser.

— Je suis plutôt d'accord avec toi sur ce point, rétorqua-t-elle froidement.

Waldo écoutait sans rien dire, alors je l'imitai. Hector expliqua que si son curriculum péchait en termes d'expérience législative, il s'honorait d'un long passé d'actions militantes caritatives : bénévolat au mouvement de jeunesse Boys and Girls Clubs of America, dédicace de balles de base-ball pour la collecte de fonds dans la lutte contre le cancer lymphatique, préservation de sept cents acres de terres montagneuses au Nord menacées par l'exploitation minière. Il dirigeait une fondation caritative en faveur de l'alphabétisation qui avait récemment fait l'objet d'un reportage sur NPR, la National Public Radio. Son fonds de bourses d'études permettait d'envoyer chaque année à l'université dix excellents élèves issus de quartiers défavorisés.

— On peut dire que j'ai accompli plus de choses sans fonction officielle que notre dernier gouverneur pendant son mandat, conclut-il.

Waldo éclata de rire et goûta le thé nauséabond.

— Il est délicieux, commenta-t-il.

— Et le baseball ? demandai-je. N'êtes-vous pas trop occupé pour vous présenter aux élections ?

— Mes agents négocient mon nouveau contrat, expliqua Hector. Les propriétaires prétendent que ma coiffe des rotateurs est en train de lâcher. C'est des conneries. Je songe à prendre ma retraite de toute façon. Pour m'impliquer plus dans la fondation... mais un poste de gouverneur serait beaucoup plus intéressant.

— Tu as été arrêté..., se remémora Waldo. Dans les années 1990 ?

— J'avais employé les services d'une travailleuse du sexe qualifiée, rougit Hector. Mais ils ont effacé l'incident de mon casier judiciaire après que j'ai effectué des travaux d'intérêt général.

— Quel genre de travaux ? demandai-je.

Il y eut un silence gênant jusqu'à ce que je précise :

— Quel genre de travaux d'intérêt général ?

Hector rit.

— J'ai encadré un groupe de jeunes volontaires pour nettoyer le front de mer. On a sauvé un concombre de mer en voie de disparition.

Durant tout ce temps, Teddy était assise en face de lui, patiente mais silencieuse, comme si elle attendait que son mari renonce à sa lubie. Quand Waldo prit la parole, cependant, je vis ses narines s'évaser au moment où il s'esclaffa :

— Tu nous mets manifestement tous dans une situation très délicate.

Hector prit la main de Teddy, qui porta peu d'intérêt à ce contact affectueux.

— Je t'aime. Tu es incroyable, déclara-t-il avec emphase. Et quand je gagnerai, je sais qui nommer responsable de la politique éducative. Bon sang, je veux que tu diriges mon programme.

Cela me fit réfléchir. Si nous pesions de tout notre poids dans la balance pour le soutenir, Teddy pourrait mettre en œuvre sa politique : la Déclaration des droits de l'étudiant, le nouveau budget et tout le toutim.

Hector poursuivit en arguant qu'il séduirait la classe ouvrière, en insistant sur son enfance défavorisée et son histoire personnelle, l'ascension fulgurante d'un homme parti de rien.

Il pointa du doigt la pochette de *G.I. Blues* au-dessus de Bouddha.

— Vous connaissez Elvis ? Il a dit : « Nulle part ailleurs dans le monde on peut, du jour au lendemain, passer de conduire un camion à conduire une Cadillac. » C'est l'Amérique dont je peux parler. Celle où un merdeux maigrichon comme moi réussit à enflammer le stade des

Wizards. Droite, gauche... on peut unir tout le monde autour de cette idée.

— Votre femme a aussi des racines ouvrières, fis-je remarquer. Elle peut raconter la même histoire.

— Ouais, mais elle ne veut pas, rétorqua Hector avant que Teddy ne puisse intervenir. Elle n'aime pas évoquer son passé. Elle veut que l'électorat voie à quel point elle est intelligente, professionnelle et responsable, non ? Tu ne peux pas avoir toutes ces qualités si tout le monde sait que tu as grandi dans une bicoque au sol en terre battue. Que ta mère était une droguée et ton père un...

— Ça suffit, le coupa Teddy, réellement contrariée pour la première fois depuis le début de la conversation.

Hector s'excusa et lui reprit la main. Waldo observa Teddy retrouver sa contenance et cela me rappela le jour où elle m'avait confié son instinct de protection pour lui.

— Moi, poursuivit Hector, je m'en fiche. Je parlerai de mon passé si ça peut aider. Je n'ai rien à cacher. Eh ouais, dites qu'il y a deux poids deux mesures si ça vous chante. Mais c'est la vérité. Ça existe. Et c'est le monde dans lequel on vit, non ? On ne récoltera pas de votes en étant idéalistes, n'est-ce pas ?

Hector fit le tour du canapé pour s'asseoir à côté de Waldo, qui savourait une deuxième tasse de thé au caoutchouc brûlé. Je commençais à me demander s'il n'y avait pas quelque chose dedans ; j'avais remarqué que la pièce tournait légèrement. Waldo le regarda droit dans les yeux, concentré. Puis il parla.

— Avec quelques projecteurs et des drapeaux gigantesques derrière toi, je vois le topo.

— Tu penses que je suis stupide ? en déduisit Hector.

Teddy se pencha sur la table basse et leva la main.

— Je le pense.

— Je sais, bébé, susurra-t-il. Tu me l'as dit.

Mais Teddy en avait assez d'écouter en silence, enfin.

— Tous les matins, je me lève et je passe dix-huit heures d'affilée à chercher des moyens d'aider des milliers d'enfants dans mon district. Et un million d'autres en dehors du district. Et la plupart du temps, je m'endors en sachant que je n'ai presque rien accompli. C'est ça le job, Hector. Un travail frustrant, ennuyeux... Tu le détesterais. Et je te connais, je t'aime. Tu n'es pas quelqu'un qui peut être bon dans un boulot que tu détestes.

— Tu devrais mettre ça dans un discours, dit Hector à Waldo.

— Elle n'a pas tort, répondit Waldo.

Hector frappa dans ses mains.

— Cela m'amène à la raison pour laquelle je vous ai demandé de rester ce soir. Teddy a raison. J'ignore comment tous ces trucs fonctionnent. Et je n'ai pas envie d'embaucher une bande de politicards pour me dire comment gratter les votes des modérés. S'il y a une chose que je sais faire, c'est diriger une équipe. C'est pourquoi j'ai besoin de vous tous à bord.

— À bord de quoi ? demandai-je.

— À bord de cette équipe. Waldo, tu es mon directeur de campagne. Et toi – désolé, j'ai oublié ton nom –, mais si Teddy et Waldo te font confiance, ben, moi aussi.

Je n'en pouvais plus. Je pouffai alors que Waldo se tenait près de la fenêtre et regardait vers le portail. La Mercedes disparaissait déjà sous plusieurs centimètres de neige fraîche. Nous n'étions pas près de partir. Finalement, un sourire éclaira son visage.

— Je coûte très cher, dit-il en tendant la main à Hector.

— Moi aussi, répondit Hector en la serrant.

Teddy s'adossa au canapé et fixa en silence le plafond pendant une minute avant de se lever et quitter la pièce.

Nous n'avions aucune chance de partir avant le lendemain, et rien d'autre à faire que boire du thé et écouter Hector expliquer la différence entre le lapsang souchong et le pouchong oolong.

— Les colons américains buvaient un thé connu sous le nom de *bohea*, variété dégradée originaire de Wuyi, la région montagneuse de la province du Fujian en Chine, où il était cultivé avant d'être vendu à la Compagnie britannique des Indes orientales.

— Je l'ignorais, dit Waldo, sincèrement intéressé ou feignant à la perfection de l'être.

— C'est ce thé qu'ils ont jeté dans le port de Boston pour déclencher la révolution.

— C'est vrai ?

Hector hocha la tête.

— Je l'ai fait infuser spécialement pour ce soir. Ça fera bien quand tu écriras ce chapitre de ma biographie.

Waldo rit, mais impossible de dire si c'était un rire franc ou moqueur.

— L'Amérique commencera à s'intéresser au thé au cours du siècle, déclara Hector.

Waldo acquiesça.

— Le bouddhisme a exercé une influence énorme sur les premiers transcendantalistes. Thoreau, Emerson... Notre philosophie nationale puise ses racines dans les enseignements des anciens Chinois.

Hector s'enthousiasma.

— Et si le moyen de nous ouvrir l'esprit était le thé ?

— Dommage qu'il ait un goût de feu de poubelle ! cria Teddy depuis la cuisine.

Ni Waldo ni Hector ne s'en formalisèrent.

— À l'évidence, elle n'aime pas beaucoup cette idée, fit remarquer Hector.

— C'est l'évidence même, s'esclaffa Waldo.

J'étais malade. Je ne comprenais pas sa désinvolture. Où était le Waldo qui avait fait venir six cents punks rockers à la manifestation de Teddy sur la discrimination positive ? Je voulais qu'il s'insurge au nom de Teddy, qu'il défende la femme qu'il était censé aimer ! Mais non, il était assis là à rire avec son mari et l'avait déjà remisée au placard. Je me levai avec raideur et rejoignis Teddy dans l'élégante cuisine d'inspiration toscane aux dalles jaunes et vertes, équipée d'appareils électroménagers scintillants et coûteux. Sous un grand support métallique où étaient accrochées des casseroles et des poêles brillantes comme des sous neufs, Teddy planait au-dessus de l'un des très nombreux plateaux d'amuse-bouches recouverts de film alimentaire. Elle avait déchiré le film d'un plat de crevettes cocktail et les mangeait une par une en fixant le mur d'un œil vide.

— Quel cauchemar, dis-je. Ce n'est pas possible. Comment Waldo peut-il rester aussi calme ?

— Il connaît mon mari, expliqua Teddy. Il faut en passer par là parfois. Franchement, je suis étonnée que ce ne soit pas arrivé il y a des semaines.

— Il n'est pas sérieux, alors ? soufflai-je.

— Oh, il est très sérieux. Ou du moins, il pense l'être – ce qui revient au même.

Teddy soupira et jeta un coup d'œil par l'embrasure de la porte aux deux hommes sur le canapé blanc, qui discutaient comme de vieux amis. Ils étaient plus calmes maintenant, et je ne pouvais pas les entendre. Lisait-elle sur leurs lèvres ? J'allais lui poser la question quand elle parla.

— Écoute, indépendamment de mes propres ambitions, on doit le dissuader. Mon mari ne peut absolument pas devenir le gouverneur de l'État.

Le dîner fut servi une demi-heure plus tard. Attablés devant un service en porcelaine de Chine et des couverts en argent massif, nous attaquâmes le premier plat : émincé d'omble chevalier sur tranche de pamplemousse glacée. Teddy, contrariée, ignorait son mari, mais surtout Waldo, qui s'extasiait devant les entrées et encourageait Ruiz à raconter des anecdotes sur la saison 2009 où les Wizards atteignirent presque les play-offs. Vint ensuite un velouté de topinambours à l'huile de basilic, puis en plat principal un lapin rôti à basse température, enveloppé dans une tranche de prosciutto, servi sur des pommes grillées et accompagné d'un écrasé de pommes de terre au beurre et de haricots verts croquants. Je commençais à penser que travailler pour Hector ne serait pas si mal, après tout.

Cecily descendit au moment du plat principal et me réserva des retrouvailles chaleureuses. Elle était comme dans mes souvenirs, et je ressentis malgré moi un pincement de nostalgie pour l'époque de Pine Grove, qui me semblait soudain beaucoup plus simple que ma vie actuelle.

— Comment est le nouveau prof ? demandai-je. Il enseignait à Chumsford ?

Cecily hocha la tête.

— *Elle* nous a dit qu'elle devait sortir du « temple des privilèges ».

Je ricanai.

— Elle pense que Pine Grove n'est pas le temple des privilèges ?

— Pas comme Chumsford, m'assura Cecily.

J'aurais pu en débattre, mais attablé ici, à tremper ma cuillère en argent dans un yaourt au gingembre sucré au miel local, je n'étais pas sûr d'avoir des arguments valables.

— Que penses-tu du fait que ton père se présente au poste de gouverneur ? demanda Teddy de but en blanc.

— Si ça peut le faire arrêter de me parler de thé toute la journée..., plaisanta Cecily.

Hector, en bout de table, leva les yeux.

— Il y a pire que d'être la Première fille.

Mais Cecily haussa les épaules et quitta la pièce avec une assiette pleine, s'excusant d'avoir un devoir à finir.

Hector me regarda.

— Tu as des enfants ?

— Non. Pas encore. C'est en projet.

Cette affirmation me valut un drôle de regard de Waldo, comme s'il n'était pas dupe.

— Prépare-toi, dit Hector. Tout va très vite. Aujourd'hui, mec, je regarde ma fille et je me dis : quel genre de monde on lui laisse ? Je pourrais être milliardaire, la planète brûlerait toujours et la police serait hors de contrôle. Qu'est-on censés faire ?

— Je comprends, acquiesçai-je.

— Je veux qu'elle soit fière de moi.

Je jetai un coup d'œil à Waldo et vis qu'il regardait Teddy. Ses lèvres bougeaient en silence. Il lui disait quelque chose qu'elle seule pouvait saisir.

Je décidai de lui laisser du temps en monopolisant l'attention de Ruiz.

— Les projets de votre femme pour la scolarité sont très ambitieux. La Déclaration des droits de l'étudiant est la première étape d'une réforme totale du système...

— En fait, je souhaite m'éloigner complètement du modèle prussien, m'interrompit-il.

— Pardon, vous avez dit « prussien » ? Comme l'ancien État germanique ?

Je pensais sincèrement avoir mal entendu.

— Oui. Au début du XXe siècle, l'école publique américaine était calquée sur le système éducatif de l'État libre de Prusse. Cette nation venait de s'industrialiser et avait mis en place un système scolaire obligatoire pour former ses citoyens afin qu'ils puissent s'intégrer dans ce nouveau paysage. L'idée consistait à répartir les étudiants en différentes catégories. Ceux du bas, les plus aptes au travail manuel. Ceux du milieu, pour la bureaucratie gouvernementale et la gestion des entreprises. Et ceux du haut, pour l'éducation spécialisée et – c'est la clé – l'enseignement professoral afin de pérenniser le système. Je sais dans quelle catégorie tu étais. Devine dans laquelle j'étais ? Tu vois ? Cela n'a rien à voir avec notre véritable potentiel en tant qu'êtres humains. Rien du tout.

— Où avez-vous appris ça exactement ?

— Il a vu une conférence TED sur ce thème, intervint Teddy sans quitter Waldo des yeux. Peu importe, c'était le sujet de ma thèse.

Waldo sourit énigmatiquement alors qu'Hector balayait sa remarque de la main.

— C'est vrai. Tu peux vérifier.

Je réfléchis à son propos ; certains arguments faisaient effectivement écho à mes années d'enseignement, sans parler de mes années d'études.

— Admettons que je sois d'accord avec vous. Comment construire un programme valide sur cette base ?

Hector leva le pouce.

— Première étape. Abolir le système scolaire public. Deuxième étape. Mettre en place toute une série de crédits d'impôt conséquents pour aider les familles à organiser des cours à domicile en petits groupes.

— Votre programme consiste à scolariser à domicile tous les enfants de l'État ?

— Ça a marché pour George Washington. Ça a marché pour Thomas Jefferson.

— Vous ne pouvez pas demander aux parents d'aujourd'hui, qui le plus souvent travaillent tous les deux, de donner à leurs enfants des cours d'un bon niveau comme, disons, la Chine, le Japon ou la Suède enseignent à leurs enfants. Ils n'ont ni le temps ni la formation...

Mais Hector ne tarissait pas sur les moyens d'utiliser à meilleur escient les milliards de dollars actuellement alloués à l'enseignement public en investissant dans des « collectivités de quartier » : des groupes d'élèves scolarisés à domicile et éduqués par des parents-enseignants à tour de rôle, tous aptes à comprendre quels seraient les besoins de leur propre communauté. Du coin de l'œil, je vis Teddy tourner la tête pour cesser enfin de lire sur les lèvres de Waldo.

— Je vais me baigner dans le jacuzzi, annonça-t-elle. Qui veut se joindre à moi ?

— Je vais y tremper ma gambette valide, déclara joyeusement Waldo.

Je préférai m'éclipser en prétextant une envie pressante. Mais en réalité, j'errai dans les couloirs en essayant de réfléchir. Je m'imaginais disposer de la fortune d'Hector. Puis j'entendis bouger dans une pièce aménagée en bureau : il y avait de vieilles cartes de Porto Rico et des îles des Caraïbes accrochées sur les murs, des étagères garnies de livres reliés en cuir, et des peintures de villas de bord de mer aux toits rouges dans un paysage tropical. Il y avait aussi de grandes sculptures en bois de saints chargés d'offrandes portant des coiffes ornées de bijoux. Et, au bout d'une longue table, une pile de manuels scolaires familiers de Pine Grove et quelques cahiers.

— Coucou, me héla Cecily du fond de la pièce.

— Pardon, je ne savais pas que tu étais là.

Elle buvait un soda light.

— Pas de problème. Et avant que vous ne me posiez la question, je vous confirme qu'il ne m'écoute pas.

— Ce serait plutôt cool de vivre dans le manoir du gouverneur, plaisantai-je.

Cecily balaya la pièce du regard comme pour signifier que ce n'était pas un argument vendeur.

— Ça fait combien de temps qu'il y pense ?

Elle regarda une horloge à pendule dans un coin.

— Depuis ce matin ? Hier ?

Je ne pus me retenir d'éclater de rire, soulagé.

— Alors c'est une lubie ?

Cecily sourit, mais ne rit pas.

— Peut-être, mais ne vous inquiétez pas pour ça. En général, ça le passionne pendant quelques semaines. Avec un peu de chance, votre ami et vous pourrez lui soutirer pas mal de choses d'ici là.

— Lui soutirer quoi ?

— De l'argent ? Des bonnes bouffes ? Du thé du bicentenaire ? Tout ce que vous voulez.

J'étais estomaqué. Bien sûr, je connaissais le franc-parler de Cecily quand elle était mon élève. Mais là, j'étais chez elle, et elle croyait que j'essayais de profiter de son père.

— Ce que je veux, c'est contribuer à faire élire ta belle-mère au poste de gouverneur. C'est tout.

Elle ne sembla pas convaincue.

— Vous travaillez pour elle depuis quoi, deux ou trois mois ?

J'acquiesçai d'un signe de tête.

— Tu penses que je verrais les choses différemment si je la connaissais depuis plus longtemps ?

Elle haussa les épaules.

— Possible. Il faut du temps pour apprendre à connaître quelqu'un. Mais évidemment, mon père l'a demandée en mariage au bout de soixante-douze heures, alors j'ai raté le coche sur ce coup-là.

Je ne savais pas où elle voulait en venir, mais j'étais certain de ne pas avoir envie de m'embarquer dans cette histoire.

— Eh bien, on ne sait jamais, dis-je. On pourrait perdre.

Cecily aspira son soda et sourit.

— C'est ça l'idée.

Lorsque je redescendis, je trouvais Hector et Waldo en train de fumer le cigare en écoutant Howlin' Wolf chanter « Smokestack Lightning » près du jacuzzi où Teddy était à moitié immergée. En les observant, je réfléchissais aux propos de Cecily.

Qu'est-ce que je voulais ? Était-ce réellement que Teddy soit gouverneure ?

Waldo trempait sa jambe valide dans le bain bouillonnant, ses orteils dansant à quelques centimètres de la taille de Teddy. Je ne pouvais pas dire si l'un et l'autre étaient conscients de cette intimité. Cela ne perturbait pas Hector. J'observais le cigare rouler entre les doigts de Waldo. J'entendais son rire sonore alors qu'il écoutait d'autres faits d'armes des Wizards sur le terrain. Je voyais l'émerveillement dans ses yeux.

En réalité, je ne savais pas ce que je voulais. Sinon que j'étais prêt à aller au bout du monde et à faire n'importe quoi pourvu que ce soit avec Waldo.

Peut-être qu'Hector n'était pas sérieux. Peut-être qu'il l'était. Il avait des idées étranges, mais il ne nous donnait pas de leçons. S'il prononçait les discours que Waldo lui écrirait – que Waldo et moi lui écririons –, des centaines de milliers de personnes l'écouteraient.

Il était difficile de renoncer à la gloire si vite.

Je m'assis en silence à côté de Waldo et Ruiz et j'enlevai mes chaussures. J'étais prêt à annoncer que j'étais partant quand Waldo prit la parole.

— Je dois te dire un truc, Hector. Ma femme m'a quitté il y a deux mois. On va divorcer. Je signe les papiers le mois prochain.

Ma respiration se bloqua. Teddy l'observait attentivement tout à coup, et Hector semblait sincèrement bouleversé pour quelqu'un qui connaissait à peine Waldo.

— Je suis désolé. C'est une terrible nouvelle, dit-il.

— C'est la vie, soupira Waldo d'un calme olympien. On souhaitait des choses différentes en fin de compte. Elle était tout le temps partie pour son travail, et quand elle était là, elle voulait que je reste à la maison. Et j'avais envie d'être avec elle, sauf que je ne pouvais pas délaisser la campagne.

Il fit une pause et risqua un coup d'œil furtif vers Teddy, puis hocha la tête – lui annonçant une chose, devinai-je, qu'il lui avait déjà fait comprendre sans paroles.

— Le fait est que... Teddy a raison. Au sujet de l'investissement en temps. Le niveau d'engagement. Le sentiment de frustration.

Puis Waldo se tourna vers moi et agita son cigare.

— Est-ce que Kavya veut des enfants ?

La question me prit au dépourvu.

— On n'est pas pressés, mentis-je.

Waldo, manifestement, ne me crut pas. Ni Teddy, à l'évidence.

— Laisse-moi deviner. Tu l'as persuadée d'attendre. Pour l'instant. Quelques mois ? Puis tu voudras encore un rab de quelques mois. Pendant ce temps, tu penses que tu pourras gérer. Faire traîner en longueur. Jusqu'à l'année prochaine...

Il mima les efforts d'un type qui tire à la corde, s'accroche. Je ne réagis pas.

— Et en attendant, combien de nuits as-tu passées avec elle depuis que tu bosses pour nous ?

Je haussai les épaules. Il savait très bien que la réponse était : pas beaucoup. Quand j'avais appris que la réception de ce soir était annulée, j'avais dit à Kavya que je serais de retour d'ici une heure pour voir le film avec elle. Mais j'étais là, avec Hector, Teddy et Waldo. Pas à la maison.

Waldo se tourna vers Hector.

— Tu ne vas pas gagner. C'est un fait. À la minute où tu annonceras ta candidature, ils vont ressortir tous les vieux dossiers. Les ex mécontentes, les problèmes fiscaux. Et la travailleuse du sexe dont tu as consommé les services il y a vingt-cinq ans va témoigner en direct sur News12. Ses copines aussi. Tu vas dépenser un million de dollars sur tes fonds propres. Et tu perdras... Évidemment, une partie de ces désagréments peut aussi se produire si Teddy se présente. Mais ce ne sera pas aussi grave, et ça ne bousillera pas la carrière de Teddy – parce que personne n'oubliera qu'elle s'est retirée de la course pour que tu te présentes à sa place. Surtout après ta défaite.

Il y eut un silence, Hector attendant que Waldo aille au bout dc son raisonnement.

— Mais le pire, c'est que tu seras à des kilomètres de ta fille pendant tout ce temps.

Avant qu'Hector ne puisse répondre, Waldo regarda Teddy dans le jacuzzi.

— Cecily va avoir seize ans en avril ? Il me semble que tu m'as dit qu'elle intégrait l'équipe de Débat le mois prochain ?

Teddy confirma de la tête.

— Elle rejoint l'équipe de Débat ? m'exclamai-je avant que Waldo ne me fasse taire.

— Dis-moi, pourquoi as-tu inscrit Cecily dans une école publique ? demanda Waldo. Pourquoi elle n'est pas à Chumsford avec les gosses des autres joueurs ?

Hector se savait déjà vaincu. Il se recroquevilla en regardant sa femme.

— Je veux qu'elle ait une vie normale, avoua-t-il. Qu'elle aille à l'école avec des gens normaux, comme moi, pas avec une bande de fils à papa qui lui feront de la lèche parce qu'elle est ma fille.

Waldo hocha la tête.

— Mec, si c'est ce que tu veux, tu ne peux pas te présenter aux élections. Tu vas foutre sa vie en l'air.

Hector ne répondit pas, mais je la vis apparaître sur son visage. Pas la frustration ni la déception. Juste la peur. Il devait être rare pour un homme disposant d'une telle fortune de réaliser qu'il ne pouvait pas se permettre certaines choses. Que malgré ses biens et sa popularité, il ne pouvait pas protéger la personne qu'il aimait le plus. Sur ce point au moins, lui, moi et tous les autres étions horriblement égaux.

Cette nuit-là, seul dans l'obscurité d'une chambre d'amis perdue dans l'aile est du manoir, je regardais par la fenêtre la neige tomber du ciel noir en silence. Je réfléchissais à ma volonté de suivre Waldo dans les combats à venir. Ce choix n'était plus qu'un fantôme éthéré flottant dans la pièce avec moi. Je compris qu'il allait rapidement disparaître. Au matin, il serait facile de prétendre qu'il n'existait pas. Je l'oublierais, et personne ne le saurait jamais. Mais dans le noir, incapable de dormir, je pouvais m'avouer la vérité à moi-même.

3

Le lit à baldaquin qu'on m'avait alloué au manoir d'Hector était gigantesque, avec une couette gris argent si moelleuse qu'on pouvait s'y noyer par imprudence. Et pourtant, j'avais beau me lover dans cette literie en soie de mille fils, impossible de fermer l'œil. À intervalles réguliers, je me levais et traversais le couloir jusqu'aux toilettes. Chaque fois, je remarquais la fente de lumière sous la porte de la chambre occupée par Waldo. Lors de mon quatrième passage, je fis du bruit involontairement. Waldo ouvrit sa porte d'un geste leste et se suspendit dans l'embrasure comme une chauve-souris.

— Viens fumer une cigarette.

— Je ne fume pas, lui rappelai-je.

— Alors, tiens-moi compagnie pendant que je m'en grille une.

Il faisait un froid glacial dans sa chambre. Et je crus pendant un instant que Waldo l'avait cambriolée en raison des espaces vides sur les murs à l'emplacement où des cadres étaient manifestement accrochés avant. On avait également bougé les meubles ; rien n'était à sa place initiale. La température, au moins, s'expliquait. Waldo avait ouvert la fenêtre et posé une tasse à thé en porcelaine en équilibre sur le rebord, dans laquelle s'empilaient soigneusement les mégots dorés de ses Pall Mall.

Des tourbillons de neige s'engouffrèrent alors qu'il se hissait, jambe tendue, sur le rebord.

— Comment va le vieux plâtré ? demandai-je en m'approchant.

— Comme un vieux, soupira-t-il. J'ai l'impression de me traîner.

— Sérieusement ? Tu pourrais établir un record de vitesse terrestre.

— Je me sens engoncé.

Il alluma sa cigarette.

— Bien joué ce soir. Tu imagines ? Le gouverneur Hector Ruiz ?

Mais Waldo enregistra à peine mes paroles. Il avait visiblement une idée en tête.

C'est alors que je repérai, dépassant de sous le lit, une pile de toiles encadrées, certaines assez grandes – celles qui manquaient aux murs.

— Ils redécorent la pièce ?

Waldo, plongé dans ses pensées, ignora ma question.

— Écoute, dit-il, je te dois des excuses.

— Pour quoi ?

— Pour l'automne dernier. Maintenant, tu es au courant. J'étais en pleine séparation avec ma femme, mais ce n'est pas la seule raison. En fait, je n'ai pas l'habitude de travailler avec quelqu'un.

— Pas de souci.

Je n'y pensais déjà plus.

— Pour être honnête, je n'ai jamais eu besoin de travailler avec quelqu'un. Quand j'étais plus jeune, les mots coulaient naturellement. Maintenant, je dois trouver un déclic pour enclencher la machine. C'est un problème d'ego. Je ne voulais pas avoir besoin de ton aide... si tu vois ce que je veux dire.

— Je comprends parfaitement, lui assurai-je.

— Mais je dois admettre que c'est plus amusant à deux.

— Je trouve aussi.

Un de ses carnets jaunes était ouvert sur la table, près de l'endroit où je rôdais. Reconnaissant son écriture en première page, je le ramassai pour y jeter un œil.

— C'est pour le Bureau d'éthique commerciale ? Je pensais qu'on avait jusqu'à la semaine prochaine.

Waldo tira une longue taffe en secouant la tête.

— Discours du président Clinton au petit déjeuner de prière à la Maison-Blanche. Été 1998. Juste après la publication du rapport Starr.

Je l'étudiai de plus près.

— Celui où il a déclaré « J'ai péché » et a demandé pardon ?

— Pas son meilleur, dit Waldo en tapotant ses cendres par la fenêtre. Il ne parvenait pas à arriver où il voulait ; même à l'époque, je savais qu'il s'était planté. S'il avait tapé dans le mille, pile dans le mille, il aurait pu éviter la procédure d'*impeachment*.

— Tu crois ?

Il opina.

— Il m'arrive de le relire. J'essaie de voir où il s'est trompé.

Alors je compris pourquoi le discours me semblait si différent. Waldo n'avait pas simplement recopié à la main le discours du petit déjeuner de prière. Il l'avait modifié. Réécrit. Il avait conservé certaines phrases ou expressions, comme « toucher le fond de la vérité », mais en avait supprimé d'autres, et notamment remplacé la citation de la Bible au sixième paragraphe. Et la fin différait totalement ; il avait viré la partie sur les « portes du repentir[14] » qui constituait auparavant son thème central.

— Tu as coupé tout le passage sur Yom Kippour.

— Ce n'était pas bon, affirma Waldo. Pas bon du tout. Il voulait émouvoir, mais les fêtes religieuses et son « ami juif de Floride », c'est tellement artificiel. Ça induit une certaine fausseté dans le discours.

— Au lieu de ça, tu as... c'est de qui, Whitman ?

---

14. *Les Portes du repentir* de Yona Gerondi est un ouvrage d'éthique juive du XIIe siècle.

Waldo récita le paragraphe de mémoire.

— *Je dis que nous ferions mieux de considérer notre époque et nos terres bien en face, comme le médecin qui diagnostique un mal profond. Jamais il n'y eut, peut-être, plus de fausseté au cœur qu'actuellement, et ici dans les États-Unis. Une foi sincère semble nous avoir désertés. On ne fait pas honnêtement crédit aux principes sous-jacents aux États (voyez ces rougeurs fiévreuses et ces cris mélodramatiques), pas plus qu'on ne fait crédit à la simple humanité.*

— J'aime bien, dis-je sans conviction.

— Tu prends ça. Tu ripostes. Tu associes tes défauts à ceux de la nation, beugla Waldo. Presque tout le pays était avec lui ! Les Américains le comprenaient. Ils lui avaient déjà pardonné, si toutefois ses agissements les avaient réellement choqués. En notre for intérieur, la plupart d'entre nous savaient que nous n'étions pas moralement supérieurs. Que c'était Gingrich, Starr et les républicains les hypocrites et les menteurs – ce qui, alors, était la pure vérité.

Il s'arrêta, inspira à fond et expira une bouffée de fumée jubilatoire, comme un dragon se roule en boule autour de ses petits.

— Et Starr et le Congrès seraient *les rougeurs fiévreuses et les cris mélodramatiques* ?

Waldo se fendit d'un sourire et se détendit.

— Ce qu'il devait faire, c'est exposer ses transgressions, ses mensonges, avouons-le : son abus de pouvoir, nul ne peut le nier. Mais tu le présentes comme le symptôme d'un mal extérieur à lui. Au-delà de sa petite personne. Quelque chose que nous connaissons tous et cachons tous les jours à la Terre entière.

Il avait les paupières closes, les poings serrés. Je l'avais déjà vu dans cette posture ; il visualisait la scène. Le discours. La pièce sombre, les lumières sur lui. Les caméras qui tournent. Vu de l'extérieur, on aurait dit qu'il s'adressait à une foule invisible, un acteur au bord de l'avant-scène, les orteils dans le vide au-dessus de la fosse d'orchestre. Se grandissant pour remplir le proscenium de sa masse. À cette courte distance, on aurait dit qu'il priait.

— C'est bien, murmurai-je. Ça aurait peut-être marché.

Waldo ouvrit les yeux. Il se relâcha et déchira la page.

— Je ne sais pas. Mais j'y travaille encore.

Il alluma une autre cigarette et souffla des bouffées de fumée bleue dans la nuit. Il ne cessait de regarder dans la chambre par-dessus son épaule, comme si quelqu'un pouvait nous espionner.

— Ça te fait bizarre d'être ici ? demandai-je.

— Comment ça, bizarre ?

— Ben, dans la maison de Teddy ? Enfin, dans sa maison et celle de son mari ?

C'était la première fois que j'évoquais, même indirectement, ses sentiments flagrants pour Teddy. S'il avait joué les innocents, j'aurais laissé tomber. Mais il rougit et me regarda avec des yeux de cocker, la même expression qu'à la boulangerie quand les DiGenova l'avaient taquiné.

Waldo tira une longue bouffée sur sa cigarette, consumée jusqu'au filtre, et faillit la jeter par la fenêtre. Mais il se ravisa et l'enfonça dans la tasse à thé avec les autres.

— Tu ne m'as jamais demandé quel était mon discours préféré, dit-il.

— C'est lequel ?

Il contempla longuement les étoiles, la neige ; au clair de lune, on aurait dit une autre planète, une terre inconnue que personne n'avait encore foulée. J'avais l'impression d'être à la proue d'un navire, en mer depuis des mois, et d'apercevoir enfin la terre ferme. Puis il répondit : la nuit du 8 janvier 2008. Nashua, New Hampshire. *Yes we can.* Oui, nous pouvons.

Waldo n'avait commencé à s'intéresser au sénateur Obama qu'après sa victoire inattendue dans l'Iowa au début du mois. Et surtout parce que Teddy l'avait appelé. Il n'avait pas eu de ses nouvelles depuis des années. Depuis la Californie et Habitat, disait-il. Mais tous les bénévoles d'Obama étaient chargés d'une mission : appeler ou envoyer un texto à tous les contacts enregistrés dans leur téléphone, anciens ou récents, grand-mère ou ennemi juré, et leur demander de soutenir la campagne du sénateur. Parvenue au W, Teddy l'avait appelé. Elle avait dit « Salut », lui avait demandé ce qu'il devenait et s'il avait eu l'occasion d'entendre un discours du sénateur Barack Obama. Ils avaient parlé moins de cinq minutes en tout. Le soir même, Waldo quitta la Géorgie, laissant tomber ses études de droit et un stage chez Kendall et Associés. Il fit don de l'intégralité de son compte en banque à la campagne et conduisit deux jours et deux nuits d'affilée pour rejoindre les bénévoles dans le New Hampshire, qui faisaient du porte-à-porte avant les primaires.

— J'espérais trouver Teddy là-bas, expliqua-t-il. Seulement elle était déjà partie avec l'équipe qui préparait les prochaines primaires.

Waldo n'avait pas les moyens d'aller jusqu'au Nevada à ce moment-là, alors il intégra une équipe de Lebanon et travailla pendant trois jours et trois nuits sans dormir. Bien que Hillary Clinton ait remporté l'État par huit mille voix d'écart, Waldo était présent dans le gymnase de l'école de Nashua, bourré à craquer, pour voir le sénateur Barack Obama en chair et en os et entendre le discours – *le* discours – à une distance d'à peine trente mètres.

Pour la première fois depuis très longtemps, Waldo avait ressenti un véritable élan pour la politique. Un engouement différent de l'envie de balancer des cocktails Molotov sur l'establishment. Il le ressentit dans ses tripes : Barack Obama était tout ce que les autres paraissaient être, mais n'étaient pas – ce que tous les autres savaient qu'ils n'étaient pas, mais prétendaient être. Tout dans sa biographie, jusqu'à son nom, indiquait qu'il ne pourrait jamais être président. Sauf que ses paroles et ses actes convainquirent Waldo qu'il devait absolument être président.

Le discours était sincère, non fabriqué, utopique. Waldo me confia qu'il avait passé les six nuits suivantes à lire la transcription, essayant de le décomposer. Il le disséqua avec moi, dans la chambre.

— *Il se passe quelque chose en Amérique... Il se passe quelque chose quand les hommes et les femmes... Il se passe quelque chose.*

Une triple répétition qui débouche sur une cause commune au tour final.

La ligne suivante débute par *et*, comme une forme de continuation de la phrase : *Et que nous soyons riches ou pauvres, noirs ou blancs, latinos ou asiatiques, que nous venions de l'Iowa ou du New Hampshire, du Nevada ou de la Caroline du Sud, nous sommes prêts à engager ce pays dans une direction fondamentalement nouvelle.*

Puis une réponse au précédent *quelque chose* :

C'est *ce qui se passe en Amérique en ce moment; un* changement *se passe en Amérique.*

L'ensemble fonctionnant comme le signe annonciateur du final, la série d'affirmations *oui, nous pouvons*, chacune allant de plus en plus loin.

Oui, nous pouvons. Oui, nous pouvons. Oui, nous pouvons. Nouveau triplet : et la variante finale à laquelle le triplet précédent avait préparé le public comme un thème dans une sonate de Mozart – il l'avait électrifié.

Oui, nous pouvons les chances et la prospérité. Oui, nous pouvons guérir cette nation. Oui, nous pouvons réparer ce monde.

Puis la quatrième note, le retour. *Oui, nous pouvons.*

Oui, nous pouvons réparer ce monde.

Waldo me dit qu'il n'avait cessé de penser à cette phrase par la suite.

Elle était à l'opposé de ce qu'il avait cru toute sa vie. La musique punk, Nietzsche et le nihilisme stylé, cynique, génération X, MTV. C'était l'idée même qu'il avait été formé à rejeter pendant trente-cinq ans. Mais après seulement mille deux cent trente-cinq mots et treize minutes, il y croyait dur comme fer.

Waldo avait suivi la campagne en Caroline du Sud, au Michigan et ailleurs. Partout où il allait, dans les équipes qu'il rencontrait ou avec qui il travaillait, il guettait d'un œil Teddy. Ils s'envoyaient des textos et arrivaient parfois à se joindre, mais un impondérable surgissait toujours à la dernière minute, et ils se rataient de peu. Lors de la convention d'investiture d'Obama à Denver, au milieu de la foule des délégués et militants bénévoles, Waldo, certain qu'ils se trouvaient au même endroit, la chercha partout en vain.

À l'approche de l'élection présidentielle de novembre, Waldo était passé du statut de bénévole à celui de membre de l'équipe et il dirigeait les opérations d'enregistrement dans notre propre État. Sa femme et lui n'étaient pas encore mariés, mais ils se fréquentaient, « si on peut dire », précisa-t-il, car ils se voyaient par intermittence depuis des mois. Madison (son prénom, enfin) vivait à Los Angeles, où elle passait des auditions et obtenait des petits rôles. Durant ses études de droit, elle lui avait rendu visite un week-end, et lui allait la voir quand il le pouvait. Mais depuis la campagne, ils n'arrivaient plus à se croiser ; Waldo ne savait jamais où il allait être, ni pour combien de temps, et elle avait enfin décroché un rôle dans un pilote et restait à LA au cas où la série se tournerait. Il lui promettait d'aller la voir, mais annulait chaque fois. Prendre quelques jours de congé en pleine campagne équivalait à accepter une éventuelle défaite d'Obama. Les équipes savaient de tête le nombre exact de voix que John Kerry avait gagnées ou perdues dans chaque district. X votes signifiaient Y visites en porte-à-porte et Z heures. Dormir, faire une pause déjeuner, rendre visite à un parent malade ou assister au mariage de sa sœur – le moindre relâchement pouvait coûter l'élection, du moins ils le croyaient.

Tous les bureaux grouillaient de militants qui avaient mis leur vie sur pause pendant la campagne. Ils avaient sacrifié leur couple, quitté un poste prometteur, coupé les ponts avec leurs amis et leurs proches. Ce n'était pas une gloire honorifique, mais un préalable à l'embauche. Et c'était ce que Waldo avait aimé dans cette époque, confessa-t-il. Faire partie d'une grande famille de fugueurs, tous à la recherche d'un deuxième (ou troisième, quatrième) souffle dans leur vie américaine.

Madison ne le comprenait pas, le supportait mal et ils se disputaient constamment. Waldo était trop épuisé pour arranger les choses, et, au milieu de ce chaos, son chemin finit par recroiser celui de Teddy.

Elle était devenue la principale organisatrice de sa zone. Teddy, à l'époque comme aujourd'hui, s'engageait à fond : enthousiaste, méthodique, inarrêtable. Lorsqu'ils se revirent pour la première fois, au milieu du brouhaha des sonneries de téléphone et des éclats de voix des étudiants, ce qu'ils avaient vécu ensemble leur sembla être arrivé à d'autres personnes. À une Teddy et un Waldo qui n'existaient plus et qui ne seraient plus Teddy et Waldo de ce côté du combat. Cette nuit-là – en réalité, c'était l'aube –, ils sortirent boire un verre avec d'autres membres de l'équipe et rattrapèrent les années autour d'une margarita à deux dollars. Elle voulut savoir pourquoi il était venu. Il invoqua le discours de Nashua. « Non, avant ça », précisa-t-elle. « Comment l'expliquer ? Tu m'as convaincue. »

L'élection avait lieu dans quelques jours. Personne n'avait la moindre idée de ce qu'il ferait ensuite. Seul existait le 4 novembre. Au-delà de cette date, l'hypothétique régnait.

Le jour venu, il n'y avait plus d'appels à passer. Plus de fonds à collecter. Tout le monde écoutait les stations de radio, consultait les chaînes d'information et les sites web à la recherche de sondages à la sortie des urnes. Tout ce qui pouvait indiquer n'importe quoi. Quelques heures les séparaient du salut ou de l'apocalypse. Puis les militants commencèrent à prendre leur voiture pour rejoindre Grant Park, à Chicago, où Obama devait prononcer son discours de défaite ou de victoire, après l'annonce des résultats le soir même. Un par un, les bureaux s'éteignirent. Le parking se vida. Certains se rendaient dans des soirées locales. D'autres rentraient chez eux. D'autres encore s'étaient endormis dans la salle de repos.

Teddy, trop fatiguée pour conduire elle-même, demanda à Waldo s'il pouvait la déposer à son bureau de vote.

Alors il l'emmena là-bas en Lincoln. Puis il lui proposa de se retrouver avec d'autres dans un bar près du bureau. Teddy lui demanda combien de temps il faudrait pour aller à Grant Park. Waldo l'ignorait, mais ils se mirent en route.

Ils roulèrent pendant dix heures à cent quarante kilomètres-heure. Ils n'avaient jamais passé autant de temps seuls, en tête à tête. Elle lui parla de son père et de l'usine de meubles. Ils avaient tourné la page de leur passé désormais. Teddy avait pris un congé de son poste récent de directrice adjointe dans sa ville natale. À son retour, elle espérait obtenir une promotion. Waldo lui parla de sa vie en Géorgie. De l'abandon de ses études de droit, de son avenir incertain avec Madison ; il ne voulait pas vivre à Los Angeles. Il ne voulait pas devenir un de ces types avec les cheveux courts et la moitié d'un scénario. Tout cela appartenait au monde du passé : celui des possibilités limitées. Ce monde était révolu. Plus ils roulaient, plus Waldo était certain qu'Obama serait président, mettrait fin aux guerres, absoudrait les disgrâces et qu'ils reconstruiraient ce monde – Obama et Waldo et Teddy, tous ensemble.

Puis, quelque part sur l'autoroute, en Pennsylvanie occidentale, Tom Brokaw annonça à la radio que la course était terminée. Barack Obama avait gagné.

Un an de sa vie, toutes ses dettes, ses pertes, ses peines, ses insomnies et ses blessures, tout cet investissement devenait instantanément rentable. Waldo avait l'impression d'avoir remporté une mise d'un million de dollars. C'était un grand chelem, fin de la neuvième manche, septième match, Série mondiale[15]. Il se souvenait d'avoir hurlé de joie avec Teddy. Il repartait de zéro, tout neuf et absous. Ce jour engendrerait un autre monde, un monde qu'il avait contribué à forger, et personne ne lui enlèverait cela. Du moins, c'était ce qu'il pensait alors.

Grant Park apparut, une explosion de lumière et de bruit dans la nuit obscure. Waldo dut abandonner la Lincoln un kilomètre plus bas, car la circulation était paralysée. Alors qu'ils pressaient le pas en direction de l'écho du discours du président élu, ils virent la marée humaine qui bloquait les voies. C'était comme si une canalisation avait éclaté et

15. World Series en anglais, série finale de la Ligue majeure de baseball (MLB) américaine.

inondé la ville, sauf que ce n'était pas de l'eau, mais un flot humain qui se déversait dans les rues. Deux cent cinquante mille Américains, comme eux, qui aimaient cet homme devenu leur président. Des jeunes, des vieux. Des silhouettes brunes, noires et blanches se fondant l'espace d'un instant en un seul et même corps. Des années de guerre, de douleur et de crise seraient effacées. Nous pouvions tout recommencer, et cette fois faire les choses bien. Waldo saisit la main de Teddy alors qu'ils se pressaient dans la foule pour se rapprocher et apercevoir la tribune au loin.

Waldo dit qu'il se souvenait du moment où il avait senti la main de Teddy se dérober. Il s'était tourné pour voir si elle le suivait, mais elle avait disparu. Il était revenu à l'endroit où la foule l'avait emportée, mais c'était trop tard. Marchait-elle devant lui ou derrière lui ? Chaque seconde les séparait un peu plus, jusqu'à ce qu'il accepte l'impossibilité de la retrouver.

Cette nuit-là, il avait appelé, envoyé des messages. Il avait dormi seul dans sa voiture. Il avait attendu à l'endroit où ils s'étaient garés, au cas où elle le chercherait. Mais elle ne revint pas, et il comprit qu'elle était partie affronter tous les éléments qu'il devait affronter lui aussi : sa famille, ses obligations, son avenir vibrant de promesses. Sa propre vie l'attendait aussi, remplie d'une vibration très différente.

Dans la chambre d'amis d'Hector, Waldo alluma sa dernière cigarette, les traits tirés par la fatigue. Il s'affala contre le rebord de la fenêtre. J'eus pour la première fois l'impression qu'il risquait de tomber, impression immédiatement confirmée. Trois centimètres de plus sur le côté, et il basculerait dans le vide, vers les congères en contrebas.

— J'aurais dû revenir en voiture ici. L'attendre au lycée où elle a repris son poste. Je ne sais pas ce qui se serait passé si je l'avais fait. Au lieu de ça, je suis parti retrouver Madison. On s'est mariés cet été-là, et j'ai bossé pour un membre du Congrès.

Lorsqu'il mentionna son nom, je me souvins de cet homme : beau, jeune. Il avait surfé sur la grande vague bleue d'Obama, avant d'être évincé lors des élections de mi-mandat, deux ans plus tard, et remplacé par le même rustre du Tea Party qui occupait le siège auparavant.

— C'était le pied. J'ai écrit pour lui pendant deux ans. C'est là que j'ai rencontré Burdick. C'est un rédacteur médiocre, mais il m'a appris ce qu'il ne faut jamais faire ni être, tu vois.

J'opinai et lui demandai ce qu'il avait fait après la défaite du membre du Congrès.

— J'ai commencé à travailler en free-lance. J'ai trouvé des petits boulots de rédaction un peu partout dans l'État : pour des politiciens, mais aussi des hommes d'affaires. Des P-DG, des consultants en relations publiques, ce genre de profil. J'ai rédigé des argumentaires de vente pour un laboratoire pharmaceutique près de Ridgedale. Je devais gagner ma vie jusqu'à la prochaine élection. Seulement voilà, quand j'ai voulu participer à la campagne sur laquelle Burdick travaillait en 2012, j'étais devenu un lépreux. Il a refusé de m'engager. Si on découvrait qu'un rédacteur du candidat avait écrit pour les Big Pharma, ça ferait des remous. J'avais cessé d'accepter ces piges, mais c'était trop tard. Ensuite la situation a dégénéré avec Madison et j'étais coincé. Puis, un jour, je discutais avec un vieux pote de l'ancienne équipe du New Hampshire, il m'a dit qu'une de ses amies se présentait pour un siège de députée locale et pourrait probablement me trouver un emploi. Et c'était Teddy... Ruiz, désormais.

— As-tu su ce qui lui était arrivé à Grant Park ?

Il secoua la tête.

— On n'en a jamais parlé. Elle a dit à Francis qu'elle me connaissait de la campagne d'Obama, que j'étais un grand écrivain. C'était gentil de sa part. Mais depuis, on se comporte, elle et moi, comme si rien ne s'était jamais passé. On a épousé quelqu'un d'autre... et on a accepté tacitement d'occulter certains pans de l'histoire... Je suppose qu'on est devenus bons à ce jeu, conclut-il d'un revers de la main.

Puis il se pencha dehors pour tirer la fenêtre et, pendant quelques secondes, je le vis disparaître à moitié dans l'obscurité. Je pris peur, mais avant que je puisse faire un geste, il était de retour dans la pièce et fermait la fenêtre. Il poussa délicatement la couche de neige du rebord de la fenêtre vers le tapis persan et ramassa ses mégots.

— Je vais les jeter dans les toilettes, déclara-t-il. Teddy m'a fait jurer de ne pas fumer ici.

Je hochai la tête, soudain épuisé moi-même, et heureux d'avoir passé une partie de la nuit à discuter avec lui. Je pensais connaître enfin le vrai Waldo, et laissai échapper une phrase étrange.

— Je suis fier de toi.

Waldo s'arrêta à mi-chemin des toilettes, la tasse à thé à la main.

Franchement, je ne m'expliquais pas la raison de cette phrase.

— Oublie, dis-je. Je suis crevé. Je dis n'importe quoi.

Waldo attendit un moment, puis il posa la tasse et s'approcha de moi.

— Tu as dit que tu étais fier de moi ? s'étonna-t-il.

— Oui. C'est vrai.

S'ensuivit un silence qui dura plus longtemps que je n'ose y penser maintenant.

— C'est moi qui t'admire, dit-il. Vraiment. Ton couple avec Kavya. Tout ce que vous avez vécu ensemble. Vous avez une histoire. Je donnerais n'importe quoi pour avoir ce passé. Ne la laisse jamais partir.

Je lui en fis la promesse et quittai sa chambre. J'aimerais pouvoir dire que je réussis à m'endormir après ça.

QUATRIÈME JOUR
Île Davis

M-I-S-S/I-S-S/I-P-P-I. Un vague souvenir me revient en mémoire lors de ma méditation matinale : je me revois dans la cage d'escalier de la synagogue, où un ami m'apprend à épeler « Mississippi ». C'est le mot le plus long que j'arrive à épeler. Déjà à l'époque, j'ai conscience de son rôle dans la mesure du temps. Par la suite, lorsque mon père me dira : « Donne-moi juste dix secondes pour finir ma soudure », je me mettrai à psalmodier : un Mississippi, deux Mississippi, trois Mississippi...

Pourtant, je n'étais jamais allé dans cet État avant aujourd'hui. Je ne me souviens pas comment je l'imaginais à cet âge-là, mais certainement pas comme l'étendue de nature sauvage couleur émeraude qui défile derrière les vitres de ma voiture en arrivant sur l'île Davis. Historiquement, c'était une péninsule, située sur la rive du fleuve côté Louisiane, mais elle fait néanmoins partie du M-I-S-S-I-S-S-I-P-P-I. Une couverture verte et marécageuse s'étend sur tout le paysage. Nichées dans des bois de grands arbres, j'aperçois les cabanes bicentenaires, décaties mais toujours debout. À quelle hauteur s'élevaient ces chênes lorsqu'on a construit ces maisons ? Où se trouvait la lisière des bois ? Ces baraques vont-elles s'effondrer d'elles-mêmes ou être englouties ?

Ici, les terres sont inondées perpétuellement par les débordements du fleuve. Une heure plus tôt, sur une aire de repos, j'ai vu une carte ancienne accrochée dans un cadre ordinaire au-dessus de la machine à café. Un magnifique entrelacs de bandes de couleurs vives : orange, rose, vert et bleu. *Le cartographe Harold Fisk*, lisait-on sur une plaque, *en collaboration avec le corps du génie de l'armée de terre en 1944, a créé cette carte des méandres du Mississippi*.

Une carte des méandres. Je n'en avais jamais entendu parler. Les différentes bandes de couleur marquent l'emplacement du lit du Mississippi à diverses époques au cours du dernier millénaire. Un grand serpent arc-en-ciel qui se tortille, une tresse de couleurs témoignant des déplacements du fleuve sur des kilomètres dans un sens au cours d'un siècle, puis dans l'autre sens le siècle suivant. Qui l'eût cru ? Je suis resté devant la carte, abasourdi, jusqu'à ce que quelqu'un me demande de bien vouloir lui passer le pot de crème si je n'en prenais pas.

L'île (ou la péninsule) sur laquelle je me trouve actuellement abrite aussi la demeure historique de la famille Davis, celle de Jefferson Davis, le premier et l'unique président des

États confédérés d'Amérique. Je suis venu pour rencontrer un vieil ami de Waldo, pas pour m'imprégner de l'histoire humide et marécageuse des lieux, mais mon imagination se met en marche. À cette époque, à l'endroit de ces terres sauvages s'étendaient des champs de coton, les onze mille acres de la plantation Brierfield de la famille Davis. Il y a un musée à proximité où l'on peut voir la cravate de l'investiture de Jefferson Davis, encadrée sous verre. Si le Sud avait gagné la guerre, cet endroit serait un site historique national – les citoyens de cette Amérique alternative s'y rendraient en masse comme nous allons visiter la maison de George Washington à Mount Vernon –, et nous y verrions peut-être aujourd'hui encore des esclaves cueillir le coton.

Dans les faits, les deux cents esclaves s'évadèrent lorsque les soldats de l'Union attaquèrent la propriété en 1862 ; la demeure voisine, appartenant au frère de Davis, fut incendiée et réduite en cendres. *Don't Tread on Me*, « Ne me marche pas dessus », proclame l'étendard jaune figurant un serpent à sonnettes. J'ai vu autant de ces Gadsden Flags sur les pare-chocs des voitures ici que de drapeaux confédérés ou de casquettes MAGA[16]. *Essayez de m'empêcher de marcher sur les autres* n'est pas un slogan aussi concis, je suppose, et il s'intègre moins bien dans une histoire révisionniste de la guerre civile qui, pour ma mère qui a grandi dans l'Arkansas

16. *Make America Great Again*, la casquette rouge des partisans de Donald Trump.

voisin, était présentée comme « la guerre d'agression du Nord » par ses professeurs et expliquée principalement sous l'angle de la résistance au fédéralisme, avec une brève mention de l'esclavage. Ce n'est qu'après avoir quitté la maison qu'elle découvrit l'autre version, et comprit alors qu'elle avait vécu toute son enfance dans un pays différent, avec une histoire différente.

Heureusement, je ne tarde pas à arriver au bout du chemin de terre et à trouver la marina. Des bateaux à la peinture écaillée sont juchés sur des rangées d'échafaudages. Des traînées d'algues marbrent les coques, où des bernacles s'agglutinent comme des oignons sur un pied vieillissant. La plupart de ces bateaux sont à sec depuis des dizaines d'années. Certains, proches de la lisière des bois, disparaissent complètement dans les arbres, ayant été lentement grignotés par la forêt. En regardant mieux, j'en vois quelques-uns engloutis sous la verdure. On dirait des baleines préhistoriques qui nagent dans la forêt.

Près des quais, j'aperçois la cabane pour les travailleurs du fleuve. Certains s'affairent sur des bateaux, d'autres sont assis sur des chaises pliantes et fument une cigarette. Un vieux baril de pétrole, qui sert de brasero pour les soirées plus froides qu'aujourd'hui, est rempli d'emballages en carton de Budweiser. Un calendrier pin-up au-dessus de l'établi est resté figé sur avril et la rousse plantureuse qui chevauche une Corvette. Un faux billet de cent dollars à l'effigie du président est collé sur la caisse enregistreuse. Quelqu'un a dessiné un ruisseau de larmes sur ses joues au stylo bleu. Il y a des chats errants partout. Des chatons chassent les grillons et des bestioles plus grosses ; plusieurs gambadent autour de moi au cas où je laisserais tomber de la nourriture.

J'identifie facilement Matsui. Il ressemble à un père Noël torse nu : un homme bedonnant à la barbe fournie qui travaille sur un somptueux voilier en bois – à la différence de la plupart des bateaux alentour en matériaux plus modernes, fibre de verre ou aluminium. J'ai vu des photos d'*Ono* en ligne, mais il est plus impressionnant en vrai. Une goélette de vingt-six pieds à la voilure blanche, maintenant enroulée. Le bateau étincelant brille dans la lumière du soleil, des gerbes de sciure de bois jaillissent du pont où bricole Matsui. Le vrombissement cesse lorsqu'il m'aperçoit. Il pose ses outils, descend avec son masque poussiéreux et me salue.

Nous parlons pendant quelques minutes du chantier en cours : enlever les planches pourries à l'intérieur de la cabine. Il travaille pour un cabinet juridique à Jackson, à une trentaine de kilomètres de là. Il nous a demandé d'envoyer le contrat de confidentialité à l'avance, et il me le rend avec des corrections ici et là au stylo rouge. Des modifications mineures, d'après ce que je peux voir, mais je lui dis que je devrai soumettre les changements aux avocats de Teddy pour finaliser l'accord.

— Vous avez été stagiaire chez Kendall & Associés à Atlanta ? En même temps que Waldo Woodson Jr ? je lui demande.

Matsui acquiesce et répète ce qu'il m'a déjà dit en ligne.

— Waldo aurait été un sacré bon avocat s'il n'avait pas démissionné. Un type intelligent. Un grand charmeur. Un original aussi ; il conduisait partout cette vieille Lincoln Continental énorme.

— Et vous exerciez dans quelle branche du droit ?

Matsui enlève ses gants et sort un soda orange fluo d'une glacière. Il m'en offre un, que j'accepte volontiers. Il fait chaud et humide malgré la brise légère qui descend le fleuve et effleure nos visages. Le pétillement acide des bulles m'évoque l'enfance, et je me souviens tout à coup que ma toute première canette de soda était ce même Crush Mandarine, offerte par mon père. Elle sortait, ruisselante de condensation, d'un distributeur automatique situé dans un bureau terne du service des immatriculations où il faisait renouveler son permis de conduire.

— Kendall était spécialisé dans la défense des condamnés à mort, explique Matsui. Dénoncer les abus policiers, repérer les lacunes dans les éléments de preuve, identifier les témoignages sous influence, et cætera.

— Un travail gratifiant, commenté-je.

— En réalité, je n'ai jamais eu d'avis tranché sur la peine de mort avant d'entrer chez Kendall, mais, à force d'entendre Waldo en parler, je m'y suis intéressé. Je me souviens qu'il était passionné. Il disait qu'il voulait sauver des vies, faire le bien à l'échelle universelle. Venant de lui, ça m'a séduit d'une certaine manière.

Je confirme que je comprends ce qu'il veut dire.

— J'ai retrouvé cette photo au fond d'une boîte. Je ne sais pas si vous la voulez.

Matsui sort une vieille photographie de son sac, en évitant de la poudrer de sciure. Je la prends avec précaution et souris de voir, encore une fois, un autre Waldo. Il est assis derrière un bureau en costume sombre et cravate rayée, les cheveux rasés comme s'il sortait de l'armée. C'est drôle de le voir prendre un air sérieux. Adulte. Cela lui va aussi mal que le costume, trop grand et auréolé de sueur, peut-être à cause du vélo.

— Waldo m'a aidé à comprendre les cas de jurisprudence : Furman contre la Géorgie, Gregg contre la Géorgie, Coker contre la Géorgie... À croire que l'histoire de la peine capitale aux États-Unis se résume à la volonté de la Géorgie d'exécuter des hommes pour leurs crimes.

Nous rions tous les deux, même si ce n'est pas drôle.

— J'étais utile dans la phase des recherches. Ça a toujours été mon point fort. Waldo avait du talent pour préparer les questions. Rédiger les allocutions d'ouverture et de clôture. Nous devions tous nous imprégner des arguments et de la logique de ces affaires passibles de peine de mort. Mais Waldo intériorisait la pensée de M. Kendall. Il connaissait le style de l'homme. Sa diction. Il m'a dit un jour que le truc consistait à entendre, avec « l'oreille de l'esprit », comment Kendall allait prononcer sa plaidoirie. Comme un jeu d'acteur. Serait-il drôle ou sombre ? Détendu ou tendu ? Citerait-il des statistiques ou jouerait-il la carte de l'empathie ? Feindrait-il l'indignation morale, et si oui, avec quelle force ? Vous voyez le genre.

J'opine.

— Ça semble plutôt complexe.

— Complexe, oui. Il y a un enjeu énorme. La vie des condamnés repose entre nos mains. Tout le monde veut se battre pour obtenir justice, mais personne ne réalise qu'en cas d'échec on participe à l'injustice. Du moins, c'est ce que l'on ressent. On ne déçoit pas que soi-même.

Matsui me parle ensuite de l'événement qui a conduit au départ précipité de Waldo. Une grande partie du travail consistait à suivre M. Kendall au tribunal, à étudier sa façon de parler et ses choix de mots. Observer Kendall développer les arguments qu'ils avaient écrits afin de voir ceux qui coulaient naturellement des lèvres de leur patron, et ceux qui tombaient sur le parquet de la salle d'audience avec un flop retentissant.

C'est dans cette optique que Matsui et Waldo vinrent assister en observateurs aux conclusions dans l'affaire contre Harris Jenkins, un homme de trente-quatre ans accusé de plusieurs meurtres. Kendall prononça sa plaidoirie – *leur* plaidoirie – en invoquant une procédure policière abusive lors de l'interrogatoire du suspect, ainsi qu'une possible altération des preuves. Tout se passa comme prévu ; les mots écrits par Waldo frappaient par leur puissance et leur agencement. L'idée était de déclencher le pathos. Il suffisait de convaincre un seul juré de ne pas tuer cet homme par vengeance – la peine de mort ne pouvait être prononcée qu'en cas de verdict unanime.

Généralement, Waldo retournait au bureau dès la fin de la plaidoirie, car il avait toujours du travail qui l'attendait, mais, ce jour-là, Kendall lui demanda de rester pour discuter. Il avait l'intention de lui proposer un poste une fois qu'il aurait obtenu son diplôme et réussi l'examen du barreau. Waldo resta donc et écouta le procureur présenter les arguments de l'accusation. Ce n'était pas la première fois qu'il entendait quelqu'un plaider en faveur de la peine de mort, mais cette affaire était particulièrement sordide. Jenkins avait forcé à monter dans sa voiture son ex-petite amie et son nouvel amant, ainsi que ses trois enfants, dont son propre fils. Puis il avait roulé à cent soixante kilomètres-heure sur l'autoroute et avait intentionnellement percuté la culée d'un pont, tuant tous les occupants du véhicule sauf lui.

Malgré le bien-fondé des réclamations de Kendall au sujet de l'interrogatoire de police et de la manipulation des preuves, l'avocat fit valoir l'évidence de la volonté criminelle de l'homme. Il avait même confié à un ami son intention de tuer. De nombreux témoins l'avaient vu utiliser un revolver pour faire monter tout le monde dans la voiture. Ils avaient trouvé l'arme dans l'épave, couverte de ses empreintes digitales. Le fait qu'il y ait eu une erreur au laboratoire et qu'un des cinquante prélèvements ne correspondait pas ne remettait pas en question la validité des quarante-neuf autres. Le fait que la police ait écrasé la tête du type contre une table dans la salle d'interrogatoire était en soi un délit, mais cela n'effaçait pas les crimes de l'accusé.

Les jurés se prononcèrent à l'unanimité en faveur de la peine de mort, et Kendall et Waldo repartirent au bureau sur une défaite.

Waldo raconta plus tard à Matsui que cela l'avait ébranlé. Matsui l'avait emmené dans un bar voisin, et Waldo finit par avouer que le verdict l'avait soulagé. Il était heureux que cet homme soit exécuté pour ses crimes.

— J'ai dit que je le croyais opposé à la peine de mort, il a répondu : « C'est ce qui me terrifie. Jusqu'à aujourd'hui, j'étais contre. Et je m'y opposerai peut-être encore demain. Mais qu'est-ce que ça signifie si ma boussole morale vire à cent quatre-vingts degrés après une plaidoirie de trois minutes ? » J'étais d'accord avec lui, d'une certaine manière. Comment pouvais-je être opposé à un principe d'un point de vue juridique si, au fond de moi, je souhaitais le contraire. J'ai répondu que la loi existait pour cette raison même : empêcher nos pulsions primitives, animales de triompher du bien dans une société juste. J'ai cru que j'avais réussi à le convaincre.

Je suis incapable de l'expliquer à Matsui, mais je comprends pourquoi Waldo était si ébranlé – j'éprouve le même malaise, aujourd'hui encore. Devenir la voix de quelqu'un, intégrer sa façon de penser, vous ouvre à lui. Quand vos mots deviennent les siens, vos idées deviennent les siennes... La première fois que vous vous en rendez compte, ça vous terrifie littéralement.

— Il était ivre ?

— Non, répond Matsui. Je n'arrêtais pas de lui offrir des verres, mais il les refusait. Je lui ai proposé de partir du bar s'il ne voulait pas boire. Mais il disait qu'il avait besoin d'être là, entouré de gens. Qu'il ne voulait pas être seul. Pour être franc, j'ai cru qu'il me draguait.

— Mais ce n'était pas le cas ?

— Non, je ne pense pas, plus maintenant. Il se sentait seul. J'ai eu des nuits comme ça, pas vous ?

Je confirme, même si, lorsque je déprime, je préfère le plus souvent être seul.

— Normalement, quand on sortait, c'est lui qui posait des questions. Sur ma vie, sur les clients du bar qu'il trouvait amusants. Mais ce soir-là, il s'est mis à parler de lui. Il m'a dit qu'il n'était pas seulement secoué par l'histoire au tribunal. Au moment du verdict, il avait reçu un appel d'une ancienne amie. Pas vraiment une ex, car ils n'avaient jamais été ensemble. Mais visiblement, il avait des sentiments pour elle. On sait tous les deux de qui je parle.

J'opine en ayant l'impression de subir un contre-interrogatoire.

— Elle l'avait appelé, n'avait pas laissé de message. Il ne savait pas quoi faire. Je voyais bien qu'il avait envie de la rappeler, mais un truc le préoccupait. Finalement, il m'a déballé toute l'histoire – ou ce qui semblait l'être. Il avait abandonné cette personne dans un moment difficile, il y a longtemps. Elle se trouvait là, m'a-t-il dit, la nuit où il avait embouti sa voiture dans une épicerie et failli tuer son propre frère – situation qui faisait écho à celle de notre client cet après-midi-là.

— Il ne l'a pas fait exprès, souligné-je. Ce n'est pas du tout pareil.

— Je pense que dans son esprit, à ce moment-là, il ne voyait pas la différence. Ça devait être étrange, non ? Avoir des nouvelles de cette personne le jour – presque à l'instant même – où vous êtes assis dans un tribunal et voyez un homme être condamné à mort pour un accident similaire. Un crime pour lequel on vous a pardonné, du moins légalement. Vous ne trouvez pas ?

Mon estomac se tord et je ressens le besoin de m'asseoir rapidement sur un tréteau à proximité. Si Matsui a raison à propos de l'état d'esprit de Waldo à ce moment-là, alors je ne veux même pas penser aux implications du fait qu'il désirait, à l'encontre de ses convictions intimes, que le coupable soit mis à mort pour ce crime.

— Autre chose ? je demande en espérant qu'il répondra non.

— Un détail, dit-il en riant doucement à ce souvenir. Mais c'était tellement drôle que ça m'a marqué. On parlait de cette personne, et du fait qu'ils s'étaient connus quand elle faisait ses études. Et il s'est vanté, très fier de lui, d'avoir rédigé la fin de sa thèse à sa place.

— Il a fait quoi ?

— Sa thèse. Elle écrivait une thèse volumineuse, et il l'aidait, je crois, pour certaines recherches. Mais elle a dû subir une intervention chirurgicale ou un truc du genre et elle se rétablissait lentement, alors il a terminé la thèse à sa place. Il disait que c'est pour cette raison qu'il avait dû retourner à l'université et finir ses études – ce qu'il a fait, je suppose.

— Revenez à la partie où il a terminé sa thèse...

— Eh bien, il a dit que c'était un pari qu'elle avait fait avec lui, ou lui avec elle. Le pari qu'il pouvait l'écrire avec son style à elle. Imiter sa voix, son raisonnement. Et qu'elle pourrait la remettre à son directeur de thèse sans que personne ne voie la différence, jamais.

— Et elle l'a fait ?

Matsui hausse les épaules.

— C'est ce qu'il prétendait, et je le crois. Il était doué, comme je vous ai dit.

Croisant les mains devant moi, j'essaie de digérer cette dernière information. J'imagine déjà le scandale : *Ruiz accusée de plagiat*. Le comble pour une icône de la réforme de l'Éducation, se gausserait probablement Burdick.

Puis je finis par demander :

— Waldo a-t-il rappelé Teddy cette nuit-là ?

— Je pense que oui, répond Matsui.

— Comment ça, vous pensez ?

— Eh bien, on réglait l'addition. Il avait déjà sorti ses clés pour me déposer chez moi.

— Et il a reçu un appel ?

Matsui opine.

— Tout à fait. Et il a dit : « C'est encore elle », avant de répondre à l'extérieur du bar pour mieux entendre. J'ai attendu pendant un moment qu'il revienne, en vain. Quand je suis sorti voir ce qui lui était arrivé, il n'était plus là. Et la Lincoln non plus.

Il rit comme si cela lui paraissait drôle seulement maintenant.

— J'ai pensé qu'il m'avait oublié. Il était tellement préoccupé, et j'étais tellement bourré que je ne me souviens pas comment je suis rentré chez moi. Je ne me suis pas inquiété jusqu'au lendemain, quand Waldo ne s'est pas présenté au travail. Kendall ignorait où il était. Personne ne le savait. Là, j'ai commencé à m'inquiéter. J'ai cru qu'il s'était fait agresser ou pire. Alors j'ai appelé la police pour signaler sa disparition. Ils ont dit qu'ils allaient enquêter, mais je suppose qu'ils n'ont rien fait.

Avant que je contacte, il y a quelques semaines, des personnes qui avaient travaillé au cabinet Kendall, Matsui n'avait pas la moindre idée de ce qu'il était devenu.

— Avez-vous continué de défendre des condamnés à mort ?

Mastui secoue la tête, non.

— Kendall ne m'a jamais aimé comme Waldo. Je m'en fiche. Je ne suis pas devenu avocat pour sauver des vies. Du moins, pas exactement.

— Vous l'êtes devenu pour quelle raison ?

Matsui caresse le flanc de la goélette et me fait signe de l'imiter. J'écarte les doigts et touche le bois, qui est étrangement frais par cette chaleur étouffante. Le vernis qui recouvre les planches est doux et lisse. De près, le grain du bois ancien m'évoque une carte des mondes perdus.

— Mon arrière-grand-père est arrivé aux États-Unis en 1922. Il était pêcheur en Californie. Il était censé ouvrir une affaire avec son frère, Akihiro, à son arrivée. Mais les lois ont changé en 1924, interdisant l'immigration japonaise.

Nous avons fait un cours d'histoire sur ce sujet et je devine où il veut en venir.

— Avec le peu de temps et d'argent dont mon arrière-grand-père disposait, il a construit son bateau, et il avait l'intention de le transmettre à mon grand-père un jour. Seulement Roosevelt a promulgué le décret présidentiel 9066 en 1942. Mon arrière-grand-père, sa femme et mon grand-père alors enfant ont été internés à Tule Lake. Mais la veille de leur départ pour les camps, mon arrière-grand-père a scié son bateau en dix morceaux. Lui et mon grand-père les ont enveloppés dans du tissu et cachés au fond des bois, dit-il en désignant les arbres comme s'il s'agissait des mêmes bois. Ils ont passé trois ans dans un camp d'internement. Mon arrière-grand-père y est mort, et après Endo[17] en 1945, mon grand-père est retourné à l'endroit de leur ancienne maison, il a fouillé les bois et retrouvé les morceaux du bateau. Il a fallu des années pour le remettre en état. Il l'a donné à mon père, et mon père m'a appris à l'entretenir. Je ferai la même chose avec mon fils quand il grandira.

Je le remercie pour cette histoire, même si elle n'explique pas pourquoi il est devenu avocat.

Il désigne le bateau.

— Quand le bois est pourri, la plupart des gens le traitent. Ils colmatent avec des produits. Mais la moisissure revient. La seule solution consiste à découper la planche. Remplacer toutes les parties qui sont même légèrement moisies par du bois neuf. C'est la seule façon de s'assurer que les champignons ne reviendront pas. Pour moi, c'est une métaphore de la loi : tout un tas de planches pourries qui doivent être remplacées au fur et à mesure. La décision

17. Mitsuye Endo, fille d'immigrants japonais à l'origine de la fin des camps d'internement des Japonais-Américains.

Korematsu[18] n'a jamais été cassée. Ça m'empêche de dormir la nuit ; ça devrait empêcher tout le monde de dormir.

Je lui dis que je comprends et je lui souhaite toute la chance du monde. J'ajoute qu'une fois que les avocats du Wisconsin auront approuvé les modifications de l'accord ils enverront la somme convenue.

— Je me renseigne sur les voiles. Il y a un type à Kyoto qui les fabrique à l'ancienne.

En retournant à ma voiture, je réfléchis aux paroles de Matsui. Aux scénarios contrefactuels qui n'ont jamais vraiment été rayés. Ils ont brûlé le manoir des Davis et libéré ses esclaves. L'île est envahie par la végétation, mais elle n'est pas oubliée. Des visiteurs viennent encore voir la cravate sous verre. Ils s'arrêtent pour admirer les statues de Davis et de ses généraux et saluent le drapeau rebelle. Le Sud, affirment-ils, se relèvera. M-I-S-S/I-S-S/I-P-P-I.

On ne peut pas l'effacer. Quand tous les souvenirs ont été déboulonnés, l'histoire demeure. Nous gardons ce dont nous avons hérité, la pourriture et le reste.

---

18. Après l'attaque de Pearl Harbor (1941), le décret présidentiel 9066 ordonne l'internement dans des camps des Japonais-Américains, décision contestée jusqu'en Cour suprême par Fred Korematsu, ancienne victime d'internement.

QUATRIÈME PARTIE

1

Avec le recul, je me souviens des grands moments de bonheur de cette période, quand la campagne venait de commencer et que tout était encore possible. Ces quelques semaines où ma relation avec Waldo avait atteint son apogée, où nous fonctionnions en synergie. Les « jours Sorensen », je les appelais intérieurement, car Waldo parlait beaucoup de Theodore Chaikin Sorensen à ce moment-là. De « Ted » et de l'époque où il travaillait pour John F. Kennedy, de « l'objectif Lune » et du discours au Rice Stadium en 1962. Quel pouvoir pur et inspirant ces deux hommes ont exercé ensemble : *Nous choisissons d'aller sur la Lune*, a écrit Sorensen. Et Kennedy l'a dit, et nous l'avons fait. *Ne vous demandez pas ce que votre pays peut faire pour vous*, a écrit Sorensen. Et Kennedy l'a dit, et nous ne l'avons pas fait.

Demandez-vous ce que vous pouvez faire pour votre pays. Fermez les yeux et vous l'entendrez, vous verrez le crayon gratter le papier. Le temps avant l'écriture de cette phrase a-t-il vraiment existé ?

Cette période avec Waldo était, pour moi, ce temps. Et c'est avec amour que j'évoque aujourd'hui ces brèves semaines où j'avais encore le sentiment de nourrir des espoirs. Ces quelques semaines entre l'annonce de la candidature de Teddy au poste de gouverneur et le dix-neuvième jamboree annuel des éclaireuses.

À ce stade, la candidature semblait verrouillée. Hector était revenu dans notre camp, et l'annonce s'était déroulée sans fausse note quelques jours après la date initialement prévue. Nous bénéficiions d'un soutien solide de la part du Parti démocrate de l'État. Nos concurrents faisaient figure de poids légers. Il y avait une collégienne ambitieuse du nom de Georgette Decker qui s'était engouffrée dans une brèche juridique de l'État qui permettait à quiconque, quel que soit son âge, de se présenter aux élections. Venait ensuite Butch Buckley, animateur d'une émission de radio locale, « L'Arbre à palabres de Butch Buckley », avec sa moustache grise de la taille de l'arche de Saint Louis. Il s'était déjà présenté trois fois sous la bannière socialiste sans jamais obtenir plus de trois pour cent des voix aux primaires. Pour Waldo, le seul adversaire dont nous devions nous méfier était un vétéran de la guerre de Corée, Mickey Varick. Amputé du bras gauche, il accrochait sa manche vide avec des épingles à nourrice, ce que d'aucuns trouvaient émouvant. Mais l'homme était octogénaire, et bien trop conservateur pour la plupart de nos électeurs.

— S'ils veulent un vieux Blanc qui promet des réductions d'impôts pour les petits patrons propriétaires, alors ils sont probablement déjà républicains, soutenait Teddy.

Néanmoins, Waldo prétendait qu'on ne devait pas sous-estimer l'attrait émotionnel pour un soldat blessé.

— Tu te souviens de Bob Dole ? Ce stylo fiché dans sa main impotente ? Les gens adoraient.

— Peut-être, dis-je. Mais ils n'ont pas voté pour lui pour autant.

Bénéficiant enfin d'un véritable financement de campagne, Francis recruta des collaborateurs organisés ayant une réelle expérience de la politique, dotés d'un vaste réseau de militants professionnels, et dont les applications n'avaient pas été développées par un jeune bachelier. Mais j'avais suffisamment bien managé les troupes de bénévoles pour qu'ils me gardent en place, ainsi que James, mon fidèle superviseur général, qui avait obtenu sa lettre de recommandation élogieuse. Il attendait des nouvelles de Brown et d'une demi-douzaine d'autres universités pour lesquelles je l'avais convaincu de postuler en cas d'échec de sa stratégie de *La Revanche d'une blonde*. Au moins, il avait choisi sa matière principale, les sciences politiques, et rédigé une lettre de motivation qui avait été retouchée (légèrement) par un rédacteur de discours professionnel.

En parlant de Waldo, c'était un nouvel homme à tous points de vue. On lui avait officiellement scié son plâtre dont nous brûlâmes les morceaux dans un feu de poubelle cérémoniel derrière le Carriage House. Il y avait aussi balancé ses béquilles tandis que Teddy et moi chantions « So Long, Farewell », Waldo se déhanchant comme sur la scène du HotHouse. Pour plaisanter, Teddy lui donna un bracelet d'alarme Allovie et lui demanda de le porter en permanence.

— Au secours ! s'écria Waldo. Je suis tombé et je n'arrive pas à me relever !

— C'est exactement ce que tu beuglais, s'esclaffa Teddy. Mets-le !

Il refusa et fit mine de le jeter dans le feu. Ils continuèrent à se taquiner, à rire et à s'acclamer en buvant des bières belges au goulot, au diable les composés volatils, avant de balancer les bouteilles vides contre le mur extérieur où elles explosèrent et tombèrent en pluie sur le sol. Nous courûmes nous cacher dans la pénombre comme des enfants. Ah ! qu'il était bon de rire ainsi dans la nuit. J'avais un endroit où aller et un but dans la vie qui m'avaient fait défaut auparavant.

Au début, l'entourage de John Kennedy considérait Ted Sorensen comme un mauvais choix. Un protestant sobre en tout, originaire du Nebraska, ne cadrait pas avec les brahmanes de Boston composant l'équipe (très catholique) du jeune sénateur. À l'adolescence, le père de Sorensen lui avait promis une pièce en argent d'un dollar s'il résistait aux sirènes de l'alcool et du tabac jusqu'à son dix-huitième anniversaire. Le père de Kennedy avait passé le même marché, mais la récompense pour Jack devait s'élever à mille dollars. Devinez qui toucha son argent ? Mais curieusement Kennedy aimait bien Sorensen, méprisé par la plupart de ses collaborateurs. Au moment de préparer son discours d'investiture, Kennedy reçut les avis non sollicités de tous les membres de son cercle intime et au-delà. John Kenneth Galbraith, nouveau secrétaire de cabinet, arriva dans le bureau de Kennedy pour sa première entrevue avec un brouillon de treize pages, dans l'espoir d'attirer son attention. Adlai Stevenson rédigea plusieurs ébauches également, et des collaborateurs enthousiastes lui envoyèrent des propositions de tout le pays. Mais c'est à Sorensen que le président élu confia la rédaction du premier grand discours de son mandat.

Waldo trouvait des excuses pour que je l'accompagne en tournée avec Teddy lors de la campagne. Elle était peu connue dans l'État en dehors de Pine Grove, et nous avions donc pas mal de terrain à couvrir. Chaque jour, un ou deux événements nous attendaient, plus parfois des interviews sur les radios ou chaînes de télévision locales. Il fallait rédiger des déclarations pour chacun de ces événements, puis les remanier, les réinventer et remettre notre métier sur l'ouvrage. Je passais ma vie dans les coulisses, à jongler avec divers blocs-notes jaunes, épuisant l'encre des stylos-billes en quelques heures. Je traînais sur les plateaux du direct, saluais les présentateurs de News12 qui se dirigeaient vers la régie. Waldo et moi nous retrouvions tous les soirs pour discuter sans fin des interventions du lendemain ; je faisais officiellement « partie du processus ». Chaque semaine, j'apprenais un peu mieux la signification de ce statut.

J'avais déjà séjourné dans des hôtels bon marché auparavant, en vacances et lors de voyages avec mon père. Avant l'arrivée du GPS, il avait un sixième sens pour dénicher un Holiday Inn, un Best Western ou un Red Roof Inn le long du parcours. Toutefois, enfant, lors de ces excursions dans les parcs nationaux ou même pendant les horribles voyages scolaires, je n'avais jamais dormi dans un motel au bord d'une autoroute. J'ignorais leurs caractéristiques jusqu'à ce mois de mars où débuta pour de bon la campagne.

Bientôt, je regrettai le matelas en mousse jaune et les sachets de café lyophilisé sur lesquels j'avais craché dans ma jeunesse. Ces hôtels coûtaient 49,99 dollars la nuit, et je découvris vite la différence entre une chambre à 19,99 dollars et les éléments de confort financés par les trente dollars supplémentaires : des cloisons plus épaisses, une moquette propre, des rideaux occultant réellement la lumière, des appliques avec des ampoules qui fonctionnaient, un téléviseur équipé d'un décodeur, des robinets qui ne gouttaient pas, des douches qui avaient de la pression, etc. Dans les motels sordides où Waldo et moi séjournions, les nuitées s'apparentaient plus au camping qu'à autre chose, sauf qu'il n'y avait pas la nature sauvage environnante – pas de nature du tout même, seulement le bruit infernal des camions sur l'autoroute mitoyenne.

C'est aussi là que je compris le sort réservé aux tableaux dans la chambre d'amis de Teddy le soir de la tempête de neige. Chaque fois que Waldo et moi nous arrêtions dans un motel, il disparaissait dans sa chambre pendant quelques minutes pour « s'installer ». À travers la fine cloison, j'entendais un sacré ramdam. Plus tard, à la fin de la journée, lorsque nous rentrions pour nous détendre et finaliser les interventions du lendemain, j'entrais dans sa chambre pour constater le décrochage de tous les tableaux, empilés sur le sol au pied du lit. En général, il s'agissait de croûtes tape-à-l'œil dans des teintes roses ou pêche d'un impressionniste local, ou de pâles reproductions de paysages pastoraux. Mais Waldo assurait n'avoir rien contre ces tableaux en particulier. Il aurait décroché de la même façon *La Joconde*. Il avait besoin d'un « espace dégagé pour penser », justifiait-il ainsi son comportement. Avant de quitter le motel, il remettait tout en place à l'identique.

— Comment va mon vampire préféré ? me demanda Kavya lors de notre appel quotidien à l'aube.

Elle préparait ses affaires avant d'attraper un train pour aller travailler alors que je m'effondrais sur mon lit après une nuit douloureusement longue. Je dormais toute la matinée, me réveillant à l'heure du déjeuner pour enrichir et modifier les idées venues à Waldo pendant ses rares heures de sommeil.

— Je crois que je perds mes cheveux, lui dis-je.

C'était un demi-mensonge ; je ne le croyais pas, j'en étais sûr. Des touffes de la taille d'un Tribble[19] me restaient dans la main quand j'agrippais mes cheveux, la tête penchée au-dessus d'ébauches de discours.

— Si je rentre avec un crâne d'œuf, tu m'aimeras encore ?

— Bien sûr que non. Je te commande du Minoxidil dès que j'arrive au bureau.

— Donc tout ce temps, soupirai-je le visage contre l'oreiller, tu m'aimais pour mon physique.

— Que répondre ? Je suis une fille superficielle.

Elle poursuivit la conversation, mais je n'entendis rien. Je m'étais endormi. Quatre heures plus tard, à mon réveil, une série de textos de Kavya me demandait si j'étais vivant. Je répondis que je pensais l'être, avant de m'apercevoir que j'étais déjà en retard.

Les matelas trop fins me bousillaient la colonne vertébrale. Étonnamment, je perdais du poids malgré un régime alimentaire à base de plats industriels et de fast-food. J'avais mal aux doigts et aux poignets, et j'imaginais

19. Créature de *Star Trek* ressemblant à une boule de poils.

développer un syndrome du canal carpien à force d'écrire selon des angles bizarres sur tous types de surfaces. Ma jambe me faisait mal en permanence, sans doute parce que la semelle de ma chaussure gauche se décollait progressivement. Je n'avais jamais le temps de m'arrêter quelque part pour acheter une nouvelle paire.

Mais ma transformation en vampire allait bien au-delà des horaires nocturnes. Waldo détestait les notions abstraites dans un discours : des expressions de politique générale comme « réduire les effectifs des classes », « augmenter la formation spécialisée » ou « atteindre l'équité salariale ». Il expliquait qu'on ne pouvait pas se contenter d'enfiler des termes à la mode sur un fil de phrases éculées pour produire de l'électricité au bout. C'était comme greffer un tissu mort sur un corps vivant; cela ne servirait à rien et, à terme, tuerait l'organisme fragile auquel on avait rattaché le greffon.

« Un discours est un animal à sang chaud, déclarait Waldo à une ou deux heures du matin, alors que nous nous rendions compte que ce que nous avions fait était bon pour la poubelle. On doit sentir un battement de cœur. »

Autrement dit, une personne – une histoire humaine. Un enseignant débraillé que nous avions rencontré ce jour-là lors d'une réunion publique nous avait raconté des histoires poignantes d'élèves perdus dans notre société insensible : Lauren Z., le ventre vide en première heure de géométrie parce que le supermarché Pathmark avait fermé après l'arrivée de l'Aldi, et que l'Aldi ne prenait pas les bons d'alimentation ; Deshawn P., qui avait débuté sa scolarité avec une classe d'avance en lecture, mais dont le niveau avait dégringolé lorsqu'il avait cassé ses lunettes, car acheter une nouvelle paire coûtait trop cher ; Michael B., un lycéen homosexuel victime d'un arrêt cardiaque après que le professeur d'éducation physique l'avait obligé à faire des tours de piste supplémentaires pour « l'endurcir ». Parfois, nous restions assis pendant des heures à écouter ces témoignages, ces outrages – en nous demandant dans un coin de notre tête comment les restituer sur le papier.

Nous ne pouvions pas nous lancer sans réfléchir dans un paragraphe sur l'école-toboggan-vers-la-prison. Il fallait se poser à trois heures du matin dans une chambre de motel mal éclairée et parler pendant dix minutes de Ricardo Z., rencontré plus tôt dans la journée : un ancien taulard qui voulait discuter des problèmes de réinsertion et de formation professionnelle pour les individus avec un casier judiciaire. Curieusement, c'était le seul moment où les phrases s'enchaînaient convenablement. Celui où la vie coulait dans les mots – aspirée du psychisme de ces citoyens par nous autres, les vampires de l'ambition politique –, s'infiltrait d'abord dans nos ordis, puis dans le prompteur de Teddy le lendemain. Tout comme Waldo s'était réapproprié mon récit de *Challenger* en août, il n'avait aucun scrupule à dépouiller des inconnus de leurs histoires. En tout cas, il ne cherchait jamais à obtenir leur autorisation, même quand je disposais de leurs coordonnées.

— On n'a pas le temps, déclarait Waldo. On crée des personnages de roman. Bien sûr, il arrive que leur histoire soit basée sur des faits réels. Il était une fois... Mais le romancier change leur nom, invente l'endroit d'où ils viennent... il les transforme en des personnes totalement différentes.

— Personne ne se plaint jamais ?

Waldo passa un bras autour de mes épaules à la façon d'un coach sportif encourageant un joueur qui doute de ses capacités à monter dans la zone de but.

— On écoute. On observe. On essaie de les aider. N'oublie pas qu'on est les gentils dans l'histoire.

Nosferatu, prends-en de la graine : trouve un démenti plausible, avale un Stilnox et essaie absolument le Minoxidil.

Pour préparer le discours d'investiture de Kennedy, Sorensen relut tous les discours d'investiture des précédents présidents et les trouva peu inspirants. Il remarqua que les discours les plus éloquents furent souvent déclamés par les présidents les moins compétents, et leur préférait le discours de Lincoln à Gettysburg, modèle de simplicité. En deux cent soixante-douze mots, Lincoln avait prononcé certaines des phrases les plus mémorables et les plus puissantes de l'histoire des États-Unis. Sorensen aimait l'idée d'un discours bref (Kennedy aussi), qui présenterait son élection comme un tournant historique pour la nation, à l'instar de la bataille de Gettysburg en son temps.

Il avait aussi étudié à la loupe les précédents discours et écrits de Kennedy. Un refrain se dégageait : *La nouvelle frontière n'est pas ce que je promets de faire pour vous. La nouvelle frontière est ce que je vous demande de faire pour votre pays.* Et ailleurs : *... ne représente pas ce que je promets au peuple américain, mais ce que je demande,* et : *Nous ne faisons pas campagne en martelant ce que notre pays va faire pour nous collectivement. Nous mettons l'accent sur ce que nous pouvons faire pour le pays, individuellement.* Au fil des centaines et des milliers de pages, cette même idée revenait sans cesse. Sorensen remonta le fil jusqu'à un carnet de 1945 où Kennedy avait griffonné sur une feuille volante une phrase de Jean-Jacques Rousseau : *Sitôt que quelqu'un dit des affaires de l'État, que m'importe? on doit compter que l'État est perdu.*

Et Sorensen remonta encore plus loin : à Thucydide et à *La Guerre du Péloponnèse*. Il y a deux mille ans, à la fin de la guerre, il avait reconstitué l'oraison funèbre prononcée par Périclès en l'honneur des soldats athéniens morts au combat. Mais au lieu de l'habituel refrain élogieux sur leur bravoure individuelle et leur sacrifice, Périclès avait élargi son regard. Il clamait que ces grands hommes reflétaient la grandeur d'Athènes. Il parlait de leur culture, de leurs croyances, de leur pays. Il terminait en s'adressant aux vivants : *C'est ainsi qu'ils se sont montrés les dignes fils de la cité. Les survivants peuvent bien faire des vœux pour obtenir un sort meilleur, mais ils doivent se montrer tout aussi intrépides à l'égard de l'ennemi; qu'ils ne se bornent pas à assurer leur salut par des paroles.*

Ne demandez pas ce qu'Athènes peut faire pour vous, mais ce que vous pouvez faire pour votre cité.

Je comprenais mieux pourquoi j'avais à peine parlé à Waldo au cours des mois qu'il avait passés sur le terrain lors de la précédente campagne. Non seulement les journées étaient intenses et épuisantes, mais arrivait un stade où l'on devait déléguer totalement certaines tâches. Je rencontrais les organisateurs locaux pour m'assurer qu'ils recueillent des témoignages spontanés des personnes présentes dans la foule, puis je rejoignais Waldo sur une chaise pliante au fond de la salle commune des vétérans ou de l'Elks Lodge où nous nous trouvions, pour écouter des vieillards fripés contester des mesures fiscales et des règlements de construction incroyablement spécifiques.

— C'est quoi cette nouvelle caserne de pompiers sur la route 202 ? demandait l'un d'eux. Ils n'ont même pas encore trouvé quoi faire de l'ancienne.

Teddy opinait avec intérêt, poussait des soupirs empathiques, et prenait des notes sur cette question qui ne relevait pas de sa responsabilité directe, même si elle devenait gouverneure. Le gars déblatérait sur l'augmentation des impôts locaux pour financer le nouveau bâtiment et l'équipement technologique de pointe qui...

Puis, sans prévenir, Waldo se précipitait vers la sortie et je le suivais.

Un propos de l'homme avait provoqué une étincelle, et son inspiration une fois allumée ne supportait aucune latence.

Ce qui pour moi ressemblait à une litanie de plaintes était, pour Waldo, la musique des sphères. Nous participions à des réunions de mamies activistes dans l'arrière-salle de librairies-papeteries qui faisaient aussi office de club de lecture ou de tricot. Immanquablement, certaines apportaient le livre dont elles étaient censées parler ou des chaussons vert pâle au point mousse pour un de leurs petits-enfants. Puis l'une d'elles se lançait dans une diatribe plus ou moins cohérente sur un problème local, tel le déversement des déchets agricoles dans un cours d'eau, ou dans des allégations de cruauté envers les animaux dans les fermes du voisinage, ou encore dans la publicité mensongère d'une boulangerie locale sur des produits « sans gluten », ou...

Boum. Waldo fonçait vers la porte, m'entraînant dans son sillage.

Mystérieusement, dans ces plaintes ultra-spécifiques, il entendait un combat universel. Les déchets agricoles devenaient le point d'ancrage d'un choriambe sur la responsabilité civique, le muffin sans gluten, une métaphore de notre époque d'incertitudes. La fenêtre de tir ne s'ouvrait qu'un bref instant ; s'il la ratait, il devait recommencer à la réunion suivante.

Je passais entre huit et dix jours d'affilée sur le terrain avec Waldo. Parfois, je me trouvais à moins d'une heure de la maison, mais j'étais si affairé, si absorbé par la campagne, que je ne concevais même pas de rentrer et de discuter avec Kavya de choses normales : la téléréalité, la rhinoplastie ratée de la copine de sa sœur, le dernier épisode de la saga indécente de son collègue sur le compte Drumstick. Je n'étais pas moi-même, trop obnubilé par le prochain événement, le prochain discours. Plusieurs fois, je dormis dans un motel inconfortable non loin de chez moi.

D'un autre côté, je découvris qu'avec l'absence mon amour grandissait. Je passai l'intégralité de ma première « perm » à la maison avec Kavya, quasiment sans sortir de la chambre. Elle s'était fait porter pâle et nous restâmes nichés sous la couette, ce que nous faisions souvent au début de notre relation et que nous appelions en plaisantant « entrer sous la tente ». À l'époque où Kavya habitait dans le Queens avec deux colocataires, elle avait déjà cette grosse couette, utile uniquement quand on vit dans le Dakota du Nord. Lorsque nous rentrions d'une sortie en amoureux, nous discutions poliment avec les colocataires avant de prendre congé d'elles pour aller dans la chambre où nous allumions des bougies. Malgré la porte fermée et la musique de sa chaîne stéréo, nous entendions tout ce que faisaient ses colocataires : le tambour du lave-linge, le cliquetis du clavier lors d'envoi d'e-mails, les voix étouffées au téléphone. Cela nous donnait l'impression que tout ce que nous faisions dans sa chambre était parfaitement audible pour elles. Mais lorsque nous nous abritions sous la couette, ces bruits disparaissaient magiquement. C'était le silence total, sauf pour elle et moi. Et cela devint notre façon de recréer notre intimité.

En « entrant sous la tente », nous ne faisions plus qu'un. C'était tellement plus intime que mes autres expériences passées avec une petite amie. Être totalement enveloppé avec une autre personne, ignorer si un oxygène frais circule, sentir la chaleur corporelle irradier dans l'espace – quel espace ? Nous n'en laissions pas entre nous, et la couette nous entourait étroitement de part et d'autre. Je l'assimilais au séjour dans un utérus avec un jumeau, en beaucoup plus drôle. Un monde aplati. Nous passions de trois dimensions à deux. Mamelon, front, cuisse gauche, lèvre inférieure, lobe de l'oreille, boucle de cheveux, nuque, nombril, petit orteil, aisselle droite, arrière du genou. Le mien ou le sien ? Lequel de nous deux était tourné de quel côté, et lequel était tourné vers l'autre ? Nous finissions par transpirer et nous mélanger. Mais nous restions sous la tente aussi longtemps que possible : avant, pendant et après.

Lorsque enfin nous ouvrions la couette, c'était un choc brutal. Un assaut violent des sens. Trop de lumière ! Trop de bruit ! Trop d'espace ! Horreur, le monde n'avait pas disparu. Le plus souvent, nous replongions sous la couette, regrettant notre décision de quitter la grotte. Et nous recommencions tout depuis le début si nous le pouvions – à l'époque, nous le pouvions.

Pendant mon absence, Kavya avait obtenu une promotion assortie d'une augmentation, et elle avait rénové la cuisine, les salles de bains, puis notre chambre et la chambre d'amis. Partout dans la maison fleurissaient des bricoles Crate & Barrel et des babioles Pier 1 que je ne connaissais pas. Kavya s'empressait de me les présenter; nous dînions sur un plateau à fromages en teck avec des couverts gravés à nos initiales. Elle me préparait des smoothies verts dans un Vitamix, pour tenter, selon ses termes, de me « redonner des couleurs ». Avec des piques en nacre, nous trempions des sablés carrés dans une fondue au chocolat tandis que Kavya m'exposait son projet d'inviter parents et amis pour des dîners somptueux ou des week-ends. Elle avait amoureusement décoré la chambre d'amis en bleu vert et l'avait garnie de plantes vertes.

J'essayais de m'ancrer avec elle dans le moment présent. Mais il y avait un tel contraste avec les expériences vécues dans les différents motels toute la semaine que j'avais l'impression de subir un choc physique, comme l'accident de décompression du plongeur qui remonte trop vite à la surface.

Puis, alors que je m'étais réhabitué aux douches chaudes, aux bons petits plats et aux vidéos en streaming, je me réveillais à nouveau dans un motel Blue Moon vibrionnant, séparé de Waldo par une cloison, et m'endormais bercé par le bruit assourdissant des semi-remorques qui avalaient les kilomètres de l'autoroute adjacente.

Waldo avait beau m'avertir que ça portait la poisse, je commençais à rêver en secret du jour où je travaillerais pour le bureau du gouverneur au Capitole. Kavya et moi regardions déjà les annonces immobilières; réduire de moitié son temps de trajet la réjouissait. Nous habiterions de nouveau dans une vraie ville. Même si elle était plus petite que celle où nous avions commencé notre vie, certaines choses nous manquaient cruellement : les plats à emporter disponibles après vingt et une heures. Des restaurants servant autre chose que de la cuisine italienne. Un vrai théâtre accueillant des spectacles de Broadway en tournée. Un musée d'art digne de ce nom. Je commençais à réviser mes attentes à la hausse, même si cela porte malheur. Et je suis heureux de pouvoir me souvenir de ces jours où je pensais que les événements se dérouleraient autrement.

Ce qui m'amène au jamboree des éclaireuses. Dans notre État, le rassemblement a lieu au début du mois de mars et réunit quelques centaines de filles et leurs guides sur le plus grand terrain de camping local. Un week-end d'activités autour des feux de camp, du débroussaillage, de l'apprentissage des nœuds, etc. J'avais passé toute la journée à regarder les albums photo du jamboree de l'année précédente : des visages souriants, des bérets en feutre vert, des écharpes olive bardées de badges du mérite. La députée était conviée à s'exprimer en public lors des cérémonies de clôture aux côtés d'autres femmes remarquables de l'État, dont Gwen Campanella de News12, Ilene McCaffrey, présidente d'une franchise de soutien scolaire, et la maire Roberta Kent. C'était notre quatrième événement de la semaine et Waldo venait juste de se taper le discours de la conférence sur le leadership des petites entreprises, aussi je lui proposai de me charger des scouts. J'y travaillai seul au motel l'après-midi de la veille du jamboree, faisant tournoyer le clou entre mes doigts comme si ma vie en dépendait, et produisis trois pages et demie satisfaisantes sur le bénévolat et la communauté. Mais quand Waldo revint du cabinet de l'avocat ce soir-là pour jeter un coup d'œil au discours, il le jeta à la poubelle au bout de dix secondes de lecture.

— Viens, me dit-il, déjà en route pour le parking. On recommence.

Pour hâter le pas, il devait balancer sa jambe en demi-cercle. Elle n'avait donc pas guéri correctement ? Waldo prétendait que tout allait bien, qu'elle était juste un peu raide.

— Ce sont des fillettes, protestai-je. Elles ne votent même pas.

J'étais contrarié de voir mon travail révoqué si rapidement, mais Waldo enfonça le clou.

— Leurs mères votent. Leurs frères et sœurs majeurs votent. Leurs moniteurs votent... et il n'y a aucune excuse valable pour un travail bâclé.

Je voulais répondre que je pensais avoir fait du bon travail, merci beaucoup, et ajouter que nous cartonnions déjà parmi les électrices, qui ne raffolaient pas vraiment de Buckley ni de Varick. J'avais juste envie de dormir un peu. Mais je ravalai mes propos et essayai de me rappeler que c'était lui qui trouvait les formules magiques, pas moi.

Lors d'un vol, se souvenait Sorensen, Kennedy attira son attention sur la vente aux enchères d'une première version du discours d'investiture de Roosevelt récemment découverte. Elle était partie à deux cent mille dollars. Kennedy comprenait l'importance du mythe entourant ces moments charnières, l'émotion créée par la vue du célèbre discours écrit de la main de Roosevelt. L'idée du grand homme politique américain griffonnant jusqu'à deux heures du matin pour trouver la formulation exacte. Moley ne s'était pas encore manifesté pour en revendiquer la copaternité, mais Kennedy connaissait mieux que personne le rôle joué par les plumes politiques – l'illusion qu'ils créaient ensemble.

D'habitude, à une heure aussi tardive, nous roulions jusqu'en ville pour trouver une brasserie ou un bar où un vieil ivrogne plaintif accepterait de s'épancher au tarif d'une pinte de Budweiser. Mais la veille au soir du jamboree, Waldo partit en direction des collines boisées et des fermes au nord de Pine Grove. Il me fallut un moment pour comprendre qu'il nous emmenait au parc national où se tenait l'événement, près des terrains de camping.

— Je ne pense pas qu'on devrait déranger une bande d'éclaireuses en pleine nuit.

Waldo acquiesça.

— Oui, il vaut mieux éviter ce genre de gros titre.

Il gara la Lincoln près d'un accès fermé par une chaîne, sur une route graveleuse plongée dans l'obscurité. Être désorienté, perdu, cela faisait partie du processus, je le savais maintenant. Se retrouver en territoire inconnu à minuit, piétiner des cailloux gris et du gravier. Un silence ponctué de hululements, les cris des chasseurs nocturnes en plein ciel. La lune, énorme et blafarde, suspendue dans un berceau de branches au-dessus de nos têtes. Pas de tentes ni de feux de camp en vue, ni campeuses ni monitrices. Manifestement, il n'y avait pas âme qui vive à des kilomètres à la ronde.

Parfois l'idée neuve naissait d'une frayeur.

— Qu'est-ce qu'on fout ici ? chuchotai-je.

— Je vais te montrer. Viens.

Waldo accéléra le pas, effectuant ce demi-cercle bizarre d'une jambe, jusqu'à la clôture. Teddy avait envoyé un texto plus tôt pour nous prévenir que Bob Burdick serait présent au jamboree en compagnie de sa tante, la maire, qui prenait également la parole.

En marchant dans la nuit, je cherchais la lueur spectrale de la lune, cachée derrière les nuages. Nos semelles crissaient sur la fine couche de givre dans l'herbe. Le mois de mars s'évertuait à sortir de scène comme un vieux lion, mais il faisait encore assez froid pour voir la vapeur de notre souffle. Puis une lumière blanche et pleine perça l'épaisse couche nuageuse, à la verticale de nos têtes. La vaste Lune nous observait : mer des Crises. Mer des Pluies. Mer des Vapeurs. *Mare Cognitum*, à gauche du centre. La mer de la Connaissance. Si vous pensez que j'invente ces noms, détrompez-vous.

— J'oublie toujours que tu n'aimes pas le baseball, déclara Waldo, brisant enfin le silence.

— Quel est le rapport avec le baseball ?

— Il existe une légende au sujet de Babe Ruth, expliqua-t-il. On prétend qu'il allait sur le diamant la veille d'un grand match pour ramasser une motte près du marbre[20]. Sentir la terre et toucher la pelouse. En fait, c'était peut-être Jackie Robinson.

— Je pense que c'était dans *Jusqu'au bout du rêve*, dis-je.

Il simula un rire.

— Il s'agit de préparation mentale.

Je comprenais l'importance de la confiance, mais je trouvais qu'il allait trop loin.

---

20. Base correspondant au point de départ des batteurs, là où ils frappent la balle.

— D'accord, mais on n'est pas dans la Série mondiale. On doit juste écrire un discours de trois minutes sur l'intérêt de s'impliquer davantage dans la communauté.

Waldo m'ignora, enjamba une barrière et accéléra le pas. Je voyais sa tête dodeliner au clair de lune tandis qu'il boitillait sur les branches mortes et les racines jonchant le chemin. À ce rythme, il allait se péter l'autre jambe. Au moins, il était excité, comme si nous arrivions dans un endroit qui comptait réellement pour lui.

— Je parie que tu es venu ici en sortie scolaire quand tu étais gamin, s'écria-t-il en sautillant.

Il me fallut une bonne minute pour comprendre où nous étions : à mesure que mes yeux s'adaptaient à la pénombre, je voyais le lieu apparaître. Nous nous trouvions dans la zone du parc national connue sous le nom de « village historique des shakers », ensemble de vieilles structures en bois blanc conservées au titre de musée vivant. Et je me souvenais effectivement d'y être allé en CM2 pour voir un homme en tenue d'époque nous parler de la conservation de la viande dans des blocs de glace provenant du lac voisin, du tannage du cuir, du barattage du beurre et tout le toutim. J'avais beau me creuser la tête, impossible de deviner pourquoi nous étions là. Je ne savais encore rien de la Californie ni du ranch qui s'y trouvait.

— En quoi se balader la nuit au milieu d'anciennes fermes quakers va nous inspirer ?

— C'était des shakers pas des quakers, fut la seule réponse de Waldo.

— Je pensais que les shakers étaient des quakers.

— Tous les shakers étaient des quakers, expliqua Waldo en dessinant un diagramme de Venn dans l'air, mais les quakers n'étaient pas tous des shakers.

— C'est vrai. Les shakers font les meubles ; les quakers font l'avoine[21].

Le rire de Waldo retentit dans la nuit et je me demandai vaguement s'il y avait des Rangers par ici et si le port d'armes était autorisé. Peut-être pour les ours ou les loups, raisonnai-je, et ensuite, bien sûr, je m'inquiétai des ours et des loups. J'agrippai le clou dans ma poche, histoire de crever l'œil du prédateur avant de me faire croquer.

— Ce village comptait autrefois cent soixante habitants, répartis en trois familles, expliqua Waldo.

— Un pool génétique peu étendu.

— En théorie, oui. Seulement les shakers ne faisaient pas l'amour.

— Ils quoi ?

Waldo hocha la tête.

— Des célibataires purs et durs. Pas de mariage, pas de sexe, pas d'enfants.

— Tu as pourtant parlé de familles.

---

21. Quaker Oats, marque de flocons d'avoine.

— Des familles fondées avant leur conversion. La religion ne pouvait survivre qu'en recrutant de nouveaux membres, et comme tu l'imagines, ce n'était pas des plus facile.

— À cause de la chasteté.

— Oui.

Waldo alluma une cigarette et nous marchâmes dans les rues anciennes, entre la caserne, l'église et une maison transformée en boutique de souvenirs et baptisée Aux cadeaux simples. J'imaginais que nous étions au XIXe siècle, au cœur de notre village en bois, deux shakers dans la neige. J'avais lu quelque part que dans l'ancien temps les gens se couchaient avec le soleil et se réveillaient souvent au milieu de la nuit pour discuter avec leurs voisins ou lire à la chandelle avant de se recoucher. Cela faisait un moment que ni lui ni moi n'avions parlé. Waldo le sentit aussi, ce silence, car il le brisa.

— Mon oncle avait une ferme près d'une communauté shaker en Pennsylvanie. Quand j'étais gamin, mon frère et moi passions une partie de l'été chez lui. Il n'y avait qu'une demi-douzaine de shakers dans ce village. Mon oncle les prenait tous pour des illuminés mais, avec mon frère, on allait les voir prier. Ils se mettaient en cercle au milieu du village en se tenant par la main, se balançaient d'avant en arrière – d'où leur nom de shakers, les « agités » – et chantaient ces vieux hymnes. *'Tis a gift to be simple, 'tis a gift to be free...*

Il avait une voix merveilleuse. Profonde, mélancolique, même sur un vers ou deux.

— C'était pur. Rien à voir avec les hymnes latins poussiéreux qu'on devait apprendre à l'église. C'était de véritables chants spirituels. Je rêvais de fuguer pour les rejoindre.

— Je parie que tu as enterré ce projet à la puberté.

— Eh bien, soupira Waldo, on peut toujours se dire : l'an prochain.

— Pour rejoindre une congrégation bâtie autour de la non-procréation ? Elle-même au bord de l'extinction ?

Dans le genre chronique d'une mort annoncée... mais Waldo trouvait cela inspirant.

— Ils étaient sûrs d'avoir trouvé comment vivre heureux, dans la bienveillance, et ils agissaient en ce sens. Ils connaissaient la paix de l'esprit. Ils ne remettaient pas tout en question. Ils ne doutaient pas de chaque tournant de leur vie. Tu n'as jamais eu envie de sentir que ta vie avait un but aussi clair ? Savoir où est le bien, avec une telle certitude, que tu combattrais tes instincts humains les plus basiques ? Disposer de ce moyen de... de... réparer le monde ?

À dire vrai, j'assimilais les shakers à une secte, et je ne pensais pas grand-chose de la religion, qu'elle encourage ou interdise les rapports sexuels. Mon père était juif, ma mère chrétienne. Elle m'emmenait aux messes de Noël et de Pâques ; je m'affalais sur le banc et lisais tandis qu'elle essayait de trouver une révélation dans les chants liturgiques. Mon père, par esprit de compétition, avait essayé plusieurs fois de me traîner à la synagogue et d'instituer un rituel allégé du sabbat à la maison, mais je n'avais jamais adhéré. Ma mère finit par se désintéresser du culte, et mon père fut soulagé de pouvoir renoncer au sien – synonyme de quelques heures de plus passées chaque semaine dans son atelier, son seul véritable temple. À la fin, mon père s'était tellement éloigné de la communauté juive locale que j'ignorais s'il voulait un rabbin à son enterrement.

Néanmoins, je voulais offrir une histoire à Waldo en échange de son souvenir des shakers. Et un de ses propos avait ressuscité une image de la synagogue : le sermon du rabbin lors des Grandes Fêtes. Je me remémorais la forme et le poids du livre posé sur mes petits genoux. Le livre qui s'ouvrait à l'envers, le titre sur la couverture : *Portes du repentir*. Le même ouvrage cité par Clinton dans son discours du petit déjeuner de prière. De la pulpe de l'index, je traçais inlassablement les sillons des mots creusés dans la reliure en cuir sombre : d'abord en hébreu, puis en anglais. Je racontai la parabole à Waldo.

— Un homme va voir son rabbin et lui dit : « Ce monde est un désastre ! Les gens meurent de faim et vivent dans l'oppression partout où le regard se porte ! Je dois faire quelque chose pour y remédier ! » Le rabbin l'examine de haut en bas et s'étonne : « Vraiment ? Ton pays va si bien que tu te sens prêt à réparer le reste du monde ? » L'homme réfléchit un moment, puis déclare : « C'est vrai, mon pays est un désastre. L'iniquité et la misère nous entourent. C'est cela que je dois réparer ! Mais comment ? » Et le rabbin de répondre : « Laisse-moi te poser une question d'abord. Ton quartier est-il si paradisiaque qu'il te laisse le loisir d'aller remédier aux maux du pays ? » L'homme réfléchit à nouveau. « C'est vrai. Mon quartier est une caricature grotesque du consumérisme futile et des guéguerres de statut social ! Mais par où commencer pour y remédier ? » Le rabbin le regarde à nouveau et l'interroge : « Ta famille est-elle si parfaite que tu as le temps de te préoccuper de la famille de ton voisin et de celle de son voisin ? » L'homme opine : « Tu as absolument raison, rabbin. C'est vrai, ma femme est malheureuse, mes enfants sont égoïstes. Mais comment puis-je y remédier ? » Alors le rabbin dit : « Et dis-moi, es-tu si parfait que... »

— C'est bon, c'est bon. J'ai compris, m'interrompit Waldo, tout bas.

Durant mon laïus, la lune s'était cachée et je distinguais moins bien son visage. Impossible de dire dans quelle dimension il planait. Je percevais des chuchotements étouffés. Psalmodiait-il le chant des shakers ? Répétait-il une phrase d'introduction potentielle ? Ou bien priait-il ? C'était la même sonorité. Puis, sans prévenir, il me lança les clés de la Lincoln.

— Viens, allons-y.

Nous rejoignîmes la voiture en silence, n'écoutant que le crissement de nos pas et les cris des hiboux qui chassaient dans la nuit.

Ne vous demandez pas ce que votre pays peut faire pour vous; demandez-vous ce que vous pouvez faire pour votre pays. Un demi-siècle plus tard, Sorensen affirmera qu'il ne se souvenait pas qui avait écrit ces lignes. Son brouillon original s'était perdu, et il prétendait n'avoir jamais pensé à le comparer à la version finale – impossible à croire, d'après moi. Quelle que soit la vérité, Sorensen préféra préserver le mystère. Il déclara seulement ceci : « Il est moins important de savoir qui a écrit ces mots que de faire perdurer ces principes. »

Vers cinq heures du matin, Waldo avait effectivement produit un texte. Trois cents mots sur le sacrifice, la raison d'être et la poursuite d'une vocation noble, qu'il n'aurait jamais réussi à écrire si nous étions restés dans la chambre de motel toute la nuit.

Il existe une version de nous-même que chacune considère comme la bonne version. Celle que l'on prétend être pour les autres et, une fois seule, pour soi-même. Peut-être qu'elle sait mieux écouter. Peut-être qu'elle est douée pour les études. Peut-être qu'elle est patiente, aimante ou audacieuse... alors que nous ne le sommes pas. Au début, la différence est subtile, mais, avec le temps, elle prend de l'ampleur. Jusqu'à ce que nous nous demandions comment nous avons pu devenir celle que nous sommes. C'est pourquoi la raison de notre présence à tous ici aujourd'hui est si importante. Entraînons-nous à être une version meilleure de nous-même. Parce que le monde va essayer de nous en éloigner, nous avons besoin de groupes comme le vôtre, construit autour de la communauté, de l'amour et de la sororité, pour nous rappeler que nous sommes très proches de la bonté – et encore plus lorsque nous sommes ensemble.

Lorsque la députée prononça, le lendemain, ces mots amplifiés par le micro et les haut-parleurs qui les diffusaient à l'assemblée de mères et de filles, je me tenais à l'écart et contemplais le village des shakers, non plus perdu dans la nuit et le temps, mais veillant sur nous. Nous avions marché sur la ligne des bases et touché la pelouse ; nous nous sentions en terre conquise.

— C'est de toi ? demanda une voix rauque dans mon dos.

Pas besoin de me retourner pour identifier Burdick. Heureusement, Waldo faisait la sieste dans une étable un peu plus loin.

— Du pur Waldo, dis-je en évitant de croiser son regard.

— Bien sûr, obtins-je pour toute réponse.

À la fin du discours, lorsque les applaudissements s'élevèrent, j'observai ces filles cavaler dans leur uniforme de scout, discutant des sorties du week-end prochain et des fêtes d'anniversaire du week-end passé, de celles qui étaient mal coiffées et de celles qui avaient des chaussures cool. Trois fillettes passèrent en trombe avec un drap noué autour du cou en guise de cape, utilisant leurs superpouvoirs imaginaires de lanceuses d'éclairs et de tornades sur une horde invisible de méchants garçons. Chaque nez morveux, chaque genou écorché ou chaque tresse dénouée ramenait mes pensées à Kavya et à l'avenir. J'avais tenu parole et nous avions commencé à essayer, comme elle disait. Je n'étais pas forcément là lorsque le calendrier indiquait les jours féconds, mais nous nous débrouillions. Debout dans la fraîcheur matinale, avec ce grand ciel bleu et ces enfants partout, je ressentis pour la première fois le désir d'être père. D'aller au-delà de tenir parole et rendre Kavya heureuse.

C'était bizarre de nourrir tant d'espoir pour l'avenir avec Bob Burdick à côté de moi.

— Vous avez fait tout le trajet juste pour voir votre tante parler aux éclaireuses ?

— J'ai pris un congé du bureau du sénateur. Il se passe des choses intéressantes ici.

Burdick se dirigea vers le parking, me laissant dans le flou total jusqu'à ce que Roberta Kent se lève pour prendre la parole. Après les platitudes et clichés habituels, elle annonça son ambition de devenir la prochaine gouverneure de l'État.

2

À la fin de la semaine, des panneaux bleus ROBERTA KENT GOUVERNEURE quadrillaient l'État, et nous nous empressâmes d'en commander des wagons à l'effigie de Teddy. L'entrée en lice de Kent compliquait la situation. D'abord, elle était lumineuse et nouvelle, piquant l'intérêt de la presse qui passa les deux semaines suivantes à bouder nos événements pour se concentrer uniquement sur sa campagne d'outsider. Pire, elle était populaire exactement dans les mêmes secteurs que nous : à Pine Grove, et dans des enclaves suburbaines similaires de tout l'État. Les gens la connaissaient et l'appréciaient. C'était une gagnante. Intelligente, organisée, solidement financée, mariée à un homme d'affaires qui portait avec élégance le cardigan en laine. Et sa sagesse de fille de la campagne correspondait à ce que les habitants de tous les Pine Grove de la région recherchaient : « Ben, je lui ai dit qu'on allait checker ça » et « Je sais reconnaître une magouille ! » (*Rires.*) Tous ses actes et ses propos étaient une promesse de stabilité et de remise en ordre, sans aucun drame, ce qui dans notre État constituait un bon argument de vente.

Et elle était bien, très bien. Si je n'avais pas rencontré Waldo et la députée et que je n'avais pas été obnubilé par les détails pratico-pratiques des budgets de l'Éducation, j'aurais probablement voté pour Roberta Kent sans ciller ni réfléchir. Mais ce que je percevais autrefois comme pragmatique et centriste me paraissait aujourd'hui ambivalent et dangereux. Une nouvelle subvention pour ceci, un nouveau crédit d'impôt pour cela. Une table ronde pour discuter de ceci, une commission pour débattre de cela. Je trouvais maintenant que c'était des conneries. Waldo avait déteint sur moi, j'imagine. Aujourd'hui, ça me dérangeait que Kent accepte les dons de groupes d'intérêts spéciaux[22] – même si nous le faisions aussi. Et ça me dérangeait qu'elle ne prenne pas de positions claires sur les problèmes, mais, surtout, je ne supportais pas que ses discours soient un tel ramassis de foutaises. Entendre les électeurs applaudir et rire à ces formules clichées faisait insulte à l'intelligence, insulte au talent de Waldo.

La candidature de Kent incita le Parti démocrate de l'État à répartir équitablement son soutien pour ne pas faire de favoritisme, donc à réduire notre financement. Bref, ils misaient sur les deux chevaux, mais en faisant pencher les

---

22. Organisations qui cherchent à influencer le pouvoir pour défendre collectivement un intérêt spécifique (cf. lobby).

plateaux de la balance vers Kent, du moins selon Waldo. Elle nous rattrapa rapidement dans les sondages et, la semaine suivante, elle nous devançait de trois points. C'était écœurant, terrifiant. Mais n'avais-je pas toujours préféré le combat à la victoire facile ? Je voulais gagner, mais je voulais aussi la battre. Prouver que les mots et les idées pesaient dans la balance.

Rapidement, nous fourbîmes notre stratégie : si nous éliminions les poids légers et ramenions le choix à deux candidates avant le débat des primaires, puis motivions les syndicats d'enseignants à nous aider à franchir la ligne d'arrivée, nous gagnerions. C'était faisable à condition que personne ne dorme jusqu'en juin.

Le rythme s'intensifia et Waldo fut bientôt convié à des réunions de niveau trop élevé pour que j'y assiste, ce qui le rendait grincheux. Si la complainte d'un ancien pompier ou d'une veuve de guerre lui fournissait un souffle d'inspiration, une heure en compagnie de Francis et l'équipe publicitaire produisait l'effet inverse. Waldo rentrait au motel vidé, comme si on lui avait siphonné la matière grise. En général, Francis voulait qu'il donne son avis sur le slogan d'une nouvelle annonce pour un mailing ou une publicité numérique. Ils se trituraient les méninges pendant des heures sur trois ou quatre mots, les ordonnant, désordonnant, réordonnant. Valait-il mieux dire « la vérité au pouvoir » ou « le parler-vrai au pouvoir » ? Devait-on écrire « parler avec force » ou « énergie » ? Était-ce le bon mot, ou voulait-on plus une notion de « puissance » ? Pas « puissance » en soi, mais un terme comme « puissance » ?

— Ce mec est fou à lier, éructa Waldo un soir. Et je parle de folie au sens propre. Je ne sais plus si je te l'ai dit, mais il a été interné trois mois dans un asile.

— Voyons, il n'aurait pas pu être nommé directeur de campagne.

— Je ne l'invente pas, marmonna-t-il. Murs capitonnés, camisole de force et tout le tintouin.

Puis il soupira bruyamment pendant plusieurs minutes en frottant sa jambe douloureuse.

Le lendemain, lors d'une visite au bureau, j'eus l'occasion de prendre une tasse de cappuccino avec Teddy et je lui parlai discrètement du lent délitement de Waldo. Fruit ou non de mon imagination, j'aurais juré qu'elle fixait ma calvitie naissante en m'écoutant.

— Vous avez besoin de resserrer les rangs. Ça va devenir de plus en plus dur. Je peux demander à Monica de vous aider, si tu veux, proposa-t-elle.

Monica était, comme James, une jeune bachelière promue récemment assistante de Teddy. Une fille intelligente et joyeuse qui passait pas mal de temps avec James, à mon grand plaisir. Il ne parlait plus de Brown ni de son ex-petite amie depuis l'apparition de Monica.

— Je ne pense pas que Waldo voudra former une novice un mois avant le débat.

— Elle est douée, insista Teddy. J'ai bien aimé sa façon de gérer l'organisation du BBQ&R[23].

— Je croyais que Francis l'avait renommé « Tchat à table » ?

— Non, Waldo a rechangé le nom.

— Il aime BBQ&R ?

— Je te l'ai dit. Il a besoin qu'on l'aide, répéta Teddy, avant de prendre une décision à laquelle elle avait déjà réfléchi. Tu sais quoi ? Je vais participer à des séances d'écriture avec vous deux. J'aurais dû le faire il y a longtemps.

J'en informai Waldo le soir suivant, après une réunion exténuante de six heures au sujet du slogan du bus de campagne : « Elle se bat pour vous » (et si on écrivait « Elle se bat pour VOUS » ? Est-ce que « se battre » était le verbe qu'ils voulaient ?) Plus les choix de couleur, d'empattement et de crénage.

— Qu'en pense Francis ? demanda Waldo au plafond délabré en stuc. Une électrice va voir notre bus sur la 202 et penser : « J'aime bien cette députée, et je veux que mes enfants bénéficient d'une bonne éducation, mais ce crénage est trop déroutant. »

23. Jeu de mots entre BBQ et Q&R (séance de question/réponse).

— Les gens ne se tiennent pas au courant de tous les programmes et déclarations comme nous. Beaucoup vont tirer sur le levier qui leur semble le meilleur pour eux.

— Voilà, soupira Waldo en se pendant avec une cravate invisible. Waldo Woodson Jr. Cause de la mort : *debilium tremens*.

— On a besoin d'aide.

— On a besoin d'un aiguillon à bétail pour obliger Francis à prendre une décision en moins de sept minutes.

— Je croyais que tu serais content de voir Teddy plus souvent.

Waldo s'assit sur le lit et se frotta les yeux avec les pouces.

— Elle va me distraire.

— Mais ce sont ses discours, non ? Le petit côté causerie au coin du feu de Sorensen et Kennedy ?

Waldo me toisa d'un air supérieur et las.

— Elle est censée être sur le terrain à embrasser des bambins et serrer des paluches. Pas perdre son temps à m'aider. C'est pour ça que tu es là.

Sa pique me vexa, c'était l'effet escompté.

— J'essaie. Mais on n'y arrive toujours pas. Et ça se voit.

— Et que va dire Kavya ?

— Si on écrit avec Teddy ? Elle s'en fiche.

— Avec Teddy, dans la chambre, jusqu'à trois heures du matin ?

Kavya et moi avions une confiance inébranlable en l'autre. Elle travaillait tard le soir, parfois avec des collègues masculins, alors que je me trouvais à l'autre bout de l'État. Ses amitiés masculines ne me posaient pas de problème – à part Shabib, que je n'aimais pas parce qu'il ressemblait à un rugbyman. Leurs familles venaient de la même région d'Inde et tout le monde avait espéré qu'ils se marieraient et auraient de beaux enfants pondichériens. Mais à part Shabib, non, je ne m'inquiétais pas. Je voulais le dire à Waldo, mais je n'en fis rien.

Il se hissa sur son lit, signe qu'il ne lui restait plus que quelques minutes de conscience éveillée.

— Je ne veux pas qu'elle me voie dans cet état, avoua-t-il.

— Tu es bien, lui assurai-je. Rien qui ne résiste à un sommeil réparateur de cinq heures.

— Bon sang ! Tu imagines ?

— On peut faire un essai, suggérai-je.

— Peu importe, bâilla Waldo. Je pense que c'est une mauvaise idée.

— Tu es bizarre, m'esclaffai-je, mais il s'endormait déjà.

Teddy aménagea donc des créneaux dans son emploi du temps pour plancher avec Waldo et moi. Au début, c'était seulement dans la journée, mais bientôt, elle nous rejoignit aussi le soir, dans les chambres d'hôtel où nous travaillions tard. Je lui soumettais un premier jet avant de l'envoyer à Waldo, et elle le réduisait au tiers, sinon au quart de sa longueur, et Waldo avait très peu de commentaires à nous faire à la fin de la journée. Teddy pouvait avoir un langage clair et concis. Elle pouvait verser dans le lyrisme, mais aussi... autre chose. Un ton que Waldo et moi devions toujours composer auparavant. Comment le qualifier ? Une touche féminine ? Même si lui et moi n'étions pas particulièrement « machos » au niveau stylistique, ici et là nous insufflions une énergie puissante. La testostérone ne marquait pas le choix de vocabulaire, mais transparaissait dans la ponctuation des discours de Teddy.

Dans un monde où les femmes politiques devaient constamment affirmer leur solidité, cela nous semblait un plus. Or maintenant qu'elle apportait cette touche, je réalisais que nous avions cruellement manqué de féminité, et par conséquent elle aussi. Parfois, Teddy allait chercher une sincérité à laquelle nous n'aurions pas pensé. Bientôt, ses discours semblèrent plus fluides. Même si Waldo et moi n'en parlâmes jamais directement, nous savions l'un et l'autre que sa remontée dans les sondages n'était pas un hasard.

Francis et l'état-major comprirent que nous avions une chance de gagner des points lors de la réunion annuelle de l'Union des professionnels de l'université qui se tenait la deuxième semaine d'avril, sur le campus de la principale université publique de l'État. Pendant que Waldo préparait nos premiers spots TV avec Francis, Teddy me demanda de commencer avec elle le discours de l'UPU. Cinq minutes. Ni plus ni moins. Je me souvins que Waldo m'avait prévenu il y a plusieurs mois, et il avait raison. J'aurais écrit dans la journée un discours de cinquante minutes. Au lieu de cela, je rédigeai jour et nuit pendant une semaine d'affilée l'intervention de cinq minutes de la députée. Et à vingt heures de l'échéance, je trouvais toujours que le résultat était désastreux.

En réalité, le choix qui s'offre à nous est très clair. Regarde-t-on le passé pour trouver des solutions d'avenir ? Regarde-t-on l'histoire pour identifier les rêves de la prochaine génération ? Nous devons choisir de penser aux enfants, qui dépendent de nous à bien des égards. Qu'allons-nous leur répondre lorsqu'ils viendront vers nous, si mal préparés, dans les prochaines années, nous interroger sur le monde et les absurdités fascinantes que nous avons créées ? Allons-nous leur dire que nous avons surchargé leurs classes et réduit les budgets alloués aux enseignants dans le seul but d'obtenir une nouvelle réduction de nos impôts fonciers ? Pour offrir une nouvelle niche fiscale aux entreprises qui...

Lorsque Teddy me rejoignit cet après-midi-là dans ma chambre de motel, j'étais assis sur le lit avec un bloc-notes jaune couvert de gribouillis illisibles et de trous dus à la pointe du clou avec lequel j'exprimais ma frustration. Mon ordi était au coin, dans l'angle opposé de la pièce, en train de réfléchir à ses erreurs. J'aurais souligné l'ironie de la situation si j'avais été capable d'une pensée au second degré.

— Le truc que je t'ai envoyé est terriblement mauvais, annonçai-je d'emblée.

— Tu vois, j'avais pensé entrer et dire : Ton truc est terriblement mauvais, mais j'ai eu peur que tu te jettes par la fenêtre.

— On est au rez-de-chaussée.

— Ce n'est pas un hasard.

— C'est sans espoir, soupirai-je. On va devoir attendre le retour de Waldo. Il m'aurait fait recommencer, même si ça avait été génial.

Mais Teddy secoua la tête.

— Il ne revient pas ce soir. On est livrés à nous-mêmes.

C'était absurde. Elle avait forcément tort. Où pouvait-il être ?

— Il a rendez-vous avec sa femme chez l'avocat cet après-midi, m'apprit Teddy. Ils signent les papiers du divorce. Elle est en ville pour la journée. C'est le seul moment qu'ils ont pu trouver.

Je gémis, imaginant l'angoisse que Waldo devait ressentir, où qu'il soit, et aussi parce que je m'en voulais de l'avoir laissé tomber. Nous devions forcément avoir un texte utilisable dans un vieux brouillon quelque part. Que faire ? Que ferait Waldo ?

Soudain, je me levai et me dirigeai vers la porte.

— Viens. Allons faire un tour.

Teddy me suivit jusqu'à ma voiture, demandant seulement :

— Où va-t-on ?

— Je ne sais pas. Un endroit où il y a du monde.

La saison de baseball commençait à peine, et les Wizards jouaient toute une série de matchs à l'extérieur. Franchement, malgré l'amour de Waldo pour ce sport et le dîner avec le mari de Teddy, je n'accrochais toujours pas au baseball. Mais le village shaker ne m'apporterait pas non plus le déclic voulu. J'essayai de penser à un endroit inspirant pour moi : une pièce où j'avais imaginé la meilleure version de moi-même, autrefois. Seul l'atelier de mon père apparaissait dans mon esprit, et je ne pouvais pas y retourner, même si je l'avais voulu. Les huissiers avaient posé des cadenas sur les portes. La banque prétendait que mon père n'avait pas remboursé son deuxième emprunt immobilier, et la ville réclamait le recouvrement de taxes foncières impayées. Je n'avais tout bonnement pas eu le temps de m'en occuper. Ne restait de l'atelier que le clou dans ma poche, que je frottais d'une main comme une patte de lapin en conduisant. Teddy avisa les panneaux d'autoroute.

— Le centre commercial du Mont Jefferson n'est pas loin, fit-elle remarquer.

Des scènes de ma jeunesse remontèrent en un clin d'œil. Je n'y avais pas mis les pieds depuis des années, mais je me souvenais des virées shopping déprimantes en famille, des premiers rendez-vous maladroits de la puberté, et, curieusement, c'était des bons souvenirs.

Bientôt, nous étions assis dans une aire de restauration éclairée au néon, mangions du poulet teriyaki dans une boîte en polystyrène et buvions des boissons de la fontaine à soda comme des adolescents. Autour de nous, des familles qui allaient au cinéma et des premiers rendez-vous amoureux. Des frères, des sœurs, des amis.

— C'est dingue, dis-je en balayant la salle. Cet endroit n'a pas changé.

Sauf qu'en le disant je savais que c'était totalement faux. Certes, le carrelage laiteux, les hauts plafonds et les tables au coin arrondi étaient les mêmes, mais le centre commercial était plus triste, plus vide. Il comptait beaucoup de magasins inoccupés aux grilles métalliques baissées, aux vitrines masquées par du papier kraft. Trop de clients effectuaient leurs courses en ligne. Depuis combien de temps n'étais-je pas allé dans une galerie commerçante ? L'aire de restauration qui accueillait autrefois plusieurs enseignes nationales de fast-food se composait essentiellement aujourd'hui de restaurants locaux. Une foule s'agglutinait de l'autre côté de l'atrium devant un stand de chaussures : a priori des baskets collector produites en nombre limité, réservées à ceux qui attendaient toute la journée en ligne, et qui coûtaient, d'après les pancartes, des centaines de dollars. Tout cela n'avait aucun sens pour moi. Pourquoi des pompes ? Mais pourquoi pas, après tout ? En quoi serait-il plus étrange de collectionner des baskets que des timbres ou des trains électriques ? Je frétillai d'enthousiasme : peut-être que ce discours devait parler des forces économiques ! Ou de l'évolution démographique ! Ou des guerres culturelles ! L'un après l'autre, ces boulevards se transformèrent en impasses. On ne force pas l'inspiration.

— C'est bizarre, finit par dire Teddy. On baptise tous ces lieux du nom d'anciens présidents pour leur rendre hommage, mais personne ne pense jamais à eux une fois sur place.

— Cleveland, dans l'Ohio, porte-t-il le nom de Grover Cleveland, ou bien l'inverse ?

— Tu vois ? Ça illustre mon propos.

— Et si on en parlait dans le discours ?

— Non. Mais fais-moi un topo de quelques minutes sur Thomas Jefferson.

— Thomas Jefferson, commençai-je en poussant mes brocolis dans son assiette, a été le premier père fondateur à proposer un système scolaire public.

— Voilà, sourit Teddy. On y est.

Elle connaissait sans doute l'histoire, mais elle savait aussi que de la parole jaillissait la source de l'inspiration.

— Dans ses *Observations sur l'État de Virginie*, il a proposé un système d'éducation publique, plus de cinquante ans avant qu'Horace Mann n'en fasse son cheval de bataille dans le Massachusetts. Dans l'optique de « diffuser plus largement le savoir chez les masses populaires », Jefferson a proposé que l'État de Virginie crée des circonscriptions scolaires où les enfants, garçons et filles, âgés de six à huit ans puissent « recevoir une instruction » gratuite pour apprendre à lire, à écrire et acquérir des « notions générales » de géographie.

— Et après leurs neuf ans ?

— Une école intermédiaire pour les fils de bonne famille, et pour un garçon pauvre par circonscription, qui serait « ramassé dans le caniveau ».

— Sympa, commenta Teddy d'un ton acide.

— Ces petits chanceux de neuf ans bénéficiaient d'une éducation étendue aux bases du grec, du latin, de la géométrie, aux principes élémentaires de la navigation...

— Bien entendu.

— Et « aux faits utiles et aux bons principes ». Jefferson pensait qu'entre huit et seize ans un garçon avait la capacité d'assimiler ces connaissances, mais que si la fenêtre de tir se refermait, il ne pourrait plus jamais les apprendre par la suite. Comme un corps qui n'a jamais fait de sport.

— Et ça concernait uniquement les garçons ?

— Oui.

— Blancs ?

— Euh, oui.

La bouche de Teddy se tordit.

— J'adore Jefferson. De loin, mon père fondateur préféré.

J'arrêtai de mâcher, car j'avais du mal à la croire. Était-elle sarcastique ?

— Pour de vrai ?

Elle hocha la tête en coupant un morceau de brocoli.

— Il était fou de bons vins, il a rapporté de France la crème glacée, et il a failli finir à la rue parce qu'il adorait collectionner les objets. Il s'esquivait du Congrès continental[24] pour écumer les boutiques d'antiquités et acheter plein de conneries. On dit qu'il est mort complètement fauché.

— Et tu trouves ça charmant ?

— Je trouve qu'on peut s'identifier à lui, répondit Teddy. Pour moi, c'est le seul de ces grands hommes des cours d'histoire qui ressemble à une personne normale. Pas d'abattage de cerisiers, ni de traversée du Delaware dans le brouillard, ni de culte du héros de guerre. Quand la révolution a commencé, il se bourrait la gueule en France. Respect.

— Et Sally Hemings ? demandai-je.

Elle sourit.

— Oh. Eh bien, quoi ?

Là, je savais qu'elle se moquait de moi. Je l'entendais rire intérieurement de me voir m'embarquer dans cette histoire.

Je me lançai néanmoins.

— Elle était son esclave ; ils ont eu six enfants ensemble.

---

24. L'assemblée législative commune aux colonies britanniques qui sont à l'origine des États-Unis (1774-1789).

Teddy fit semblant d'être choquée.

— Vas-y ! Raconte.

— Je dis juste... tu ne trouves pas ça... immonde ?

Teddy haussa les épaules.

— Ils avaient tous des esclaves. Washington, Franklin.

— Ils ne leur faisaient pas d'enfants. Des enfants qui sont devenus des esclaves, en plus. Jefferson ne les a pas affranchis jusqu'à sa mort.

Teddy s'anima.

— Tu savais que Sally Hemings était la demi-sœur de Martha Jefferson ?

Non, je l'ignorais, ce que j'exprimai en manquant de m'étouffer avec mon poulet teriyaki.

— Je l'ai lu quelque part le mois dernier. On pense que le père de Martha a couché avec la mère de Sally.

Mes régurgitations ravirent Teddy.

— C'est digne d'une tragédie grecque.

Heureuse de m'avoir retourné la tête, elle s'adoucit et m'expliqua.

— À l'école, j'adorais l'histoire mondiale. Quand on étudiait Gengis Khan, par exemple, on apprenait qu'il avait cinq cents femmes. Ou la soif de pouvoir de Jules César qui lui a valu d'être poignardé dans le dos par ses amis aux ides de Mars. C'était palpitant. On avait l'impression qu'ils étaient des gens normaux. Les événements de leur vie arriveraient à toute personne que je connais « en vrai » si elle devait gouverner la majeure partie de l'Asie, l'Empire romain ou autre. Mais ensuite, on étudiait l'histoire américaine et les profs encensaient Washington et Lincoln comme s'ils étaient des saints. Enfin, comment est-ce possible qu'on soit le seul pays au monde où des gens bien et respectables dirigent l'État ? C'est impossible. Voilà pourquoi j'ai un faible pour Jefferson ; il avait un côté humain.

En regardant les allées du centre commercial se vider, je me demandais ce que Jefferson aurait pensé de cet hommage. Si, dans quelques centaines d'années, nos descendants dînaient dans un centre commercial spatial du nom de Barack Obama ou George W. Bush. Ou de Teddy Ruiz. Pourquoi pas ?

— Tu venais ici enfant ?

Après un court silence, Teddy répondit.

— Non, on n'allait jamais au centre commercial.

— Jamais ?

Elle se tut et je remarquai pour la première fois l'heure tardive ; les clients partaient les uns après les autres. C'était si calme que j'entendais maintenant le gazouillis des oiseaux au-dessus de nos têtes, provenant des chevrons du haut plafond de l'aire de restauration. Toute une famille de petites silhouettes sombres vivait là-haut, dans un nid confectionné avec de vieux emballages et des pailles de soda.

Teddy décida de poursuivre.

— Le dimanche après la messe, mon père nous emmenait sur la colline, là où se trouvait l'hôpital. Un homme de notre congrégation, M. Carter, travaillait comme agent d'entretien dans la salle des urgences. Et j'imagine que, souvent, les patients qui enfilaient la blouse d'hôpital laissaient leurs vêtements dans la salle. Certains étaient aiguillés vers d'autres services, et ils oubliaient en partant une chemise, une robe ou une paire de chaussettes. Bref, M. Carter ramassait les affaires abandonnées, les faisait laver et les rangeait dans un placard. Il connaissait tout le monde dans le quartier, donc il savait ce qu'on aimait porter et ce dont on avait besoin, et il nous donnait des vêtements quand on passait le voir.

— Quelle incroyable gentillesse, m'extasiai-je.

Elle en convint.

— Oui, c'était un homme bon. C'est là mon propos. Les saints, dans ce monde, ne se trouvent pas dans un bureau ovale. Bref, une fois, je ne l'oublierai jamais, une fois, je jouais dans le jardin et mon père bricolait sous le porche. Un inconnu a traversé la rue, visiblement furax, est passé devant ma sœur et moi en tenant une batte de baseball en aluminium rutilant et s'est dirigé droit vers notre père. On a vu qu'il s'apprêtait à lui défoncer le crâne. Ma sœur et moi avons crié de toutes nos forces, mais il ne nous entendait pas. Mon père...

Elle indiqua d'un geste son oreille gauche.

— Ah, d'accord. Mince, que s'est-il passé ?

— Le type s'est mis à hurler. « Je vais te tuer, Elias ! Je suis au courant de ta liaison avec Sarah Ann... » Et là, il lève la batte au-dessus de son épaule...

Elle mima le geste, et pendant un instant je pensai à son mari.

— Merde...

— Ma sœur et moi, on s'est figées parce que notre père ne s'appelle pas Elias... Il s'appelle Gregory. Et juste au moment où le gars allait faire un swing, il s'arrête et lâche la batte. Mon père le remarque enfin. Il se tourne et lève les yeux vers lui, ignorant qu'il a frôlé la mort. Et l'homme s'en va comme s'il avait vu un fantôme.

— C'est quoi ce délire ?

— Exactement. Pendant des années, je n'ai pas compris ce qui s'était passé. J'ai vraiment cru que Dieu avait arrêté son geste, qu'il avait parlé à cet homme et l'avait raisonné.

La barquette de riz gluant était vide depuis longtemps. À tour de rôle, nous perforions le polystyrène à coups de fourchette, créant de drôles de motifs avec les trous.

— Je ne saisis pas. Pourquoi il pensait que ton père était cet Elias ?

— Les vêtements, expliqua Teddy. Mon père bricolait avec une vieille chemise en flanelle orange. Une des affaires récupérées par M. Carter. De loin, je suppose que mon père ressemblait à son ancien propriétaire.

Teddy but une gorgée de soda et regarda autour d'elle.

— Bref, non, on ne faisait pas de shopping au centre commercial. Plus tard, quand j'étais au lycée, il est arrivé que des garçons m'emmènent manger une glace ici.

J'avais des frissons. Je ne trouvais pas les mots. Je voulais lui dire que j'étais heureux d'être devenu son ami, heureux qu'elle n'ait pas choisi d'omettre cette vérité sur sa vie.

— C'est une bonne histoire, conclus-je finalement. Pardon si j'outrepasse mon rôle, mais les gens veulent entendre ça. Ils ont besoin de l'entendre. La vraie réalité.

Teddy avait l'air fatiguée, et je comprenais pourquoi.

— Les gens ne veulent pas la réalité quand il s'agit de ma vie. Ils ne veulent pas en entendre parler. Ils veulent continuer de croire que ça ne se passe pas juste à côté de chez eux.

— Mais les gens d'à côté justement ? Tu ne te bats pas pour eux aussi ?

Teddy ne répondit pas. Sans l'exprimer, nous le savions tous les deux : si Waldo avait été là, il aurait dégagé cette idée plus vite que son ombre. C'était un territoire vierge pour nous, et pour elle aussi dans sa vie politique.

Waldo se plaisait à dire que nous étions là pour « poncer son côté rugueux » et « muscler » son style. Même si nous ne l'avions jamais admis, je savais au fond de moi ce que cela signifiait vraiment.

Teddy m'observa en silence sortir le bloc-notes et le stylo. Je voyais déjà se dessiner la trame du discours. Il me suffisait d'appuyer la mine sur le papier pour le faire émerger.

Il s'ouvrait sur l'anecdote, les dimanches aux urgences avec M. Carter. C'était une histoire sur ce qu'un homme faisait pour ses filles. Pour les habiller. Pour les envoyer à l'école dans des vêtements presque neufs afin qu'elles s'instruisent sur Thomas Jefferson et ses propositions qui avaient donné naissance à cette école publique qui les recalait, elles et leurs amis. Le discours portait sur les malentendus. Le pardon. La grâce. Sur le fait de venir d'un endroit où les gens pensent que vous avez besoin d'être dégrossi. Ramassé dans le caniveau. Je posai la pointe du stylo sur le papier. Les mots jaillirent. Teddy me regardait tandis que je me mettais à écrire, de plus en plus vite.

— Tu l'as ? demanda-t-elle avec enthousiasme.

Tout en hochant la tête, je trouvai que mes phrases sonnaient faux. Finalement, je levai le stylo et tournai le carnet sur la table, poussant le polystyrène perforé sur le côté. Teddy prit le stylo. Je n'eus pas besoin d'expliquer. Elle repartit d'où je m'étais arrêté. Je me déplaçai de l'autre côté de la table pour lire par-dessus son épaule. Nous restâmes assis là pendant des heures, tandis que les enseignes lumineuses de l'aire de restauration s'éteignaient, une par une. Un agent de sécurité vint nous avertir de la fermeture imminente et nous levâmes les yeux pour nous apercevoir qu'il ne restait plus que nous deux dans le centre commercial.

3

Waldo eut beau proclamer haut et fort qu'il l'avait musclé, le discours de l'UPU que Teddy prononça le lendemain était presque mot pour mot celui écrit dans l'aire de restauration. L'écouter raconter son histoire dans le gymnase bondé était électrisant, et pas seulement pour nous. Cela nous valut la meilleure presse depuis le début de la campagne : *La députée Ruiz se confie intimement lors d'un meeting à l'université*, etc. Le week-end suivant, nous participâmes à la matinale du dimanche sur News12, tribune en or pour approfondir en détail les propositions politiques. Nous fîmes un bond dans les sondages et, mieux encore, les dons affluèrent de nouveau. Francis prophétisa que ce « nouvel angle » creuserait notre avance auprès des électeurs afro-américains et latinos et contribuerait à augmenter le taux de participation. C'était aussi un moyen de s'assurer que l'issue du scrutin ne dépende pas en grande partie de la préférence des électeurs blancs de banlieue pour nous ou Kent. Après avoir obtenu le soutien de trois éminents avocats des droits civiques, le « grand rebranding » commença véritablement.

Mais le plus réjouissant à titre personnel, c'est que depuis que Teddy travaillait en étroite collaboration avec nous, je dormais mieux et mangeais normalement. Le vampire reprenait des couleurs. Waldo semblait heureux aussi de cette collaboration. Les choses évoluaient dans la bonne direction. À six semaines de la primaire, j'avais le sentiment que nous pouvions l'emporter, ou du moins qu'il me resterait à terme quelques follicules intacts.

Puis Waldo me demanda s'il pouvait habiter à la maison quelques semaines.

— Ma femme a gardé notre maison, expliqua-t-il. Toi et moi, on passe la moitié du temps sur la route et je n'ai pas eu le temps de chercher un appart.

Je savais que Kavya mourait d'envie d'utiliser notre chambre d'amis. Elle avait choisi avec amour chaque coussin et chaque bibelot, et m'avait déclaré plusieurs fois que c'était sa pièce préférée de la maison. Elle avait encadré des photos-souvenirs de notre lune de miel à Hawaï et coordonné les couleurs pour rappeler le magnifique couvre-lit de notre chambre d'hôtel là-bas. Elle accepta immédiatement qu'elle devienne « la chambre de Waldo » aussi longtemps qu'il en aurait besoin.

Fièrement, Kavya lui montra la pièce le lendemain.

— Fais comme chez toi, dit-elle en lui présentant la salle de bains attenante et immaculée, aux poignées de placard rutilantes.

— Magnifique, s'extasiait-il en regardant autour de lui. C'est très gentil de votre part. Promis, vous ne saurez même pas que je suis là.

Nous sortîmes de la chambre pour le laisser s'installer. Une heure plus tard, il apparut dans l'encadrement de la porte du salon, rasé de près et disposé à partir pour une réunion de communication avec Francis. Malgré ma proposition de l'accompagner, Waldo insista pour que je reste et profite de la journée avec Kavya.

Ces derniers temps, nos rapports étaient tendus. Je me battais contre la ville au sujet de la maison de mon père et des milliers de dollars réclamés entre les taxes impayées et le second prêt immobilier. Même si j'arrivais à la vendre, nous ne toucherions pas grand-chose. Entre-temps, j'avais dépensé toutes nos économies en parcourant l'État semaine après semaine. En théorie, on allait me rembourser mes frais, mais d'ici là, ma carte de crédit frôlait le plafond autorisé. Nous essayions d'avoir un bébé depuis deux mois, et elle surveillait les dates à la loupe, seulement je n'étais jamais là les jours propices à la fécondation. Elle m'avait accusé récemment de le faire exprès. J'avais juré que c'était faux.

J'avais parlé à Waldo de nos disputes, sans en préciser la raison, et pour être honnête, j'espérais que sa présence détendrait l'atmosphère à la maison. Je pensais que Kavya, témoin de nos débats, comprendrait l'ampleur de notre travail et l'importance de la campagne. Seulement maintenant, Waldo voulait que je reste à la maison.

— Ne néglige pas cette belle femme, déclara-t-il devant Kavya. Ne commets pas la même erreur que moi.

Kavya rougit et lança, pour la quatrième fois depuis son arrivée :

— J'ai des dizaines de copines avec qui je peux te brancher dès que tu me donneras le feu vert...

Waldo partit en sifflotant l'air de « Just a Gigolo », traînant la patte dans l'allée menant à la rue où il avait garé sa Lincoln.

Il ne fallut que trois minutes à Kavya pour inventer une excuse pour filer au sous-sol ranger la chambre d'amis. Je m'y précipitai en entendant un cri étranglé et la trouvai près de la commode où deux piles de livres écornés et un parapluie au manche à tête d'oie avaient remplacé le vase avec une fausse orchidée. Waldo avait enlevé le joli couvre-lit hawaïen. Les murs où elle avait accroché des photographies de cascades spectaculaires et de plages volcaniques étaient nus. Les cadres étaient soigneusement empilés sous le lit, juste à côté du couvre-lit plié.

— J'aurais dû te prévenir, m'excusai-je. Il est du genre minimaliste.

Malgré sa contrariété manifeste, je savais que Kavya n'adresserait aucun reproche à Waldo, car il était son hôte.

— Il est interdit de fumer ici, me rappela-t-elle. Il le sait, n'est-ce pas ?

— Je lui ai dit.

Elle avait trouvé un cendrier en cristal qu'il avait volé au Carriage House sous le lit, côté fenêtre. Il n'avait pas l'air d'avoir servi, il était même impeccable. Mais dans le lavabo de la salle de bains, je trouvai des particules de cendres qu'il n'avait pas rincées.

— Il pense trouver un appartement dans une semaine ou deux.

Kavya inspira à fond.

— C'est bon. Je lui ai dit de faire comme chez lui, non ? On remettra tout en ordre après son départ.

Ce week-end-là, nous rejoignîmes Teddy et des membres de l'équipe au State Pickle Festival, le traditionnel festival du cornichon qui avait lieu dans une circonscription agricole du nord de l'État, à tendance conservatrice. L'idée était qu'en enfilant une salopette en jean et en retroussant les manches d'un vieux tailleur Teddy pourrait toucher certains électeurs ruraux, mais aussi montrer au reste de l'État qu'elle était proche du peuple. Je me retrouvai donc avec Waldo au milieu de grandes tentes blanches remplies de mille et une variétés de cornichons et légumes vinaigrés. Des rangées et des rangées de bocaux en verre dans lesquels baignaient toutes sortes d'aliments colorés. Waldo s'arrêtait chaque fois qu'il voyait un produit qu'il ne connaissait pas : *Fischbrötchen, Labskaus, Rinderrouladen* ! Cela lui rappelait, me dit-il, les souks qu'il avait arpentés au Maroc et les marchés cambodgiens où il avait dégusté des plats incroyables lors d'un voyage qu'il me raconterait plus tard. Il s'arrêtait, goûtait, serrait une main ou deux, distribuait un badge ou un autocollant et passait à l'étal suivant. Il y avait des stands consacrés au matériel de conserverie, à la coloration des saumures, à la grosseur de grain des différents sels, au niveau de pH des vinaigres, aux ustensiles pour frire les pickles – dits « frickles ». Œuf au vinaigre, betterave marinée, hareng en saumure. Quels étaient les bénéfices pour la santé de boire de la saumure à cornichons ? Waldo prit une brochure, puis un cupcake au cornichon, une glace au cornichon et un « dirty martini » à la saumure d'olive. Des fèves au vinaigre, des framboises au vinaigre, des écorces de pastèque au vinaigre et un citron vert entier au vinaigre.

Savais-je que les pickles étaient un aphrodisiaque naturel, comme les huîtres et le chocolat ? Un stand vendant des affiches obscènes sur le thème du cornichon aphrodisiaque en informait les chalands. Nous avançâmes en riant vers la tente suivante, où Teddy buvait une sour pickle beer d'un air aussi désespéré qu'amusé.

— C'est quoi ce truc ? demanda-t-elle.

Du foin en vrac recouvrait le sol boueux pour le durcir. Une légère odeur de fumier flottait dans l'air.

— Mauvaise nouvelle. On a clamsé en venant ici, proféra Waldo. On flotte dans l'au-delà. Dieu est un cornichon.

— Depuis tout ce temps, soupira-t-elle. Musulman, chrétien, juif... et la bonne réponse était cornichon.

Il leva deux doigts écartés d'un centimètre.

— Si près de la vérité.

— Tu ne distribues pas les badges, observa-t-elle en avisant le tas dans ma paume.

— Je les fais mariner dans le vinaigre.

Il m'en restait une douzaine. Elle me les prit des mains et les offrit aux chalands qui passaient.

— Tenez. Voilà. C'est pour vous. Madame ? Un badge ? Monsieur ? Vous n'auriez pas perdu ça ?

Quand ils furent tous distribués, quelques minutes plus tard, nous explosâmes de joie.

— C'est bon, s'exclama-t-elle. On va gagner les élections !

— Fastoche ! m'écriai-je.

Teddy grogna de contentement et s'appuya contre Waldo. Puis elle me regarda et lança :

— Discours à chaud ! À toi !

Je me redressai et imitai son intonation.

— Ici, aujourd'hui, nous célébrons la communauté. La façon dont les hommes et les femmes, les enfants et les aînés, se retrouvent ensemble pour perpétuer une tradition ancestrale...

Teddy riait si fort qu'elle vacilla et Waldo dut la rattraper par le bras.

— … un héritage, poursuivis-je sans marquer d'arrêt, de préservation. Pour traverser un long hiver entre deux récoltes, nous devons nous tourner vers le sel. L'amertume ! Le vinaigre, la sueur et les larmes, mais aussi la douceur de…

Je perdis le fil. Waldo se tordait de rire, enlaçant d'un bras la taille de Teddy qui essayait, sans succès, d'échapper au tourbillon de l'ivresse. Tout dans ce lieu absurde, ce moment loufoque, ces gens autour d'eux, ce qu'ils avaient ingurgité, créait en lui un sentiment de liberté par rapport à la réalité dont il mesurait maintenant la dangerosité.

— À toi, dit-il à Teddy aussi légèrement que possible.

Elle leva les yeux d'un air pensif et se mordit la lèvre avant de se lancer.

— En regardant autour de moi, je me demande : existe-t-il une chose qui ne peut pas être marinée ? Eh bien, non. Les spécialistes de la saumure de notre État nous rappellent qu'impossible n'est qu'un grand mot prononcé par des petits hommes qui trouvent plus facile de vivre dans le monde qui leur a été légué plutôt que de chercher en eux la force de le changer. Impossible n'est pas un fait, c'est une opinion. Impossible n'est pas une fatalité, c'est un défi. Impossible est provisoire. Impossible n'est rien.

— Tu vas créditer Mohamed Ali pour cette citation ou on opte pour le plagiat ? demanda Waldo.

Elle lui prit la main et le tira à l'écart de l'allée des vendeurs de bière, dont beaucoup proposaient des blondes et des brunes non aromatisées au cornichon. Je les suivis pendant quelques minutes mais, après m'être arrêté pour admirer des chewing-gums goût cornichon vendus dans un bocal en plastique, je me retrouvai seul. Où étaient-ils partis ? Je revins sur mes pas, effectuai un demi-tour et repartis dans la direction initiale. Aucun signe d'eux nulle part. Au bout d'une dizaine de minutes, je réalisai qu'ils pouvaient être n'importe où. Je textai à Waldo, à plusieurs reprises, mais n'obtins pas de réponse.

Après avoir tourné en rond pendant une demi-heure, je tombai sur Francis, qui me demanda si je rentrais.

— Je suis venu en Lincoln avec Waldo, répondis-je.

— Il m'a appelé. Il a dit qu'il partait.

— Quand ?

— Il y a un quart d'heure environ.

— Teddy était avec lui ?

— Je pense. Ils devaient voir un truc ensemble. Il m'a demandé de te trouver et de te ramener.

J'allais répondre que c'était absurde. Puis je réalisai que ce n'était pas si absurde. Toujours pas de message de Waldo sur mon téléphone.

— Je vais le chercher, dis-je.

— OK, mais je dois partir maintenant, alors ne reste pas coincé chez les ploucs.

Je voulais lui dire que tout irait bien. Que j'allais trouver une solution. Qu'il n'y avait aucune chance que Waldo me plante dans un festival du cornichon au milieu de nulle part.

Sauf, bien sûr, que je savais qu'il m'avait planté.

— Ne t'inquiète pas pour moi, Francis. Je trouverai quelqu'un pour me ramener.

Aucune nouvelle de Waldo de toute la journée et il ne rentra pas pour dîner. Kavya et moi avions préparé du tofu makhani et nous regardions quelques épisodes d'une émission de rencontres sur Netflix qu'elle aimait bien, blottis sur le canapé. Le luxe d'avoir du temps à tuer était romantique en soi. Je m'efforçais d'occulter mes calculs mentaux : un épisode d'*Une soirée de rêve désastreuse* correspondait à dix appels téléphoniques, à une minuscule goutte d'eau dans la stratégie du taux de participation, à un millimètre de plus sur le chemin de la victoire. D'un commun accord avec moi-même, je ne parlai pas de l'élection, et nous réussîmes à passer une heure à feuilleter des livres sur la grossesse et la parentalité. Je ne dis pas à Kavya ce qui s'était passé au festival. Je continuai d'essayer de me convaincre que c'était parfaitement innocent. Que je n'avais pas vu la lueur dans leurs regards juste avant qu'ils ne s'éclipsent.

Après le dîner, Kavya et moi sortîmes nous promener dans le quartier. Le printemps arrivait, les oiseaux chantaient et les bourgeons s'ouvraient. Nos voisins préparaient leurs jardinières de tomates pour l'été. Main dans la main, nous nous baladâmes jusqu'à ce que le soleil se couche et la lune se lève, pleine dans le ciel orangé.

— Je commence à m'inquiéter pour Waldo, dit Kavya.

— Il a peut-être pris une chambre là-bas, si le festival s'est terminé tard.

Elle hocha la tête.

— Il a quoi, la quarantaine ? Il n'a pas besoin qu'on s'occupe de lui.

— Non.

— Il est manifestement très discret sur sa vie privée.

— Absolument.

— Peut-être qu'il visite des appartements ?

— C'est probablement ça, dis-je.

Ce n'est qu'à deux heures du matin que j'entendis la porte s'ouvrir. Quelqu'un en bas se cognait dans l'obscurité. Après quelques minutes de barouf, j'enfilai mon peignoir et descendis voir si tout allait bien.

Je trouvai Waldo assis sur le canapé gris, la tête entre les mains, fixant le verre d'eau qu'il s'était servi comme s'il essayait de trouver la volonté de le boire. Il frottait sa jambe malade lorsqu'il leva vers moi des yeux rouges et vitreux.

— J'ai fait quelque chose de terrible, chuchota-t-il.

Il était manifestement ivre mort.

— Quoi ? demandai-je en m'approchant de lui. Que s'est-il passé ?

— Qu'est-ce que...

Il s'interrompit, suffisamment stable maintenant pour boire. Il lampa le verre d'eau en trois gorgées et tenta de se lever pour se resservir, mais ses membres inférieurs refusèrent de coopérer. Je lui pris le verre des mains et allai le remplir dans la cuisine. J'avais envie d'une boisson plus forte pour moi-même, mais les bouteilles d'alcool se trouvaient au salon et je ne voulais pas réveiller Kavya. Puis je me souvins de la mignonnette de whisky Wild Turkey au fond du placard, qu'elle utilisait pour cuisiner les patates douces à Thanksgiving. Je vidai la fin dans un verre.

À mon retour, Waldo était avachi sur le côté et je crus qu'il dormait, jusqu'à ce qu'il me pose une question.

— D'après toi, quelle est la pire chose que j'aurais pu faire ?

Je réfléchis, brièvement.

— Tu as volé de l'argent dans les caisses de la campagne ?

— Non, non. Bien sûr que non.

— Alors quoi ?

Il inspira à fond et relâcha l'air très lentement.

— J'ai couché avec Teddy.

— Quoi ? Comment ? Quand ?

— Il y a quelques heures, dit-il comme si le temps, pour lui, dans son état, était une anguille insaisissable.

Voilà. Cela avait fini par arriver. Mais je m'inquiétais que Waldo, au lieu d'être extatique, se sente aussi misérable. Je n'arrivais pas à savoir si c'était dû à l'alcool. Lentement, alors qu'il buvait de l'eau et que je sirotais le whisky Wild Turkey, il me raconta comment l'impensable était arrivé.

Après m'avoir perdu dans la foule (et je décidai alors d'accepter cette explication), ils avaient bu d'autres bières saumurées. Conscients d'être pompettes, ils enlevèrent leurs badges de campagne. Waldo pensa qu'il serait amusant d'acheter des chapeaux verts en forme de cornichon et les lunettes assorties. Pour tout le monde, ils avaient l'air d'un couple anonyme, fan de cornichons, qui s'éclatait par un week-end frisquet d'avril.

Teddy voulait voir les manèges. C'était les attractions foraines habituelles : les carrousels, les tasses géantes, les autos tamponneuses et, au loin, un gigantesque Zipper, manège à sensations. Ils montèrent dans tous les manèges, dont trois fois dans le Zipper en hurlant alors que la machine les secouait comme de la salade. Waldo me rapporta qu'il était sûr que le contenu saumuré de son estomac allait se répandre sur tout l'État, sauf que les cheveux de Teddy lui giflaient les yeux, le nez et le front. Il les repoussa ; elle tenta de les discipliner. Leurs mains se touchèrent et, cette fois, leurs regards se croisèrent au milieu de la descente en chute libre – il pensait qu'ils étaient même peut-être tête en bas quand cela se produisit.

Quand ils s'embrassèrent.

Au début, le baiser avait un goût saumâtre, rapidement remplacé par une chaleur à laquelle il ne s'attendait pas. Durant cette fusion de langues et de lèvres vertes, il n'avait pas songé à son mari, ni à sa femme, ni à leur passé, ni à la campagne – toutes ces pensées se télescopèrent dans son esprit ensuite. Mais lorsque le balancier du manège à sensations ralentit sa course, que le monde se remit à l'endroit et qu'ils descendirent en titubant dans l'herbe, il cessa de penser. C'était comme s'ils étaient seuls au monde, malgré la foule qui les entourait. Juste deux corps en mouvement qui trébuchaient, riaient, se touchaient. Heureusement, les rares journalistes qui avaient bien voulu couvrir l'événement étaient partis depuis longtemps. Francis et moi n'étions plus là. Waldo espérait que personne ne les avait reconnus au motel où ils s'étaient rendus ensuite. Il en connaissait plusieurs dans le coin.

Le récit s'arrêta là, et Waldo me dévisagea alors que je m'éloignais de la table. J'étais contrarié, mais aussi heureux pour eux, quelque part. J'avais peur pour nous tous, mais surtout pour lui. Devais-je lui rappeler à quel point c'était dangereux ? Tout le monde dans l'État connaissait son mari et se rangerait de son côté en cas de scandale, d'autant plus si elle l'avait trompé. Une photo prise par un smartphone pouvait mettre fin à notre campagne en un battement de cils. Waldo et Teddy avaient mis en péril des jours et des jours de travail acharné.

— Je t'avais prévenu que travailler si étroitement avec elle était une mauvaise idée, gémit-il.

— Ne me mets pas ça sur le..., commençai-je, mais il me coupa la parole et prit mes mains dans les siennes comme pour me supplier.

— Tu es le seul à savoir, souffla-t-il, le regard fou. Le seul en qui on peut avoir confiance.

— C'est bon. Ça va aller. Repose-toi. On trouvera une solution demain.

Et, juste comme ça, j'étais dedans jusqu'au cou.

CINQUIÈME JOUR
Memphis, Tennessee

Je n'avais jamais rendu visite à ma mère et Linh dans leur maison en banlieue de Memphis. Pendant longtemps, j'ai prétexté devoir rester à Pine Grove pour m'occuper de mon père. Puis il y a eu la campagne. En quand Kavya et moi avons déménagé en Floride, il était plus logique de les inviter chez nous pour qu'elles profitent de la plage. Nous avions annulé un voyage avec elles en Arizona au début de l'été, à l'entrée en vigueur du confinement. Bref, je n'avais jamais vu le ranch où Linh et ma mère vivaient ensemble. Si j'avais évité cet endroit, je me persuadais intérieurement que c'était en raison du voisinage ; à en croire Facebook, ses amis et voisins regardaient Fox News. Mais en roulant dans les rues bordées de cornouillers et de carrés de pelouse verte, je savais que mon aversion pour cet endroit dépassait la politique. Recevoir ma mère sur mon propre terrain ne me dérangeait pas. Mais depuis le divorce, et Linh, j'éprouvais un malaise profond à l'idée de voir sa nouvelle vie de près. Une vie dont je n'avais jamais fait partie. Une vie dont elle rêvait alors qu'elle était coincée dans la nôtre.

J'aperçois ma mère au début de l'allée, dans un jogging en coton blanc et un sweat-shirt brodé d'un cœur composé d'étoiles rouges, blanches et bleues. Elle me fait signe pendant que je me gare, et je me demande si elle m'attendait, mais en réalité elle s'affaire au-dessus du bac de recyclage.

— Tu sais que tu peux laisser ta poubelle sur le trottoir ?

— Quoi ? crie ma mère.

— Tu peux la laisser sur le trottoir !

— Oh, soupire-t-elle. M. Roberts veut récupérer les canettes et les bouteilles.

Elle désigne une petite maison blanche de l'autre côté de la rue, avec un drapeau américain hissé sur un mât au milieu du jardin. Juste en dessous, un drapeau noir POW-MIA[25] flotte au vent. Je me souviens que je le voyais partout quand j'étais plus jeune, moins aujourd'hui.

— Il les porte au centre de recyclage pour toucher la consigne, ce qui ne me gêne pas, mais il met le bazar en fouillant dans les ordures.

Elle repêche les canettes et les bouteilles, préalablement lavées, et les place dans un sac pour son voisin. Une fois que le camion des éboueurs qui remonte la rue a vidé la

---

25. Drapeau honorant les prisonniers de guerre (*prisoners of war*) et les soldats disparus au combat (*missing in action*).

poubelle, nous emportons le sac chez M. Roberts et le laissons sur son porche.

— C'est très gentil de ta part, dis-je une fois de retour dans l'allée.

— Quoi ?

— C'est très gentil.

— C'est un sale bonhomme, répond ma mère. Il glisse des caricatures de la Bible sous notre porte. Linh pense qu'on devrait mettre une clôture, mais je préfère me conduire en adulte.

— Je suis de l'avis de Linh, dis-je.

— C'est leur quartier, soupire-t-elle. On essaie juste de s'intégrer.

— C'est votre quartier aussi. Vous vivez ici depuis plusieurs années.

— Mouais...

Nous revenons dans son jardin, peuplé de lys à floraison tardive, des touches de blanc sur fond d'asters mauves. Je me souviens des virées annuelles à la jardinerie locale pour la fête des Mères, où nous choisissions des cagettes de pensées et de chrysanthèmes à planter dans les bacs à fleurs près du garage. Ici, le jardin est bien plus élaboré. Des pivoines, des gueules-de-loup et des variétés de serpolet cascadent comme de l'eau le long d'un haut mur de pierre. Ma mère a installé une table en fer forgé avec son livre de mots croisés et un cendrier près du bain d'oiseaux. Elle me montre du doigt des mésanges de Caroline, et nous apercevons un roitelet à couronne rubis, comme elle le nomme. Elle me propose de prendre un thé à l'intérieur, mais je décline.

— Linh se repose, explique-t-elle. Elle reste debout la moitié de la nuit. Insomnie. Elle n'arrive pas du tout à dormir.

— C'est malheureux. Elle a essayé la mélatonine ? Ça existe en gomme à mâcher maintenant. La mère de Kavya ne jure que par ça.

Un infime sourire.

— Comment va Mme Viswanathan ?

Elle ne cherche pas à prononcer le nom correctement. Elle ne fait jamais cet effort.

— Appelle-la Padma, dis-je. Elle va bien. Pankaj a un ulcère, il est resté au lit toute la semaine.

Ma mère maugrée et je n'insiste pas. Elle aime beaucoup Kavya, mais elle ne s'est jamais entendue avec les Viswanathan. Elle pense que Pankaj est une brute, que Padma est une épouse soumise. J'ai tenté de lui expliquer que Pankaj est inoffensif, juste à moitié sourd et égocentrique. Leur déférence est purement culturelle. Et non, cet homme ne soliloque pas, même si c'est parfois drôle. Ce n'est pas parce que son divorce est la meilleure chose qui soit arrivée à ma mère que c'est la solution aux problèmes de tout le monde.

Il y a beaucoup de choses dont on ne parle pas, évidemment.

— Où vas-tu au fait ? demande-t-elle.

— Voir un ami à Milwaukee.

Elle fronce les sourcils.

— Ça fait de la route.

— J'aime bien conduire.

Je lui explique le projet sur lequel Rohit et moi travaillons. Linh et elle ont reçu un exemplaire de *Power up* pour Noël, mais je parie qu'elles ne l'ont pas lu, pas plus qu'elles ne liront le suivant.

— Il aurait dû appeler le prochain livre *Shut up*, « Fermez-la » ! plaisante-t-elle. On se porterait tous mieux si tout le monde se taisait plus souvent.

— La suite tant attendue du best-seller *Power up... Occupez-vous de vos oignons*.

Ma mère allume une cigarette (elle sait que je déteste ça), et je l'aide à finir une grille de mots croisés. Pendant un moment, nous sommes bien. En contemplant le jardin, je remarque des objets de l'ancienne maison. Des objets que j'avais oubliés : un nain de jardin, une causeuse en bois avec des pommes d'or peintes sur le dossier. Une mangeoire pour colibris que nous avions achetée lors d'un voyage en famille dans les montagnes – je me souviens d'une auberge où ils en avaient accroché une à toutes les fenêtres. Âgé de huit ou neuf ans, j'observais avec ravissement le flou vert s'agiter, puis s'arrêter, prendre la forme nette d'un minuscule oiseau le temps de quelques becquées de nectar, avant de redevenir flou.

— C'est magnifique ici, dis-je. Est-ce que Linh jardine aussi ?

Ma mère chasse sa fumée de la main et secoue la tête.

— Elle est allergique à tout. Chaque fois que je rentre, je dois me doucher ou elle se tape une crise d'éternuement.

— C'est gentil, dis-je sans réfléchir.

— En quoi est-ce gentil ?

— Ben, ça... je ne sais pas. Que tu aies cette attention pour elle. Et réciproquement.

Mon père et elle n'ont jamais fait d'efforts mutuels. Ou peut-être que si, mais d'une manière qui m'a toujours échappé. Je repense à mes escapades nocturnes pour les espionner à travers la rampe d'escalier, seuls ou en compagnie d'invités que je connaissais à peine.

— Tu te souviens quand la navette *Challenger* a explosé ?

— La navette spatiale ? Je me souviens du drame, mais pas du moment précis.

— Tu l'as vu avec papa au journal télévisé du soir. Le discours de Reagan ?

Je lui récite le vers. *Rompre les lourdes attaches de la Terre.* Mais elle ne sait absolument pas de quoi je parle, sans grande surprise pour moi.

Je lui relate mon souvenir de la scène; j'étais sorti en douce du lit et j'avais rampé dans le couloir – de cela, elle s'en souvient. Je lui explique comment Waldo et moi avons réadapté l'histoire, il y a sept ans maintenant.

— C'est drôle, dis-je. L'année dernière, elle a publié son autobiographie, sans doute écrite en partie par quelqu'un d'autre. Je l'ai feuilletée en librairie, et toute l'histoire était là, au début du deuxième chapitre. Mot pour mot, exactement comme je lui ai raconté cette nuit-là.

Je n'ai pas besoin de préciser qui est « lui »; elle le sait.

Ma mère renâcle.

— J'en ai tellement marre de la politique que je pourrais...

Je dois faire une drôle de tête en repensant à Waldo – bien que je n'aie jamais vraiment cessé de penser à lui. Quoi qu'il en soit, elle le remarque, encore sensible, je suppose, à la douleur de son enfant, malgré le temps et la distance.

— Ton voyage a un rapport avec cet homme? demande-t-elle.

Je hoche la tête et réponds que oui, sans expliquer.

— Il comptait beaucoup pour toi, murmure-t-elle tendrement.

J'opine et confirme que oui, il comptait beaucoup. Chagrin : *grief* en anglais, employé pour la première fois au XIIIe siècle pour désigner « la douleur mentale ou l'angoisse ». Dérivé de l'ancien français *grever*, « injustice, malheur, calamité », mais aussi « alourdir, oppresser ». Et du latin *gravare*, « poids, surcharge; oppresser, aggraver ». Durant la conquête de l'Ouest, on disait d'une expédition infructueuse qu'elle se terminait en « peau de chagrin ». Chariots renversés, chevaux évadés dans la prairie. Les rations au plus bas, l'arrivée de l'hiver. *Peau de chagrin.* C'est ainsi que je le comprends aujourd'hui. Moins une affliction qu'une destination à laquelle on arrive inévitablement, et par accident. L'échec, inhérent. Oui, j'en suis réduit à peau de chagrin.

Un long silence s'installe entre ma mère et moi ; seul grésille son mégot de cigarette quand elle l'écrase dans le cendrier humide. Je fixe les cases blanches et noires de la grille de mots croisés. Les lettres majuscules qu'elle trace pour remplir de mots improbables ces espaces ordonnés. Elle se frotte les poignets après chaque lettre, et je me demande si elle ne fait pas de l'arthrite. Me le dirait-elle ?

— C'est un truc de dingue, s'exclame-t-elle.

J'acquiesce, bien que je ne sois pas sûr de savoir de quoi elle parle.

Est-ce dingue de perdre les êtres qui nous entourent ? Est-ce dingue de tomber en amour pour eux tant qu'ils sont encore là ?

Est-ce cela que je suis venu lui dire ? Que j'ai aimé un homme dans ma vie. Que ce n'est pas la même chose que ses sentiments pour Linh, mais que c'en est plus proche que je ne l'avais réalisé alors, et que, quelle que soit la zone floue où cet amour existait, elle le voit peut-être plus clairement de son angle que du mien.

— Quand j'ai rencontré ton père, je n'avais jamais connu quelqu'un comme lui. Il était « étrange ». C'est le qualificatif que j'utilisais pour le décrire aux autres. On me répondait : « Oh, donc il est beau ? Séduisant ? » Je disais qu'il l'était, et en même temps je pensais : Il n'est pas vraiment beau, il est « étrange ». Mais c'est une forme d'amour. Tu as envie de comprendre l'autre pour te rapprocher de lui. C'est comme faire un puzzle. Ah, j'ai trouvé une pièce de lui, tu te dis. Et encore une autre. Et ce n'est que plus tard que tu te rends compte qu'il manquait depuis le début des pièces dans la boîte.

Ma main est fichée dans ma poche, repliée autour du clou, et je frotte la tête plate du pouce comme si c'était une patte de lapin.

— Et tu as réussi ? Tu as compris papa ?

Elle soupire, sa main tremble en allumant une nouvelle cigarette.

— C'était un homme malade. Ce n'était pas sa faute. Tu ne lui reprocherais pas d'avoir un cancer, non ? Ni d'attraper une pneumonie. J'y pense de cette façon. Parfois, je regrette de ne pas l'avoir vu plus tôt. On aurait pu l'anticiper. Mais j'ai vraiment essayé de te préserver de tout ça... aussi longtemps que j'ai pu le supporter.

Puis elle me lance un regard que je ne connais que trop bien. Un regard de honte, un regard de défi. D'avoir échoué dans une mission qui, on le réalise seulement maintenant, était impossible depuis le début. De savoir que cela n'invalide pas le fait d'avoir essayé, même si la fin est tragique.

— Dis-moi, Linh est vraiment là ? je demande en indiquant la maison du menton. Elle ne m'évite pas au moins ?

Ma mère rougit.

— Non, elle est là. Elle fait ces rêves bizarres... Ça semble dingue, mais... elle rêve d'événements qui ont eu lieu avant le départ de sa famille du Vietnam. Elle n'avait même pas quatre ans. Comment peut-on avoir des souvenirs qui remontent aussi loin ? Je ne comprends pas.

— Tout ce que je comprends aujourd'hui, c'est que je ne comprends pas grand-chose.

— Tu parles comme ton patron.

Je m'esclaffe que ce sont les risques du métier, ce qui est vrai.

— Comment va Kavya ? Elle doit accoucher dans quoi, trois mois ?

— En novembre. En principe, le jour de notre anniversaire.

Elle sourit.

— Quelle époque pour mettre un enfant au monde.

Ce n'est pas une critique, du moins je n'en ai pas l'impression. C'est plus une peur, la même qui m'empêche de dormir. Linh et moi devons être insomniaques aux mêmes heures – seuls dans notre cuisine sombre, les yeux rivés sur notre téléphone. Il suffirait d'appuyer sur une touche pour se parler, sauf qu'aucun de nous ne le ferait.

— Je ne sais pas, dis-je. L'arrivée du bébé me redonne un peu d'espoir.

C'est un mensonge, mais j'aimerais tellement que ce soit vrai que ça pourrait aussi bien l'être.

Ma mère acquiesce, elle ment aussi, mais je suis content pour elle.

— Tu restes pour dîner ? demande-t-elle.

Ce n'est pas vraiment une question. Je sais qu'elle prépare la poitrine de bœuf que la mère de mon père lui a appris à faire pour qu'il soit heureux en ménage. J'en sens le fumet subtil s'échapper par la fenêtre. Kavya cuisine ce plat une fois par an, pour mon anniversaire, et c'est devenu mon seul écart annuel au régime végétarien... J'ai envie de rester, d'entrer dans la maison, de savourer la poitrine de bœuf et de discuter avec Linh de nos insomnies. J'en ai très envie, et pourtant je m'entends répondre :

— En fait, je dois y aller. Je suis censé être à Saint Louis ce soir.

— C'est à quatre heures de route, soupire ma mère.

Elle est tellement déçue que je n'ose pas la regarder.

— J'ai pris du retard, j'explique. Et je dois rattraper le temps perdu.

Tout est faux. Je ne fais qu'inventer de nouvelles excuses pour couvrir les autres.

— Rohit atterrit à Lhassa ce soir et il va appeler pour prendre des nouvelles.

À cet instant, un tintamarre éclate au bout de l'allée. Un homme, qui ne peut être que M. Roberts, renverse un sac-poubelle rempli de canettes en aluminium sur la boîte aux lettres.

— Vous les avez écrasées ! hurle-t-il. Écrabouillées !

Il crache et shoote dans le sac, qui atterrit avec fracas sur le bitume. Puis il s'en va.

Ma mère vide le cendrier dans la terre.

— Linh s'ennuie le soir et broie toutes les canettes que j'ai mises à la poubelle. Elle sait que ça le rend furieux.

— Elle me plaît bien, finalement.

— Ne commence pas.

J'embrasse ma mère sur le front et je lui promets de l'appeler sur le trajet du retour, probablement la semaine prochaine. Je ne peux pas expliquer pourquoi le fait d'avoir perdu un parent me pousse à agir comme si l'autre était déjà mort. Comme si la tenir à distance allait rendre sa disparition moins pénible, alors que je sais que cela ne fera qu'accroître mes regrets. Je veux lui dire que ce n'est pas seulement avec elle, que je suis comme cela avec tout le monde dorénavant. Décevoir les autres chaque jour un peu plus avant qu'ils puissent me rendre encore plus malheureux.

Peau de chagrin. Je vous montre le chemin.

CINQUIÈME PARTIE

1

Ils étaient discrets, je leur reconnais cette qualité. Dans le bureau de campagne et sur le terrain, personne ne devinait que Teddy et Waldo étaient devenus plus que des collaborateurs. Comme ils étaient déjà très proches avant, et que tout leur entourage professionnel avait soupçonné une liaison à un moment ou un autre qui s'était révélée fausse, ils pouvaient désormais échapper aux radars sans avoir à garder leurs distances. Ils arrivaient au bureau, souvent à quelques minutes d'intervalle, et passaient toute la journée à travailler à trois mètres l'un de l'autre, sans que nul autre que moi ne sache qu'ils avaient passé la nuit ensemble et prévoyaient de filer à l'anglaise ce soir encore. Dans les réunions, ils s'asseyaient l'un en face de l'autre. Autour de la machine à café, ils bavardaient comme d'habitude des gros titres du jour sans que personne ne sache qu'ils avaient lu le même journal en prenant un café à la boulangerie DiGenova après le footing matinal de Teddy. Une fois, par la fenêtre de la cage d'escalier, je les vis discuter dehors dans l'atrium pendant la pause cigarette de Waldo. Je m'arrêtai et tendis l'oreille, certain de les prendre en faute, mais non.

— J'ai vu l'article sur la reprise de l'entraînement. Le bras d'Hector doit aller mieux ?

— Oui, il va chez un gars qui fait du reiki. Il prétend que ça l'aide.

— C'est un truc amérindien ?

— Non, c'est japonais.

J'entendis le sifflement grave de Waldo.

— Et maintenant, il a une moyenne de puissance de 0,6 ? Je devrais essayer ce truc sur ma jambe.

— Je lui demanderai le numéro de son gars.

— J'ai passé trois semaines sur l'île de Taketomi... l'été 2002. Okinawa est un endroit incroyable.

Comment pouvaient-ils être si doués ? Je n'avais jamais su mentir, et je commençais à comprendre à quel point Waldo excellait dans l'art de la dissimulation. En tout cas, je tins parole et ne révélai leur liaison à personne – ou presque. Je finis par l'avouer à Kavya, à qui je ne pouvais pas cacher un secret bien longtemps. Elle ne fut pas choquée ni surprise. Immédiatement, elle me rappela qu'elle avait toujours soupçonné Waldo de préparer un mauvais coup, sauf qu'elle rejetait maintenant toute la faute sur Teddy.

— Au moins, lui a divorcé.

— Elle pourrait divorcer aussi si le moment n'était pas si mal choisi. Après la campagne, peut-être.

Nous baissâmes la voix, car il vivait encore chez nous. Et la tension était palpable dès que Kavya et lui se trouvaient dans la même pièce.

— Enfin quoi, ils ne pouvaient pas attendre quelques semaines ?

Ce genre de commentaire ponctué d'un « quelques semaines » revenait tout le temps maintenant. Elle ne le pensait pas, pas consciemment. Mais l'insinuation que nous allions perdre et que tout reviendrait bientôt à la normale m'irritait. J'étouffai ma contrariété sous un baiser et une remarque.

— Je n'aurais pas pu attendre quelques semaines pour être avec toi.

C'était un détail, de ceux qu'elle et moi avions tendance à omettre de notre histoire sentimentale. Officiellement, elle sortait avec Shabib lorsque nous nous étions rencontrés. Ils étaient convenus de poursuivre leur relation à distance quand les études universitaires les avaient séparés. Désignés comme binômes sur un projet à réaliser en cours, nous avions ressenti une étincelle. Je l'avais invitée à sortir, mais elle hésitait à aller plus loin, expliquant qu'elle voulait rompre avec Shabib de vive voix lors des vacances de Thanksgiving. En fin de compte, nous ne tînmes pas jusqu'à Halloween. Il y eut des semaines embarrassantes de conversations téléphoniques discrètes avec Shabib où Kavya essayait de le dissuader de venir. Puis il s'était pointé dans sa résidence étudiante la deuxième semaine de novembre, la suppliant de lui expliquer ce qui se passait. Un moment si déplaisant que nous l'avions rayé. Nous avions tacitement effacé ce chapitre de notre histoire. C'était la première fois depuis très longtemps que je l'évoquais, même indirectement, et cela la surprit.

— Shabib et moi n'étions pas mariés. Et nous étions des ados. D'ailleurs, dis-moi, Hector était-il marié à la mère de Cecily quand il a rencontré Teddy ?

— Aucune idée.

Kavya avait déjà commencé à googler sur son téléphone en quête de potins fiables sur le premier mariage d'Hector.

— Je parie qu'il était marié.

— Ce qui signifie ?

— Que c'est un schéma récurrent chez elle. Je ne supporte pas ce genre de femme.

— C'est une femme adorable, affirmai-je, mais Kavya était convaincue du contraire.

Doucement, je lui pris son téléphone des mains et lui demandai de laisser tomber.

— Je suis vraiment heureuse que ce soit bientôt fini et que tu ne travailles plus avec elle.

Malgré l'espoir de Kavya de nous voir perdre, je commençais depuis peu à croire que nous pouvions réellement gagner. Grâce au discours de l'UPU, nous avions repris de l'élan, et je pensais que nous gagnerions des points lors des débats dans quelques semaines. Les électeurs nous verraient en confrontation directe avec Kent, et je me sentais étrangement confiant sur l'issue; ils réaliseraient à quel point elle manquait de consistance face à Teddy. Auquel cas, un poste permanent m'attendrait peut-être au Capitole, assorti d'un déménagement. Et même si nous perdions et que je revenais à l'enseignement, je cultivais l'espoir de demeurer proche de Waldo et Teddy.

— Inutile de t'inquiéter. Elle ne veut pas de moi.

Kavya m'embrassa et déclara alors que nous nous glissions sous la couette :

— Ce genre de femme ne sait pas ce qu'elle veut.

J'avoue que je fus surpris par la férocité de sa réaction, son empressement à accuser Teddy. Waldo ne devrait-il pas mériter le même opprobre? Penser en termes de responsabilité partagée n'était sans doute pas pertinent. C'était la vie d'adulte; les turpitudes que nos parents avaient dissimulées. Kavya soupçonnait son père d'avoir fauté lors d'un séminaire à Tallahassee. Elle se souvenait des disputes après son retour à la maison et des quelques semaines où il avait dormi au sous-sol. Puis personne n'en avait plus jamais parlé. Et que s'était-il passé toutes ces années avant la fin effective du mariage de mes parents? Linh n'était sans doute pas la première femme avec qui ma mère avait couché. Mais qui avait besoin de savoir ces choses? Omettre, omettre, omettre.

— Je ne pourrais jamais le faire, soupirai-je à Kavya dans la pénombre.

Curieusement, je n'arrivais pas à prononcer le mot « tromper » à ce moment-là.

— J'espère bien ! s'exclama-t-elle, ponctuant les mots d'un baiser.

— Je veux dire passer toute la journée sans un seul dérapage. Devoir se comporter en permanence comme des collaborateurs normaux.

— C'est ce qui les excite, dit-elle, plus coulante que je m'y attendais. Ce sont des préliminaires. Probablement qu'en rentrant à l'hôtel ils se jettent l'un sur l'autre pour libérer toute cette tension sexuelle.

— Beurk, arrête. Je ne veux pas imaginer la scène.

Nous cessâmes de parler pour qu'il ne soit pas évident que nos gestes étaient liés à nos récents propos. Elle m'enleva mon tee-shirt et je l'enlaçai, caressant la chute de ses reins, de moins en moins doucement. En embrassant sa gorge, je n'imaginais pas les ébats de Teddy et Waldo, mais je pensais à ce qu'avait dit Kavya : l'excitation créée par le fait de se retenir toute la journée. De faire semblant. Libérer tout cela au moment même où l'on refermait la porte de la chambre. Kavya avait raison. C'était excitant. Et perdu dans ce fantasme, sous la tente, je n'arrêtais pas d'imaginer ce que Kavya pensait, d'imaginer ce qu'elle pensait que je pensais, et de me demander s'il existait la moindre différence entre nos corps et nos esprits.

Quand j'étais en déplacement, Kavya aimait m'envoyer des articles pour me montrer qu'elle pensait à moi. Des papiers sur la campagne que j'avais généralement déjà lus, et d'autres qui apparaissaient dans ses divers fils d'actualité, les algorithmes calculant à tort qu'elle s'intéressait de près à la politique. Une fois, elle m'envoya une vidéo de Peggy Noonan sur C-SPAN reprochant au président de « s'avachir sur le podium » et de « manger la fin des mots », ce qui rendit Kavya furieuse : « Pour qui se prend-elle ???!! »

J'allais me lancer dans une longue explication – Peggy Noonan était l'une des plumes de Reagan devenue éditorialiste et chroniqueuse sur le câble, et l'auteure de mon discours préféré de tous les temps –, avant de comprendre que c'était une fausse question. Pour la petite histoire, Noonan avait commencé sa carrière à la radio CBS comme rédactrice dans l'émission de Dan Rather. Mais son rêve, comme elle en informait tous ses interlocuteurs, était d'écrire pour le président Reagan. Comme dans les films, Noonan projeta son rêve dans l'Univers, et un jour elle reçut un appel. Elle avait gardé le petit papier rose du message où on lui demandait de rappeler la Maison-Blanche pour fixer un rendez-vous.

« Tout le monde a, dans sa vie d'adulte, un président de cœur, qui est celui qui l'a touché, dit-elle en interview. Le mien, c'est Reagan. »

L'un des autres rédacteurs de l'équipe fit remarquer qu'il aimait son « esprit caustique » et que son physique de grande blonde lui évoquait une « réincarnation de Carole Lombard ». Un autre louait son « esprit irlandais ». Ce ne serait pas la dernière fois qu'elle recevrait de tels « compliments » de la part de ses pairs masculins, mais j'imagine que cela n'avait pas d'importance pour elle, pas plus que le fait que Nancy Reagan s'opposa apparemment à ce qu'on l'engage dans l'équipe de rédacteurs de son mari. En vain.

Noonan participerait à la révolution. Elle travaillerait pour cet homme qui la touchait.

Deux autres semaines épuisantes passèrent. Je commençais à remarquer des détails incriminants. Était-ce parce que Waldo et Teddy devenaient négligents ? Ou parce que je les scrutais à la loupe ? Un col de chemise froissé, une trace de fard à paupières. De temps en temps, Teddy sentait légèrement la cigarette, mais moi aussi, parfois. Teddy s'impliquant désormais dans l'écriture des discours, il était plausible que ça vienne de là. Hector l'interrogeait-il sur l'odeur de cigarette, comme le faisait Kavya, lorsqu'elle rentrait à la maison le soir ? Heureusement pour eux, il était sur la route la plupart du temps, et nous aussi. Ce qui m'inquiéta vraiment, c'est quand Waldo réduisit sa consommation à une seule cigarette par jour. Certes, il prétendait tourner une nouvelle page de sa vie, mais le milieu d'une campagne électorale stressante n'était pas le meilleur moment pour changer une habitude aussi tenace.

Je trouvais étrange aussi qu'il ait soudain retrouvé une humeur positive. Plus de ronchonnements après les réunions. Non, il se comportait comme le jour de notre rencontre. Des rires sonores traversaient les portes closes des salles de conférences. Dans la Lincoln, il écoutait de vieux morceaux punk rock à plein volume, du moins jusqu'à ce que Teddy l'implore de mettre une musique moins « migraineuse ». L'écriture de Waldo avait repris des couleurs également ; un ton moins cynique, des phrases plus exubérantes. Lorsque je lui apportais mes brouillons, il ne les froissait pas immédiatement pour les jeter en boule dans la poubelle.

Non, il s'exclamait plutôt « Chauffe, Marcel ! » et « Hé hé, on cuisine au napalm ! ». Il tenait comiquement les pages du bout des doigts. Elles brûlaient, vous comprenez.

Les cheveux de Waldo brillaient d'un éclat qu'ils n'avaient pas avant. Un produit que Teddy lui avait conseillé d'utiliser ? Ou était-ce le fruit de mon imagination ? Seulement comment expliquer l'amélioration de sa garde-robe ? Tout le monde pouvait constater que ses vieilles groles avaient évolué vers des chaussures marron crème en cuir italien authentique. Un matin, il arriva avec une montre manifestement haut de gamme : suisse, en argent, avec une constellation de cadrans qu'il observait constamment. Si Teddy lui achetait de somptueux cadeaux, était-elle prudente ? Quelqu'un devait gérer les finances d'Hector – ou celles du ménage. Les comptes bancaires d'une députée n'étaient-ils pas soumis à une forme de contrôle public ? Mais il est vrai que tous les fonctionnaires de l'administration locale et gouvernementale trouvaient toujours le moyen de cacher les traces de corruption ; il devait exister des solutions.

Fantasmer sur les mille et une façons dont ils pourraient se faire prendre me distrayait à peine de ma véritable hantise : qu'ils se fassent coincer à cause de moi. Chaque fois que Francis entrait dans le bureau en demandant après Waldo ou Teddy, et que j'ignorais où ils étaient, je paniquais. Je redoutais que mon expression les trahisse, même s'il s'avérait qu'ils étaient simplement partis chercher à déjeuner ou faire des photocopies dans la réserve. Je les voyais jeter un coup d'œil à des messages sur leur téléphone : ils gardaient l'écran près de leur poitrine. Ce n'était pas des messages postés dans l'application que nous utilisions habituellement pour nous envoyer des photos de graffitis des toilettes, mais dans un autre programme à fond vert qui, je le soupçonnais, cryptait leurs messages et les détruisait après lecture comme dans *Max la Menace*. « Cette cassette s'autodétruira... », etc. Mais si je remarquais la différence de fond d'écran et captais des bribes de leurs messages d'un regard en coin, comment être sûr que personne d'autre ne le faisait ? Si, à la réunion de l'équipe, j'entendais Teddy fredonner l'air de « Love My Way », chanson qui la veille au soir avait traversé les cloisons d'une chambre de motel, il était impossible que personne d'autre ne soit en mesure de faire le lien. Parfois, j'avais l'impression qu'il lui parlait en silence, articulant des mots qu'elle lisait sur ses lèvres d'un bout à l'autre de la table de réunion. À la fin de chaque journée passée sans être démasqués, un flot de soulagement m'inondait.

Abstraction faite de mon aversion pour les idées politiques de Noonan, j'avais trouvé ses mémoires délicieux. Son écriture était chaleureuse, et elle avait su capter ce sentiment d'être écorchée vive, emportée dans un tourbillon qui nous dépassait. Comme moi, elle préférait écrire tard le soir, quitte à arriver au bureau bien après les autres, sur le coup de neuf heures trente. Son astuce pour démarrer consistait à rédiger une lettre fictive à une amie. Souvent, les premières versions de ses discours commençaient par « Chère Peggy » griffonné en haut de la page. Et en raison de son sexe, les autres doutaient de son talent à chaque étape ; certes, une femme pouvait pondre des lignes pour une cérémonie du thé ou autre, mais pas un discours politique sérieux. Chaque fois qu'il y avait une intervention « émotionnelle » à écrire, le chef de cabinet disait : « Allez chercher cette fille... vous savez, demandez-lui de le faire. » Mais pour écrire le discours prononcé le 6 juin à la pointe du Hoc lors de la commémoration du quarantième anniversaire du débarquement, le choix de la plume de Noonan fut considéré comme une insulte.

Elle souligna la fureur que suscita chez les hommes, notamment au ministère de la Défense, le fait qu'on lui confie cette mission. Une honte que le discours soit écrit par quelqu'un qui n'avait jamais servi dans l'armée, et par une femme en plus ? Peu importe si, à l'époque, le second cas excluait le premier. Noonan dut se battre contre les tentatives de démolition de son discours. Et au final, ce sera l'un des meilleurs discours de Reagan, et l'un de ses préférés. Il lui évoquait son poème favori, « Au champ d'honneur[26] », lui avait-il dit. C'était ce qu'elle avait toujours voulu : créer pour lui un chef-d'œuvre impérissable. Et les hommes ne voyaient pas que c'était pour cela qu'elle était si douée.

Cette dévotion, je la comprenais. Et je la comprends toujours.

Événement majeur de la candidature de Teddy, nous avions décroché une longue interview sur News12 avec Gwen Campanella pour discuter de la réforme scolaire et de la campagne. Ils voulaient la réaliser en direct d'un lycée local, sous forme de débat public avec les élèves qui lui poseraient des questions. Nous avions sollicité le soutien officiel du journal local ; le comité de rédaction prendrait sa décision en fin de semaine.

Ce soir-là, alors que nous travaillions dans la chambre de motel de Waldo, je suggérai de faire l'interview à l'école publique de Pine Grove, qui disposait d'un nouvel

---

26. *In Flanders Fields*, poème de guerre écrit en 1915 par le lieutenant-colonel canadien John McCrae.

auditorium ultramoderne financé en grande partie par Hector, car Cecily avait joué dans la troupe de théâtre en troisième. L'émission se déroulerait en direct en présence de membres de la communauté locale. L'idée de revoir mes anciens collègues et élèves me faisait chaud au cœur.

— Pine Grove symbolise pour nous le genre d'école que tout élève devrait pouvoir fréquenter, non ? arguai-je.

Mais Teddy le voyait comme un retour en arrière.

— Tu restes bloqué sur les électeurs de banlieue.

— Pas du tout, protestai-je.

À ce moment-là, elle enleva machinalement son pull et je vis qu'elle portait en dessous le vieux tee-shirt Harvard délavé de Waldo. Je ne savais pas (encore) comment il se l'était procuré, mais je lui avais demandé un jour pourquoi il le portait s'il avait fait ses études à Chicago. « Harvard n'est pas à Chicago ? avait-il ironisé d'un air horrifié. Je vais me faire rembourser. »

Mon regard s'envola vers la fenêtre aux rideaux ouverts. Francis occupait la chambre voisine et il lui arrivait de nous rejoindre quand il n'arrivait pas à dormir.

En toussotant, je pointai du doigt Teddy et le tee-shirt. Waldo suivit mon index.

— Hé, c'est le mien, plaisanta-t-il d'une voix que je n'avais jamais entendue avant.

— Plus maintenant, répondit-elle sur le même ton.

Un instant, je crus qu'elle allait l'ôter devant moi et je détournai le regard. Mais elle enfila un sweat-shirt propre par-dessus et rembraya sur son argument en reprenant sa voix normale.

— Si on fait un débat public dans une belle école où les enfants n'ont pas besoin d'aide, je ne vais pas avoir de vraies questions et les téléspectateurs qui le verront penseront que les écoles sont très bien.

Waldo était d'accord avec elle, sans surprise. Je savais qu'elle avait raison, mais j'insistai quand même.

— On peut s'en servir pour montrer aux électeurs dont les enfants fréquentent des écoles sous-financées ce à quoi elles pourraient ressembler avec des subventions plus conséquentes.

— Les gens savent à quoi ressemblent les belles écoles, s'esclaffa Waldo. Ils regardent *90210*.

— *90210* ? Dans quelle décennie tu vis ? le taquina Teddy.

— Désolé, je n'ai pas la télé, dit-il.

— Oh, un quadra de la génération X qui n'a pas la télé.

— On a la télé, soulignai-je. Elle est dans le salon.

Teddy sourit.

— Il veut dire qu'il ne regarde pas la télé. Il est trop intelligent et cultivé, tu vois ?

Elle lui donna un petit coup de poing dans la poitrine et fit semblant d'avoir mal à la main.

— Non, ça veut dire que si j'avais une télé, je me collerais devant et ne ferais rien d'autre.

— Mais on a une télé, criai-je presque, mais Teddy revenait à nos moutons.

— Le problème, c'est que les gens ne savent pas à quoi ressemblent les autres écoles. Parce que si leurs enfants n'y vont pas, ils ne les voient pas. Si on organise l'événement à Franklin, on pourra leur montrer.

Waldo claqua dans ses mains et ils se mirent à lister des arguments pour présenter l'idée à Francis. Je cachai ma déception ; je savais qu'ils avaient raison. Je renonçai à contrecœur à mon souhait de retourner à Pine Grove, de revoir Mlle Terlizzi et même Zeke. De montrer à tous que je me battais pour eux. Je voulais croire qu'il s'agissait encore de cela.

Un autre élément de la biographie de Noonan commença à faire écho en moi à cette période. Une frustration grandissante à l'égard du processus. Il était loin le temps où un candidat et sa fidèle plume se prélassaient au coin du feu, sirotaient du porto et examinaient ensemble les brouillons. Noonan était une des rédactrices de l'équipe présidentielle, comme Sorensen et Moley. Mais la Maison-Blanche s'était étoffée et son dispositif de communication s'était complexifié pour répondre à la multiplication des médias. Désormais les textes rédigés par Noonan n'arrivaient plus directement sur le bureau de Reagan. Les discours devaient être « staffés » : passés à la moulinette bureaucratique où jusqu'à cinquante personnes de divers services du gouvernement annotaient et modifiaient le texte. Noonan comparait cela à « envoyer un magnifique faune nouveau-né dans la nature sauvage où d'infâmes prédateurs transperceraient sa tendre chair et lui laisseraient des blessures mortelles. (Pause pour accroître l'effet.) Mais peut-être que je minore la réalité ».

Noonan n'était pas familière du monde de Washington DC et elle ne savait pas quels changements étaient de simples suggestions et quels autres étaient des ordres formels. Tous les Tom, Dick et Harry du gouvernement américain se sentaient en droit d'émettre des remarques pédantes sur ses choix de mots. Ils exigeaient des modifications pour servir leur objectif personnel : faire en sorte que le président passe la brosse à reluire à une personne de leur chapelle, voire tenter de réécrire des mesures politiques qui leur déplaisaient.

Dans un discours du président aux Jeux olympiques de Los Angeles, se souvenait Noonan, elle avait mentionné dans une phrase la « gaieté » de l'événement, avant que l'un des conseillers de Reagan ne l'appelle pour lui dire qu'on avait l'impression que le président traitait les athlètes d'homosexuels.

« Écoutez, avait-elle répondu. Je vous l'affirme du fond du cœur : absolument pas. »

Pour finir, le mot fut quand même retiré.

Vingt-cinq ans plus tôt, lorsque Teddy était élève au lycée Benjamin-Franklin, c'était l'un des établissements scolaires les moins bien cotés de l'État. Un taux de réussite désastreux et des classes surchargées. Les enseignants, qui avaient depuis longtemps abandonné tout espoir de changer les vies, faisaient perdre leur temps à tout le monde. Les élèves comme Teddy avaient de la chance s'ils trouvaient un seul professeur capable de les aider à supporter l'ennui, le chaos, le nihilisme – tous les jours pendant quatre ans. Teddy avait survécu grâce à la détermination d'une professeure de chimie, Mme Herrera. Elle n'était plus de ce monde, mais lorsque Teddy était la directrice adjointe de l'établissement, elle avait fait baptiser la cafétéria du nom de Herrera et apposer une plaque rutilante en bronze au-dessus des portes pour honorer sa mémoire. C'est l'histoire que Teddy racontait à Gwen Campanella et à l'équipe de tournage de News12, dans le couloir cet après-midi-là, afin d'avoir des plans de coupe à diffuser avant les questions du public.

Malgré les nombreuses transformations de Franklin depuis cette triste époque, l'école avait toujours une population étudiante dix fois supérieure à celle de Pine Grove, et des problèmes budgétaires bien pires. À côté de notre charmant bâtiment en brique et en marbre de style néocolonial orné d'un beffroi, Franklin s'apparentait à un bloc de béton d'architecture brutaliste qui s'étendait sur quatre cents mètres au sol et s'élevait sur quatre étages grisâtres et austères qui masquaient le soleil sous presque tous les angles. Il y avait des détecteurs de métaux à l'entrée, des clôtures grillagées et des renforts en grillage à poule devant toutes les fenêtres en double vitrage. Le lycée avait été construit à la hâte dans les années 1960, lorsque le district s'était agrandi, et aujourd'hui des traînées calcaires suintaient des joints entre les blocs de béton.

À l'intérieur, le décor était plus gai : des murs en carrelage taupe tapissés d'annonces multicolores pour des ventes de gâteaux, concours de poésie, matchs de basket-ball et tournois d'échecs. Des résidus d'autocollants grattés et des graffitis au feutre indélébile recouvraient les rangées de casiers métalliques, un peu comme à Pine Grove. Mais au plafond, les néons étaient accrochés à l'intérieur de cages de protection. Leur lumière blafarde projetait un reflet vert sur les sols en linoléum défraîchi. L'équipe de tournage de News12 discutait âprement de l'endroit où il serait possible de filmer un « walk and talk » : Gwen et la députée deviseraient en marchant sur les taux de décrochage scolaire et les enseignants en dépression, tout en passant devant des microscopes et des projections Mercator.

— J'ai été tellement émue par votre discours devant les éclaireuses, confia Gwen à Teddy.

Je m'attendais à ce qu'elle se tourne et nous désigne, du moins Waldo, en lui en attribuant la paternité. Mais bien entendu elle n'en fit rien.

— Merci beaucoup, souffla Teddy la main sur le cœur, les yeux dans les yeux. C'était un poids dont j'avais besoin de me libérer.

Peut-être était-ce dû aux projecteurs, au maquillage, à ma contrariété de ne pas avoir pu retourner à Pine Grove, mais ma babine se retroussa. J'avais envie d'intervenir et dire que j'avais assisté à la naissance des premières lignes dans un champ au clair de lune, le givre sous nos semelles, parmi les fantômes des shakers. Mais bien sûr, ça ne se faisait pas. Et la situation ne dérangeait pas Waldo, assurément. Bouche bée, ébloui, il admirait les gros plans de Teddy avec la fierté d'une mère impresario.

— Tu connais l'histoire de Raymond Moley ? demandai-je à Waldo.

Il ignora ou n'entendit pas la question.

— Cet endroit est fabuleux, non ? dit-il en sortant son téléphone pour photographier l'iconique Bob Marley qu'un élève avait tagué sur les casiers plus loin. Regarde-moi ça !

Sa bonne humeur m'irritait crescendo. Nous étions là précisément parce que cet endroit n'était pas fabuleux. Parce que même si Teddy accomplissait des miracles, Franklin restait un lycée surpeuplé et sans ressources, gangrené par les mauvais résultats scolaires, la violence et la démotivation des enseignants hélas indéboulonnables.

— J'ai l'impression que je vais choper un staphylocoque si je pose ma main quelque part, marmonnai-je.

Waldo pouffa.

— Tu imagines Teddy marcher dans ce couloir avec son cartable ?

Son rire tonitruant résonna sur les casiers métalliques et nous valut à tous les deux un chut du perchman de News12. Waldo articula une excuse silencieuse destinée à Teddy alors qu'ils retournaient la séquence qu'il venait de gâcher.

Au lieu de rester immobile et silencieux, Waldo se mit à courir partout, à examiner chaque salle de classe et chaque tableau d'affichage comme un anthropologue débarquant sur le territoire de la tribu qu'il avait étudiée toute sa carrière. Persuadé que cet endroit allait lui permettre d'en découvrir plus à leur sujet.

— Qui-tu-sais est en déplacement cette semaine ? demandai-je à voix basse.

J'avais très envie de saboter sa parade nuptiale, et je ressentis une joie intérieure en voyant son sourire s'effacer. J'avais besoin de voir qu'il prenait la situation au sérieux, qu'il reconnaissait à quel point leur liaison était dangereuse, pas seulement pour eux deux, mais pour nous tous et le grand projet que nous souhaitions accomplir.

— Non, il est en ville, marmonna Waldo. Et il paraît qu'il pose beaucoup de questions ces derniers temps.

Je feignis un sourire pour la galerie.

— Ça te stresse ?

— Ce type peut balancer une balle à cent trente kilomètres-heure. Évidemment, c'est stressant.

— Mais sinon, ça va ?

— Avec... ? dit-il en jetant un coup d'œil vers Teddy, qui posait en photo avec son ancien proviseur.

Je l'observais, et dès que les yeux de Waldo atterrirent sur le visage de Teddy, c'était comme si quelqu'un l'avait embrassé. Sa gorge se serra, ses pupilles se dilatèrent. Il inspira fort par le nez et des rougeurs apparurent sur l'hélix de ses oreilles.

— Elle a cette énergie que j'avais il y a un million d'années. On ne dort pas de la nuit. Tous les deux, on se connaît depuis toujours, mais on n'a jamais vraiment fait connaissance. La semaine dernière, on a parlé pendant des heures d'un poète iranien qu'on adore tous les deux. Et puis, elle n'a aucune culture musicale. C'est adorable. L'autre jour, je lui ai fait écouter « A Pair of Brown Eyes », parce qu'elle a les yeux marron, et tu te rends compte, elle n'a jamais entendu parler des Pogues ?

— Incroyable, dis-je, alors que je ne connaissais pas non plus ce groupe.

— En fait, on remonte le temps. Et on reprend tout depuis le début.

Ses yeux brillaient à l'idée des nuits à venir, des disques à écouter, des histoires à lui raconter sur les Pic$ou, la période de vadrouille en sac à dos, les études de droit – et toutes les phases intermédiaires. C'est alors que je compris ce qui me contrariait, et j'en fus honteux. J'avais beau vouloir me cacher derrière la noblesse de la moralité et des enjeux politiques, en réalité j'étais jaloux. Je voulais être celui à qui il parlait des Pogues jusqu'à trois heures du matin. Je voulais revivre, inlassablement, cette première soirée envoûtante au Carriage House. L'entendre parler toute la nuit de son groupe punk et de ses voyages au bout du monde. C'était pour cela que j'avais envoyé valser ma vie toute tracée, pour le rejoindre dans cette croisade politique.

Puis les projecteurs braqués sur Teddy se tournèrent brusquement dans notre direction, alors qu'elle et Gwen discutaient en avançant dans le couloir. Waldo se rapprocha de moi, et nous fîmes semblant d'examiner les feuilles que je tenais, alors que l'équipe de tournage poussait ses lourdes caméras et ses perches. Quand Teddy passa devant nous, je l'entendis prononcer une phrase que j'avais écrite pour elle la semaine précédente.

— Nous tolérons la mauvaise foi du gouverneur actuel et de l'ancien gouverneur depuis trop longtemps. Les brillants esprits de demain se trouvent ici aujourd'hui. Nous ne pouvons pas laisser cette lumière s'éteindre. Je ne le permettrai pas.

Elle marqua une pause et lança un regard de défi à Gwen tandis que la présentatrice hochait la tête en concluant : « Merci beaucoup, madame la députée Ruiz. »

Quelqu'un déclara que la prise était dans la boîte. Les projecteurs s'éteignirent. Gwen et la députée clignèrent des yeux et soupirèrent de soulagement lorsqu'on coupa les caméras. Elles s'éloignèrent l'une de l'autre en riant d'un propos que je n'entendis pas. Alors que Gwen partait discuter du plan-séquence avec son producteur, Teddy nous rejoignit en souriant.

— Ça se passe bien pour vous ? demanda-t-elle.

Dans son dos, un cameraman se tourna pour la suivre, sa main faisant la mise au point sur l'objectif. Est-ce qu'il filmait toujours ?

Et si elle disait quelque chose ? Faisait quelque chose ?

Puis, dans un instant d'égarement où mon cœur s'arrêta, Waldo prit la main de Teddy. Il allait parler lorsqu'il réalisa son erreur et lâcha sa main.

— Tu préfères cette phrase ici ? Ou là ? demanda-t-il en désignant une page.

Une légère rougeur apparut sur ses joues alors qu'elle regardait la feuille. La caméra se tourna vers Gwen – qui invitait à faire un gros plan des détecteurs de métaux à l'entrée du lycée.

— Pardon, chuchota Waldo.

— Ce n'est pas grave, répondit Teddy tout bas.

Leur cœur battait-il aussi vite que le mien ?

— Qu'est-ce que tu allais dire ? demanda Teddy. On a peu de temps avant qu'ils installent le plateau.

— Tu peux nous faire visiter les lieux ? murmura-t-il.

Il balança un bras lourd sur mes épaules, une accolade pour minimiser son geste affectueux envers Teddy, le noyer sous une bonhomie légendaire. Puis le danger et les caméras s'éloignèrent. Teddy frappa dans ses mains et nous guida vers la cage d'escalier.

— Vous voulez voir où je me suis cassé le bras en seconde ?

— Je me suis cassé le bras en seconde, disait-il en la suivant.

J'opérai un demi-tour pour les laisser tranquilles, mais j'eus droit à un regard perçant de leur part. Ils avaient besoin de mes services. Tous les deux seuls, c'était louche. Mais avec moi, il n'y avait pas à s'en faire. Je me considérais comme un intime de leur amour. Je ne voulais pas être une couverture ni un homme de paille. Ou peut-être que si. Tout ce que je savais à ce moment-là, c'est que j'étais fatigué de ce cirque.

Enfant, je l'ignorais bien sûr, mais la navette *Challenger* explosa le jour où Reagan devait prononcer son discours sur l'état de l'Union : une allocution d'une heure dont la rédaction avait pris des semaines et exigé un « staffing » plus scrupuleux que pour tout autre discours. Des heures interminables de travail pour Noonan et les autres.

Puis arriva la nouvelle de l'explosion de la navette. Ils durent tout jeter et, pire, écrire dans l'urgence un autre discours. Comme il s'agissait d'un registre hautement émotionnel, ils allèrent « chercher la fille », et Noonan fut chargée de préparer une intervention aussi vite que possible. Elle était épuisée et sans doute dévastée par la nouvelle, comme tout le pays, mais le devoir l'appelait. Elle n'avait pas le temps d'écrire une lettre fictive ; elle ne pouvait pas attendre la nuit pour le rédiger quand tout le monde était rentré chez soi. Il fallait le faire, et le faire tout de suite. Seul point positif, son texte échapperait à la moulinette bureaucratique ; pas le temps. Pour une fois, son « magnifique faune nouveau-né » serait présenté au monde sans mutilation.

Elle laissa le langage du président s'envoler, elle glissa le vers du sonnet de Magee. Pressée par le temps, elle écrivit avec son cœur, non avec sa raison. Et le discours fut à la hauteur du moment et se grava dans l'esprit et la mémoire d'une nation bouleversée, dont mes parents et moi-même. Noonan quittera l'administration Reagan quelques mois plus tard en ayant fait valoir sa conviction : un discours bien fait confine à la poésie, à l'œuvre d'art ; son incroyable pouvoir est fragile, et ne survit pas aux « mains bricoleuses et brutales de vingt-cinq personnes ».

Par hasard ou par chance, lorsqu'un discours parvient à percer ce processus sans doute conçu pour garantir la fadeur et l'oubli, il n'en brille que plus.

Au lycée, l'équipe de tournage effectuait les derniers tests sur la scène, et lorsque le public commença à arriver, je laissai les tourtereaux sous prétexte d'aller superviser James et son équipe. Ils quadrillaient déjà le parking sans que j'aie à leur demander, et s'affairaient avec succès à enrôler de nouveaux bénévoles et à recruter de nouveaux électeurs. La soirée augurait une réussite totale. Lorsque l'afflux d'élèves se ralentit, James et moi discutâmes près des portes de l'auditorium, face au parking plongé dans l'obscurité.

D'humeur joyeuse, il m'annonça qu'il avait été rayé de la liste d'attente pour Brown, mais avait reçu l'avis favorable de plusieurs universités réputées en sciences politiques. De plus, il vivait une histoire d'amour naissante avec Monica, l'assistante de Teddy. Entre-temps, son ex était de nouveau célibataire, à Providence, et le bombardait de textos.

— Ça fait beaucoup de décisions à prendre, dis-je.

James opina.

— Je sais. Heureusement, je suis tellement occupé que je n'ai pas le temps d'y penser.

— N'attends pas trop longtemps. Tu dois informer les universités de ton choix avant la date butoir.

James réfléchit un moment.

— Il est possible que je reporte encore d'une année. Je veux être là en novembre.

— C'est seulement si on remporte la primaire, lui rappelai-je.

— On va gagner. J'ai un bon feeling.

— Bon feeling ou pas, tu dois disposer d'un plan B.

James sourit.

— C'est quoi votre plan B ?

Il avait fait du chemin depuis l'époque où il me saluait poliment dans le couloir. Et ce n'était pas seulement l'année de plus. James était confiant et organisé, passionné quand il parlait de nos problèmes avec les bénévoles. Et drôle, et pas seulement quand il versait dans l'autodérision.

— J'ai un plan B, répondis-je, ce qui n'était pas tout à fait vrai.

Il tourna les yeux vers le terrain de basket, à l'autre bout du complexe scolaire.

— Je vais envoyer un groupe là-bas. Voir si on peut recruter plus de monde. Je reviens.

Il partit à petites foulées, tapotant déjà sur son téléphone pour confier la nouvelle mission à son équipe.

J'avais l'habitude de voir les élèves se transformer en adolescents au fil des années, mais leur personnalité à dix-sept ou dix-huit ans n'était qu'un prélude aux actes fondateurs de leur vie d'adulte. C'était la première fois que j'avais l'occasion de voir l'un de mes élèves passer de l'autre côté du rideau, et c'était la plus belle des récompenses.

Au moment où j'allais entrer dans le bâtiment, les doubles portes s'ouvrirent brutalement sur un individu que je ne m'attendais pas à voir ici ce soir : Hector Ruiz – même si j'eus du mal à le reconnaître dans la tenue qu'il portait. Un jogging gris lâche, taché de ketchup sur une jambe. Un manteau ample bien trop chaud pour la saison. Il avait l'air lessivé, les yeux hagards et les cheveux détachés, ternes et emmêlés. Sa démarche était bizarre, un rien décousue et traînante, et cependant il arrivait vite. Je voulus prendre mon téléphone pour prévenir Waldo et Teddy par texto, mais c'était trop tard.

— Ohé du bateau ! s'écria-t-il comme un marin dans un vieux film. Ça va, toi ?

Puis sa main secoua la mienne comme une pompe à vélo.

— Monsieur Ruiz, comment allez-vous ?

Ses yeux rougeoyaient.

— Hector, je t'en prie. Tu as dîné chez moi. Couché chez moi.

— Oui, c'est vrai. Vous cherchez votre femme ? Ça va commencer.

Si j'arrivais à le perdre dans l'auditorium bondé, je pourrais prévenir Waldo par texto, mais Hector semblait être partout à fois, marchant simultanément à côté, derrière et devant moi.

Il sortit une flasque en argent du fond d'une poche. Alors qu'il dévissait le bouchon, je vis le cœlacanthe onduler sur ses jointures.

— T'en veux ?

— Ce n'est pas du thé cette fois, je suppose.

— Non, non, non. J'ai appris pas mal de trucs sur le rhum ces derniers temps, mec. Tu sais... ce pays ne connaît pas le rhum ! Bourbon, scotch, vodka... et quoi ? T'as le Captain Morgan, le Bacardi et c'est tout. Cite-moi un autre rhum.

Je répondis que j'en étais incapable.

— Goslings, nomma-t-il.

— Bien sûr.

— C'est à cause de Cuba. Mais l'embargo va être levé, mon coco. Souviens-toi de ce que je te dis : dans dix ans, on discutera des rhums vieux dans les grands restaurants comme on parle aujourd'hui des bons vins.

— Cool. Je suis pour.

Était-il ivre ? Ou se passait-il autre chose ? Il respirait bruyamment, plissait les yeux. Je l'observais attentivement, m'efforçant de ne pas regarder nerveusement vers la porte, d'où je redoutais de voir Waldo et Teddy sortir, bras dessus bras dessous. Hector loucha vers les lettres métalliques au-dessus de l'entrée de l'école.

— *Qui couche avec les chiens se lève avec des puces*, beugla-t-il soudain.

Je reculai, surpris.

— Quoi ?

— Benjamin Franklin ? Le roi des aphorismes, non ?

— Oh, m'esclaffai-je. Tout à fait.

Franklin, une autre idole de mon père, un inventeur, l'homme qui faisait voler un cerf-volant en plein orage et capturait la foudre dans une bouteille.

— *Mieux vaut bien faire que bien dire*, répliquai-je. J'ai toujours aimé celle-là.

Hector frappa dans ses mains à la manière d'une otarie hystérique et s'effondra contre le mur derrière lui, tâtonnant à la recherche de sa flasque. La surface rugueuse du béton lui érafla la joue, mais il ne le remarqua pas ou ne s'en soucia pas.

— *Trois personnes peuvent garder un secret, si deux d'entre elles sont mortes*, dit-il comme si de rien n'était.

— Pardon ?

— Celle-là est tirée de l'*Almanach du bonhomme Richard.* Ce type savait manier les mots. Et les femmes.

C'était malheureusement vrai. Franklin avait multiplié les aventures jusqu'à ses quatre-vingts ans. Bien que ses biographes aient tenté de le cacher, une lettre avait récemment surgi, dans laquelle il conseillait à un jeune ami de toujours séduire des femmes plus âgées ; selon lui, elles étaient plus propres, plus reconnaissantes et moins fertiles. En réalité, concluait Franklin, il est difficile de faire la différence entre une femme jeune ou mûre, car *la nuit tous les chats sont gris*.

Oh. On nous enlève tous nos héros, n'est-ce pas ?

Ruiz claqua des doigts, me ramenant au présent.

— Il a inventé les verres à double foyer. Le poêle de chauffage. Et les palmes – tu sais, pour nager ? Et aussi la sonde urinaire, l'harmonica de verre...

On aurait dit mon père. *Mare Imbrium. Mare Crisium. Mare Nectaris*. Pourtant, il était impossible qu'il s'agisse du même épisode maniaque dont j'avais été témoin une centaine de fois. Hector Ruiz était riche, célèbre, iconique. Un athlète au sommet de sa gloire. Curieusement, j'avais du mal à concilier folie et réussite dans mon esprit. Tout comme je me surprenais à penser parfois que le succès aurait pu guérir mon père, j'avais du mal à croire qu'un homme aussi brillant qu'Hector Ruiz puisse souffrir d'une maladie mentale. Je me trompais, bien sûr.

La valse de ses engouements, les propos de Cecily sur les lubies de son père, le ton sur lequel Teddy avait affirmé que son mari ne pouvait pas être gouverneur... Tout s'assembla à ce moment-là, et je vis Hector sous un nouveau jour.

Comme un homme qui avait besoin d'aide – peu importe la valeur de sa carte Panini.

Puis mon téléphone vibra dans ma main. Sans prévenir, l'écran s'alluma et afficha une photo envoyée par texto. Un graffiti pris dans les toilettes : FUCK BUSH 2004, avait-on écrit à l'encre violette sur l'horrible carrelage orangé. À côté, quelqu'un avait ajouté : ET FUCK DANIELLE AUSSI, en vert.

Avant que je puisse l'arrêter, Hector s'empara de mon téléphone et tapota l'écran, un rictus aux lèvres.

— Waldo, Waldo, Waldo, ânonna-t-il. Waldo Woodson. Waldo Woodson. Waldo Woodson.

— C'est ce jeu idiot entre nous.

Hector hocha rapidement la tête.

— Oh, ouais. Ouais. Je sais. Teddy... elle reçoit tout le temps des trucs du même genre de sa part, dit-il avant d'émettre un rire sinistre. C'est bizarre d'envoyer un texto à quelqu'un quand on est dans les chiottes, non ?

— Sans doute, répondis-je calmement.

Il se tut un instant, avant d'ajouter :

— Surtout à la femme d'un autre.

Silence gêné. J'étais incapable de le regarder dans les yeux.

— Vous voulez venir à l'intérieur assister à l'interview ? demandai-je en reprenant mon téléphone. Je peux vous emmener dans la loge. En réalité, c'est un placard à balais, mais...

Hector secoua la tête. Ses genoux flanchèrent. Il se frotta les jambes à deux mains, de haut en bas, les yeux fermés. Des mots sourdaient de sa bouche, mais je ne parvenais pas à les déchiffrer. En me penchant vers lui, je les saisis.

— Qu'est-ce qui se passe ? répétait-il en boucle. Qu'est-ce qui se passe ? Qu'est-ce qui se passe ?

— Hector, vous faites une crise de panique, dis-je d'une voix posée.

J'envoyai enfin un texto à Waldo : « Hector a besoin d'aide. On est dehors. »

Puis je m'adressai à lui calmement, renouant avec mes anciennes routines.

— Hector, concentrez-vous sur ma voix. Bien. Maintenant, regardez autour de vous. Citez-moi cinq choses que vous voyez. Allez. Vous pouvez le faire. Ouvrez les yeux. Restez avec moi.

Je répétai les instructions posément jusqu'à ce qu'il déglutisse et parvienne à parler.

— Je vois un lampadaire. Un... arbre chétif. Je vois un banc. Je vois une sorte de long nuage.

— Ça fait quatre, dis-je en levant les doigts.

Il plongea les yeux dans les miens.

— Je te vois.

— Bravo, c'est bien. Maintenant, quatre choses que vous pouvez toucher.

Lorsque mon père perdait pied, on aurait dit qu'il faisait une crise cardiaque. La peur, intense, lui déformait le visage comme si une force invisible s'avançait vers lui dans un cauchemar que lui seul voyait. La panique d'Hector était plus modérée.

— Mur, dit-il en posant la main sur le béton. Jean. Porte. Ton bras.

Il m'attrapa et referma le poing autour de mon avant-bras, provoquant l'ondulation des créatures marines tatouées sur sa peau.

— Bien. Maintenant, trois choses que vous entendez, dis-je du même ton mesuré.

Hector inspira à fond et expira lentement. Ce faisant, il relâcha sa prise sur mon bras. Je savais déjà que j'allais avoir un bleu, mais je ne laissai pas transparaître ma propre panique.

— J'entends... des grillons. Des applaudissements à l'intérieur. Un klaxon.

En haut de l'escalier, j'entendis les portes s'ouvrir. J'espérais voir Waldo, mais c'est Teddy qui se manifesta. Seule, heureusement.

— Deux choses que vous pouvez sentir, continuai-je. On a presque fini.

— L'herbe coupée. Des magnolias sur l'arbre, là-bas.

— Et une chose que vous pouvez goûter.

Puis elle fut là avec nous, les mains sur les épaules d'Hector, la peur et l'inquiétude dans le regard.

— La sueur, dit Hector en se léchant les lèvres.

Il essuya du bras la transpiration sur son front. La couleur revint sur ses joues, et ses pupilles se dilatèrent lentement.

— Chéri, tu ne m'as pas dit que tu venais, murmura Teddy.

Elle caressa doucement l'éraflure sur sa joue, ce qui le fit grimacer cette fois. Il la regarda en silence. Puis il se tourna vers moi et se redressa, ressemblant plus à l'homme qui nous avait demandé de l'aider à se faire élire gouverneur, quatre mois plus tôt.

— Comment connais-tu cette technique ?

Un flot de mots m'assaillit, toutes ces choses que je n'avais pas dites. Je sentais les yeux de Teddy sur moi.

— Mon père. Il avait souvent des crises de panique. Plus graves que celle-ci. On faisait généralement le tour des questions trois ou quatre fois.

Mon père, Sy. Qui ne pouvait pas sortir de la maison.

Mon père, Sy. Qui s'arrachait nerveusement les sourcils, un poil à la fois.

Mon père, Sy. Qui monologuait à voix haute toute la journée, tous les jours.

Mon père, Sy. Qui s'est pendu pendant que j'étais au travail. Avec un cordon électrique orange. Comme ceux au bout duquel on suspend une lampe de chantier de soixante-quinze watts dans sa cage de protection censée l'empêcher de se briser.

— Viens, disait Teddy en guidant déjà Hector vers le parking. Où est la voiture ? C'est Eduardo qui t'a amené ici ?

Elle se tourna vers moi et articula en silence : « Je reviens dans cinq minutes. » « D'accord », chuchotai-je en les regardant s'éloigner.

Elle le guida doucement entre les voitures stationnées, sa silhouette tellement plus petite que la sienne dans la lumière. Ils s'éloignèrent ensemble, leurs ombres s'allongeant derrière eux, leurs contours se confondant. Adossé au mur, je sentais la surface froide et rugueuse du béton sur ma nuque, tout en m'efforçant de ne pas penser à mon père. Je percevais les sons en provenance de l'auditorium. Le brouhaha étouffé des bavardages du public avant le spectacle. L'air du soir était pur et léger, une demi-lune jaune montait dans le ciel encore bleu. J'essayais d'imaginer que j'étais assis quelque part avec Kavya, que nous conversions tranquillement en pointant du doigt les taches sur la surface lunaire. *La mer de la Connaissance, la mer de la Sérénité. La mer du Froid. L'océan des Tempêtes.*

Mon téléphone vibra à l'arrivée d'un texto de Teddy, retardé de quelques minutes par le miracle d'une défaillance du réseau, et mon cœur se serra à la vue du même carrelage orange hideux que dans la photo de Waldo. T'AS UNE SALE GUEULE, avait écrit quelqu'un au-dessus du lavabo.

Ils étaient ensemble dans les toilettes. Au moment où elle était censée se préparer pour l'interview. Avec Hector à quelques dizaines de mètres d'eux.

Le drame n'avait pas eu lieu. Personne ne s'était fait prendre en flagrant délit. Je ne savais pas ce que savait ou ignorait Hector. Pourtant, il semblait inévitable que l'histoire se termine mal.

Lorsque je me décidai à retourner à l'intérieur, je vis un visage observer le parking derrière les doubles portes vitrées. Waldo, l'air minuscule, les yeux perdus au loin. Il regardait Teddy ramener son mari vers sa voiture et son chauffeur. Il était témoin de sa gentillesse et de sa sollicitude à son égard. Et je ne pus m'empêcher de me réjouir, à ce moment-là, de voir son cœur se briser.

2

Arriva le mois de mai et notre débat contre Roberta Kent. Nous étions épuisés, irritables, cramés. L'un des bénévoles que James supervisait s'endormit au volant de la Chevrolet Suburban de sa mère et fit un tonneau sur l'autoroute. Heureusement, il n'y eut pas de victimes et aucun journaliste n'eut vent de l'accident. Nous nous en remettions à peine que, le lendemain, un jeune de vingt ans se retrouva à l'hôpital avec un ulcère hémorragique. Nous tombions tous comme des mouches à cause d'une grippe de fin de saison. Des graviers me broyaient le cerveau. J'avais mal à la mâchoire à force de la serrer en permanence et sûrement une carie sur une dent du fond. Mon nez coulait vingt-quatre heures sur vingt-quatre, tout ce qui se trouvait entre mes narines et mes lèvres était à vif à force d'essuyer frénétiquement le fluide dégoulinant. Je commençais à penser que ma matière grise se détachait et s'écoulait hors de moi. Nous fonctionnions tous en pilote automatique, prêts à tout pour gagner.

Le débat devait se dérouler dans l'auditorium de l'université publique locale, cadre idéal pour notre message politique. Nous espérions que le public serait composé d'étudiants, d'enseignants et d'autres personnes susceptibles de réagir favorablement à nos propositions pour l'éducation. La courbe des sondages affichait le rythme sinusal d'un tracé ECG. L'élection intéressait tout le monde, et les journaux et les informations du soir intensifiaient leur couverture de jour en jour. Il y avait de plus en plus de tâches à accomplir quotidiennement : des déclarations à publier et des interventions à relire, alors même que nous devions dégager des heures supplémentaires pour la préparation fastidieuse du débat. Il était difficile de savoir ce qui se passait entre Teddy et Waldo depuis la soirée au lycée Franklin. Dans l'agitation ambiante, lui et moi étions rarement seuls, même aux heures indues où nous nous retrouvions à la maison avec Kavya.

Waldo squattait toujours la chambre d'amis et se comportait en hôte irréprochable. Il lavait sa vaisselle, jetait ses ordures, nettoyait sa salle de bains. Kavya y voyait une marque de respect, à juste titre, mais je savais aussi que Waldo était un maniaque de la propreté qui ne supporterait pas de laisser traîner une assiette sale. Aussi, je ne fus pas surpris de le trouver dans la cuisine le matin du débat en train de laver une tasse à thé au Palmolive.

— Salut, dis-je en prenant la bouilloire. Tu as vu l'e-mail de Francis ?

Waldo confirma d'un hochement de tête silencieux. Son comportement était bizarre. Chaque fois que j'essayais d'attirer son regard, il se détournait de moi.

L'e-mail concernait la publication par le lieutenant-gouverneur de son projet de budget pour la prochaine session parlementaire, qui comportait de nombreuses coupes budgétaires, notamment dans l'Éducation. Les syndicats d'enseignants discutaient déjà d'organiser une grève à l'échelle de l'État au cours des dernières semaines de l'année scolaire, ce qui perturberait les examens finals et la remise des diplômes. Les bals de fin d'année risquaient d'être annulés sans le chaperonnage du corps professoral. La députée souhaitait se ranger du côté des enseignants protestataires, et Francis craignait que cela lui coûte le vote de nombreux parents en colère. Si nous ne le faisions pas, bien sûr, nous pourrions perdre le soutien des professeurs, qui restaient nos partisans les plus enthousiastes.

— Tu crois que le lieutenant-gouverneur a fait exprès ? demandai-je à Waldo. Parce qu'il savait que les enseignants se mettraient en grève ?

Kavya descendit, plongée dans un magazine people avec Oprah en couverture. La légendaire animatrice de talk-show levait les mains en l'air et affichait un sourire de mille kilowatts. *Transformez vos blessures en sagesse*, intimait le titre jaune poussin.

— Il reste du café ? s'enquit Kavya.

Waldo, qui n'avait pas dit un mot, secoua la tête et indiqua le congélateur, où il savait que nous conservions un bocal de Folgers moulu en cas d'urgence.

Kavya, absorbée par son article, ne vit pas sa réponse.

— Je vais en refaire, proposai-je.

Je sortis le bocal en plastique gelé et l'ouvris en souhaitant que la caféine cristallisée pénètre mes voies nasales bouchées et se dilue dans mon sang.

Kavya leva les yeux et grimaça.

— Je regrette les anciennes boîtes en métal. On les disait mauvaises pour l'environnement mais ça ne peut pas être pire que tout ce plastique.

Waldo haussa les épaules et se dirigea rapidement vers l'escalier menant au sous-sol.

— Pourquoi tu ne parles pas ? le questionna Kavya en posant le magazine sur le comptoir.

Il fit mine de se trancher la gorge avec le pouce en grimaçant.

— Tu as perdu ta voix ?

Il tapota sur sa montre en me regardant. Nous étions en retard.

— Tu es malade ? insista-t-elle.

Nouveau haussement d'épaules. En vérité, nous étions tous malades. Tout le monde dysfonctionnait. L'équipe formait une chaîne humaine de vitamine C et de zinc en poudre. En plaisantant, nous avions évoqué l'idée d'effectuer la dernière répétition du débat, ce matin-là, avec des masques chirurgicaux pour éviter les contaminations.

— C'est peut-être une angine à streptocoque, avança Kavya. Tu devrais consulter un médecin.

Irrité, Waldo tapota à nouveau sur sa montre. Pas le temps. Il verrait un docteur demain. Ou plus probablement en juin.

— Si c'est ça, tu es très contagieux, insista-t-elle. Tu vas la refiler à tout le monde. Écoute, il y a un cabinet médical sans rendez-vous sur Wendell Boulevard. C'est sur ma route. Tu en auras pour une heure, maximum.

Il me regarda pour que je proteste à sa place, mais je palpais déjà mes ganglions lymphatiques, espérant ne pas avoir de streptocoque. Non, toutes les bactéries se concentraient dans mes sinus.

— Je passerai te chercher dans une heure, promis-je. Teddy peut commencer sans nous. Ce n'est pas un problème.

Francis avait installé la salle de préparation du débat dans l'église unitarienne près du campus de l'université. Nous avions prévu de répéter toute la journée et de partir directement d'ici dans la soirée pour l'événement. Je connaissais cette église ; ma mère m'y avait emmené assister à des messes de Noël et de Pâques. Pour une raison qui m'échappait, on avait construit l'édifice sur le modèle des anciennes missions espagnoles, avec un clocher rectangulaire et un toit en tuiles d'argile orangé. Dans l'entrée, les enfants de la garderie avaient suspendu des banderoles bariolées, recouvertes de leurs empreintes de main. AGIS, intimait l'une d'elles. CHERCHE. PARTAGE. AIME. Partout, des arcs-en-ciel. Généralement deux, voire trois guitaristes acoustiques jouaient pendant le service, souvent un interlude de Woody Guthrie, et il n'était pas rare de conclure la messe par un cercle de tambours. Aujourd'hui, ils collectaient des fonds pour aider les immigrants menacés par l'ICE[27], et étaient totalement neutres en carbone à en croire un écriteau près de la porte. Ils avaient ce système de toilettes sèches où tout tombait dans une sorte de cuve de compost souterraine, et, même avec le nez bouché, je détectais une odeur suspecte.

— *Nous sommes une religion d'alliance, sans credo*, lis-je sur un autre panneau à l'attention de Teddy qui montait l'escalier derrière moi. *Nous sommes liés par nos relations fraternelles et nos intentions bienveillantes dans la quête de la vérité*... Grands dieux.

Au début, je crus que Teddy portait sa tenue de jogging du matin, les cheveux relevés, le foulard autour du cou, mais, en l'examinant mieux, je compris qu'elle n'avait pas couru. Elle sortait du lit. Elle fronça les sourcils et montra sa gorge en grimaçant. Comme Waldo, elle était nerveuse et regardait autour d'elle pour s'assurer que personne d'autre ne la voyait.

—

27. US Immigration and Customs Enforcement, agence de police douanière et de contrôle des frontières du département de la Sécurité intérieure des États-Unis.

— Toi aussi ? gémis-je.

— Il est malade ? chuchota-t-elle d'une voix enrouée.

— Waldo ? Ouais... Kavya pense que ça peut être une angine aiguë.

— Il est là ?

Je secouai la tête.

— Et toi ?

Je compris immédiatement sa question. Si moi ou d'autres collaborateurs l'avions aussi, tout irait bien. Mais si jamais seuls Waldo et elle avaient une angine à streptocoque, la conclusion s'imposerait d'elle-même.

Ils passaient des heures ensemble, souvent avec moi. Mais ma gorge allait bien.

— Je vais dire que je l'ai aussi, murmurai-je. Ne t'inquiète pas.

Mais Teddy secoua la tête en me regardant tristement et se pencha vers moi.

— Assure-toi juste qu'il va bien, d'accord ?

Elle fut prise de vertiges, et je la fis asseoir par terre.

— Reste là, lui dis-je. Je vais chercher Francis.

Elle opina, et je fonçai vers la salle suréclairée de la congrégation où Francis beuglait des ordres à des stagiaires près de l'estrade en jetant des regards contrariés vers son classeur, la bacchante chagrine.

— Teddy a une angine aiguë, lui criai-je.

— MERDE ! hurla Francis en réponse, alarmant toutes les personnes présentes.

— Elle vient d'arriver. On devrait appeler un docteur.

Francis aboyait déjà à Monica d'appeler le médecin personnel de Teddy. Puis il m'interpella.

— Waldo est venu avec toi ?

Francis savait qu'il habitait chez moi, et je ne voulais pas être pris en flagrant délit de mensonge.

— Ma femme l'a emmené chez un toubib il y a une heure.

— MERDE ! vociféra de nouveau Francis, puis il pointa un doigt en l'air. Va voir s'il va bien. On va faire venir le médecin de Teddy ici. Ne t'approche pas trop d'elle.

J'acquiesçai d'un signe de la main et je ressortis de la salle en trombe.

— Attends, s'écria-t-il. Quand tu reviendras, tu ferais mieux de porter ça.

Il me lança un masque chirurgical emballé dans un sachet en plastique. Il tomba entre les sièges et quelqu'un le relança vers moi. Apparemment, on ne plaisantait plus.

Des personnes se trouvaient déjà auprès de Teddy lorsque je retournai dehors. Je leur expliquai que Francis voulait qu'elle se repose dans une pièce annexe en attendant son médecin. Je devais trouver Waldo.

— On va devoir reporter le débat ? demanda James.

— Je ne sais pas. Mais il ne faudrait pas qu'elle ressemble à un zombie.

Alors que je me précipitais vers le parking en envoyant un texto à Waldo, je ne remarquai pas la BMW noire garée près de ma voiture. Jusqu'à ce que le conducteur baisse sa vitre. C'était la dernière personne sur Terre que j'avais envie de voir en ce moment : Bob Burdick, qui me dévisageait à travers une paire de Ray-Ban.

— Tu nous espionnes ? demandai-je.

Il mâchouillait un chewing-gum.

— Te la pète pas. On va vous dégommer.

— Alors qu'est-ce que tu fais là ? Waldo est occupé.

Il me fit signe avec deux doigts d'approcher. Je le dévisageai sans bouger.

— Très bien. Je suis venu te dire bravo.

— Je croyais que tu allais nous dégommer.

— Je te félicite toi, pas les autres. Toi. Le sang neuf que tu insuffles dans les discours.

— Oh, c'est...

J'allais expliquer que ça venait de Teddy quand je me souvins que je parlais à l'ennemi.

— Ce n'est pas moi, dis-je à la place.

— Ce n'est pas Waldo. Il n'a pas écrit comme ça depuis 2010.

Il fouilla mon regard à la recherche d'un indice.

— Écoute, les gars avec qui je travaille dans le Wisconsin cherchent du sang neuf. Ce serait du consulting au début, mais qui sait ?

Il parlait de travailler pour le sénateur. Il parlait d'une campagne de réélection.

— Tu veux Waldo, le corrigeai-je.

— Non, s'esclaffa Burdick.

— Pourquoi ?

— Parce que Waldo ne veut pas gagner. Il veut avoir raison. Ce n'est pas la même chose.

Puis il remonta sa vitre et démarra.

Quand j'arrivai au cabinet médical situé dans le centre commercial entre les boutiques Five Guys et PetSmart, Waldo n'était pas là. L'employé à l'accueil s'évertuait à répéter qu'il ne pouvait pas communiquer d'informations sur les patients. Waldo n'avait pas répondu à mes textos.

— S'il vous plaît, expliquai-je à l'homme. C'est mon patron et je m'inquiète pour lui. Ma femme l'a déposé il y a une heure. Est-ce qu'il est reparti ? Est-ce qu'il va bien ?

Mais il ne voulait rien lâcher. Puis quelqu'un derrière moi m'interpella.

— Ce type ? Ouais, il était là.

Je me tournai vers lui. C'était un homme âgé, la main enveloppée dans des sachets de glaçons et des serviettes en papier. Il était assis à côté d'un hévéa et lisait le même magazine people que Kavya plus tôt. Je me retrouvais encore face à l'expression bienveillante d'Oprah qui m'exhortait à transformer mes blessures en sagesse.

— Un grand gaillard ? Ils l'ont emmené aux urgences. Il s'est évanoui sur sa chaise tout à l'heure.

Le réceptionniste finit par céder, comme s'il craignait qu'on lui reproche quelque chose.

— Il avait quarante de fièvre. Une ambulance l'a emmené à Mercy North.

— Il a fallu trois infirmiers pour le soulever sur le brancard !

Appuyé contre la réception, je sentis mes jambes se dérober.

Le vieux me lança un regard inquiet.

— Ça va, petit ?

En arrivant à l'hôpital, je franchis les mêmes portes vitrées de la salle des urgences où Teddy et moi avions conduit Waldo en novembre après sa chute sur le parking. Ce jour-là, des aides-soignants étaient sortis pour le transporter de la voiture aux urgences en fauteuil roulant. J'avais garé la Lincoln et laissé Teddy accompagner Waldo à l'intérieur. Je n'avais plus cette possibilité aujourd'hui ; j'étais contraint d'affronter ma hantise.

À peine entré dans la salle d'attente, je me mis à transpirer et me demandai si je n'avais pas une infection plus grave, mais non, ma gorge était indolore. Au fond de moi, je savais que c'était la combinaison blouses bleues, masques, éther, néons et linoléum qui me rappelait des événements auxquels je ne voulais pas penser.

Les urgences de Mercy North où nous avions amené Waldo en novembre étaient aussi celles où j'avais accompagné mon père de nombreuses fois. Le jour où il avait avalé trop de pilules – par accident, m'étais-je convaincu moi-même. Le jour où il s'était coupé la paume avec un cutter et avait perdu près d'un demi-litre de sang.

Étourdi, je tentai de me concentrer. Pas de Waldo en salle d'attente. Je me rendis à l'accueil où une assistante me tendit un formulaire à remplir : nom, assurance, symptômes... Je le repoussai vers elle.

— Je ne suis pas malade. Avez-vous un patient du nom de Waldo Woodson ? Junior ? Un type costaud, forte fièvre, arrivé en ambulance dans la dernière demi-heure ?

— Vous êtes de sa famille ?

— On vit ensemble, répondis-je.

Elle ne savait pas trop comment interpréter cette information. J'allais lui fournir des explications lorsque le poste de télévision derrière son bureau attira mon attention. Elle regardait une émission du matin, et il y avait de nouveau Oprah – rayonnante, le regard chaleureux. Un micro à la main, elle parcourait le public conquis du studio. Étrangement, sa présence m'apaisait. Regarder son sourire aimable et patient m'aidait à tenir le coup.

— Je croyais que son émission s'était arrêtée ? m'étonnai-je.

— Elle a lancé sa propre chaîne, m'informa la réceptionniste.

— Et elle anime une émission ?

— Elle anime toutes les émissions.

Un bandeau défilait en bas de l'écran :

Vous serez maintes fois blessés dans votre vie. Vous commettrez des erreurs. Certains les appelleront des échecs, mais j'ai appris que l'échec est en réalité la façon dont Dieu nous dit : « Excuse-moi, mais tu vas dans la mauvaise direction. »

— Je peux mettre la chaîne sur la télé là-bas, dit-elle en levant sa télécommande.

J'allais répondre que ce n'était pas nécessaire lorsque je sentis mon bras se dérober. Ma tête faillit heurter le comptoir.

Elle appuya sur un bouton pour appeler des collègues. En moins d'une minute, je me retrouvai dans un fauteuil roulant, poussé vers la zone de triage. J'avais peut-être le même virus que Teddy et Waldo après tout. Le plafond était bas et lumineux. Des cloisons suspendues quadrillaient tout l'espace, isolant les lits. C'était un labyrinthe, et plus nous nous y enfoncions, plus je doutais de retrouver mon chemin pour en sortir. Quelqu'un me glissa un formulaire dans la main au passage. Je cherchais Waldo, mais ne le voyais nulle part. Seulement une succession de corps : hommes, femmes, vieux, jeunes, des intubés, des perfusés, des endormis, des gémissants, des cruciverbistes, des personnes assises avec leurs proches, des personnes seules.

Je me vis, dans un lit, les cheveux blanchis. Dans un autre, je vis mon père, et moi à côté de lui, en train de corriger des copies, aveuglé par des œillères, ne voulant pas savoir la vérité.

Les mots « dissocier » et « disjoindre » signifient la même chose. « Séparer des éléments qui étaient unis » ou « désunir ». La logique sémantique de la dernière définition supplante la première, bien que le premier terme soit préféré, car il est plus court. Pourtant, le second est plus courant dans le langage parlé. Dissocier. Disjoindre.

Au fond, ce ne sont que des enchevêtrements de lettres. Des sons lestés de poids.

Nous étions là, dans un dortoir, les infirmières posaient des perfusions de sérum et demandaient des examens. Alors que l'aide-soignante essayait de m'aider à me lever, je laissai tomber mon téléphone épileptique, saturé de textos et d'appels de Francis. Quelque part au loin, j'entendis un vieil homme gémir qu'il avait mal à la tête, et quelqu'un demander : « Quand êtes-vous allé à la selle pour la dernière fois ? »

— Restez tranquille, disait l'aide-soignante. On va vous allongerez ici.

— Vous allonger, m'entendis-je la reprendre.

— Quoi ?

— Au futur proche, le verbe aller est suivi d'un infinitif. « Allongerez » est...

Puis la voix d'Oprah retentit. « Nous sommes heureux d'accueillir notre prochain invité ! »

Je réalisai alors qu'il y avait une télévision dans la pièce en face.

« C'est un guérisseur spirituel védantique et un grand maître de la motivation... Rohit Subramaniam !

Je pivotai vers la source sonore, et la réalité commença à se distordre. Je n'arrivais pas à organiser mes pensées, m'exprimer à voix haute. J'entendais un brouhaha confus : applaudissements, bips, cris, rires. Au moment où mes yeux se posèrent sur le visage souriant de l'étrange petit homme que j'avais rencontré au mariage de la cousine de Kavya, ma vision s'assombrit et ma tête s'embruma comme si on avait remplacé ma cervelle par du coton. Tout à coup, la fatigue me terrassa, et je balbutiai à quelqu'un à côté de moi que j'avais besoin de m'allonger une seconde. Et soudain j'étais bien, libre comme l'air nocturne, en apesanteur, ne sentant plus rien en dessous ou au-dessus de moi...

Puis je vis un néon au plafond, avec des têtes rondes qui masquaient la lumière blanche à tour de rôle. Des mains me saisissaient et me soulevaient la tête pour glisser un oreiller dessous. Je compris alors que j'avais perdu connaissance à l'accueil des urgences. Sans doute une demi-seconde, mais j'avais l'impression de me réveiller d'un sommeil de cent ans.

— Je vais bien, dis-je.

— On vérifie que vous n'avez pas une commotion cérébrale. Vous vous êtes cogné la tête en tombant.

— Je vais très bien.

— Vous êtes tombé raide.

Je voulais expliquer que c'était une construction incorrecte ; on pouvait « tomber raide mort » ou « tomber raide dingue », mais pas « tomber raide » tout court. Mais au lieu de cela, je tins des propos confus que nul ne comprit autour de moi.

— Je n'aime pas les hôpitaux, tentai-je d'articuler.

Une publicité pour les lingettes Sanytol passait à la télé. Depuis combien de temps étais-je dans les vapes ? Avais-je halluciné l'oncle de Kavya ? Je ne trouvais plus le téléviseur que je pensais avoir vu plus tôt.

— S'il vous plaît, restez allongé sans bouger.

— Je vais bien, balbutiai-je, inaudible.

Je ne trouvais pas mes mots ; j'avais échoué, une fois de plus. Échoué à trouver Waldo. Échoué à le couvrir. Échoué à veiller sur mon père. Je manquais à tous mes rôles : de plume politique, de mari, de fils, d'ami. J'avais échoué, c'est-à-dire que j'avais échoué à échouer de la bonne manière américaine. Un échec touchant mon esprit, mon cerveau, mon corps, mon âme, ma vie et mille autres choses qui ne fonctionnaient pas.

Une voix traversa le brouillard. Familière, mais enrouée.

— Hé, coloc.

— Waldo ?

— T'es tombé comme une tonne de briques, coassa-t-il.

Voilà. C'était ça.

Quand je tournai la tête vers lui, le monde s'éclaircit, s'illumina en même temps que le sang désengorgeait ma tête pour circuler à nouveau dans mon corps, accompagné de picotements.

Waldo était allongé dans une fine blouse verte, d'où dépassaient absurdement ses jambes poilues, les bras perfusés de tubes où s'écoulait goutte à goutte le contenu de poches argentées transparentes. Il semblait avoir rétréci de moitié.

— Je n'aime pas les hôpitaux.

— Apparemment, siffla-t-il.

— Tu arrives à parler ?

Il montra une veine piquée.

— Les stéroïdes. Ils m'ont shooté.

Je fermai les yeux, et il s'empressa de s'excuser.

— Pardon, pardon, pardon. Bon sang. Tu ne plaisantes pas.

Quand je rouvris les paupières, ma vision était constellée de points, mais je ne perdis pas connaissance.

— Je t'ai envoyé un texto, dis-je. Teddy a aussi une angine aiguë.

Les yeux de Waldo s'arrondirent, puis il fut pris d'une quinte de toux incontrôlable. Elle fut si longue et si violente que, pendant un moment, je crus qu'il allait mourir sous mes yeux. Il pleurait et des spasmes lui secouaient la poitrine, spectacle évoquant une crise cardiaque. Puis je perçus des courtes quintes de rire, comme des gloussements d'enfant.

— Qu'est-ce qu'il y a de drôle ? demandai-je, réussissant enfin à m'asseoir.

Les poumons sifflants, il essaya à plusieurs reprises de reprendre son souffle.

— Je n'ai pas d'angine, réussit-il à articuler.

— Alors qu'est-ce que tu as ?

— J'ai une putain de mono.

— Mononucléose ? hasardai-je, ignorant le nom d'autres maladies débutant ainsi.

Waldo s'étrangla de rire. Parce que s'il avait une mono, Teddy l'avait probablement aussi. Et son médecin était probablement en train de la diagnostiquer en ce moment même. Ça allait être encore plus difficile à expliquer que le streptocoque.

Dieu merci, je n'avais pas dit à Francis que je l'avais aussi.

— Qu'est-ce qu'on fait ? demandai-je calmement.

Waldo fut incapable de parler pendant un moment. Je l'observai du coin de l'œil alors qu'il reprenait son souffle et acceptait lentement la situation. Puis il formula une réponse.

— Tu connais le sénateur Cotter dans le Wisconsin ? Je ne l'ai dit à personne, mais Burdick m'a demandé d'être consultant pour sa réélection.

Je me sentis mal, car soit il mentait, soit Burdick m'avait menti.

— Il fait froid dans le Wisconsin, déclarai-je.

Waldo se tut et je crus qu'il somnolait et se rêvait au volant de sa Lincoln roulant vers de nouveaux horizons. En partance vers un lever ou un coucher de soleil. Destination nulle part, un coin paumé d'Amérique, un endroit où tout était simple, où le passé et l'histoire n'existaient pas. Un fantasme ; une angoisse. Mais il ne dormait pas, il fixait les lampes au plafond, perdu dans les gaz fluorescents des tubes néon. Perdu dans un grésillement électrique d'argon, xénon, néon, peu importe. Je l'entendis murmurer – à moi, à lui ou à un être qu'il était le seul à voir, je ne saurais le dire :

— Je ne t'aime pas beaucoup.

Puis, sans prévenir, il sombra dans un sommeil profond.

3

Ce soir-là, Teddy, littéralement sous stéroïdes, pulvérisa le débat contre Kent. La nouvelle qu'elle était souffrante et devrait peut-être annuler avait fuité. Aussi, personne ne savait à quoi s'attendre en la voyant arriver sur le plateau. On la pensait diminuée, elle se montra affûtée et posée. Curieusement, sa voix enrouée l'aida à délivrer ligne après ligne le discours que Waldo et moi avions rédigé. Mais c'est dans un moment d'improvisation qu'elle marqua vraiment les esprits. Kent, en réponse à une question sur son propre projet de réforme de l'Éducation sans grand intérêt, se tourna vers Teddy et l'accusa de préparer en secret un redécoupage des districts scolaires : regrouper Pine Grove et Eastbrook, exactement comme Waldo et moi en avions discuté des mois auparavant. La maire déclara que cette idée la mettait « très mal à l'aise ». J'étais tellement tendu au bord de ma chaise que je faillis tomber. Mais la réponse de Teddy à cette attaque-surprise fut, en réalité, le point d'orgue de la soirée :

Tout d'abord, je n'ai pas le projet secret de redécouper les districts scolaires de l'État. J'ignore de qui la maire tient cette information, mais elle est fausse. Moi, gouverneure, je n'exigerai pas des districts qu'ils modifient leur secteur scolaire. En tant que députée, je sais qu'un tel décret ne mènerait nulle part. Mais je remercie la maire d'avoir soulevé ce point, qui me permet de délivrer ce message : les enfants des écoles d'Eastbrook méritent autant une éducation de qualité que les élèves de Pine Grove ou de Chumsford. La tranche d'imposition des parents ne devrait pas dicter les chances de réussite dans nos écoles ou dans notre État. Et aujourd'hui, c'est le système qui prévaut et que nous avons autorisé depuis bien trop longtemps. Alors non, moi, gouverneure, je ne retournerai pas dans mon ancien district pour redessiner la carte au milieu de la nuit et bouleverser la vie de chacun. Mais je vous promets une chose : je ne tolérerai pas que les élèves du lycée Benjamin-Franklin souffrent plus longtemps de l'inégalité et du racisme flagrants. Je suis désolée si ça vous met mal à l'aise, madame la maire, mais je me soucie plus du bien-être de nos jeunes défavorisés que du vôtre. Et si les électeurs qui nous regardent ce soir sont d'accord sur ce point, je les invite à voter pour moi dans deux semaines.

S'ensuivit une longue standing ovation qui obligea l'animateur à prier le public de s'asseoir. Je lévitai carrément. Pendant plusieurs secondes, je cherchai Waldo dans la salle, avant de me rappeler qu'il n'était pas là. Il avait décidé de rester dans la chambre d'amis afin d'apporter du crédit au subterfuge que nous avions finalement acté : il souffrait d'une angine aiguë et devait s'isoler jusqu'à ce que les antibiotiques fassent effet. En rentrant à la maison ce soir-là, je descendis le voir, mais je trouvai la porte fermée, les lumières éteintes et j'entendis un ronflement régulier. Je m'interrogeais sur ce qu'il m'avait dit. À propos du Wisconsin et de l'après-campagne. C'était un sujet qu'il fallait mieux laisser en sommeil. Je pouvais l'omettre s'il le pouvait.

Quelques jours plus tard, le syndicat appela à une grève à l'échelle de l'État pour protester contre les coupes budgétaires prévues par le lieutenant-gouverneur. Les enseignants sortirent des classes et se rassemblèrent sur les pelouses des écoles, pancartes à la main. Comme Francis le craignait, certains parents étaient furieux de l'arrêt des cours qui les obligeait à prendre un congé inopiné pour garder leurs enfants. Mais beaucoup d'autres nous soutenaient : des parents qui en avaient assez que leurs enfants soient lésés et que l'effectif des classes augmente alors qu'on réduisait encore les budgets. Dans les deux cas, c'est de la députée Teddy Ruiz dont on voulait avoir des interviews, des réactions, des commentaires, etc. Elle bénéficia bientôt d'une attention nationale. Dans le même temps, la stratégie de Roberta Kent consistait à éviter tout commentaire, sauf pour déclarer « Je pense que nos enfants méritent l'excellence éducative que permet l'argent » et « Je suis inquiète pour les parents et les élèves, mais aussi pour les enseignants », qui était ma phrase préférée. Dans tout l'État, la grève faisait les gros titres des journaux télévisés et même si les experts prédisaient qu'elle ne durerait pas, le mouvement de protestation ne cessa d'enfler au fil de la semaine.

Teddy n'avait eu besoin que d'un jour de repos pour se rétablir de sa mononucléose. Nous nous en tirions bien, et elle avait inventé un mensonge crédible pour Hector : elle l'avait probablement attrapée en buvant par erreur du café dans la tasse d'un bénévole. Pour le moment, Waldo et elle étaient convenus de garder leurs distances – pour dissiper tout soupçon et leur donner à l'un et à l'autre un temps de réflexion sur l'avenir de leur histoire. Le lendemain, lors d'une collecte de fonds, elle arriva au bras d'Hector.

Le jour de la session parlementaire, lors de la manifestation des enseignants grévistes devant le Capitole, Teddy avait accepté de prendre la parole. C'était sa dernière chance de s'adresser à un large public d'électeurs avant les primaires. En raison du battage médiatique autour de la grève, son intervention avait une chance d'être diffusée sur toutes les grandes chaînes de télévision. La rumeur courait qu'un producteur de MSNBC[28] se rendait sur place, ainsi qu'une équipe de « PBS NewsHour[29] », afin

28. Chaîne d'information en continu, considérée comme démocrate et progressiste.
29. Journal télévisé du soir diffusé à l'échelle nationale.

de couvrir l'événement stigmatisant le malaise actuel qui pesait sur l'Éducation américaine. Autrement dit, ce n'était pas seulement notre dernière cartouche pour décrocher la candidature, c'était aussi une chance d'attirer sur Teddy l'attention de tout le pays.

Et Waldo manquait d'inspiration.

La veille du discours, nous prîmes nos quartiers habituels au Carriage House. À la nuit tombée, nous y avions déjà passé quatorze heures – la journée entière. J'avais quasiment perforé l'épais bloc-notes avec le clou de mon père. Nous avions discuté avec des dizaines de clients du bar dans l'espoir d'un déclic inspirant. Mais rien ne marchait. Nous avions rédigé six faux départs, quatre milieux très différents et aucune conclusion probante. Je continuais de penser que nous étions loin du but, et en même temps, tout près de la solution.

— Et si on appelait Teddy ? suggérai-je pour la énième fois.

Mais non. Depuis l'hôpital, leur relation était tendue. Si je redoutais avant qu'on découvre leur liaison adultère, j'avais peur maintenant qu'on ne remarque leur brouille. En présence l'un de l'autre, ils adoptaient un comportement froid, une posture raide. Entre-temps, Waldo avait quitté notre chambre d'amis pour une location meublée non loin du bureau. Chaque fois que je lui demandais comment il allait, ou s'il était bien installé, il ignorait ma question et me ramenait aux feuillets jaunes. Je sentis qu'il avait besoin de se changer les idées pour surmonter son blocage et retrouver confiance en sa capacité d'inspiration.

— Viens. Je conduis, lui proposai-je.

Waldo fixait obstinément son bloc-notes alors que je dirigeais la Lincoln vers le stade des Wizards. Il avait mis le match à la radio, mais il n'écoutait pas, préférant biffer le paragraphe qu'il écrivait depuis que nous roulions sur l'autoroute. Des nuages gris plombaient l'horizon, accrochés aux cheminées des raffineries de pétrole. Les premières gouttes s'écrasèrent sur le pare-brise ; j'accélérai dans l'espoir saugrenu de dépasser la pluie. À la radio, l'un des commentateurs annonça qu'Hector Ruiz figurait sur la liste des joueurs blessés ; on ne savait pas encore s'il s'agissait à nouveau de la coiffe des rotateurs ni s'il reviendrait avant la fin de la saison.

Alors que nous avancions au pas en raison d'une voie fermée pour réfection, Waldo se décida à parler.

— Tu ne m'as jamais raconté l'histoire de ce clou géant que tu tripotes sans arrêt.

Je haussai les épaules.

— Il appartenait à mon père.

— C'est un drôle de souvenir.

— Ah bon ?

— Il doit avoir une sacrée histoire.

— Nan. C'était juste un objet à lui. Il me fait penser à mon père, c'est tout.

Waldo poussa un soupir mécontent. Mon entêtement à mentir l'agaçait.

— Tu connais l'histoire du nœud gordien ? demanda-t-il finalement.

Je confirmai, oui. Mon père employait cette expression lorsqu'il était confronté à un problème épineux dans son atelier.

— Un problème insoluble. Un casse-tête que personne ne sait résoudre.

Mais Waldo voulant me raconter la légende, il ignora ma réponse.

— Il tire son origine d'une cité qui se retrouvait sans roi. Les habitants consultèrent l'oracle pour lui demander conseil et le devin leur déclara que le prochain homme à franchir les portes de la cité sur un char à bœufs serait le nouveau roi. Alors ils attendirent et, un jour, un homme nommé Gordias entra dans la cité sur son char à bœufs. Ils se réjouirent et, hop ! le mirent sur le trône.

— Simple comme bonjour, dis-je. On devrait revenir à cette vieille méthode.

— En remerciement, Gordias consacra son char à Zeus et l'attacha sur la place de la cité par un nœud inextricable composé d'un enchevêtrement complexe de nœuds plus petits.

— Et Gordias fut un bon roi ?

— Sûrement, s'il existe une légende autour de ce nœud fabuleux, non ? Sinon on raconterait l'histoire d'un oracle qui a baisé tout le monde en faisant élire un charretier pris au hasard qui devient un tyran.

— Excellent argument.

— Mais la vraie histoire, c'est que les gens ont été tellement impressionnés par ce nœud qu'ils ont créé une nouvelle prophétie : celui qui parviendrait à le dénouer deviendrait le souverain de toute l'Asie. Belle promotion. On peut se demander si Gordias était capable de défaire son propre nœud. J'imagine que non.

— Peut-être qu'il se contentait avec bonheur d'être le roi de la cité ? L'Asie est un vaste continent. Très compliqué, je pense, à diriger.

— Bref, la prophétie a fini par arriver aux oreilles d'Alexandre le Grand, qui était, lui, très intéressé par la conquête de l'Asie, alors il est venu voir ce fameux nœud. Depuis le temps, j'imagine que plusieurs prétendants avaient afflué de partout pour tenter de le dénouer, mais ils avaient tous échoué. On relate qu'Alexandre s'est approché, a dégainé son épée et tranché d'un geste vif le nœud, qui s'est défait en tombant sur le sol.

— Cool, dis-je, même si je connaissais déjà ce principe ; comme Edison et ses mille moyens qui ne fonctionnaient pas : il suffisait d'en trouver un qui marche.

— C'est la version classique, poursuivit Waldo. Mais il y en existe une autre que je préfère.

Celle-ci, je ne la connaissais pas. J'attendis la suite.

— Dans cette deuxième version, Alexandre s'approche du nœud et l'étudie attentivement, comme s'il allait tenter de le dénouer à la régulière. Puis il se penche vers le joug auquel il est attaché et enlève avec précaution la cheville, libérant ainsi la corde.

— Malin.

— Tout à fait. Pas de brutalité ; pas de rupture nette. Résoudre le problème en changeant la question.

— Ça me plaît.

Puis Waldo me lança un regard un rien cruel auquel je n'étais pas habitué. Il voulait me faire comprendre qu'il savait une chose que j'ignorais.

— T'es-tu demandé comment Kent était au courant du plan secret de redécoupage des districts scolaires ?

— Moi ? Non.

— Pourquoi pas ?

— J'ignorais qu'il existait un plan secret de redécoupage des districts.

— Il existe.

— D'accord. Alors par qui l'a-t-elle appris ?

— C'est la question, lâcha Waldo d'un ton froid en se replongeant dans ses pages jaunes.

Un silence suivit. M'accusait-il de divulguer les détails d'un plan dont personne ne m'avait parlé ? Je ne comprenais pas où il voulait en venir. Nous roulâmes encore quelques minutes sous la pluie. Puis nous entendîmes à la radio que le match était retardé et, compte tenu de la météo, possiblement annulé. Waldo ne semblait pas s'en soucier.

— On retourne au Carriage House ? demandai-je en me rabattant sur le bas-côté.

Waldo s'étira dans son siège et contempla la pluie battante qui martelait la Lincoln. Je devinai à son expression qu'il ruminait quelque chose.

— Tu dois beaucoup penser à ton père, lança-t-il finalement.

— Bien sûr, répondis-je, même si à la vérité j'essayais de ne pas penser à lui.

Curieusement, je savais ce qu'il allait dire avant qu'il ne parle. Son visage s'adoucit.

— Ça t'ennuie si je te demande comment il est mort ?

Nous étions arrêtés sous la pluie au bord de l'autoroute où les voitures roulaient à vive allure, leurs feux arrière rouges filant comme des comètes au milieu du vrombissement des moteurs et des rétrogradations stochastiques des semi-remorques.

— Il était malade depuis un moment, répondis-je par habitude, parce que je ne savais pas comment formuler l'autre vérité. Je continue ou je prends la prochaine sortie ?

— Tu es revenu en ville pour t'occuper de lui ?

J'opinai.

— C'était chic de ta part. Je ne m'imagine pas faire la même chose pour mon père.

— Tu pourrais, s'il avait un gros pépin.

Dans un ralentissement de la circulation, le silence s'installa une longue minute, brouillé par le tambour des grosses gouttes et les infos routières à la radio.

Waldo tapota le bloc jaune avec la pointe de son stylo.

— C'était un cancer ou... ?

Depuis des mois, j'imaginais ce moment où je lui dirais tout et allégerais ma poitrine de ce poids. Waldo était mon meilleur ami. Quelqu'un en qui j'avais confiance. Pourtant, je ne pouvais pas me résoudre à prononcer les mots fatidiques. Il y avait désormais une lueur dans le regard de Waldo qui me déplaisait. Oh, il avait l'air aussi amical, bienveillant et réceptif que d'habitude. Un homme affable, détendu, prêt à écouter les maux qui m'étreignaient le cœur. Mais désormais, je voyais autre chose derrière sa bonhomie apparente : la même anticipation que j'avais vue lorsque nous étions aux réunions de vétérans, aux bistrots, aux stands de hot-dogs des supérettes à causer avec la population locale de tout et de rien. Je l'avais ressenti moi-même, juste au moment où l'histoire allait éclore. Le battement de cœur qui guiderait notre plume.

Je revoyais tout : l'histoire que je raconterais à mon père après mon rendez-vous avec Mme Terlizzi, mon retour compromis à Pine Grove et la décision que j'avais prise en route de ne rien lui dire. Mon sentiment de honte, non pas d'avoir échoué, mais d'avoir échoué à échouer. Me garer dans l'allée et me diriger vers la porte. La maison sombre, silencieuse. Trébucher sur des souliers qu'il avait laissés traîner – pourquoi continuait-il à acheter des chaussures sur Internet alors qu'il n'allait jamais nulle part ? Pousser la porte du garage et aspirer une bouffée d'odeur d'huile de moteur et d'outils rouillés. Cette fraîcheur électrique dans l'air que j'associais au fer à souder et aux minuscules billes de métal liquide qu'il laissait tomber, avec une infinie délicatesse, sur les circuits imprimés. Comment je m'étais baissé pour passer sous les lettres de refus accrochées au clou de vingt centimètres que je faisais tournoyer entre mes doigts lors de nos séances de travail. J'imaginais parfaitement la description de la scène.

En entrant, avisant que mon père n'était pas assis sur la chaise près du fer à souder, j'avais compris tout de suite que quelque chose n'allait pas, car il était allumé. Mille fois, il m'avait prévenu de ne jamais le laisser allumé, même pour aller aux toilettes ou boire un verre d'eau – bien que je n'aie jamais rien soudé. Je ne m'étais jamais intéressé aux circuits dont il tentait en vain de me transmettre la passion. Puis j'avais vu la chaise renversée et regardé par terre s'il était tombé. J'avais remarqué une ombre sur le sol qui ne pouvait que provenir d'en haut, du cordon électrique orange utilisé pour suspendre une lampe de chantier de soixante-quinze watts dans sa cage de protection censée l'empêcher de se briser.

Je peux vous révéler tout cela aujourd'hui parce que j'ai appris à vous faire confiance avec le temps – et vous aussi, j'espère. Mais je ne pouvais pas le raconter à Waldo alors, parce que je n'avais plus confiance en lui.

Je l'imaginais déjà, dans quelques instants, façonner le discours autour du moment le plus terrible de ma vie. Il avait besoin de cet élément; je le voyais bien. Mon souvenir deviendrait celui de Teddy. Un oncle imaginaire, un cousin ou un ami de la famille tiendrait le rôle de mon père. Il rendrait le récit intraçable. Irréfutable. Demain, je l'entendrais raconter la scène devant dix mille personnes comme si elle l'avait vécue.

Qu'éprouverais-je en voyant mon chagrin s'envoler de ma vie pour atterrir dans celle d'une autre? S'estomper au point que, dans un an, j'y songerais plus comme un événement qui était arrivé à Teddy plutôt qu'à moi. J'avais déjà ce sentiment quand je pensais à mes parents regardant le discours de Reagan.

C'était la solution. Changer de décor. Détacher le nœud – simple comme bonjour.

Mais non.

— Désolé, mais je n'ai pas envie d'en parler.

Waldo n'était pas fâché ni déçu. Je n'aurais su dire s'il respectait mon silence ou s'il élaborait un plan B. Attendre que nous ayons bu plusieurs bières au Carriage. Et me faire craquer.

— Et si on retournait au village shaker? proposai-je.

— Non, j'ai une meilleure idée. Prends la prochaine sortie. Je t'indiquerai la route.

Nous nous réinsérâmes dans la circulation et, un kilomètre plus loin, il pointa du doigt un panneau d'autoroute réfléchissant. La même sortie que nous avions prise pour nous rendre à l'université accueillant le débat. Quelques minutes plus tard, comme nous longions le campus, je vis des bâtiments éclairés et des affiches humides collées sur les murs de brique invitant à assister à des conférences ou des concerts de musique classique. Nous pourrions entrer dans le premier amphithéâtre venu et y pêcher les idées que nous cherchions pour le discours. Un détail frappant d'un roman français du XIXe siècle, une caractéristique de la poterie d'Azerbaïdjan ou un moment de la vie de Thomas Carnegie provoquerait le déclic attendu. Mais, au lieu de m'indiquer de tourner dans le parking visiteurs, Waldo me fit prendre la rue latérale menant à l'église unitarienne.

— Qu'est-ce qu'on fait ici ? demandai-je alors que nous trottinions sous la pluie pour nous abriter sous l'auvent de l'église.

Un court instant, je crus qu'il voulait prier. Et, étonnamment, j'aimais cette idée ; j'aimais l'idée d'être en présence d'une puissance supérieure – n'importe quelle divinité – ou du moins en présence de fidèles qui croyaient en une puissance supérieure. Et d'une certaine façon, la suite des événements s'en approcha.

— Le jeudi à dix-neuf heures, il y a une réunion ici, fut la seule explication de Waldo.

— Une réunion des AA ?

— Des NA, Narcotiques Anonymes. Mais c'est le même principe.

— Je connais le sens de ces initiales. Tu es… toxicomane ?

Immédiatement, la honte m'envahit de l'avoir exprimé si naturellement. La drogue expliquerait-elle son comportement imprévisible, ses sautes d'humeur et ses disparitions ? Non. Nous avions passé presque toutes nos journées et nuits ensemble durant des semaines. Il n'aurait pas pu dissimuler une addiction sur une si longue période. Mais mon passé démontrait que je ne voyais pas forcément ce qui se trouvait sous mes yeux. Au moins, je commençais à en prendre conscience.

— J'aimerais, soupira-t-il. Mais je n'ai jamais eu le courage de passer pro.

Comme je ne riais pas, il me poussa du doigt.

— Oh, allez. Je plaisante.

Je le regardai d'un air perplexe monter l'escalier. Trois marches en dalles rouges, chacune plus largement éclairée par la lune que la précédente.

— Viens, dit-il en ouvrant la porte. Ils sont accueillants en général.

— Tu es déjà venu ?

Sans répondre, Waldo entra dans le bâtiment, et je le suivis. Nous ôtâmes nos vestes mouillées, et je coiffai mes cheveux humides en arrière pendant que nous hâtions le pas dans le couloir en suivant les panneaux bleus écrits à la main jusqu'à une arrière-salle. À l'intérieur, un petit groupe de personnes assises sur des chaises métalliques pliantes discutait. Waldo entra dans la pièce, tout sourire. Il rejoignit le cercle en silence et salua tout le monde avec affabilité. Une cafetière sifflait en débordant sur le côté, chacun semblant savoir qu'il ne fallait pas se servir. L'odeur, au moins, tenait en éveil.

— Tu veux bien laisser ça dehors ? me demanda un homme maigre en désignant le bloc-notes que je tenais depuis que nous étions sortis de la voiture.

— Oh, bien sûr. Sans problème.

Je lâchai le bloc-notes dans le couloir. Son claquement sourd sur le carrelage résonna dans la pénombre.

— Merci, dit l'homme maigre.

Waldo et moi nous installâmes. L'homme regarda le cercle et prit la parole.

— Salut. Je m'appelle John et je suis toxicomane. Bienvenue dans le groupe. Quelqu'un vient-il ici pour la première fois ?

Je jetai un regard nerveux à Waldo et, optant pour l'honnêteté, je levai la main. Il garda la sienne sur sa cuisse. En balayant la pièce, je vis que j'étais le seul nouveau.

— Alors tu es la personne la plus importante ici, me dit John.

Certainement pas, je voulus protester. Je ne savais même pas pourquoi j'étais là.

Il s'adressa ensuite à tout le cercle, mais j'avais l'impression étrange d'être concerné au premier plan.

— Si vous avez consommé aujourd'hui, veuillez écouter les autres et venez me parler après si vous vous sentez prêts à le faire. D'accord ? Bon, je vais commencer par lire le compte rendu de la dernière réunion.

Après la lecture, une femme distribua des étiquettes de porte-clés en plastique de différentes couleurs pour célébrer les périodes d'abstinence : seize ans pour un homme et trois jours pour une femme. Le groupe applaudit et les encouragea à continuer de venir aux réunions. Je ne pris pas d'étiquette, craignant qu'on m'interpelle en me demandant depuis combien de temps j'étais sobre, mais cela ne fonctionnait pas ainsi.

Waldo restait assis en silence, perdu dans ses pensées, prêtant à peine attention lorsque John nous invita à réciter les douze étapes et la prière de la sérénité : *Dieu, donne-moi la sérénité d'accepter les choses que je ne peux pas changer, le courage de changer celles qui devraient l'être, et la sagesse d'en connaître la différence.*

Cette prière datait des années 1920, rédigée par le pasteur américain Reinhold Niebuhr. Le président Obama aimait bien le citer dans ses discours comme le père du « réalisme politique » du XXe siècle. Bien qu'ardent défenseur du prolétariat, Niebuhr s'opposait aux utopistes de son époque sur la nécessité de passer à un système socialiste. « L'aptitude humaine à la justice rend la démocratie possible, mais l'inclination de l'homme à l'injustice rend la démocratie nécessaire », avait-il écrit. Il doutait que les hommes tendent vers le bien commun sans une forte incitation, voire des pressions directes exercées par les dirigeants élus. Selon lui, on ne pouvait pas attendre d'une espèce déchue qu'elle forme d'elle-même une société idéale ; on ne pouvait qu'espérer élire des anges meilleurs pour nous élever vers la perfection.

Assis dans ce cercle, à écouter mes compatriotes américains discuter de leur vie, je réfléchissais de manière plus globale. Chacun parlait de son travail, de sa femme ou de son mari, de ses enfants... leur quotidien accaparait tout, sauf cette fraction de leur énergie. Ils étaient reconnaissants de disposer d'une heure par semaine consacrée à quelque progrès personnel. Et leurs histoires ne frisaient pas l'horreur ni le drame, du moins pas dans leurs récits. Un homme raconta qu'il avait eu envie de se défoncer après avoir déposé sa fille chez son ex. Les autres hochèrent la tête ; ils connaissaient bien ce point de bascule. Quelqu'un parla de son séjour en prison. Libéré depuis quelques semaines, il cherchait du travail. Aller à l'église l'avait aidé, ainsi que voir sa nièce à un barbecue la veille. Leur vie ressemblait plus à une résilience sereine qu'à un désespoir silencieux. Des doutes silencieux et des espoirs tranquilles.

À en croire la télévision, les réunions des NA s'apparentaient à un feu d'artifice : explosions spectaculaires, doigts accusateurs, chaises renversées, crises de larmes, confessions intimes. Au lieu de ces drames, j'assistais à des discussions polies. Un homme relata une prise de bec avec un ancien voisin au supermarché local. Je m'attendais à ce qu'il évoque la consommation de drogue, mais non. Il voulait simplement raconter comment cette rencontre inopinée avait débouché sur une discussion intéressante (de son point de vue) sur la chasse au canard. Puis une jeune femme embraya sur sa mère et une dispute qu'elles avaient eue à propos des marques de lessive, ce qui n'aboutit pas non plus à une conclusion dramatique.

— Est-ce que ça t'a donné envie de consommer ? relança John.

— Je suppose, ouais, répondit-elle.

Et rien d'autre. Une autre personne prit la parole et se plaignit de l'heure tardive de la tournée du facteur dans son quartier.

John restait à l'écoute, mais je percevais l'agitation de Waldo. L'heure touchait à sa fin, et le soulagement m'envahit comme l'adrénaline de ne pas avoir été surpris ici, mêlé à la honte de l'avoir suivi dans cette réunion.

Mais juste au moment où je pensais que nous allions partir, Waldo s'éclaircit la voix et prit la parole.

— Salut tout le monde, dit-il. Je m'appelle Léon.

Tout le monde salua « Léon » – même moi.

— Vous connaissez la chanson « Day Tripper » des Beatles ? Je la chante dans ma tête depuis un moment. C'est la première chanson que j'ai appris à jouer quand j'étais jeune. Un blues à douze mesures. En mi. Très simple. Et je me souviens que je m'interrogeais sur la signification de *day tripper*. Quelqu'un m'a expliqué que ça parlait de drogue. L'histoire d'un type qui n'était pas un authentique hippie, qui voulait se shooter au LSD et planer avant de reprendre sa routine habituelle. Ça doit être la bonne explication, non ? Mais je l'ai toujours compris comme quelqu'un qui ne peut accomplir que des voyages d'une journée, toute sa vie. Qui apparaît et disparaît – d'un groupe de rock, d'un cours, d'une relation… Bref, qui ne peut rester qu'une seule journée au même endroit. Ou plus longtemps, mais au final ça ressemble à une journée. Parce qu'il sait à l'instant où il arrive dans un lieu qu'il en partira à un moment donné. Dans sa tête, il est déjà parti, alors même qu'il vit l'expérience. C'est ce que j'ai toujours ressenti personnellement. Un aller simple. Opter pour la facilité, faire plaisir. Ne jamais s'attacher parce que… eh bien, je ne sais pas pourquoi.

— Pourquoi à ton avis ? demanda John.

Waldo réfléchit quelques secondes avant de répondre.

— Quand j'étais enfant, les gens prétendaient qu'en Amérique n'importe qui pouvait devenir ce qu'il voulait. Astronaute, star du baseball. Président. Quel que soit notre rêve, on pouvait le réaliser. Il suffisait d'y croire et de travailler dur pour réussir.

Toutes les personnes présentes hochèrent la tête. Ils l'avaient entendu aussi et ils avaient vite appris à quel point c'était faux. Que l'échec était écrit avant même de commencer.

— Et quel était ton rêve ? intervint John.

— C'est le problème. Je n'ai jamais pu me décider, s'esclaffa-t-il.

Et quand Waldo riait, tout le monde riait. Il répandait la joie juste en étant lui-même. Ou Léon, en l'occurrence.

— Architecte un jour, pompier le lendemain. Puis rock star... écrivain. Avocat. Chaque fois que j'optais pour un métier, un autre plus séduisant surgissait. Ou bien je me lassais d'une activité, l'abandonnais et cherchais une autre idée. J'essayais de rendre le monde meilleur, quoi. Je croyais qu'à un moment donné j'aurais un déclic. On est censé découvrir le domaine où on est bon. Quels sont nos talents... si ce mot a un sens. Peut-être que je suis doué pour les nouveaux départs. Ça pourrait être un talent, non ?

J'ignorais à ce moment-là le sens réel de son propos. Je croyais qu'il pensait au Wisconsin. Ou peut-être à Teddy. Je ne savais pas encore ce qu'il avait fui. Les fois où il avait recommencé sa vie. John hocha la tête comme s'il comprenait sa logique et invita « Léon » à continuer de venir aux réunions. Les autres répétèrent l'invitation en écho, salués par Waldo d'un regard de gratitude. Se moquait-il d'eux ou était-il, à un certain degré, sincère ? Avant la fin de la réunion, Waldo se leva et se dirigea vers la porte.

— Peut-être que tu réitères ce schéma en partant, Léon ? l'interpella John, mais il était déjà loin.

Alors que j'allais le suivre, ma voisine me tendit un DVD.

— Donne-le à ton ami, dit-elle. Ça m'a aidée à traverser des moments difficiles.

Je baissai les yeux et découvris sur le boîtier du DVD le visage souriant de Rohit Subramaniam sous le titre *Votre vie, votre paix* en lettres rose fluo.

Elle avait aussi noté son numéro de téléphone en bas, suivi d'un cœur.

Lorsque je sortis dans le couloir, le bloc-notes avait disparu. Sur le parking, Waldo m'attendait au volant de la Lincoln, les essuie-glaces balayant le pare-brise. Je me hâtai de monter avant qu'il ne fasse fumer les pneus sur le goudron.

— C'était quoi tout ce cinéma ? demandai-je.

— Rien. J'avais juste envie de dire un truc pour qu'ils ne nous prennent pas pour des touristes.

— Tu le fais souvent ?

— Quoi ?

— Participer à une réunion des AA ?

— Des NA, me corrigea-t-il. Non, pas souvent.

— J'avais honte.

Waldo semblait las de moi, ou de tout. Je le voyais s'impatienter, et lorsqu'il s'était levé pour partir cette fois, je savais que je ne l'accompagnerais pas.

— Ces réunions aident les gens, dit-il en tapotant le bloc-notes jaune. On gagne et, ensuite, on pourra aider toutes ces personnes. Améliorer leur vie. N'est-ce pas important ?

Si. J'y croyais, encore. Mais je doutais que ça compte dans la balance.

— Les aider comment ? demandai-je.

Ils voulaient une lessive qui lave mieux, une chasse au canard conviviale. La sobriété, la communion. Ils se réunissaient pour rester sur la bonne voie, pour progresser. Et aussi pour retrouver une certaine dignité. De la dignité. Dans leurs douze étapes, dans leur prière et dans l'humilité de l'animation de John. Une dignité dont ils avaient besoin et que nous avions faussée par notre présence.

— Tu as divulgué à Burdick le plan de redécoupage des districts, finis-je par dire. Et tu as écrit aussi la réponse de Teddy. C'était trop fort. Je savais que ça venait de toi.

C'était la fameuse « com virale », sujet de plaisanterie depuis des mois. Waldo sourit en haussant les épaules.

— Les électeurs veulent de la spontanéité. Ou des réponses qui semblent improvisées.

— Pourquoi tu ne m'en as pas parlé ?

Waldo réfléchit avant de répondre.

— Pourquoi tu ne m'as pas dit que Burdick t'a offert un boulot ?

Je frissonnai.

— Parce que je lui ai répondu d'aller se faire foutre. C'était le soir du débat, tout le monde était à l'hôpital.

— Tu devrais accepter. Il écrit comme un pied, mais tu apprendras beaucoup.

— Je ne veux pas travailler pour Burdick.

— C'est un bon poste. Je le prendrais s'il me le proposait.

Un silence de plomb envahit l'habitacle. J'attendais qu'il développe. Il tambourinait avec les doigts sur le volant et remuait lentement les lèvres sur la musique, cette vieille chanson des Pogues qu'il encensait. Il regardait d'un air absent par sa fenêtre, prêtant à peine attention aux quelques voitures sur la route. La pluie se calmait, des gouttes rouges, bleues et jaunes scintillaient sur les vitres.

— Qu'est-ce qui se passe avec Teddy ? osai-je demander.

Il soupira.

— Comme toujours... mauvais timing. Tant qu'on travaillera ensemble et qu'elle fera campagne, rien ne bougera.

— Et alors ? Vous reprenez votre relation platonique ?

— Ce n'est pas l'idéal, confessa-t-il. Quand elle sera en fonction, on verra. Ça fait déjà longtemps qu'on tourne autour du pot. Alors quelques mois de plus ou de moins...

Je ne pouvais plus l'écouter. Il était prêt à faire ses valises et partir pour la prochaine aventure, encore une fois. Et tout ce que nous avions sacrifié pour cette campagne ? Et pourquoi mon cœur se brisait-il alors qu'il ne s'agissait pas de mon histoire d'amour ? Mais l'amour était là ; il l'avait voulu ainsi. Il m'avait entraîné dans leur liaison. Ou m'y étais-je immiscé volontairement ?

— Mon père avait un cancer, murmurai-je. Du côlon.

J'ignorais s'il savait que je mentais. S'il s'en souciait.

— Ah ouais ?

— Ouais. Une façon lente et douloureuse de partir. Tu ne sais pas ce qui est pire : le remède ou la maladie. Chute de cheveux, perte de poids, une myriade d'effets secondaires. Ça l'a réduit à néant. Ça m'a réduit à néant. À la fin, tu es content que ce soit fini, qu'il n'y ait plus de souffrance.

C'était un mensonge d'accord, mais un mensonge honnête. Tout était vrai, sauf le début. Tous les sentiments, mais pas les faits.

Et cela marcha. J'ignorais quelle partie avait provoqué le déclic, mais je vis le changement s'opérer en lui. Une de mes phrases avait déclenché le mécanisme mental. Les mots coulaient dans son esprit, ils allaient s'ordonner avec beauté, avec puissance. Avec une intention.

Waldo rédigea le discours au Carriage House en moins de trente minutes. Il s'assit, se mit à écrire, et il avait terminé avant notre deuxième tournée de bière. Je lisais tant bien que mal par-dessus son épaule – et c'était magnifique. Le discours s'enchaînait fluidement, ligne après ligne, mot après mot. Teddy voyait un ami cher mourir du cancer. Quel est le pire, le remède ou la maladie ? Son sentiment d'impuissance face à son ami réduit à néant. Cela ne me dérangeait pas ; je m'attendais à ce qu'il détourne mon histoire. Mais le récit continuait et je compris que ma diversion avait échoué.

Au paragraphe suivant, Teddy emmenait son ami assister à une réunion, dans une église au toit en stuc. Un groupe de soutien pour les mourants et leurs proches. À partir de là, le discours s'éloignait du témoignage de Waldo (« Léon ») ou d'autres participants de la réunion. Mais je ressentais le mal de vivre sous-tendre les mots. Ce même courant qui me portait. La vie des hommes était petite à l'extérieur, grande à l'intérieur. Nos problèmes étaient individuels, nos solutions collectives. Le temps était venu de faire un choix, de s'engager à devenir la version désirée de nous-même. Le temps de régler nos problèmes et de prendre des mesures. Puis à partir de là, un peu de politique, d'exaltation et de rhétorique. Voilà comment je vais nous aider. Voilà comment vous devez voter si c'est le monde que vous souhaitez aussi.

Tout était là, sans y être. Aussi bon soit le discours, je me sentais sale. J'avais essayé de lui donner un autre os à mordre, mais il avait utilisé les deux. Nous avions violé un espace sacré, l'avions transformé en autre chose. Même s'il s'agissait juste d'un sentiment, d'une idée. Même si nous étions les gentils. C'était mal.

Waldo posa son stylo et fixa sa bière un long moment. Dans un verre tulipe, évidemment. Je me lassais de ses excentricités qui m'avaient charmé au début. Il est vrai que j'avais remarqué une différence dans le goût de la bière, mais l'aurais-je fait si Waldo ne m'avait pas saoulé continuellement avec les fusels, les esters, la rétention de la mousse, les composés volatils... ? Même la couleur de la bière, affirmait-il, jouait un rôle crucial dans l'obtention de la saveur idéale. Les moines qui avaient perfectionné la recette avaient créé une teinte caramel roux visant à exciter l'œil, accroître le désir, donc la salivation, et ainsi la saveur.

— Je t'ai raconté ma visite de l'abbaye de Soligny-la-Trappe où l'on fabrique cette bière ? me demanda-t-il après un long silence.

— Oui. Tu me l'as racontée.

— Bref, les moines, les trappistes, font un vœu. De pénitence. Ils jeûnent, effectuent des travaux manuels, lisent la Bible. Ils ne parlent que lorsque c'est nécessaire.

— C'est vrai ?

Waldo hocha la tête.

— Idéalement, on devrait boire cette bière dans un silence monacal.

Et ainsi nous restâmes sans parler pendant plusieurs minutes, à finir le dernier verre que nous partagerions ensemble.

SIXIÈME JOUR
Saint Louis

Je ne reçois pas de nouvelles de Rohit en partant de chez ma mère ni durant les quatre heures de route jusqu'à Saint Louis. Dans onze heures, il quittera Lhassa avec son groupe d'hommes d'affaires pour rejoindre le camp de base. Je suppose que j'aurai des nouvelles dans la nuit, le jour chez lui, mais, à mon réveil, je n'ai pas reçu de message ni de texto. Juste une notification du service sherpa que nous avons engagé pour signaler que Rohit n'est pas venu à la séance d'entraînement prévue avant le départ. Cela ne m'inquiète pas outre mesure; Rohit change souvent ses plans sur un coup de tête, happé par une nouvelle lubie. Avant le petit déjeuner, j'envoie un e-mail à d'autres participants du voyage pour savoir s'ils l'ont vu depuis leur arrivée. Puis, autour de toasts et d'un café dans le salon business de l'hôtel, j'adresse un e-mail à Rohit pour lui demander son itinéraire actualisé. Je lui annonce que j'ai déjà quelques idées pour *Power up 2*, mais que je n'arrive pas encore à les articuler. Ayant peur de les effrayer par mes tâtonnements, je lui transmettrai plus tard.

En réalité, je n'ai pas le moindre embryon d'idée. Jusqu'à présent, mes voyages m'ont surtout laissé un sentiment de douleur, de chagrin et de solitude. J'avais espéré que discuter de Waldo avec toutes ces personnes et remplir les blancs de son passé m'apporterait une forme de paix. Mais cela n'a fait qu'aviver mes regrets et mon ressentiment. En réalité, je souhaiterais pouvoir effacer ce que j'ai appris sur lui. Je n'ai fait qu'identifier d'autres endroits infectés par la pourriture qui se cachait dans mes souvenirs depuis le début. Des endroits impossibles à scier et à remplacer ; il avait essayé, sans relâche, de m'y inciter. Parce que si je change chaque planche, chaque boulon, chaque ligne, à un moment donné, je l'aurai transformé en autre chose.

À quel moment cela arrive-t-il ?

Je suis perdu dans ces réflexions en réglant la note de l'hôtel, quand la voix de la réceptionniste me ramène à la réalité. Elle m'informe poliment que mon AmEx a été refusée.

— C'est la carte de la société, expliqué-je.

— Il arrive qu'ils bloquent les paiements s'ils voient que vous voyagez.

— Mon patron est au Tibet en ce moment.

— Oooh, glapit-elle en feignant un frisson. Il doit faire froid là-bas.

Je paie avec ma carte de crédit personnelle, range la facture dans mon portefeuille, et l'employée demande qu'on amène la voiture. Il me reste une personne à voir avant la dernière étape du périple à Milwaukee. Une fois sur la route, je compose le numéro indiqué au dos de la carte Platinum et tombe sur le service client.

— Je suis inquiet, car mon patron est à l'étranger en ce moment. Il pourrait avoir besoin d'utiliser sa carte, mais s'il y a un problème...

— Il s'agit de M. Subramaniam ?

— Oui, confirmé-je en arrivant sur l'autoroute qui mène à Chicago. Il est au Tibet. Si vous voulez, je peux vérifier les paiements récents. J'ai l'autorisation d'utiliser la carte.

— Au Tibet ? s'étonne-t-elle. Je vois des dépenses à l'hôtel Burj al-Arab à Dubaï.

Je grimace.

— Y a-t-il un moyen de nous envoyer une nouvelle carte ?

Après un long silence, elle accepte de noter les coordonnées du camp de base, ce qui lui prend une éternité. Je lui donne également l'adresse de mon hôtel à Milwaukee et demande que ma nouvelle carte y soit envoyée. Ces contretemps m'exaspèrent.

Mon périple touche à sa fin et je sais seulement que je n'ai pas du tout trouvé ce que j'espérais. Au lieu d'un autre visage de l'Amérique, je n'ai vu que des milliers de pylônes d'acier déployant des câbles à haute tension dans l'azur.

Où sont les montagnes pourpres ? Où est la majesté ? Point de vagues ambrées de grains, juste des nuages qui passent sans but au-dessus de nos têtes. Un interminable écheveau de voies rapides, de camions, de voitures. Des raffineries, des usines chimiques et des intersections. Je roule sur la Route 55, mais ça pourrait être n'importe quelle autoroute. Je traverse une ville appelée Wilmington d'après le GPS. Mais cela pourrait aussi bien être n'importe où, ailleurs, nulle part.

Devant moi, à travers le flou de la circulation, j'aperçois les arches grises d'un pont qui enjambe la rivière Des Plaines à une hauteur de quinze mètres. Une construction visant le fonctionnel, non la beauté. Je ne remarque même pas la plaque de cuivre à l'entrée de la voie indiquant le nom banal de « Smith Bridge ».

Ce qui me sort de ma morosité n'est pas le pont en lui-même, mais une voiture arrêtée au milieu du terre-plein herbeux au-delà de l'étroite voie d'urgence. C'est une vieille Coccinelle Volkswagen bleue. Alors que je la dépasse à toute vitesse en arrivant sur le pont, j'aperçois un morceau de papier jaune coincé entre la vitre et le cadre de la fenêtre. Une page de cahier ligné que le vent soulève à mon passage. Au moment où le bruit des pneus sur la chaussée passe du ronronnement du bitume au son métallique de la passerelle, un grand froid m'envahit. J'ai un mauvais pressentiment ; un pressentiment terrible.

J'aimerais me ranger sur le bas-côté, mais il n'y a aucun endroit où m'arrêter sur le pont sans bloquer une voie de circulation. Je regarde les rambardes ; aucun piéton ne s'y aventure. Pourtant, un bouquet de fleurs séchées est attaché à l'un des pylônes, à la mémoire d'un être qui a quitté la Terre d'un saut de l'ange. Il s'est tenu à l'endroit même où je passe à vive allure ; il s'est penché et s'est jeté dans le vide.

Le temps d'imaginer la scène, j'ai déjà traversé le pont et je fonce à toute berzingue. Il ne serait pas difficile de me convaincre que ce n'était rien. Changer de station de radio, chanter du Dolly Parton et oublier la Volkswagen bleue avant d'arriver à Chicago. Mais j'appuie sur la pédale du frein et m'arrête sur le bas-côté de la route.

Le GPS m'indique qu'il me faudra près de quinze minutes pour revenir sur mes pas : prendre la prochaine sortie à trois kilomètres et retraverser le pont dans l'autre sens. J'avise un passage piéton le long de la voie et, sans réfléchir, je sors de la voiture. Je dois m'y reprendre à trois fois pour me stabiliser ; mes genoux se dérobent. J'ai peur de m'évanouir, comme à l'hôpital ce jour-là avec Waldo. Seulement cette fois, je tomberai au bord de la Route 55 et un semi-remorque me roulera dessus ou pire. Qu'est-ce qui serait pire qu'un dix-huit roues ? Je n'en sais rien. Je respire à fond en me tenant à la rambarde. Il fait plus de trente degrés, mais j'ai l'impression d'être pris dans la glace. Des camions me frôlent en rugissant alors que je marche hâtivement. Des rafales d'air me poussent. Il y a un rythme brutal dans cette scène. Quinze mètres plus bas, la rivière brune se précipite, épais serpent de boue. Tout en courant, je jette un œil aux pylônes de mon côté du pont à la recherche d'une forme humaine, résistante, quelqu'un que je pourrais sauver cette fois.

Mes dents s'entrechoquent. Une pointe ne cesse de me piquer la cuisse et je plonge la main dans la poche de mon pantalon – le clou de vingt centimètres est chaud au creux de ma paume et, en reprenant ma course, je le serre comme une corde qui m'étranglerait le cou.

J'arrive au bouquet que j'ai croisé plus tôt. Des roses séchées – du genre de celles qu'on trouve dans une station-service pour quelques dollars – attachées par un élastique violet. Je réalise soudain l'immensité du pont. Ce qui n'a pris que quelques secondes en voiture me paraît une éternité à pied, et j'ai beau vouloir être un superhéros, doté de pouvoirs magiques réparateurs, la réalité est tout autre. Ma forme physique laisse à désirer, mes jambes ne sont pas entraînées pour cet effort, et mes poumons s'enflamment, palpitent et souffrent. L'air est chargé de gaz d'échappement. Les conducteurs doivent me prendre pour un type qui va sauter du pont en me voyant scruter fébrilement la rivière. Ils ne peuvent certainement pas cerner la nature réelle de mon désespoir : un désespoir pour la vie, et non pour autre chose. Ils ne peuvent pas savoir que je vis avec la femme que j'aime, que nous attendons une petite fille.

Que je suis attendu. Qu'est-ce que je fais ici, si loin d'elles ? Tout cela ressemble à une terrible erreur, et je me demande si je ne les fuis pas comme Waldo fuyait – juste pour goûter à ce sentiment de la fuite.

Je distingue au loin l'extrémité du pont et la masse bleue de la Coccinelle. J'arrive tant bien que mal au bout de la passerelle, plié en deux par l'envie de vomir sur le terre-plein. Je serre ma gorge pour refouler la bile qui monte et j'avance, un pied à la fois, en respirant à fond, jusqu'à la vitre de la voiture. Le papier jaune pendouille mollement maintenant. Dessus, quelqu'un a griffonné d'une main nerveuse : PANNE D'ESSENCE.

Je reste planté là, le souffle court, de longues minutes. Des voitures me klaxonnent, mais personne ne s'arrête. Au bout d'un moment, je me rends compte que mon poing enserre toujours le clou ; seulement quand j'ouvre la main, il a disparu. N'en reste que l'empreinte rouge vif imprimée sur ma paume.

Je retraverse le pont, lentement cette fois, les yeux baissés à la recherche du clou, là où j'ai dû le laisser tomber. Mais il a disparu, disparu, disparu.

Plus tard ce soir-là, assis au bureau dans la chambre de l'hôtel St. Clair à Chicago, avec vue sur le Magnificent Mile, je sirote une mignonnette de whisky Dewar's en consultant Google Earth. J'apprends le nom du pont, Smith Bridge, et le fait qu'il doit sa petite renommée au tueur en série John

Wayne Gacy, qui s'est débarrassé de plusieurs corps en les jetant du pont, dans les années 1970. Juste à l'endroit où je me tenais. Avant de m'en émouvoir, je lis avec soulagement que le pont a été reconstruit depuis cette époque. Il s'agit en réalité du cinquième Smith Bridge à enjamber la rivière à cet endroit depuis 1852, date à laquelle des fermiers de l'Illinois ont construit à coups de marteau une passerelle en bois afin que leurs charrettes à cheval traversent la Des Plaines sans l'aide de radeaux. Ce premier ouvrage a tenu à peine trois ans avant de s'effondrer, emportant avec lui un cheval et un chargement de grains. Ils ont rebâti un pont, plus solide cette fois, et entièrement couvert, baptisé « Smith's Bridge » qui a servi fidèlement jusqu'en 1911. À cette date, il a été transformé en pont en treillis à l'allure plus moderne. Puis on lui a adjoint en 1932 une seconde travée, les routes reliant les villes s'élargissant. Le pont fut abandonné en 1957 et remplacé plus tard, lors de la construction de l'autoroute, par le Smith Bridge, version du pont que Gacy a connu, puis rénové entièrement en 2014. Et je suis là, à penser que, concurremment, il est et n'est pas le pont d'où ce psychopathe s'est débarrassé de ses victimes. Comme la Lincoln de Waldo, le bateau de Thésée, il est et n'est pas le même objet, tout comme la Des Plaines est et n'est pas la même rivière, l'Illinois est et n'est pas le même État, et l'Amérique est et n'est pas le même pays qu'à l'époque de l'effondrement du premier pont.

Et je suis et ne suis pas le même homme que lorsque j'ai rencontré Waldo. Le temps, heureusement, passe continuellement. Comme tout le reste, je suis en perpétuel changement, et tous les ponts entre le monde et moi sont sans cesse reconstruits et continueront de l'être, et étaient en reconstruction cet après-midi quand, retournant à ma voiture, j'ai vu cet inconnu au loin sur la passerelle se diriger vers moi, un jerrican rouge à la main. Il m'a aperçu et m'a adressé un signe de main jovial. Je l'ai salué en retour. Un cinquantenaire avec une barbe rousse grisonnante qui s'échappait de sa moustache et se terminait en pointe près de la clavicule. Nous nous sommes croisés sans un mot, le regard perdu au loin, fidèles au code ancestral des voyageurs qui arpentent le monde. Alors qu'il m'avait dépassé, j'ai continué de penser à lui, de m'interroger sur sa vie, sur ce que l'Amérique a représenté pour lui durant ses années vécues avec Elle. À quoi songe-t-il quand il traverse le pont ? Est-il en retard pour un rendez-vous ou profite-t-il du soleil, de l'azur et du plaisir de léviter au-dessus de l'eau vive ? La satisfaction d'être en vie et de se réjouir de continuer à vivre pour le temps qu'il nous reste. C'est tout ce que je demande. Je sais que ce n'est pas la même chose pour tout le monde.

SIXIÈME PARTIE

1

Cinquante mille. C'est le nombre de personnes qui se rassemblèrent au Capitole lorsque le syndicat des enseignants déclencha la grève en juin. Je n'avais jamais vu une telle mobilisation. À titre de comparaison, environ quatre cents élèves avaient manifesté au lycée de Pine Grove pour protester (entre autres) contre mon départ. On peut s'estimer heureux, pour un rassemblement politique normal, hors campagne présidentielle, si l'on réunit deux mille à trois mille participants. Le public des concerts est habitué à une foule plus importante. Le Madison Square Garden peut contenir vingt mille spectateurs. L'affluence moyenne d'un événement sportif compte trente mille à quarante mille participants – bien plus pour les grands matchs universitaires et le Super Bowl, mais je n'avais jamais assisté à un tel événement. Le stade des Wizards devait accueillir le quart de ce nombre le jour de ma rencontre avec Waldo. Rien ne m'avait préparé à une telle affluence.

Le nouveau budget du lieutenant-gouverneur prévoyait une réduction de l'impôt sur les sociétés et sur les revenus pour les particuliers des deux tranches supérieures. Il proposait de financer cette « stratégie de réinvestissement » par des coupes importantes dans la plupart des programmes de l'État, dont une baisse de huit pour cent des dépenses de l'Éducation. Des économies rognant sur tout, du salaire des enseignants aux services de restauration scolaire. L'arrêt des chantiers non subventionnés. Le gel des promotions. Et comme si cela ne suffisait pas, il prévoyait un allégement fiscal colossal pour les organismes privés administrant les écoles autonomes, les *charter schools,* ainsi qu'une augmentation des chèques éducation pour les établissements privés et religieux. Et le pouvoir législatif était apparemment prêt à adopter rapidement ces mesures, craignant selon certains que la marée populaire ne se retourne contre eux de toute façon. Il serait plus difficile pour le nouveau gouverneur de faire marche arrière sur la baisse des impôts accordée, ou d'augmenter les dépenses. C'était moins une déclaration de guerre qu'une invitation à l'émeute, à laquelle nous répondîmes en affluant de tout l'État.

Cinquante mille personnes. C'est la population de Charleston en Caroline du Sud. C'est un dixième de la population du Wyoming. C'est la bataille de Bull Run[30].

---

30. Premier affrontement majeur de la guerre de Sécession entre l'Union (Nord) et la Confédération (Sud).

Toutes ces personnes faisaient un boucan d'enfer. Au milieu de la foule, même les cœurs les plus endurcis arrivaient à croire que tout était possible. Ce bruit semblait capable d'ébranler le dôme doré du Capitole. Pénétrer dans ses couloirs et ses bureaux. Traverser les costumes en laine, la doublure de satin et le coton sergé protégeant le cœur des législateurs. Un volume sonore suffisant pour leur rappeler qu'ils étaient, en réalité, nos législateurs.

On pouvait y croire, noyé au milieu de cinquante mille personnes.

Telle était la scène lorsque notre bus de campagne arriva le matin de la manifestation. De l'autre côté des vitres teintées déferlait une marée humaine, des pancartes rectangulaires et colorées surfant sur ses vagues. Le bruit était assourdissant, ponctué par les grésillements et le larsen des mégaphones. Nous disposions en principe d'organisateurs dans la foule – ou du moins de personnes qui communiquaient avec Francis pour savoir quand Teddy allait sortir et s'adresser aux masses. C'était le chaos dehors, mais un chaos théoriquement orchestré comparé au capharnaüm régnant à l'intérieur du bus ; les membres du staff se bousculaient dans les travées étroites. Certains s'égosillaient dans leur casque. Du café se renversait, brûlant, dans l'allée. Les ventilateurs d'ordinateurs portables vrombissaient alors que nous tentions désespérément de suivre la participation, les gros titres, les dons, tout ce que chacun estimait intéressant à suivre. Je levai les yeux et bénis l'air conditionné qui soufflait au-dessus de nos têtes, si froid qu'un halo de brume nimbait les bouches d'aération.

Waldo, à l'arrière du bus, fixait la page d'un bloc-notes qu'il tenait contre le mur. Teddy, quelque part sur ma gauche, houspillait un gars du support informatique parce que notre compte ActBlue n'enregistrait pas les nouveaux dons. Waldo et elle ne s'adressaient pas la parole, mais je n'arrivais pas à cerner si c'était motivé par la prudence ou par une brouille réelle. Lorsque je le rejoignis à l'arrière du bus, il ne croisa pas mon regard.

— Tu veux un coup de main ? demandai-je.

— C'est bon. Ça va. Je pinaille. Ça me stresse.

— Qu'est-ce que je peux faire alors ?

Waldo leva à peine les yeux de sa page pour regarder par la fenêtre.

— Prends une pancarte. Va brailler dans le microphone du peuple. Laisse-moi respirer.

Quand je sortis du bus de campagne, le vacarme décupla. Je dus me boucher les oreilles pour franchir la foule. Les automobilistes qui passaient à proximité klaxonnaient en signe de soutien. Je croisais des mères et des pères, des fils et des filles, des enseignants et des étudiants venus de tout l'État, de toutes couleurs et de toutes confessions. Des individus à vélo et à pied. Certains débordaient de joie, d'autres, le visage rouge de colère, hurlaient et agitaient leur pancarte en direction du dôme doré du Capitole et de ses occupants. Il y avait tellement de caméras ; impossible de reconnaître celles des agences de presse et celles des indépendants. Des bénévoles identifiés par un cordon rouge autour du cou distribuaient des bouteilles d'eau, des barres de céréales, de la crème solaire, des feutres magiques, etc. De nouvelles grappes humaines se formaient sans cesse, certaines entonnaient des chants, d'autres débutaient une marche de manifestation, itinéraire en main. Beaucoup s'acharnaient sur leur téléphone ; avec autant d'individus rassemblés dans une même zone, le réseau saturé délivrait un signal en dents de scie. Des policiers nous entouraient, équipés de gilets pare-balles. Certains circulaient à cheval, mais la plupart se tenaient à côté de leur véhicule stationné. Ils discutaient avec les manifestants, indiquaient des directions, comptabilisaient leurs heures supplémentaires. Certains les remerciaient de leur présence ; ils saluaient en retour ceux qui leur adressaient un signe de la main. « Surveillez la barricade là-bas », aboya une policière en désignant les barrières métalliques installées autour d'un espace vert pour empêcher les manifestants de piétiner des arbres fraîchement plantés. À côté d'elle, une collègue avec son casque antiémeute sous le bras offrait des bouteilles d'eau à des personnes âgées venues avec leurs propres chaises pliantes. Non loin, une poignée d'enfants essayait d'escalader la fontaine, mais cela semblait être le seul point de friction, en plus de demander aux manifestants de ne pas grimper sur les lampadaires et de jeter leurs déchets dans les poubelles près des bancs.

— Êtes-vous un parent d'élève ?

Je me retournai et me retrouvai face à une caméra et au micro d'un journaliste.

— Non, je suis enseignant, répondis-je avant de me rappeler que je ne l'étais plus.

La caméra s'éloigna, et je réalisai trop tard que j'avais raté l'occasion de faire une publicité gratuite pour Teddy. Je ne portais même pas le badge de campagne. Mais je savourais cet anonymat, ce moment pour moi. Je finis par me joindre à la marche lente d'un groupe venu du Nord. Je les complimentai sur le festival du cornichon de cette année. Ils s'étonnèrent, ravis, que je le connaisse. Leurs pancartes arboraient des slogans positifs : LES ENFANTS SONT NOTRE AVENIR ou L'ÉGALITÉ, C'EST MAINTENANT. Vingt mètres plus loin, des manifestants plus agressifs exigeaient la démission du lieutenant-gouverneur. Partout flottaient des drapeaux arc-en-ciel, des pancartes BLACK LIVES MATTER, des paroles de la comédie musicale *Hamilton* écrites en lettres rondes. Un musicien jouait de la cornemuse au loin et j'essayais de m'orienter à travers le dédale de corps, en suivant les vagues indications qui m'arrivaient par texto.

Ce matin-là, j'avais contacté un vieil ami – selon l'acception très large du mot « ami ». Je n'en avais parlé à personne, pas même à Kavya. Sur un écran géant près du bus, une personne de notre équipe avait commencé à diffuser des extraits du discours de la députée sur la Déclaration des droits de l'étudiant. En passant, je dissimulai instinctivement mon visage derrière une pancarte. Mais qui allait me voir ? En plus, personne ne savait qui j'étais. J'avais encore du mal à me faire à l'idée que mes propres mots, diffusés par les haut-parleurs, sortaient de la bouche de quelqu'un d'autre. Je pourrais aussi bien être invisible. Un homme oublié. Voilà sans doute pourquoi je me sentis si bien lorsqu'un regard dans la foule accrocha le mien.

— Zeke ! hélai-je mon ancien collègue à quelques mètres de là, derrière une barricade de la police, à l'endroit où il m'avait indiqué le retrouver. Salut, Zeke. C'est bon de te voir !

Nous nous étreignîmes. Je lui fis remarquer qu'il avait maigri, il me demanda pourquoi j'avais perdu la moitié de mes cheveux, et j'éclatai de rire au moment où son surnom, « Pervers Pépère », me traversa l'esprit. Certes, le voir me mettait du baume au cœur, ainsi que les quelques élèves qui l'entouraient – toutes des filles de seconde, remarquai-je –, mais on aurait dit que Zeke venait de retrouver, longtemps après la guerre, un ancien frère d'armes.

Nous nous installâmes à une table non loin, où l'on distribuait un café gratuit immonde, pour nous raconter nos vies respectives. Zeke voulait surtout que je lui explique comment j'en étais arrivé à faire de la politique.

— Je me souviens que tu étais du genre à crier « Mort aux vaches ! », mais je pensais que c'était pour avoir l'air branché, « woke » et tout le tintouin.

Je ris. Zeke Irving pensait que c'était moi l'anarchiste ? Le gars qui avait rappé sur le cardinal de Richelieu au milieu d'un examen ? Enfin, d'après la rumeur. Il ne m'avait jamais effleuré l'esprit que mes étudiants, une fois dans sa classe, plaisantent insidieusement sur ce que j'avais dit ou fait. Avais-je vraiment l'air d'un extrémiste à leurs yeux ?

Me sentant déstabilisé, il posa une main chaleureuse sur mon épaule.

— Sérieusement, dit-il. C'est vraiment cool. T'imagines pas comme on est fiers de toi.

Je le remerciai et lui livrai une version abrégée de mon année. Ma rencontre avec Waldo lorsque j'étais bénévole. Notre collaboration sur le premier discours. Comment j'avais fini par rester et travailler sur la campagne. Je lui dis combien je détestais ça, combien j'étais épuisé, vidé. Combien j'étais excité, combien j'aimais ça. Le sentiment d'avoir déjà accompli beaucoup, et cet immense espoir pour l'avenir. En parlant, je réalisai que j'y croyais sincèrement. Avec le recul, en repensant à la campagne (en laissant de côté certaines choses), je me sentais réellement fier, courageux. Et même victorieux.

L'issue électorale, victoire ou non, importait peu. J'avais tout donné sur le terrain. Quel que soit le résultat, je ne le vivrais pas comme un échec.

— Où est Terlizzi ? demandai-je.

— Tu n'es pas au courant ?

Pendant une seconde, je redoutai qu'il m'apprenne qu'elle était morte – que j'avais détourné le regard pendant un temps et que les choses avaient mal tourné.

— Elle arrête. Elle aurait dû partir il y a des années, mais personne n'a envie de se dire que c'est fini.

— Ils cherchent un remplaçant ?

Il sourit et je crus qu'il devinait le sens de ma question.

— Ils m'ont demandé de prendre son poste après son départ.

« Pervers Pépère » à la tête du département ? Je faillis m'étrangler en ravalant mon commentaire, réussissant à enchaîner sur des félicitations.

— Mais vous serez en sous-effectif, non ? insistai-je.

— Oh, la nouvelle nana a recommandé un de ses potes. Un nouveau contrat de trois ans, mais on ne peut pas faire mieux pour le moment. Si le budget passe, on aura eu de la chance de l'avoir signé juste avant que le couperet tombe.

— C'est vrai, acquiesçai-je sans conviction.

— Tu vas bosser au bureau du gouverneur, mon vieux. Ça va être un truc de dingue. Faudra que tu m'invites aux pince-fesses.

— Tu confonds le manoir du gouverneur avec le manoir Playboy.

Il posa de nouveau la main sur mon épaule.

— Ce que je veux dire, c'est : N'oublie pas le vieux Zeke quand tu seras une grosse légume.

— Promis.

Il se tut un moment, soudain triste. Hésita à parler, n'en fit rien. Puis il me tapota l'épaule maladroitement.

— On est amis, hein ?

— Bien sûr, Zeke.

— Et les amis se disent la vérité, non ?

— Oui.

— Eh bien, l'autre soir, j'avais un rencard et...

Pensant qu'il allait m'avouer une faute terrible, une liaison avec une élève, je mis tout de suite le holà.

— Écoute, Zeke. Je suis... tu sais. Je ne peux pas...

Au fond de moi, je voulais lui dire que je ne pouvais pas gérer les histoires de cul des autres. Je ne voulais pas qu'on dépose un nouveau scandale sur mon paillasson comme un poisson mort.

— Quoi ? sourcilla-t-il.

— Je ne veux pas savoir si tu sors avec une fille que tu ne devrais pas fréquenter.

Il s'offusqua de mes propos, à juste titre en fin de compte.

— Je sors avec une femme qui s'appelle Heather et qui fait de la recherche biomédicale à Ridgewood.

— Oh, bien. Excuse-moi, je suis crevé... je ne sais pas pourquoi j'ai pensé à mal.

Zeke se rétracta.

— Pas grave. C'est rien du tout. Oublie.

— Si, si, insistai-je. Je suis un idiot, désolé. Qu'allais-tu me dire ?

Il regarda autour de lui et se pencha en avant.

— J'étais avec Heather. Au cinéma. Une comédie romantique qu'elle voulait voir. Je m'emmerdais, alors j'ai scruté la salle à la recherche d'un autre malheureux forcé de regarder Rachel McAdams s'amouracher d'un voyageur du temps... et, trois rangs devant moi, j'ai vu Kavya, avec un type.

— Kavya, ma femme ?

— Ils étaient blottis l'un contre l'autre. J'avais l'impression qu'elle pleurait. C'était peut-être son frère, hasarda Zeke.

— Elle est fille unique, lâchai-je sans réfléchir.

— Oh, merde, souffla Zeke, encore plus contrarié.

— C'était un Indien aussi ? dis-je. Il était grand ?

Zeke hocha la tête.

— Peut-être un cousin ?

— Ouais, mentis-je. Sûrement son cousin Amir. Il passe quelques jours en ville.

Zeke rit en essuyant une sueur fictive sur son front. J'émis un rire, fictif aussi.

— Je ne savais pas si je devais te le dire. Ça ne me regarde pas.

À ces mots, je me figeai, même si je mourais d'envie de me lever. D'appeler Kavya pour savoir ce qui se passait, pourquoi elle et Shabib regardaient un film romantique au cinéma, blottis l'un contre l'autre. Et pourquoi elle pleurait ?

— Zeke, je peux te demander pourquoi tu me l'as dit ?

Il sembla paniquer, aussi je le rassurai du mieux que je pus.

— Non, je suis content que tu l'aies fait. Le truc, c'est que j'ai un ami qui a une liaison adultère. Enfin, il est divorcé maintenant, je crois, mais la femme avec qui il couche trompe son mari. Un mari que j'ai rencontré quelques fois. Bref, qu'est-ce qui t'a incité à me le dire ?

Zeke passa un bras autour de mon épaule et me regarda dans les yeux.

— Je te respecte trop pour te mentir. Ou éluder la vérité. Comment on appelle ça ?

— Un mensonge par omission.

— Ouais, c'est ça. Tu as toujours été sympa avec moi. Alors je ne sais pas si c'était cool de te le dire.

— Si, si, lui assurai-je.

— Je me suis dit : S'il savait un truc que j'ignore, je voudrais qu'il me le dise.

Je hochai la tête.

— Tu sais que les élèves t'appellent « Pervers Pépère » derrière ton dos ?

Il devint tout rouge.

— Ouais, hilarant. Enfin, bref. Tu sais comment ils te surnommaient, n'est-ce pas ?

— Non. Et je ne veux pas le savoir.

C'était la vérité.

Après une nouvelle accolade et une tape dans la main, Zeke et moi nous séparâmes. En me frayant un passage dans la foule vers le bus de campagne, j'avais l'impression que le monde s'était replié sur lui-même. Je sortis mon téléphone en ignorant jusqu'où il me faudrait marcher pour trouver un endroit propice à une discussion privée. J'avais six messages de Waldo, de plus en plus hostiles et impatients, exigeant de savoir où j'étais parti et quand je serais de retour pour relire la version finale. Le discours devait être calé sur les prompteurs à l'heure pile. Avais-je perdu la tête ?

C'EST ÇA LA DÉMOCRATIE ! scandait sans relâche la foule derrière moi, en tapant des mains et en frappant leurs pancartes.

Les mains tremblantes, je saisis mon téléphone et textai une réponse à Waldo.

« J'ai une urgence familiale. »

Et je partis, en passant devant le bus et les barricades. En m'éloignant de la foule. Je marchai jusqu'à ce qu'elle disparaisse de mon champ de vision. Jusqu'à ce que je n'entende plus une seule voix parmi les cinquante mille. Je marchai le long d'une avenue bordée d'arbres dans une ville que je ne connaissais pas. À un moment donné, je réalisai que je me trouvais dans l'un des quartiers que j'avais identifiés sur Internet comme un lieu de résidence possible avec Kavya si l'élection nous amenait jusqu'ici. Mais je ne me souciais plus de cela. Je voulais être à la maison avec elle. Chez nous, sous la tente. Bientôt, les gens autour de moi devinrent des individus normaux. Ils ne manifestaient pas, mais ils vivaient leur vie, accomplissaient des tâches quotidiennes. Acheter des provisions. Lire des magazines devant les épiceries. Regarder le match de baseball sur les écrans des bars sportifs – les Wizards avaient perdu leurs trois premières manches, mais Ruiz était de retour sur le terrain, la coiffe des rotateurs tenait le coup et on sentait que le vent pouvait tourner. Cela pourrait être notre année.

Je finis par trouver un parc où des enfants jouaient avec des branchages tombés au sol, les entrelaçant pour construire un fort. Sur une colline couverte de fleurs sauvages jaunes et blanches, deux chiens se pourchassaient. Au bas de la colline, un banc au bord d'un étang paisible m'attendait. Je m'y assis et j'observai les oiseaux qui zigzaguaient au-dessus de l'eau, les ailes en forme de V parfait au moment où ils plongeaient vers la surface pour l'écrémer des insectes. Le courant d'air qu'ils provoquaient produisait des ondulations qui couraient sur l'eau en suivant des trajectoires aléatoires. Pendant longtemps, je restai assis à regarder ces lignes de propagation des ondes se heurter et se croiser. Puis, à un moment donné, je me levai et je rentrai chez moi.

2

Pour écourter la grève des enseignants, le lieutenant-gouverneur conclut un accord avec le syndicat prévoyant une réduction des effectifs ramenée à deux pour cent, contrebalancée par une augmentation des salaires de trois pour cent. En d'autres termes : pire, mais pas aussi pire ; mieux, mais pas tellement mieux. Un compromis politique classique ne satisfaisant finalement aucune des deux parties. Le lieutenant-gouverneur put ainsi serrer la main du président du syndicat des enseignants et décrocher quelques gros titres qui le firent passer pour un champion du pragmatisme. Kent approuva le projet tandis que Teddy resta ancrée dans sa conviction que c'était un mauvais accord. Les caméras se détournèrent et nous perdîmes la primaire de trois points.

J'appelai Waldo la nuit de l'annonce des résultats, depuis mon canapé du salon, sans attendre de réponse. Ils se trouvaient tous au Marriott, dans la fameuse salle de réception – avec un peu de chance, cette fois sans le paravent pour réduire l'espace. Si je prenais la voiture pour y aller, je ne savais même pas si je l'y croiserais. À coup sûr, je verrais Francis, Teddy, James et Monica : les seuls à qui j'avais envie d'expliquer les raisons de ma soudaine désertion, juste avant la ligne d'arrivée. Mais je craignais qu'ils m'en veuillent tous. Je craignais que leurs reproches soient légitimes. Alors je restai sur mon canapé. Waldo ne décrocha pas. Je laissai un court message, me disant désolé que cela n'ait pas marché – l'élection, mais aussi bien plus. Je m'attendais tristement à ne plus jamais entendre parler de lui, et je ne lui en voulais pas, ou du moins je comprenais son silence.

Mais une semaine plus tard, il me rappela. J'étais à la maison, je regardais le journal télévisé en pyjama. Quand je décrochai, il me salua d'une voix amicale.

— Bonsoir, répondis-je.

— Donc, tu as su.

— Ouais, je regardais... le discours de défaite quand je t'ai appelé.

Je faillis dire ton discours, car, en écoutant Teddy le prononcer, je n'avais pensé qu'à Waldo en train de l'écrire. Était-ce le même que celui qu'il écrivait dans le parking le soir où il avait glissé et s'était fracturé la jambe ? Je culpabilisais de ne pas avoir été là pour l'aider. Je l'avais écouté en essayant de deviner son auteur comme on lit dans les feuilles de thé. Quand la députée avait cité Martin Luther King : *L'arc de l'univers moral est long, mais il tend vers la justice*, je m'étais demandé lequel des deux avait choisi cette citation. Était-ce une idée de Teddy ou de Waldo ?

— On n'aurait pas pu faire plus, me dit alors Waldo au téléphone.

— Mouais.

— Au moins, le résultat était serré. On n'a pas pris une déculottée.

J'en convins.

— Elle pourra retenter sa chance si elle veut.

Waldo acquiesça.

— Le Congrès, tu te souviens ? Dans deux ans. Elle en a plus que jamais la stature.

— C'est vrai.

Y avait-il quelqu'un dans la pièce avec lui ? Il baissa la voix.

— Franchement, je me demande si ce n'était pas la stratégie de Francis depuis le début. Si on avait gagné, on serait encore dans notre premier mandat dans deux ans...

Je n'y avais pas pensé, mais j'étais d'accord.

— C'est possible.

Sa voix demeura basse, et lointaine, comme s'il était ailleurs.

— Burdick pense qu'on est allés trop loin. Avec l'histoire du redécoupage.

— Tu crois qu'il savait qu'on irait jusque-là ? demandai-je.

— Je n'en sais rien. Je pense que tout s'est joué à la fin de la grève, en tout cas.

— Comment va Teddy ?

— Oh, très bien. Elle ne perd pas le rythme. Elle est incroyable, non ?

— Oui.

J'optai pour une question sans détour.

— Alors. Qu'est-ce que tu vas faire maintenant ?

— Je ne sais pas, répondit Waldo. Je vais commencer par prendre des vacances. Deux semaines à Bucarest.

— Génial. Le Paris du Moyen-Orient.

— C'est Beyrouth, s'esclaffa-t-il.

Je ris aussi.

— Oh, d'accord. Tu as sûrement raison.

— En fait... je ne devrais rien dire, mais je pars dans le Wisconsin à mon retour.

— Ouah. Tu as arrondi les angles avec Burdick ?

— Ouais, répondit-il sans grand enthousiasme.

Je me tus, ne sachant quoi ajouter. Il attendait, probablement, une explication sur ma disparition. La nature de mon urgence familiale. Et je voulais lui dire. Mais j'ignorais comment exposer le détail de mes conversations avec Kavya. Les lents progrès que nous accomplissions ensemble, aujourd'hui, pour réparer tout ce que nous avions brisé. Elle avait avoué sa liaison dès mes premières questions ; je lui avais demandé si c'était purement physique ou s'il y avait plus. Plus, avait-elle admis – un lien émotionnel qu'elle peinait à expliquer. En partie par vengeance, en partie par nostalgie et en partie... elle ne savait pas.

Mais elle savait que c'était une erreur et m'avait demandé si j'étais capable de lui pardonner. Elle voulait sauver notre mariage. Moi aussi. Alors nous avions entrepris une thérapie de couple avec un certain Dr Sanders. Deux fois par semaine, nous nous asseyions sur son divan et nous décortiquions notre culpabilité et notre colère. Aussi pitoyable que cela puisse paraître, je me sentais mieux après. Et Kavya aussi. « C'est sympa de se reparler au moins », avait-elle dit en sortant de la première séance.

Je le méritais. Mais à part cela, je n'étais pas sûr de grand-chose, sinon que nous allions quelque part, et que je voulais atteindre cet endroit.

Waldo n'avait pas parlé depuis un moment, mais j'entendais toujours sa respiration sur la ligne.

— Et Teddy ? demandai-je. Elle t'accompagne ?

— À Milwaukee ?

— Désolé. Je voulais dire à Bucarest.

Il baissa la voix comme si on risquait de l'entendre.

— Disons qu'on est plus ou moins arrivés au bout de l'histoire.

— Oh. Navré de l'apprendre.

— Elle reste avec Hector. Elle ne l'a jamais vraiment quitté.

— Bien sûr.

— Nous deux... je ne sais pas. On s'est reniflés pendant si longtemps. On a sans doute raté le coche. Ou peut-être que ce n'était pas ce qu'on imaginait, finalement. Je voulais que ce soit un nouveau départ, tu comprends ?

Il se tut et je l'entendis marcher, comme s'il changeait de pièce.

— Elle a toujours besoin que tu écrives pour elle. Le Congrès... c'est du lourd.

Au bruit, je devinai qu'il déplaçait des objets dans la pièce.

— Je ne suis pas certain de savoir encore écrire pour elle, confessa-t-il. Pour la nouvelle Teddy, je veux dire.

— La nouvelle Teddy ? Comment ça ?

— Cette approche authentique qu'elle a maintenant. Elle n'a pas besoin de moi pour ça.

— Le discours de défaite était de toi. Je le sais.

— Ouais, je suis bon pour les défaites, s'esclaffa-t-il. Heureusement qu'on a échappé à l'investiture.

Je ris aussi, même si je ne trouvais pas cela drôle, et soupirai en écho à son soupir.

— On va boire un verre ? proposa-t-il. Je ne devrais pas parler de tout ça au téléphone.

Rien ne m'empêchait d'accepter. Kavya travaillait tard. Je n'avais rien de prévu. Pas d'obligations demain matin. En partant maintenant, je pourrais arriver au Carriage House dans dix minutes, boire une bière belge dans douze, et nous discuterions à notre table habituelle jusqu'à la fermeture. Je pourrais le questionner sur la citation de Luther King et lui donner mon avis. J'avais relu ce passage depuis ce soir-là et étudié comment le président Obama aimait l'employer pour invoquer un progrès inéluctable vers une société meilleure – même si King l'avait utilisée dans un contexte plus religieux : *Le mal peut ainsi façonner les événements que César mourra dans un palais et le Christ sur une croix, mais ce même Christ ressuscitera et divisera l'histoire en avant Jésus-Christ et après Jésus-Christ, de sorte que même la vie de César doit être datée en référence au Christ. Certes, « l'arc de l'univers moral est long, mais il penche vers la justice »*. Et si Waldo savait (je n'en doutais pas), comme les guillemets l'indiquaient, que Luther King lui-même avait cité le théologien Theodore Parker, un abolitionniste blanc du siècle précédent qui avait également écrit la formule *du peuple, par le peuple, pour le peuple* trente ans avant qu'Abraham Lincoln ne la prononce dans le discours de Gettysburg... Je visualisais la scène, j'entendais dans ma tête Waldo et moi discourir sans fin jusqu'à la fermeture du bar. Sur le parking. En errant dans la ville la nuit, libres et complices à nouveau, jusqu'à l'ouverture de DiGenova à l'aube.

Pourtant, je déclinai.

— Je ne peux pas. Désolé. Trop de choses à faire ce soir.

— Pas de problème, dit Waldo d'un ton léger. C'est pas grave. La semaine prochaine.

— La semaine prochaine, c'est parfait.

Puis il rit.

— Oh, laisse tomber. Je serai à Bucarest.

— C'est vrai. À ton retour, alors.

— Sans faute.

Peggy Noonan prit la parole aux funérailles de Reagan. Elle cita notamment le discours du président à la commémoration de Kennedy, qui était en réalité son propre discours. Elle y ajouta, après coup, ce commentaire que j'aime beaucoup : *La vie est courte. Même la vie la plus longue est encore trop courte. Vous avez un peu de temps; que voulez-vous en faire ? Vous voulez y insuffler votre amour. Et en donnant cet amour, soyez constructifs, contribuez, aidez à bâtir et rebâtir juste par votre présence, juste en vous montrant.*

Ted Sorensen déclara que l'assassinat de Kennedy fut *l'expérience la plus profondément traumatisante* de sa vie. Peu après, il remit sa lettre de démission au président Johnson. Ses mots avaient perdu leur voix; ils ne fonctionneraient pas pour un autre. Il avait écrit un discours que Kennedy prononça lors d'un dîner de la Saint-Patrick des années plus tôt, dans lequel il citait un célèbre poème irlandais sur un leader nationaliste empoisonné par les hommes d'Oliver Cromwell. Sorensen s'en souvint, dans le chagrin du deuil. *Comment peux-tu nous abandonner? Comment peux-tu mourir ? Nous sommes des moutons sans berger sous un ciel de neige.*

À la fin de sa vie, un journaliste demanda à Moley s'il pensait parfois à FDR, mort depuis longtemps. Il confessa qu'il rêvait encore de Roosevelt – et de leur réconciliation.

SEPTIÈME JOUR
Sion

À soixante kilomètres au nord de Chicago, j'arrive à Sion, village rural paisible de vingt-cinq mille habitants dont la plupart devraient normalement se prélasser aujourd'hui sur la bande de sable au bord du lac Michigan, car le temps vire à la canicule. Au lieu de cela, ils sont rassemblés dans la rue principale et observent la longue file de caravanes blanches stationnées à proximité du lieu de tournage, leurs murmures couverts par le ronflement des générateurs qui fonctionnent à bloc pour rafraîchir les acteurs et actrices dans ces loges mobiles.

Les assistants de production arpentent les alentours d'un manoir de trois étages aux faux airs de chalet suisse, connu localement sous le nom de « Shiloh House » et construit en 1901 par le fondateur utopiste de la ville, l'évangéliste John Alexander Dowie. D'ordinaire, cette attraction touristique mineure de l'Illinois du Nord, siège de la Société historique, est louée pour des mariages et des collectes de fonds. Mais aujourd'hui, le manoir a été dépouillé de la signalétique et des câbles électriques. On a effacé toute trace des XXe et XXIe siècles afin que le bâtiment serve de décor à *Sion*, le pilote d'une nouvelle série historique. Je suis venu jusqu'ici pour rencontrer Madison, la femme de Waldo. Oui, elle existe.

Debout dans l'ombre, j'observe les cameramen et les perchmen qui s'affairent sur le plateau. Un éclairagiste robuste discute d'un point crucial avec le réalisateur. Madison n'est pas encore maquillée, mais elle est costumée : une robe édouardienne bleu pastel boutonnée jusqu'au cou, avec des manches pleines et une crinoline volumineuse sous la jupe longue. Pour se protéger du soleil cuisant, elle manie une ombrelle blanche brodée de fleurs. Et alors que je suis littéralement en eau, me liquéfiant dans mes vêtements en coton léger du siècle dernier, Madison est fraîche et s'apprête d'un moment à l'autre à se faire coiffer.

— C'est fabuleux, m'extasié-je après les présentations. Désolé de réagir comme un gamin, mais les seuls studios que j'ai visités sont ceux des télés locales. Rien à voir avec ce plateau !

Madison s'évente avec un script manipulé maintes fois, aux marges couvertes de notes manuscrites, des mots surlignés en couleurs codifiées. Cela me rappelle, avec tendresse, les anciens blocs-notes jaunes de Waldo.

— J'espère que le pilote sera pris, dit-elle en croisant les doigts.

Une bonne centaine de personnes s'affairent autour de nous ; ils tirent des câbles, installent des projecteurs, ajustent les ombres. Le coût du tournage doit s'élever à des milliers, voire des centaines de milliers de dollars par jour.

— Ça vous arrive souvent de monter un tel décor et que la série capote ?

— Presque tout le temps. Il faut se dire que ça va marcher, sinon on devient fou.

Nous avons noué une amitié par e-mail et, ayant attentivement étudié sa page IMDb, je sais que Madison n'a pas encore décroché un rôle récurrent dans une série, bien qu'elle ait fait des apparitions dans toutes les séries policières populaires, joué dans des spectacles Off-Broadway et suivi plusieurs troupes en tournée. Plus quatre rôles mineurs dans des films importants, dont un Judd Apatow et un Van Cleeze. Elle double la voix du dauphin insolent sur la chaîne Nick Jr. Mais il est clair qu'elle n'a pas encore « percé ». Elle arrive tout juste à en vivre. En attendant le grand rôle. Et après un certain âge, soupire Madison, surtout pour les femmes, les chances de succès s'amenuisent.

Aujourd'hui, elle joue un personnage de premier plan : Jane Dowie, l'épouse du fondateur de la ville. Elle tourne une scène d'amour cet après-midi qui l'angoisse. Si un panel de spectateurs à Dubuque ou ailleurs ne croit pas à ce mariage étrange et compliqué, tout le projet s'écroule.

— Par chance, s'esclaffe-t-elle, j'ai une grande expérience dans ce domaine.

Elle rit, mais je doute qu'elle trouve cela réellement drôle.

— Il y avait beaucoup d'autres femmes ?

Madison hoche la tête si légèrement que son acquiescement m'échappe presque.

— J'étais d'accord. Enfin, on était d'accord. On ne voulait pas connaître les agissements de l'autre quand on était séparés. Il m'avait promis qu'il n'y aurait que moi quand on était ensemble. Je ne pense pas qu'il ait tenu sa promesse. Mais on pouvait vivre ainsi – du moins, je le croyais.

Elle s'éclaircit la voix et regarde le ciel pour chasser son émoi.

— Dis-moi, pourquoi tu veux que je signe ces papiers ? Qui se soucie de Waldo ou de notre mariage, aujourd'hui ? Elle, je ne l'ai rencontrée qu'une seule fois.

J'explique, du mieux que je peux, que des individus – au moment où nous parlons – épluchent des dossiers et interrogent toutes sortes de personnes qu'elle a rencontrées. Des individus qui veulent dépeindre Waldo comme le confident de toujours et l'homme d'influence, le marionnettiste qui tirait les ficelles en coulisse pour bâtir sa carrière politique à partir de rien. Je lui dis que ces individus fouinent partout pour dénicher des miettes de scandale avant que je puisse les balayer sous le tapis. Idéalement, il s'agit de limiter les dégâts, ou au moins les anticiper. Et Madison sait de quoi je parle ; sa carrière dépend aussi des relations publiques, de l'image de marque. Ses espoirs de rôle peuvent, eux aussi, être réduits à néant par une mauvaise presse.

— Ça ne regarde que moi, déclare-t-elle. Je n'en parlerais à personne, même sans document légal. J'espère que tu le sais. Et j'espère qu'elle le sait aussi.

Bien sûr, Teddy le sait. Je n'en doute pas une seconde. Et alors que nous regardons en silence un accessoiriste passer en courant avec une soupière en argent requise dans une scène, Madison étanche enfin ma soif.

Rien d'infamant. Rien à voir avec Teddy. Juste une dernière histoire sur Waldo, en souvenir du bon vieux temps.

— Quelqu'un t'a parlé de l'Alaska ?

Je plaisante que oui, je connais notre quarante-neuvième État.

Elle précise.

— Ce qui s'est passé en Alaska, au mariage de son meilleur ami.

Je lui réponds que je n'ai jamais entendu Waldo évoquer l'Alaska ou un meilleur ami, en y réfléchissant bien. Alors elle me raconte.

C'était quelques années après l'université. Madison étudiait l'art dramatique à la Tisch School of the Arts à New York et auditionnait pour le théâtre sans grand succès. Sa colocataire, Laurie, sortait avec un humoriste, Abraham, qui tentait de percer dans le stand-up. Elles assistaient régulièrement à ses spectacles au Comedy Cellar. Il était plutôt drôle : des imitations de Bush qui faisaient sourire et des tranches de vie amoureuse inspirées directement de sa relation avec Laurie. Qui va payer le restaurant et quels types de signaux envoie-t-elle quand elle veut absolument que tu viennes, et que se passe-t-il quand tu arrives chez elle et que tu développes une allergie monstrueuse au chat de sa colocataire ? (Le chat de Madison !) Ce genre de sketchs. Et en allant au spectacle, elles tombaient immanquablement sur le colocataire d'Abraham : Waldo. Ils habitaient un trou à rats sordide du Lower East Side, au-dessus d'un restaurant sri-lankais. Madison n'y était allée qu'une fois et, durant toute la visite, ses yeux l'avaient piquée en raison de la vapeur pimentée qui traversait le plancher. Waldo avait suivi Abraham à New York après avoir déserté l'université. Il fuyait maintenant son père qui l'exhortait à étudier le droit et essayait d'écrire « le roman du siècle ».

— De quoi ça parlait ? ris-je.

Madison agite la main.

— Oh. Un ado lunatique au passé trouble erre à la frontière mexicaine en lisant Nietzsche et Steinbeck. Il rejoint une communauté hippie et découvre le bonheur dans les bras d'une femme, au beau milieu d'un incendie de forêt. J'en ai lu quelques pages une fois, c'était nul.

— Et vous avez commencé à sortir ensemble ?

Madison rit. Non. Elle ne serait pas sortie avec Waldo même s'il avait été le dernier homme dans tout New York. Elle passait son temps à supplier Abraham de ne pas l'inviter à sortir avec eux.

Mais ensuite, 11-Septembre... Elle se souvenait de la fumée engorgeant tout le ciel, jusqu'à East Harlem où elles vivaient. L'appartement d'Abraham était plus proche du site de l'attentat, et il finit par emménager chez elles pour s'éloigner des sirènes, de l'odeur, de la fumée. Madison dormait mal, ne décrochait pas d'auditions, les salles de spectacle fermaient. Les imitations de Bush ne marchant pas, Abraham trouva un poste dans le marketing au Connecticut, et Laurie le suivit pour la maison de banlieue, etc.

Personne ne savait ce qu'il était advenu de Waldo. D'après Abraham, il avait quitté l'appartement le même jour que lui, quelques heures après la chute des tours, et il n'avait pas donné de nouvelles depuis. Ni contacté leurs amis communs. Madison reçut un appel pour faire un bout d'essai à Los Angeles, et obtint un petit rôle dans une comédie, où elle jouait la copine intello de l'héroïne amoureuse. (J'ai vu le film et je la félicite pour son jeu. Elle me dit merci, que c'était un moment clé pour elle, même si elle voulait à l'époque tourner dans des films plus artistiques.) Bref, elle finit par perdre de vue Abraham et Laurie. Mais un an plus tard, elle reçut un e-mail de Waldo. Curieuse de savoir ce qu'il devenait, elle ouvrit le message. Il était vide, à l'exception d'un scénario en pièce jointe : son roman désastreux, converti à la hâte au format script, avec des pages entières de voix off et de séquences rêvées. Six cent quarante pages au total. Elle finit par sauter à la fin. La dernière scène relatait le crash des avions dans les tours du World Trade Center.

Elle ne lui avait jamais répondu.

Deux ans plus tard, Laurie l'appela. Abraham et elle étaient fiancés ! Ils allaient se marier en Alaska. « Juneau en juin ! elle chantait au téléphone. Juneau en juin ! »

Madison accepta bien sûr le rôle de demoiselle d'honneur. C'était littéralement un honneur. Elle faillit oublier un détail, puis elle posa la question, redoutant la réponse. « Qui est le témoin du marié ? »

Alaska. Madison se souvient d'un mariage magnifique. Un lieu enchanteur dans la forêt, au bord d'un lac aux eaux cristallines, avec vue sur un immense glacier qui scintillait au loin comme un diamant. Laurie et Abraham avaient logé tout le monde dans un hôtel thermal – il n'y avait qu'une cinquantaine de convives, car le voyage coûtait cher. Et c'est là, explique Madison, que Waldo commença à faire des problèmes. Il râlait que le vol lui avait coûté un bras et qu'il ne voulait pas dépenser quatre cents dollars de plus par nuit pour dormir à l'hôtel, d'autant qu'étant le témoin il avait dû arriver la veille pour la répétition et devrait rester un jour de plus. Il était fauché ; il travaillait comme serveur au restaurant sri-lankais, n'ayant en réalité jamais quitté New York. Il étudiait, à contrecœur, pour le LSAT[31]. Pleurant la misère, Waldo cherchait désespérément à partager une chambre. Mais tout le monde était marié ou en couple, à part elle, et il n'était pas question qu'elle dorme dans la même chambre que lui.

Alors Waldo décida de loger ailleurs, à une dizaine de kilomètres, dans une cabane à louer. Pas d'eau courante. Un poêle à bois. Il n'avait pas de voiture – à quoi pensait-il ? Ce n'était pas le moment de réaliser ses fantasmes à la Jack London. Mais il n'en démordait pas. Abraham dit de le laisser faire son délire, que Waldo se débrouillait toujours, d'une manière ou d'une autre.

Il arriva avec quarante-cinq minutes de retard au dîner de répétition, maculé de boue après sa longue marche sur le chemin de terre, avec des plaies aux mains qui saignaient encore pour avoir essayé de couper son propre bois de chauffage dans l'après-midi. Il ne faisait même pas froid ; pourquoi avait-il coupé du bois ? Madison avait envie de l'étrangler, mais... eh bien, son discours était charmant, plein d'esprit et bien tourné. Il écrivait carrément mieux que ce qu'elle pensait, et elle fut presque tentée de lire le scénario qu'il lui avait envoyé – presque. Il porta un toast à l'amitié et cita Ralph Waldo Emerson (« l'autre Waldo ») : *La gloire de l'amitié n'est pas la main tendue, ni le sourire bienveillant, ni la joie de la camaraderie ; c'est l'inspiration*

---

31. Law School Admission Test : examen d'entrée à une faculté de droit.

spirituelle qui vous vient lorsque vous découvrez qu'un autre croit en vous et est prêt à vous faire confiance en vous accordant son amitié. Il raconta leur road trip à Los Angeles ; Abraham et lui avaient mis du rouge à lèvres rose vif pour embrasser la tombe de Marilyn Monroe à Westwood, puis ils avaient longé la côte pacifique en picolant et traversé la frontière jusqu'à Tijuana, sans jamais ôter leurs perruques de Marilyn.

Madison se souvient d'avoir pensé qu'il avait bien évolué et, quelques hors-d'œuvre plus tard, ils bavardaient joyeusement. Il la fit rire en lui racontant ses mésaventures de bûcheron débutant, son projet d'intégrer une école de droit en Géorgie pour devenir un avocat commis d'office. Il avait des opinions très arrêtées sur la peine de mort. Elle s'excusa de ne pas avoir lu son scénario, et il s'en avoua soulagé ; il avait brûlé ses propres exemplaires. Elle plaisanta qu'il aurait dû en garder quelques-uns pour le poêle de la cabane au lieu de s'échiner à couper du bois. Il éclata de rire.

Puis il lui confia quelque chose qu'il n'avait encore dit à personne, pas même à Abraham – il ne voulait pas gâcher le mariage ni ternir leur bonheur. Il avait reçu un appel de Chicago juste avant d'embarquer pour Juneau : son père venait de mourir. Ils étaient brouillés depuis des années. Au point qu'il pensait possible qu'il soit mort depuis longtemps sans que personne ne l'ait prévenu. Il avait un frère, plus jeune, mais ils n'avaient jamais été proches, lui affirma-t-il.

— Intéressant. Il avait l'air bouleversé ?

— Plutôt indifférent. Comme s'il n'y croyait pas vraiment. Comme si cela n'avait pas de réalité tant qu'il se trouvait en Alaska. Mais de fait, il a dû changer son vol de retour pour atterrir à Chicago. Il allait manquer les funérailles, mais il jurait que ça l'arrangeait. Seulement, il fallait régler la succession, et il ignorait combien de temps ça prendrait. On a couché ensemble ce soir-là, poursuit Madison.

Pas dans la cabane, mais dans sa chambre d'hôtel. À son réveil, il était parti. Il n'avait pas pris de douche. Il n'avait pas mangé le petit déjeuner qu'ils avaient commandé à l'avance en priant de le déposer devant la porte. Il avait laissé derrière lui un paquet de cigarettes vide, mais pas de mot. Elle fulminait. Au point qu'elle passa plusieurs minutes à chercher le chemin de la cabane pour aller lui tordre le cou. Mais elle fut bientôt happée par ses tâches de demoiselle d'honneur ; Laurie avait besoin d'une craie pour masquer des traces sur sa robe, et il y avait des problèmes avec la styliste et le photographe. Madison n'avait pas de temps à perdre avec Waldo et elle ne voulait pas plomber le grand jour de Laurie en mentionnant la situation. Elle devait seulement vivre sereinement les vingt prochaines heures, puis elle reprendrait avec bonheur le cours de sa vie sans jamais revoir Waldo Woodson Jr.

Seulement Waldo ne vint pas à la répétition de l'après-midi. Au moment des photos de groupe, il manquait toujours à l'appel. Et à l'approche de la cérémonie, il restait introuvable. S'était-il perdu ? Était-il bloqué dans la cabane ? Se vidait-il lentement de son sang à cause d'un coup de hache malheureux ? Avait-il été dévoré par un ours ? Même si ces hypothèses réjouissaient Madison, son absence stressait Laurie, et il fallait résoudre ce problème. Abraham demanda à son oncle d'emprunter un quad à l'hôtel et de partir à la recherche de Waldo. Le rabbin pria tout le monde de patienter. Ils allaient commencer dans une demi-heure, avec ou sans le témoin du marié (et l'oncle maintenant). Finalement, au bout d'une heure, le quad revint avec Waldo et l'oncle – sains et saufs, sans membre arraché par un ours.

À ce moment-là, l'ambiance s'égaya. Waldo sauta du quad et sprinta vers le groupe au moment où l'orchestre commençait à jouer. Les convives applaudirent et la cérémonie s'ouvrit. Abraham n'eut pas d'autre choix que d'en rire et prétendre trouver amusante la facétie de Waldo. Mais Laurie refusa tout contact visuel avec Waldo, ce qui passa inaperçu, car elle avait bien d'autres personnes à regarder. La cérémonie était magnifique et, avec le retard, le ciel s'assombrissait et les étoiles apparaissaient, rehaussant la magie du moment. Le couple s'enlaça sous une houppa en bois de bouleau, brisa un verre, puis l'orchestre joua tandis qu'ils s'embrassaient. On se serait cru dans un film, se souvient Madison ; un film dont elle aimerait être la vedette un jour. C'était la première fois depuis longtemps qu'elle imagina se marier.

Après la cérémonie, l'ambiance se détendit. L'épisode de la disparition du mystérieux témoin alimentait toutes les conversations. Personne n'osait l'aborder directement, préférant quérir des informations auprès de l'oncle, d'Abraham, des convives. Waldo avait volé la vedette à la mariée, qui s'enfuit en larmes. Madison passa vingt bonnes minutes à calmer Laurie, puis à la remaquiller pour qu'elle puisse aller couper le gâteau et ouvrir le bal. La situation rétablie, Madison se dirigea droit vers le coin où Waldo traînait avec l'intention de lui flanquer un genou dans les roubignoles. Elle se contenta de lui balancer de la glace dans le dos, sur son smoking.

— Je vais attraper une pneumonie, se plaignit-il.

— Va te faire foutre, lui siffla-t-elle à l'oreille. Il fait dix degrés. Juneau en juin.

— Un mariage entier organisé autour d'un mauvais jeu de mots[32].

Madison le fustigea à voix basse pendant un moment. Elle lui reprocha son égoïsme et son arrogance. Elle était navrée que son père soit mort, mais cela ne lui donnait pas le droit d'être cruel et insensible. S'il prenait le temps de s'intéresser aux autres, il saurait que Laurie était une enfant de militaire. Elle avait visité tous les États sauf l'Alaska, voilà pourquoi elle avait voulu se marier dans son cinquantième État. Elle réalisait un rêve d'enfance, l'objectif d'une

32. *Juneau in June*, en anglais.

vie, ce qui supplantait, selon elle, tout ce que Waldo accomplirait durant le temps qu'il lui restait sur Terre.

Il l'écouta, puis il s'excusa. Sincèrement. D'être parti ce matin-là. D'avoir perdu la notion du temps dans la cabane. Il s'était réveillé en ressentant l'urgence d'écrire, à cause d'elle et pour son père, un éloge funèbre. Même s'il ne le lirait pas aux funérailles, il avait eu besoin de l'écrire. Et il n'avait pas vu le temps passer. Il était désolé. Elle lui dit de retourner dans sa stupide cabane et de se faire dévorer par Croc-Blanc. Il lui demanda si elle viendrait avec lui. Jamais de la vie, répondit-elle. Seulement après quatre flûtes de veuve-clicquot et un slow de Whitney Houston, elle se vit comme dans un rêve grimper à l'arrière du quad et partir avec Waldo, laissant derrière eux la tente blanche scintillant dans la nuit, le swing de l'orchestre, les côtelettes d'agneau et la pièce montée. Elle les regarda se fondre au loin en un seul point lumineux et disparaître. Alors qu'ils roulaient dans l'obscurité, elle s'accrocha à son dos, réchauffant son smoking encore humide. Laurie serait furieuse ; Madison s'en fichait. L'intrépidité était jouissive. Pourquoi aller jusque dans la nature sauvage si on ne s'aventurait pas dans l'inconnu ?

Madison est bouleversée par son récit, et lorsqu'elle conclut, je m'excuse de lui avoir fait revivre ces moments tout en la remerciant de m'avoir permis de penser de nouveau à Waldo avec le sourire. Elle lisse son costume.

— Ne t'excuse pas, c'est parfait. Je vais m'en servir. J'aime bien parler de choses tristes juste avant de tourner.

Ce sentiment me semble familier, mais je ne dis rien. Elle se tait aussi.

— Tu as pu lire l'éloge funèbre ?

— Oui, répond-elle.

— Il était bien ?

— Pourquoi crois-tu que je l'aie épousé ? Putain.

J'ai envie de lui dire que je suis jaloux, mais je suppose qu'elle s'en doute.

— Tu permets ? dit-elle en tendant la main, mais j'hésite à lui donner les papiers.

— C'était ton mari. Tu devrais pouvoir dire ce qui te chante.

Mais Madison prend le contrat et le signe volontiers.

— Tout ce que je veux, c'est garder ma propre version de Waldo. Ça a toujours été ma seule exigence. Il me doit bien ça.

En me collant la feuille signée dans la main, Madison me fait promettre de rester en contact. Je lui assure que je regarderai sa série quand – et non pas si – elle sera diffusée.

Puis elle s'en va, et je me promène dans la rue ancienne, admirant la ville qui a retrouvé, grâce à l'équipe de décorateurs, son visage d'un autre siècle.

Le Dr Dowie, fondateur de ce lieu, prétendait être le prophète Élie ressuscité, et posséder le pouvoir de guérir par l'imposition des mains. Il baptisa sa nouvelle cité « Sion », car elle incarnerait la cité idéale, fondée sur les principes chrétiens, une nouvelle expérience de vie, de liberté et de poursuite du bonheur. Arrêtez-moi si vous avez déjà entendu cette histoire. Dans plusieurs mois, la série de Madison démasquera l'escroquerie de l'Église de Dowie, qui s'enfuira au Mexique avec les millions volés à la communauté. Était-ce son projet initial ou s'est-il imposé au fil du temps ? Dowie était-il un croyant illuminé, soucieux de bâtir une société meilleure ? Ou un menteur et un escroc, heureux de ponctionner ses brebis jusqu'à leur dernier sou ? Dans les deux cas, le miracle de la fondation d'une Amérique meilleure ne dura pas. L'essentiel tient peut-être dans le fait d'essayer.

Je n'ai pas eu de nouvelles de Rohit.

Ce matin, je n'ai pas reçu le virement de mon salaire, et le paiement du loyer des bureaux de la tour Grand Vista vient d'être rejeté. Kavya m'apprend que deux agents fédéraux sont passés à la maison ce matin, demandant quand je serai de retour.

SEPTIÈME PARTIE

1

C'était quelques jours après ce dernier coup de fil. À mon réveil, une gaze rose enveloppait le monde extérieur. La brume, qui se dissipait toujours au lever du soleil, s'accrochait à la rangée d'arbres en bordure de la propriété. Je me levai doucement pour ne pas réveiller Kavya, et marchai sur la pointe des pieds jusqu'à la cuisine et la promesse d'un café, avec la sensation de rêver encore. Dehors, une fumée blanche onirique roulait comme des vagues. À un moment donné, les mains poudrées de café moulu, je vis le texto de Francis, arrivé tard dans la nuit.

« Tu as des nouvelles de Waldo ? Appelle-moi quand tu auras une minute. »

J'avais reçu sensiblement le même message de Teddy avant d'aller me coucher.

« Sais-tu si Waldo va bien ? Il ne répond pas à mes appels. »

Ces messages ne m'inquiétèrent pas outre mesure. Il arrivait à Waldo de disparaître. Il devait se trouver à Bucarest. Je répondis à Francis.

« Salut ! On s'est parlé lundi. Il partait en voyage. On doit boire un verre à son retour. »

À peine avais-je envoyé le texto que mon téléphone sonna. *Francis Westendorf*. Je décrochai en sortant de la cuisine.

— Salut, Francis. Je viens de t'envoyer un texto.

J'allais expliquer que Waldo se la coulait douce et admirait l'architecture communiste en buvant de la bière de l'ancien bloc soviétique quand Francis soupira.

— Waldo n'est pas à Bucarest.

— Ah oui. C'est Budapest.

— Non. Il n'est ni à Budapest ni à Bucarest.

— Oh. Alors je ne sais pas où il est, navré.

Francis fit une pause.

— Écoute, je suis désolé. Je ne voulais pas être celui qui te l'annonce, mais... la police a découvert son corps il y a environ une heure.

Qui sait ce que je répondis ? « Mon Dieu » ou « Merde » ou simplement « Non ». Quel que soit le mot, il jaillit assez fort pour que Kavya sorte de la chambre.

— C'est Francis, du bureau de campagne, lui dis-je en montrant le téléphone. Waldo est mort.

Elle m'aida à trouver le canapé, s'assit à côté de moi et m'enlaça la taille, tandis que Francis me donnait des détails. Avec la voix d'un homme qui a pleuré.

On avait trouvé Waldo sur le siège avant de la Lincoln. Elle tournait dans le garage, porte close. Les voitures plus récentes, expliqua Francis, ont un coupe-circuit automatique pour éviter ce genre de drame, mais la Lincoln n'en était pas équipée. Un voisin qui entendait le moteur tourner, excédé que personne ne lui ouvre la porte, avait appelé la police pour se plaindre du bruit.

— Il a dû prendre une cuite, m'entendis-je murmurer. Et s'être évanoui.

— Non, il...

Francis se tut, choisit ses mots.

— Il a supprimé sa page Facebook juste avant. Il a envoyé un e-mail à son frère. C'était intentionnel.

Francis parla encore, et je l'écoutais, immobile, sentant mes membres s'engourdir. Il m'informa que tout le monde se réunissait chez Teddy. Elle était dévastée, mais Cecily veillait sur elle. Hector rentrait en urgence d'une série de matchs à Tampa. Je lui dis que j'arrivais, le temps de m'habiller.

— Il a écrit à son frère, répétai-je à Kavya après avoir raccroché.

Elle me serra dans ses bras, me témoigna son soutien. Elle allait prendre sa journée et contacter le Dr Sanders pour voir s'il avait un créneau de libre aujourd'hui. Je l'entendis à peine.

— Il a supprimé sa page Facebook...

C'est ce que les gens font aujourd'hui, pensai-je intérieurement. Ils effacent leur vie avant de se suicider. Je regardai par la fenêtre. La brume rose s'était entièrement dissipée, comme si plusieurs heures avaient passé, comme si elle n'avait jamais existé.

L'équipe de campagne était rassemblée chez Teddy lorsque je me garai une heure plus tard dans son allée. J'imaginais revenir dans le même palais glacial qu'en janvier. Mais nous étions au milieu de l'été, et les fleurs inondaient le jardin ; de petits oiseaux gris et bruns gazouillaient et barbotaient dans la fontaine dorée. Cela semblait faux, en décalage avec le moment présent. Au loin, un jardinier manœuvrait un tracteur-tondeuse d'un bout à l'autre de la pelouse gigantesque, traçant des lignes interminables et parfaitement parallèles. Comment avais-je pu croire que Teddy quitterait cet endroit ? Je commençais à comprendre que même Waldo n'avait pas été assez stupide pour le croire – contrairement à moi.

Francis ouvrit les portes d'entrée ornementales, talonné par Cecily. Ils m'accueillirent et me proposèrent du vin, bien qu'il soit à peine dix heures. James, Monica et plusieurs bénévoles étaient présents, ainsi que des amis de Teddy. J'en reconnus certains, croisés lors des collectes de fonds. Cecily m'informa que son père avait embarqué dans le premier vol.

— Il est dans l'avion, confirma pour la énième fois Francis à Teddy pour la rassurer.

Elle était assise sur un canapé blanc, dans la pièce où nous avions pris le thé quelques mois plus tôt. Sur les conseils de Kavya, je lui avais apporté un café de chez DiGenova et des pâtisseries sélectionnées à la hâte. Cecily alla les poser dans la cuisine.

— Je suis désolée, soupira Teddy. Je devrais m'occuper de vous, mais je n'arrête pas de pleurer.

Je lui répondis prestement de ne pas s'en faire, que nous étions là pour elle, réalisant en même temps que personne n'était au courant de toute l'histoire. Je me sentis nauséeux.

— Je chiale depuis ce matin... et je sens que ça va me reprendre, s'excusa Francis.

— J'ai pleuré sans arrêt pendant une heure, mentis-je.

Je n'avais pas pleuré. La vérité, que je jugeais préférable de taire, c'est que je ne ressentais pas de tristesse. Pas même un voile. Non, j'éprouvais uniquement de la colère. Au-delà de la colère même, une fureur aveugle.

Comment avait-il pu commettre ce geste ?

Ça peut sembler égoïste. Peut-être que ça l'est. Peut-être que c'est médiocre et facile. Mais le chagrin, je l'avais appris, ne se raisonne pas. Il ne se maîtrise pas. Alors je me contentai de tenir une tasse de café, mentir et faire semblant d'éprouver de la peine. À ce moment-là, c'était un effort herculéen.

Durant l'heure suivante, je bus trois tasses de café tandis que nous parlions de Waldo, de ses drôles de manies et des choses qui nous manqueraient à chacun. Francis se souvenait de son entretien d'embauche, et d'une histoire de moutarde sur une cravate. La sienne ? Celle de Waldo ? J'écoutais à peine. Lorsque tous les regards se tournèrent vers moi, je racontai notre rencontre ; l'ordinateur portable puni au coin, la virée impromptue au match des Wizards, l'exposé sur les bières belges sur le capot de la Lincoln.

Il était mort dans la Lincoln. Il était mort dans cette stupide bagnole déglinguée. Cela m'obsédait. Quand je fermais les yeux, je voyais son unique phare jaune éclairer le mur nu du garage. Peut-être qu'il avait gardé les feux éteints. J'ignorais ce détail. Je n'avais jamais vu son garage ; je n'avais jamais vu sa maison. Mais, dans mon esprit, je le visualisais, immobile et pâle, sur le siège conducteur. Je le voyais depuis le siège passager, d'où je l'avais regardé, pendant des jours et des jours, circuler sur toutes les voies rapides et les routes secondaires de l'État. Ses yeux brillaient d'excitation en roulant vers la promesse d'un nouvel horizon. Comment avait-il pu finir ainsi, en fixant un mur devant lui ?

— Tu te souviens quand il s'est cassé la jambe ? s'esclaffa Teddy. Le soir de la réélection. On était tous dans la salle de réception, à nous préparer pour le discours, quand j'ai reçu son texto...

Je vis les larmes lui embuer les yeux tandis qu'elle racontait avec émotion notre sprint sous la pluie sur le parking sombre du toit, et la position grotesque dans laquelle nous l'avions trouvé, étendu dans une flaque d'eau comme une tortue retournée sur sa carapace...

Seulement maintenant, je me posais la question : avait-il vraiment glissé ?

Puis je compris que je savais déjà, au fond de moi, qu'il n'avait pas glissé. À la fin de la journée, j'aurais entrepris de remettre en question des centaines de faits.

Cecily s'approcha de moi avec la cafetière et me demanda à voix basse si je pouvais faire sortir Francis de la maison quelques minutes.

— Il embête Teddy ? demandai-je.

— Elle culpabilise parce qu'il n'est pas au courant.

— Au courant de quoi ?

Mais je savais.

— De sa liaison avec Waldo.

Qu'est-ce que ça peut foutre maintenant ? avais-je envie de crier. Putain, pourquoi était-ce encore à moi de les couvrir ?

Mais au lieu d'exploser, je m'étonnai :

— Tu sais ?

Elle soupira, comme si cela n'avait rien d'extraordinaire.

— Je les ai surpris une nuit, il y a quelque temps.

— Comment sais-tu que je suis au courant ?

— Teddy me l'a dit. Ce matin. Et elle m'a demandé de ne pas en parler, sauf à vous.

Je faillis lui répondre de me rappeler de remercier sa belle-mère pour cette confidence.

— Tu ne vas pas le dire à ton père ? Même maintenant ?

Cecily me dévisagea comme si j'étais débile.

— Surtout pas maintenant.

— Alors tout le monde fait comme s'il ne s'était rien passé ?

Elle haussa les épaules. Elle paraissait déçue par ma réaction : ignorais-je que les adultes agissaient ainsi ? Même elle le savait – ou pensait le savoir.

— Quel gâchis, putain, lâchai-je malgré moi.

Mais Teddy perdrait sans doute encore plus en détruisant son couple maintenant, surtout maintenant.

Cecily gloussa.

— Pardon, je vous vois toujours comme mon prof. C'est drôle de vous entendre jurer.

— Merci.

Étrangement, la remarque me sembla adorable de sa part.

— Alors Francis, d'accord ? me rappela-t-elle avant de s'éloigner.

Finalement, je n'eus pas à inventer une excuse pour entraîner Francis dehors. À simuler le besoin de prendre l'air ou de me dégourdir les jambes. Quand je revins avec le café, il fixait son téléphone de son air ronchon habituel.

— Elle pense qu'on devrait publier une déclaration.

Il me fallut une seconde pour comprendre qu'il parlait de Teddy.

— Au sujet de Waldo ?

— Un truc simple. Membre regretté de l'équipe. Situation tragique. Annulation de tous les événements cette semaine pour et cætera, et cætera.

Je le dévisageai, perplexe, pendant une seconde avant de réaliser ce qu'il demandait.

— Et tu veux que je l'écrive ?

Au moins, il afficha une mine contrite.

— Elle est encore sous le choc.

— Très bien, soupirai-je. Prends tes affaires et allons dehors.

La minute d'après, Francis et moi arpentions le parc de la propriété. Les rayons chauds du soleil traversaient le feuillage des arbres. Nous marchions dans ce jardin que Waldo et moi avions contemplé de la chambre d'amis cette nuit-là. Chaque fois que je me tournais vers la maison, je m'attendais à le voir penché à la fenêtre, en appui sur sa bonne jambe, la tasse de mégots en équilibre sur le rebord.

— Hector et moi sommes dévastés par le décès de notre ami très cher, Waldo Woodson Jr, proposai-je après un moment, en prenant la voix de la députée. Nous présentons nos plus sincères condoléances à sa famille. Waldo était un membre apprécié de notre équipe et un conseiller précieux. Sa gentillesse et sa grandeur d'âme vont terriblement nous manquer. Nous l'aimions beaucoup.

Francis notait tout sur son téléphone, les pouces s'activant sur le clavier pour suivre mon débit.

— Nous l'aimions beaucoup ?

— Oui.

— Et ensuite ? Il manque une conclusion. Une citation peut-être ?

Il a été fauché en plein vol, j'avais envie de dire. *Il a succombé à une longue maladie*.

Mais je ne pouvais pas. Je ne voulais pas. Je ne lui écrivais pas un éloge ni une élégie. Du moins à ce moment-là, dans ma fureur, j'étais certain de ne jamais le faire.

— Non, dis-je. C'est tout.

Nous étions parvenus au bout de l'allée que nous avions empruntée. Une promenade était en pleine réfection. Des bancs en fer forgé disposés le long de la clôture donnaient sur la rivière sombre en contrebas.

— Écoute, déclara Francis. Je ne sais pas si c'est le bon moment, mais je voulais te remercier pour ta discrétion. Au sujet de l'autre chose.

Comme je le regardais sans comprendre, il ajouta à contrecœur :

— Avec June. Barnabas.

— June Barnabas, et alors ?

Au moment où je prononçais ce nom, le souvenir me revint en mémoire : la coordinatrice des volontaires, mon contact au bureau de Pine Grove l'année dernière.

— Entre June et Waldo. La raison de son départ. Je croyais qu'il t'en avait parlé.

Je secouai la tête et Francis grimaça comme s'il allait développer un ulcère sur-le-champ.

— Ils couchaient ensemble. Son mari l'a appris et a menacé Waldo d'obliger June à porter plainte contre lui pour harcèlement. Elle avait signé un accord de confidentialité, Dieu merci.

— Oh. D'accord. Donc...

Mais ensuite, je me tus. Donc Waldo savait précisément où elle se trouvait le jour où j'avais débarqué dans son bureau. Et il trompait déjà sa femme. J'aurais préféré que Francis ne me dise rien. Je ne voulais pas savoir que Waldo m'avait menti dès notre premier échange, en m'informant que June Barnabas avait quitté la campagne pour un poste de consultante. Je commençais seulement maintenant à comprendre que Waldo n'était pas du tout l'homme que je croyais. Seulement maintenant, alors qu'il n'était plus rien. Seulement maintenant, alors qu'il avait fui ce monde, cette vie.

— Waldo m'a dit un jour que tu avais séjourné dans un hôpital psychiatrique. C'est vrai ?

— Moi ? s'esclaffa Francis. Non. Pourquoi il aurait inventé un truc pareil ?

J'avais ma propre théorie, mais peu importe.

— Mon père s'est suicidé, lâchai-je.

Francis parut décontenancé. Nous n'étions pas amis, il ne s'attendait pas à ça. Mais qui s'y attendrait ? J'en avais tellement marre de ne pas savoir comment en parler.

— Quand ?

— Il y a environ un an.

— Seigneur, soupira Francis. Je suis désolé.

— Merci.

— Pourquoi a-t-il... je veux dire, y avait-il une... ?

— Il se disloquait, dis-je. Depuis un moment.

— Seigneur.

Je songeai à Hector. Après sa crise au lycée Franklin, Teddy avait expliqué que son mari souffrait d'un trouble bipolaire. Grâce aux traitements médicaux et aux thérapies comportementales et cognitives, Hector avait pu non seulement survivre, mais aussi s'épanouir dans sa carrière sportive exigeante et stressante. Nous avions assisté ce jour-là à un simple dérapage – ils se produisaient encore fréquemment. Il vivrait ainsi jusqu'à la fin de sa vie.

— Waldo devait être comme lui, murmurai-je, le regard dans le vide. Et je n'ai rien perçu.

Francis posa maladroitement une main sur mon épaule.

— Hé, ce n'était pas ton rôle, d'accord ?

— C'est le rôle de qui, alors ?

J'avais envie de lui demander ce que nous faisions tous ici, sinon nous réconforter.

Francis ne répondit pas. J'aurais voulu m'excuser de lui avoir parlé de mon père, de lui avoir collé ce poids sur les épaules, seulement j'avais besoin de le confier à quelqu'un parce que je ne l'avais jamais dit à Waldo. Si je l'avais fait ce dernier soir, lorsqu'il m'avait posé la question, ou même la première nuit, j'aurais pu lui expliquer le chagrin d'être abandonné par un proche de cette façon brutale. Waldo m'aurait alors avoué qu'il n'avait pas vraiment glissé sur le parking mouillé ; il était monté sur le rebord pour sauter dans le vide, avait paniqué et était tombé en arrière, sur le béton. Cela aurait marqué le début de la conversation qui l'aurait sauvé. Mais j'avais préféré mentir. Un mensonge par omission reste un mensonge. Longtemps je m'étais convaincu que je lui en voulais de m'avoir caché la vérité. En réalité, c'était exactement l'inverse.

2

L'enterrement eut lieu quelques jours plus tard en banlieue de Chicago. Kavya prit son vendredi et nous partîmes en voiture la veille pour passer du temps ensemble à l'hôtel. Cette fois, au moins, c'était un bel établissement. Allongés sur le matelas moelleux, nous mangions les salades du room service lorsque je me surpris à lui décrire les chambres miteuses des motels d'autoroute où j'avais séjourné avec Waldo : les couettes en polyester irritantes, les cloisons trop fines, les tables qui basculaient au moindre appui.

— On devrait décrocher tous les tableaux, suggéra-t-elle. En son hommage.

Or point de paysage champêtre insipide ni de port à mouettes ici, mais de magnifiques œuvres abstraites d'un rouge profond, pleines de lignes de fuite et d'épais blocs de couleurs riches. Je me mis à les observer comme si nous regardions un film ensemble. Chaque cadre, chaque carré ouvrait un portail vers une autre vie qui pouvait nous emporter. Je n'avais pas l'impression qu'il était mort. Plutôt qu'il était parti recommencer une nouvelle vie ailleurs.

— Au fait, dit Kavya alors que nous mangions des glaces en peignoir, je t'ai dit que mon oncle Rohit aimerait te parler ?

— Non. Qu'est-ce qu'il veut ?

Kavya leva les yeux au ciel et vola sur ma glace la cerise confite que je gardais pour elle.

— Il veut écrire un livre, répondit-elle la bouche pleine.

— Je ne sais pas comment écrire un livre.

— Il t'a rencontré au mariage. Il m'a dit : « Ce jeune homme sait de quoi il parle. »

Elle imita sa voix fluette. Je ris en convoquant mes souvenirs.

— On a discuté pendant dix secondes ! Du Dr Seuss.

Elle pouffa.

— Eh bien, quoi qu'il en soit, il t'aime bien. Et il est richissime. Tu ne devrais pas avoir honte de lui prendre des sous. Tu pourrais être un « écrivain fantôme », comme on doit dire maintenant.

Je me cachai sous les draps et imitai le hululement du fantôme.

— Hou hou...

Les obsèques de Waldo eurent lieu dans une maison funéraire, la première où j'entrais de ma vie. J'avais toujours considéré dans cette locution le terme « maison » comme abusif. Or lorsque Kavya et moi dépassâmes d'autres membres du cortège sur le trottoir, des inconnus, et franchîmes la porte, nous nous retrouvâmes effectivement dans le vestibule d'une maison. La maison des O'Keefe, d'après la pancarte. Là, deux dames sympathiques en tailleur sombre accueillaient les invités et rangeaient leur manteau dans des placards profonds. Elles distribuaient des étiquettes numérotées pour les récupérer à la sortie.

— Patientez dans la file, je vous prie, ou bien asseyez-vous dans un des salons en attendant le début de l'office.

— Merci, répondis-je par automatisme. Vous avez une charmante maison.

Elle m'adressa un petit signe de tête approbateur avant de s'occuper des nouveaux arrivants.

— Ils vivent en haut ? demandai-je à Kavya, mais aussi à moi-même, alors que nous passions devant un escalier étroit tapissé de moquette verte.

— Et aussi en bas. Tu n'es jamais allé dans une maison funéraire ?

Nous entrâmes dans un petit salon au papier peint floral tape-à-l'œil, et nous posâmes sur un canapé hideux, vert-jaune tirant sur le vert chartreux, près d'une baie vitrée flanquée d'arrangements floraux exubérants.

— Oh, mon Dieu, m'exclamai-je.

— Quoi ?

— Cet endroit. Les murs. Waldo aurait détesté.

J'imaginai son expression s'il avait été là. Le rire horrifié que nous aurions tous entendu. Les bras croisés et la tête inclinée pour mieux savourer ce mauvais goût exquis. Je le vis si clairement que je dus détourner le regard. C'était comme une apparition, là, devant moi.

Sur un buffet contre le mur du fond s'alignaient des photographies dans des cadres élégants, mais dépareillés – comme glanés sur les appuis de fenêtre, étagères, manteaux de cheminée chez divers membres de la famille. Waldo à trois ans cramponné au siège des toilettes, tombant dans le trou. Waldo à sept ans en costume et cravate rouge, avec un faux air de Mister Bean. Waldo à dix ans dans un maillot flambant neuf des White Sox, batte de baseball sur l'épaule. Waldo à seize ans debout dans le garage, vêtu d'un tee-shirt Pink Floyd déchiré ; sangle de guitare en travers de la poitrine, il tire la langue et fait le signe des cornes du diable. Waldo à vingt-quatre ans en robe universitaire et mortier sur un terrain de football, sexy et boudeur. Waldo à trente-deux ans, manches retroussées et sourire radieux, serrant la main du président Barack Obama devant un mur de drapeaux américains. Waldo à trente-six ans au Taj Mahal, coiffé d'un bob kaki de traviole. Waldo à trente-sept ans sur les marches de la mairie en costume noir, à côté d'une jeune femme en robe blanche, un certificat de mariage à la main. Waldo à quarante ans soufflant les bougies pailletées d'un gâteau d'anniversaire au chocolat, les joues brillantes. Pour moi, seule la dernière photo lui ressemblait : prise peu de temps avant notre rencontre, lors d'une randonnée sur un sentier de montagne brumeux et enneigé, les yeux perdus au loin derrière la personne qui tenait l'appareil photo.

En regardant les photographies dans l'ordre chronologique, on avait l'impression de voir une vie entière. Pas une vie écourtée ou tourmentée. Mais qu'y avait-il dans l'espace-temps séparant les cadres entre les photos ? Quels étaient les moments omis ? Non mémorisés, non représentés ?

Il me faudrait des années pour combler ces trous : un renvoi de l'université. Un tour de la côte du Pacifique Nord-Ouest sous l'emprise de la drogue. Un été dans une communauté hippie en Californie du Nord. Abandon des études de droit. Perte d'un poste au bureau d'un membre du Congrès après l'élection. Éviction de la campagne par Bob Burdick. Sa promesse à Madison. Puis June, Teddy et qui sait combien d'autres femmes. Tous les échecs inhérents à l'existence – qui en faisaient une vie, même s'ils la rendaient insupportable.

Je fus pris d'un violent étourdissement. Puis j'entendis une voix proche de mon oreille.

— Tout va bien, disait cette voix, masculine. Tout va bien.

Cet homme me guida vers le canapé hideux. À travers le brouillard, je distinguai vaguement une masse de cheveux blancs et un visage éteint. Il portait un costume noir à rayures.

— Comment avez-vous connu mon frère ? s'enquit-il après m'avoir installé sur une causeuse.

Ritchie. Je l'avais imaginé plus jeune. Mais je vis alors qu'il était jeune, du moins dans ses yeux. La fausse impression provenait de ses cheveux blancs et de son visage entaillé de petites cicatrices quand on l'examinait de près – ce que j'essayais de ne pas faire.

— On a travaillé ensemble sur la campagne. La dernière, précisai-je.

— Oh. Il m'a dit que vous aviez perdu d'un cheveu.

— Je suis navré... pour votre frère.

Ritchie opina.

— Oui. Un accident vraiment tragique.

Puis il aperçut des personnes à saluer. Il posa une main chaleureuse sur mon épaule en me remerciant d'être venu et s'excusa.

Kavya réapparut quelques instants plus tard et s'assit sur la causeuse avachie.

— Ça va ? s'enquit-elle. C'était le frère de Waldo ?

— Oui, confirmai-je, puis je lui expliquai qu'il avait évoqué une mort accidentelle.

— Eh bien, n'est-ce pas ce que les gens font ? C'est... ce que nous avons fait.

Elle avait raison, bien sûr. Mais un détail me chiffonnait. Cette nuit-là, quand j'avais vu Waldo fumer à la fenêtre, je lui avais dit que la cigarette le tuerait, et il avait rétorqué qu'il préférait mourir d'un cancer du poumon.

— Il m'a dit qu'il ne voulait pas mourir dans un accident, expliquai-je à Kavya. Qu'il voulait voir la mort venir.

Malgré ses efforts, elle ne comprit pas mon raisonnement. Je ne pouvais pas l'expliquer.

Quelques minutes plus tard, Teddy déboula dans le salon vert chartreux. Elle semblait bouleversée, normal dans ces circonstances, mais, surtout, elle regardait anxieusement autour d'elle pour s'assurer que personne n'entendrait ses propos. Ses yeux se posèrent sur Kavya, et je réalisai seulement maintenant qu'elles ne s'étaient jamais rencontrées. Je les présentai rapidement l'une à l'autre.

— Oh, Dieu merci, soupira Teddy, puis elle ajouta : Pardon. Vous étiez au courant ?

— De quoi ? demanda Kavya, plus rapide que moi.

— Pour sa femme.

Je regardai autour de moi, un peu coupable de mon enthousiasme.

— Elle est là ?

— L'entrepreneur de pompes funèbres vient de me la présenter. Je me suis sentie mal.

Nous jetâmes un coup d'œil par la porte qui donnait sur le salon funéraire. À côté du cercueil fermé se tenait une femme en robe noire, les cheveux blonds, les narines presque chevalines et les yeux maquillés à outrance.

— Oh, s'extasia Kavya. C'est elle. L'actrice de ce film. On l'a vu, tu t'en souviens ?

Et alors que je voyais Madison pour ce qui aurait dû être la première fois, je compris que ce n'était pas le cas. Certes, je l'avais vue dans le film dont Kavya parlait, mais aussi dans la vraie vie. Une seule fois. Et quand le souvenir de ce jour me revint, je me mis à rire.

Teddy et Kavya me dévisagèrent comme si j'avais perdu la tête. Ce n'était pas faux.

— Tu vas bien ? s'inquiéta Teddy.

Le jour de la virée au stade des Wizards. J'en étais sûr maintenant. La femme en blazer rose bonbon le long de la première ligne de base. C'était elle. C'était sa propre femme que Waldo avait vue là-bas, alors qu'il utilisait ses places gratuites avec un ami. C'est pour cela qu'il s'était réfugié au poulailler.

Mais pourquoi ?

— Je t'expliquerai plus tard, dis-je à Teddy en guise de réponse.

Un problème d'une autre nature la tracassait.

— Ils la présentent comme sa veuve, chuchota-t-elle.

Kavya fronça les sourcils.

— Ils étaient divorcés, non ?

Je la rassurai.

— Oui. Il a signé les papiers.

— Peut-être que ce n'était pas le jugement définitif ? suggéra Kavya.

— Il m'a juré qu'il était divorcé, affirma Teddy.

Kavya rougit, embarrassée pour elle.

— Est-ce qu'elle sait ? souffla Teddy.

— Je ne sais pas ce qu'elle sait !

Alors je vis la panique traverser le regard de Teddy, et ses yeux se poser sur les lèvres de Madison, puis sur celles du frère de Waldo, qui discutaient ensemble dans l'autre pièce.

— Allez, arrête, dis-je en lui tapant sur l'épaule. Ne te rends pas malade.

On aurait dit qu'elle allait vomir. Kavya passa un bras autour d'elle.

— Tu veux nous accompagner près du cercueil ? Il est fermé. J'ai vérifié.

Teddy secoua la tête.

— Je ne peux pas aller là-bas. Je ne devrais pas être ici. Je ne peux pas être ici.

Elle se dirigea vers la porte, mais Kavya l'arrêta.

— Écoutez, vous êtes son amie. Vous l'aimiez, comme tout le monde.

Teddy hocha la tête, les joues en feu, le regard perdu. Puis elle se tourna vers moi.

— Et toi ? demanda-t-elle.

— Est-ce que je l'aimais ?

— Oui.

— Bien sûr.

— Peux-tu le dire ? Dire « Je l'aimais ».

— Je l'aimais.

Ce n'était pas difficile ; c'était la vérité.

— Je l'aimais, répéta-t-elle.

On aurait dit qu'elle s'entraînait à prononcer ce verbe, qu'elle me l'empruntait quelque temps.

— Tu l'aimais. Je l'aimais. Nous l'aimions, déclina-t-elle.

— Je l'aimais aussi, à ma façon, soupira Kavya.

— Oh, oui, vous l'aimiez sûrement, assura Teddy.

— Tu vois, c'est normal, dis-je en passant un bras autour de ses épaules. Nous l'aimions tous. Je l'aimais. Tu l'aimais. Kavya l'aimait. Rien de mal à ça.

— Non, dit Teddy en se convainquant elle-même. Rien de mal à ça. D'accord. Très bien.

— Viens.

Bras dessus bras dessous, nous entrâmes dans la pièce, nous approchâmes du cercueil en bois d'acajou lisse, lui murmurâmes que nous l'aimions, déclarâmes à son frère que nous l'aimions, déclarâmes à sa femme que nous l'aimions, puis nous allâmes nous asseoir parmi les autres personnes qui l'aimaient. Nous aimions l'homme dont parlaient les différents orateurs qui se succédèrent sur l'estrade, d'autant plus quand il ne s'agissait pas du Waldo que nous pensions avoir connu. Quelle joie de savoir qu'il existait tant de Waldo, même si tous avaient disparu aujourd'hui.

— Je connaissais mal Waldo Woodson Jr, déclara le prêtre. Mais on m'a raconté que lorsqu'il était enfant, il rêvait de devenir pilote. Un jour, il a sauté du toit d'un hangar avec des ailes en papier Canson, ce qui lui a valu une commotion cérébrale. Puis il a passé l'été à construire des maquettes d'avion qu'il suspendait au-dessus de son lit et contemplait en s'endormant. Ça m'a rappelé une citation d'Orville, le frère Wright qui a volé pour la première fois, par un jour venteux de décembre, en s'élançant d'une dune en Caroline du Nord. *Le désir de voler est une idée qui nous a été transmise par nos ancêtres qui, dans leurs voyages éreintants à travers les terres sans piste à l'époque préhistorique, regardaient avec envie les oiseaux voler librement dans l'espace, à toute vitesse, au-dessus des obstacles, sur la route infinie de l'air.* Nous espérons et nous prions pour que Waldo ait trouvé son chemin vers cette route infinie. Nous espérons qu'il mesure notre immense gratitude pour le temps que nous avons passé avec lui sur cette Terre.

Alors que le prêtre récitait une prière, je vis le frère de Waldo sangloter. Les larmes roulaient sur son visage, empruntant les sillons cicatriciels. Il se passerait des années avant que je découvre ce qui lui était arrivé. Avant de comprendre la signification de la présence de Ritchie à l'enterrement de Waldo. Puis Teddy pleura, Kavya pleura. Et Francis pleura. Enfin, je pleurai.

Et nous l'aimions à cet instant.

Faire abstraction de certains événements ne rendait pas ce sentiment moins vrai.

3

En novembre de la même année, j'attendais sur le quai de la station proche de l'Académie Chumsford, bondé à cette heure. Le vendredi soir, les élèves de terminale convergeaient vers ce lieu, ayant quitté leur uniforme en laine pour s'échapper du campus durant quelques heures. Certains portaient des sacs coûteux, en partance pour un week-end dans leur famille ou chez des amis. Ils tiraient discrètement sur des e-cigarettes bariolées, conscients du fait que, même à l'extérieur du campus, des yeux et des oreilles traînaient. Un garçon sur un banc voisin me lança des œillades méfiantes alors qu'il aspirait des bouffées d'un produit à l'odeur âcre, en compagnie d'une fille qui essayait de lire un roman. Je connaissais ce regard ; celui de l'élève qui se demandait si j'étais un professeur ou non.

Dans une autre vie, songeai-je, je me tiendrais sur ce quai, le badge rouge et or de la faculté de Chumsford au fond de la poche d'un veston en tweed. J'adresserais un tss-tss au petit gars, un élève de mon cours de civilisation occidentale.

« Est-ce ainsi qu'un jeune homme de Chumsford se comporte dans le monde extérieur ? »

Sa petite amie (statut que je lui attribuais) feuilletait *Madame Bovary*. J'étais jaloux – je ne l'avais pas lu ; il n'était pas au programme quand j'étais lycéen à Pine Grove. Je n'avais pas eu de professeur passionné, désireux de m'initier à son radicalisme subversif, à ses opinions taboues. Kavya avait-elle aussi lu ce livre à son âge ? Flaubert lui avait-il transmis la vision incisive qui me manquait alors, et qui me manquait toujours ?

Le train de Kavya arriva à quai, en provenance de la gare centrale. Les élèves de Chumsford se mirent en branle. Ils ramassèrent leurs sacs, se recoiffèrent et se pressèrent par grappes au bord du quai pour s'asseoir ensemble à bord – même si le trajet ne durait que quelques minutes. Le train rejoignait la ville voisine à une quinzaine de kilomètres, où se trouvait la gare centrale, plus grande, plus sale et plus fréquentée. Depuis des temps immémoriaux, le petit train-navette de Chumsford, le « Minus », faisait des allers-retours sur cette voie unique, reliant le campus au réseau ferré principal. Une petite ligne pointillée violette distincte sur la carte ferroviaire. Un écusson cousu sur un pull d'uniforme. Une devise en latin inscrite sur le cœur.

Esse quam videri. « Être, plutôt que paraître. »

Les freins du Minus crissèrent et les portes s'ouvrirent en sifflant. Un par un, les Chumsfordiens se précipitèrent à bord, cognant leurs sacs contre la porte d'accès tandis que les passagers descendaient par la porte de sortie. Des adultes en costumes chics et en robes de soirée, portant des montres si chères qu'il fallait les remonter manuellement. Le temps les avait transformés en personnes influentes, une élite de retour aux sources de sa glorieuse réussite. Ce soir, grand bal des anciens. Ce soir, les hommages. Ce soir...

Puis Kavya apparut. Sa robe argentée à paillettes scintillait, brodée de vignes vertes aux feuilles se déployant en boutons de rose près du décolleté. Elle tenait d'une main son baise-en-ville et de l'autre une housse noire au logo d'une marque italienne.

— Surprise ! s'exclama-t-elle en me la collant dans les bras, un sourire éblouissant recourbant ses lèvres rouges. J'ai dû deviner tes mesures.

— Tu m'as acheté un costume ?

— Et des souliers aussi. J'ai pensé...

Une maigre fibre de mon ego voulut protester contre l'obligation du costume pour faire de moi un époux présentable aux yeux de ses amis, mais je savais que ce n'était pas son intention. Et puis, je l'aurais porté même dans le cas contraire. Quelle autre possibilité avais-je, sinon de me laisser améliorer comme un brouillon, porter au-delà de mon ambition initiale ?

— Je voulais te le donner le jour de l'élection. Il était caché dans le placard, avoua-t-elle.

Elle faisait référence aux primaires, sûrement, et non à l'élection générale, une semaine plus tôt, où Roberta Kent avait perdu de sept points face au lieutenant-gouverneur sortant.

— On peut attendre la prochaine démission-en-scandale, plaisantai-je.

Elle sourit, puis glissa les doigts dans mes cheveux, passés de poivre et sel à sel blanc en quelques mois seulement. Manque de sommeil, m'avait expliqué le Dr Sanders. Stress. Chagrin. « Vous devriez voir l'autre type », avais-je plaisanté, un peu trop sombre. « Ça te donne un air noble », mentait Kavya, adorablement. Elle m'avait suggéré plusieurs fois de les teindre, mais j'avais fini par les aimer, d'une certaine manière. Il y avait un certain confort à avoir les cheveux blancs. Au moins, personne ne supposait que j'allais bien.

Nous nous insérâmes dans la file indienne, avançant en suivant le lierre qui serpentait le long des murs de brique. Il s'agissait en partie de surcompensation, j'en avais conscience. Une réaction de culpabilité. Nous en avions parlé pendant des heures. Je pensais comprendre pourquoi elle s'était tournée vers Shabib en mon absence. Elle m'avait assuré mille fois que cela ne se reproduirait plus. Je lui avais assuré mille fois que je la croyais, l'aimais, que c'est moi qui l'avais laissé tomber, et non l'inverse. En réalité, nous étions deux fautifs, mais j'avais commencé. Nous en avions discuté inlassablement jusqu'à en épuiser tous les mots du dictionnaire. Finalement, cela se réduisait à un choix : pardonner ou tout perdre. Ce qui était fait était fait; ce qui restait à faire dépendait de ce que nous déciderions de faire. Aujourd'hui, j'avais décidé de l'accompagner au grand bal, dans un costume qu'elle avait choisi pour moi dans une autre vie.

Académie Chumsford. Je n'y étais pas retourné depuis mon entretien ; ça me semblait si loin aujourd'hui. Des bâtiments en brique rouge et en marbre blanc, de larges marches, des colonnes monumentales. Un dédale d'allées serpentait entre des carrés de pelouse d'un vert éclatant sur laquelle il était interdit de s'asseoir ou marcher et des rangées d'arbres sur lesquels il était interdit de grimper. D'énormes ampoules blanches jaillissaient de réverbères d'un autre temps, comme pour éclairer le faune Tumnus du *Monde de Narnia*. Kavya m'offrit une visite guidée. Nous musardâmes d'un bâtiment à l'autre tandis qu'elle me racontait les scandales et les gloires du passé. « C'est ici que Larry Simmons a volé une chaise de la bibliothèque pour l'emporter dans son dortoir » ; « C'est de cette fenêtre au deuxième étage que Jena Knight est tombée, a atterri dans un buisson et s'est cassé les deux jambes » ; et « Avant, il y avait une fontaine ici, où ma chorale chantait les soirs d'examen pour ceux qui révisaient tard ». Cela me ramena à Eastbrook et à la visite guidée de Teddy. Je marchais fièrement, portant le costume et les souliers neufs – nous avions réservé une chambre dans un bel hôtel voisin, où je m'étais changé. Je me réjouissais déjà à l'idée de prendre l'air frais sur le petit balcon lors de mon inévitable insomnie.

Nous nous dirigeâmes vers la grande tente blanche dressée sur la pelouse sud. Bientôt, champagne à la main, nous trouvions nos places à la table dix, en compagnie d'anciens élèves de la promotion 2002 que Kavya connaissait. Je bavardais poliment en feignant de comprendre leur métier lorsque je sentis une main s'abattre sur mon épaule : Shabib.

Il mesurait facilement trente centimètres de plus que moi, avec des cheveux et des yeux noirs et un sourire éclatant. Il avait la carrure d'un gars qui avait joué au football américain au lycée et parfois, quand Kavya parlait de lui, je le traitais par jalousie de « sportif décérébré ». Cela la rendait furieuse parce qu'il n'avait jamais pratiqué un sport d'équipe, et elle pensait que je disais cela sciemment pour la mettre en colère. En réalité, j'oubliais en toute bonne foi qu'il n'avait jamais fait de sport, du moins jusqu'à ce que j'avise l'expression contrariée de Kavya. Que pouvais-je dire ? Dans mon esprit, je voulais qu'il soit un Lothaire à la moustache tournicotée, le méchant du film – mais il était tout le contraire, voilà la vraie menace. Un homme doux, gentil. Un idéaliste. À mon grand dam, il possédait les qualités que je m'attribuais à l'époque où Kavya était tombée amoureuse de moi.

— Je meurs d'envie d'entendre des anecdotes sur la campagne ! s'exclama Shabib. Je suis trop jaloux. Tu as devant toi le plus grand fan de la série *À la Maison-Blanche*. Je regarde les redifs tous les ans.

Je souris et expliquai que ça ne se passait pas du tout comme dans la série, évidemment. Nous étions censés dire que, la plupart du temps, cela ressemblait plus à *House of Cards* (rires), mais qu'en réalité c'était plutôt comme *Veep* (éclats de rire). Puis nous pouvions esquiver habilement le sujet de la politique par un « Que regardes-tu d'autre en ce moment ? » et entamer une discussion sérieuse sur la nécessité de nous remettre à lire. Je lui demanderais alors quel livre trônait sur sa table de chevet à l'heure actuelle. Il me répondrait : pas un roman, mais un ouvrage sérieux sur l'histoire de la Luftwaffe. Il avait toujours été fasciné par la montée du fascisme, et n'était-il pas intéressant de voir comment...

Oh. Toute la soirée se déroula sur ce schéma, avec un vieil ami ou un autre – ou les époux et épouses des anciens camarades de classe le plus souvent. À chaque conversation si prévisible, je sentais grandir l'envie de m'éclipser et d'appeler Waldo, qui n'avait jamais eu de réponses attendues. Tous ceux à qui nous parlions avaient commencé une FIV ou envisageaient d'y recourir. « On n'en est pas encore là », répétait inlassablement Kavya, mais d'un ton suggérant que nous nous dirigions vers cette solution. J'écoutais poliment les conseils des autres couples. Dans un coin de ma tête, je me demandais ce que Waldo aurait pensé de ces individus. Qu'est-ce qui aurait éveillé son intérêt en chacun d'eux ?

Il aurait trouvé l'étincelle de l'inspiration, qualité rare qui m'encourageait à continuer d'essayer.

— Hé ! s'exclama alors Shabib en nous regardant, Kavya et moi. Il faut lui présenter George !

Je secouai la tête, car j'avais déjà rencontré une dizaine de Weston, Kimberley, Carol et Hunter ce soir.

— Surtout pas, s'esclaffa Kavya. Tu veux qu'il ait des problèmes ?

— Non, protestai-je. Je veux avoir des problèmes. S'il vous plaît, mettez-moi dans le pétrin.

Le rire de Shabib résonna dans la tente. Il me fit signe de le suivre dehors, et je ne réalisai qu'à mi-chemin que Kavya ne venait pas.

— Tu vas adorer, m'assura-t-il.

Je gardai la tête baissée.

— Je vais être initié à une société secrète ?

— Non, non, pouffa-t-il. Ce sera pour plus tard. On te kidnappera à ton hôtel.

— Je serai réveillé, dis-je (et il crut que je plaisantais).

Shabib et moi descendîmes vers la bibliothèque, dont les portes imposantes étaient fermées pour la soirée. Cependant, expliqua-t-il, il y avait un accès qui restait toujours ouvert en raison d'une « tradition secrète », pour les étudiants qui auraient besoin de passer des nuits blanches à étudier. Nous entrâmes par cette porte latérale soutenue si mollement par les charnières que je doutais qu'il soit possible de la fermer. À l'intérieur, le rez-de-chaussée de la bibliothèque était sombre, austère et jonché de serpillières grises. Nos empreintes de pas rejoignirent les autres dans la couche de sciure. Shabib alluma la lampe de son téléphone pour éclairer le chemin jusqu'aux escaliers menant à l'étage principal. La lueur de la lune pénétrait par les vitraux bicentenaires, projetant des motifs colorés sur les dalles de pierre au sol. Je respirai à pleins poumons l'odeur des vieux livres. La bibliothèque, comme la plupart des bâtiments de Chumsford, avait été construite en 1746, sur le domaine privé colonial de la famille Matthis. Elle renfermait des ouvrages qui, selon Shabib, avaient appartenu à Benjamin Franklin et Thomas Jefferson, et que l'on conservait dans une chambre forte quelque part. J'ignorais si c'était vrai, mais l'hypothèse sanctifiait la pièce à mesure que nous la traversions.

— Quand on était étudiants, expliqua-t-il, on devait apporter une bougie pour travailler ici après minuit. Mais un crétin a brûlé la section du droit et ils ont mis fin à cette pratique. Ces derniers temps, cependant, on assiste à un retour de la tradition...

Il regarda autour de lui à la recherche d'un étudiant en train de bachoter à la lueur d'une bougie, mais fut déçu de ne voir personne.

Je ne pus m'empêcher de songer à la bibliothèque sordide éclairée au néon que nous avions vue à Eastbrook durant la visite du lycée avec Teddy en avril, le jour de son interview. Des étagères métalliques à moitié vides,

des chaises dépareillées et cassées, une seule rangée d'ordinateurs vétustes – dont deux restaient figés sur un écran bleu. N'existait-il pas un juste milieu? Comment une poignée d'enfants pouvaient-ils bénéficier de tout ce confort alors que tant d'autres s'échinaient sur des bécanes du siècle dernier? Pourtant, il ne s'agissait pas de trouver un compromis intermédiaire; au fond de moi, je désirais que tout le monde ait cela. Les livres anciens, les tables en chêne massif, l'air chargé d'histoire de ce lieu. Bref, je voulais l'impossible.

Je rejoignis Shabib près d'une alcôve. J'avais l'impression d'être dans *Indiana Jones*. Au minimum dans un roman de Dan Brown. Là, dans la pénombre, je distinguai un buste en argile blanche : la tête et les épaules de George Washington.

C'était le visage des billets, le visage des livres d'histoire, le visage des statues dans les parcs, des peintures que je montrais à mes élèves lors des sorties scolaires – le visage qui ne pouvait pas mentir. Le premier grand Américain, le modèle à partir duquel toutes les esquisses suivantes seraient sculptées. Et pourtant, ce buste possédait quelque chose de différent. Une œuvre brute, mais si réaliste que dans la demi-pénombre, après les quelques verres du début de soirée, il semblait réel. Blafard, mais bien vivant. Il avait un visage incroyablement normal, humble. Ordinaire. Ce n'était pas la reproduction d'une légende, mais l'homme lui-même.

Un type prénommé George qui traînait dans la bibliothèque.

— C'est l'une des très rares reproductions du buste de Houdon, expliqua Shabib. On les trouve généralement dans les capitoles et autres. L'original se trouve à Mount Vernon.

J'avais vu des photos de ce buste, œuvre du sculpteur français Jean-Antoine Houdon. Une sculpture remarquable, car elle n'avait pas été réalisée à partir d'un portrait, pratique la plus courante à l'époque, mais d'un moulage du visage du père fondateur. Sur la recommandation de Benjamin Franklin, Houdon avait quitté la France pour le Nouveau Monde en 1784, après que le Congrès eut passé commande d'une statue de Washington pour la nouvelle capitale de la Virginie. Houdon avait réalisé des croquis de l'homme, puis travaillé avec des moulages en plâtre pendant deux semaines, prenant des mesures détaillées de toutes les parties du corps de son modèle. Il avait créé une série de masques et de moulages vivants du vénérable homme d'État. Le buste en plâtre blanc réalisé à partir de ces masques, cuit dans le four des cuisines de George Washington, restituait la texture de la peau, les veines du cou, les sillons des rides au millimètre près. Contempler cette simple copie s'apparentait à un voyage dans le temps. Glorieux. Le souffle coupé, j'étais impressionné, comme Shabib s'y attendait. Et pourtant, je ressentis un pincement au cœur en fixant les yeux lisses de George.

Il avait des pattes-d'oie. Des oreilles minuscules, des lobes bizarres. Des narines pincées, un front dégarni. Il semblait hanté par une pensée. Ce n'était qu'un homme. Un être qui avait vécu, qui était mort, qui avait vu les autres vivre et mourir.

Une inscription était gravée sous le buste. Je traçais du doigt la rainure des lettres.

Travaillez pour garder vivante dans votre sein cette petite étincelle de feu céleste appelée conscience.

— Les élèves s'amusent à prendre des photos obscènes avec George, alors on a dû installer des caméras un peu partout, m'informa Shabib en désignant des points rouges lumineux au plafond.

C'était le bon moment pour demander.

— Y a-t-il une chance qu'une autre possibilité se présente à la rentrée ?

— Eh bien, on est en train de développer un programme sur l'information numérique, répondit Shabib. Ils recrutent un responsable. Mais je dois être honnête, ils ne t'engageront jamais, mec.

Je hochai la tête, je m'y attendais.

— J'ai bien conscience de vous avoir planté l'année dernière.

— Ce n'est pas la raison. Les membres du conseil n'adhéreront pas à tes idées politiques.

— Je pensais que Chumsford possédait une sensibilité à gauche ? m'étonnai-je.

— Oh, oui. Bien sûr. Toujours plus de bourses pour les étudiants défavorisés. Accès à l'éducation, tutorat, une longue tradition de justice sociale et de services publics...

— Et alors ?

— Ta copine voulait taxer leurs fonds de dotation.

— Mais elle a perdu. Elle n'a même pas gagné les primaires.

— Oui, mais tu as travaillé à la rédaction de ce discours, non ?

— J'ai participé à l'écriture, je n'ai pas élaboré les mesures politiques.

Shabib hocha la tête comme s'il comprenait.

— Seulement... les membres du conseil d'administration pensent savoir mieux que le gouvernement comment utiliser leurs ressources pour aider les jeunes.

— Mais ils ne le font pas.

— Ouais, je sais. Comme je l'ai dit, je suis d'accord pour...

— Elle parlait d'une taxe de deux pour cent sur une dotation de cinquante millions de dollars pour que les élèves de son ancien lycée puissent avoir des ordinateurs qui marchent et des livres qui ne datent pas de 1987 ! Ce n'est pas exactement du socialisme rampant.

Shabib leva les mains.

— Je t'entends, mec. Je t'entends. Personnellement, je trouve que c'est une excellente idée. Si ça ne tenait qu'à moi, je la mettrais en place dès demain. J'ai voté pour vous, les amis, et je recommencerais sans hésiter. Le truc, c'est que les types qui tirent les ficelles ont quatre-vingt-dix balais en moyenne. Il en meurt deux ou trois par an. Les choses vont changer naturellement. Ça prend juste un peu de temps.

J'eus envie de répondre que leur politique datait d'avant la guerre de Sécession.

— Écoute, murmura Shabib. Je te dois des excuses. Pour ce qui s'est passé avec Kavya. Ce n'est pas quelque chose que j'avais prévu, mais je ne l'ai pas empêché non plus. C'était minable de ma part, et je suis désolé. Tu es un chic type et je ne voulais pas te faire du tort.

Quelle importance si c'était vrai ? Je le détestais encore plus d'être sincère et amical. C'était injuste et inutile. Je le savais. J'inspirai à fond, puis je déglutis.

— J'apprécie ta franchise. Merci, dis-je en pensant au Dr Sanders et à tout le travail sur notre couple; régler ce différend aux poings serait un pas en arrière, même si j'en tirerais une grande satisfaction. Elle a traversé une mauvaise passe pendant mon absence. C'est ma faute.

Shabib haussa les épaules.

— Chacun fait son deuil à sa manière. C'est la vie.

Je me tus, ne comprenant pas vraiment son insinuation.

— Son deuil ? répétai-je.

— Ton père. C'est dur de perdre un proche, surtout de cette façon.

— Elle était bouleversée par la mort de mon père ?

Durant toutes nos discussions avec le Dr Sanders, nous n'avions pas abordé ce sujet une seule fois. Shabib prit bonne note de mon ignorance. Bien entendu.

— Elle le connaissait depuis des années. Elle dînait souvent chez vous. Elle lui offrait des cadeaux pour son anniversaire, à Noël... Tu serais sûrement bouleversé si un malheur arrivait à son père, non ?

Je n'avais jamais vu la situation sous cet angle. Je n'avais pensé qu'à mon propre chagrin. Oui, si le père de Kavya mourait, j'aurais de la peine, évidemment. Beaucoup de peine. Nous étions partis en vacances ensemble, avions passé de précieux moments en famille. L'idée que nos enfants ne connaissent pas leur deuxième grand-père était difficile à supporter.

Je baissai les yeux au sol. Un sol qui avait été foulé par des lauréats du prix Nobel, des industriels, des découvreurs de vaccins... mais aussi par beaucoup de types ordinaires comme moi.

— Merde, maugréai-je. Comment je peux être aussi nul pour ça ?

— Nul pour quoi ? demanda Shabib.

Nul dans mon rôle de mari, ou de fils, je suppose. En réalité, je voulais dire que j'étais nul tout court, en tant qu'être humain. Mais nous partagions peut-être tous ce sentiment : Shabib, George Washington, les invités de la soirée qui discutaient d'une nouvelle émission sur HBO et du cours actuel du Dow Jones. Personne ne parlait de démission, de déceptions mutuelles et de tous ces sujets que l'on n'aborde pas en soirée. Être un homme ou une femme impliquait d'omettre les sujets difficiles, parfois. Sans doute la plupart du temps. Je n'avais qu'une envie : passer une heure en laissant ces regrets de côté, comme tout être humain, puis rentrer à l'hôtel avec la femme de ma vie, enfiler un jogging et regarder un épisode d'*À la Maison-Blanche* en nous endormant ensemble. Je pouvais réussir à dormir, merde. Et si la vie m'offrait une longue série d'endormissements faciles, avec ma femme, ce serait l'une des plus belles vies du monde.

HUITIÈME JOUR
Milwaukee

Après sept jours de voyage à travers le pays, j'arrive dans la glorieuse cité de Milwaukee. Je passe la nuit debout à arpenter mes souvenirs en compagnie des mots des autres. Je marche dans les rues silencieuses, longe la rive du lac Michigan au clair de lune. Je n'arrête pas de penser que c'est l'heure de l'examen final. J'ai réussi le contrôle continu, mais quid de mes connaissances plus larges ? Des coureurs solitaires trottinent sur la RiverWalk, un par un, mais pour moi ils forment un ensemble uni. Leurs semelles en gomme pressent l'humidité du bois, laissant des empreintes éphémères qui s'évaporent avant l'arrivée du suivant. L'aube se lève et la lune se dissout dans le bleu matinal. Je me dirige vers la boulangerie en bas de la rue pour prendre un café. Je consulte ma montre, les aiguilles ont à peine bougé.

Difficile de s'y habituer. Tout prend tellement de temps.

Tu vois, petit poisson, c'est le problème avec les politiciens et les prophètes. Ils promettent des miracles. Le changement est à portée de main ! Tous les désagréments de l'existence vont disparaître plus vite que leur ombre si on les écoute. Et ensuite, rien ne se passe. Ou si, mais pas autant qu'on le voudrait. Alors il faut acheter une autre vidéo, glisser un autre bulletin dans l'urne. Et la vie continue, différemment – ou si peu.

La patience est une activité, petit poisson. C'est le titre que je donnerai au prochain livre de Rohit, si jamais je l'écris. *Patience*, ou *L'Art d'espérer* selon le marquis de Vauvenargues. Il en va de même pour la démocratie. La persévérance. La longanimité. Tant de beaux et grands mots gravitent autour de cet astre solaire. *Kshama* en sanskrit. Et je pense qu'il y a une phrase de Sri Ramakrishna sur le fait que trois lettres sibilantes de l'alphabet bengali, *sa*, *sha* et *sah*, signifient toutes les trois « s'abstenir ». Je retrouverai la citation exacte. Oh, j'exhumerai pour Rohit tout un tas de citations et de phrases pour remplir des pages et des pages. Les trésors de la mystique ancienne sur les moyens de supporter la souffrance et de forger le bonheur dans un monde qui était bousillé avant que nous arrivions ici-bas, et qui le restera après notre départ, quelle que soit notre façon de le quitter. Et pas un bonheur par omission, pas un bonheur qui ignore les fêlures. Le cynisme est une forme creuse du bonheur. Oui, nous pouvons réparer ce monde. Mais il existe peut-être une forme de bonheur dans l'acceptation que ce n'est pas un monde idéal, ne l'a jamais été, et ne le sera sans doute jamais – et brandir le poing signifie que nous vivons dans cette perpétuité sans renoncer à un idéal. Comment ? Voilà ce que je prêcherais d'enseigner à tous – si je disposais encore de la voix de Rohit pour m'exprimer. Je subodore que je vais devoir trouver un autre porte-parole.

Mais l'écouterez-vous ? C'est l'heure de mon rendez-vous.

Me voilà trente étages plus haut, devant une baie vitrée surplombant l'eau azur que j'ai admirée toute la matinée. Un océan semble s'étendre au-delà du phare de Port Washington, alors que les forêts du Michigan ne sont qu'à cent cinquante kilomètres. Elles se cachent là-bas, derrière la ligne d'horizon. Au fond de moi, j'ai envie de poursuivre ma quête, toujours plus loin. Maintenant qu'elle est finie, je pense en avoir vu si peu. Comment quelqu'un pourrait-il en avoir vu assez ?

Depuis un petit bureau, une voix familière m'appelle. J'ai du mal à le croire.

— James ?

Sept ans plus tard, je peine à reconnaître mon ancien étudiant. Cheveux coupés, barbe taillée. Il s'avance vers moi dans un costume bleu cintré. Sous un bras, il tient un porte-documents en cuir floqué du sceau de la Chambre des représentants. J'imagine qu'il contient toutes sortes d'informations qu'il ne peut pas me montrer. Des rapports confidentiels et l'ordre du jour de la députée, membre du Congrès. James bénéficie des autorisations maintenant.

On le considère comme « un fidèle parmi les fidèles », celui qui fait partie de l'équipe de Teddy depuis l'époque où elle n'était que députée locale.

— Vous avez fait bonne route ?

— Pas mal. J'ai eu le temps de rendre une petite visite à de la famille.

Il montre la fenêtre du doigt.

— C'est comment dehors ?

Pendant un instant, je pense qu'il me demande un rapport sur l'état de la nation, un point de vue sur l'âme de l'Amérique. Puis il plisse les yeux et ajoute :

— J'ai entendu dire qu'il va pleuvoir.

Je réponds que le ciel est gris, mais qu'il pourrait se dégager. James l'espère aussi et me fait traverser un dédale de portes vitrées et de bureaux surpeuplés dans cet espace facilement vingt fois plus grand que notre local chaleureux au-dessus du cabinet du dentiste, à Pine Grove. Des feuilles en plastique opaque grossièrement découpées sont suspendues ici et là, créant un labyrinthe dans le labyrinthe des postes de travail. Il y a un an, ce lieu aurait été un vaste open space lumineux et moderne. C'était la grande mode de rassembler tout le personnel sur un grand plateau autour de longues tables communes, sans rien pour entraver l'échange d'idées à la volée et l'esprit d'équipe. Un brouhaha de sons d'ordinateurs, de sonneries de téléphone, etc. – eh bien, plus maintenant.

James se faufile derrière une feuille de plastique pour s'entretenir avec son assistante, qui nous a réservé l'une des salles de réunion disponibles.

— La députée va sortir de rendez-vous dans quelques minutes, dit James.

Je l'encourage à me parler de lui. J'avais su qu'il n'était finalement pas allé à Brown et avait obtenu un diplôme de sciences politiques dans notre propre université d'État. C'était le seul moyen pour lui de rester impliqué dans la carrière politique de Teddy. Il termine aujourd'hui son master à Georgetown, où il vit avec Monica. Ils ont prévu de se marier dans le Maine l'été prochain. Il sort son téléphone et me montre des photos de leur appartement bobo, de leurs chiens foufous, puis il est interrompu et doit filer. Il a une équipe à manager, c'est vrai. Je m'assieds et reste seul un moment, à la fois fier et nostalgique de ces quelques mois de campagne, et des années précédentes quand j'écrivais à la craie sur le tableau noir de la classe d'histoire de James. Quelle satisfaction de savoir que l'on a contribué à mettre quelqu'un sur le bon chemin.

Pour certaines choses, même moi je dois admettre que je n'ai pas échoué.

Lorsque Teddy entre dans la salle de réunion, elle pousse un petit cri et mime des bises. Elle ébouriffe mes cheveux blanchis, les scrutant sans faire de commentaire. Nous restons debout, nous balançant doucement sans nous en rendre compte. Elle est superbe, comme si les années n'avaient pas de prise sur elle, même si je trouve son austère tailleur gris un peu déconcertant. Il est vrai que c'est la patronne maintenant. Ses cheveux sombres sont raides et lisses. Elle ne ressemble plus vraiment à la femme de mes souvenirs.

— Comment va Kavya ? Le bébé arrive bientôt ?

— En novembre. Aux environs de notre anniversaire de mariage.

— Garçon ou fille ?

— Fille, je réponds fièrement, comme si j'y étais pour quelque chose.

— Oh, tu vas en baver, plaisante-t-elle.

— Je lui donnerai tout ce qu'elle veut, tout le temps, toute ma vie, c'est ça ?

— Oui, exactement.

Teddy m'informe qu'Hector va bien, il a pris sa retraite de la Ligue majeure de baseball et cartonne dans le monde du podcasting. Son émission *Ruiz refait le match!* est l'un des podcasts sportifs les plus téléchargés, le format correspondant parfaitement à une personnalité aussi verbeuse, grandiloquente et riche d'anecdotes qu'Hector. Il est heureux, affairé, et soutient pleinement la carrière politique de son épouse. Quant à Cecily, elle passe son doctorat en psychologie clinique à l'American University, aussi elles se voient chaque fois que Teddy séjourne à Washington DC.

— Ça a l'air d'aller pour James aussi, fais-je remarquer.

— Oh, il est fabuleux ! On serait perdus sans lui.

Nous échangeons des banalités pendant un moment, sachant qu'il faudra tôt ou tard aborder le sujet délicat pour lequel elle m'a fait venir jusqu'ici. J'ai pris la précaution de scanner les originaux signés que je lui remets en mains propres.

— On a reçu hier les modifications de M. Otsuka. Ça nous va très bien, me dit-elle.

Je me demande si Matsui navigue sur sa goélette au vent du Mississippi, en rêvant à ses voiles neuves fabriquées à l'ancienne. Ned et Dianna devraient déjà avoir leur argent, celui de Madison ne tardera pas à arriver.

— C'est une mesure de précaution ; il y a trop de détails gênants qui traînent.

J'opine, détestant penser à Waldo comme à un détail gênant.

— Burdick déterre des dossiers ? Sur Waldo ?

Teddy hoche la tête.

— Cotter est énervé par mes commissions au Congrès. Il pense que je veux doubler tout le monde. La vérité, c'est que personne ne sait à quoi ressemblera le paysage dans les prochains mois. Je dois me tenir prête.

— Pour te présenter ?

Elle sourit.

— On est venus ici pour voir si le DCCC[33] peut intervenir pour régler cette histoire avec Cotter avant que ça dégénère, mais j'ai peu d'espoir. On doit tenir prête notre

33. Democratic Congressional Campaign Committee, comité de campagne qui soutient les candidats démocrates.

propre version des faits avant que Burdick n'ait une chance de présenter la sienne.

La version de Burdick, j'ai réussi à la reconstituer. La membre du Congrès Teddy Ruiz est trop incivile pour briguer de plus hautes fonctions. N'oublions pas le scandale autour du suicide de son ancien directeur de communication. Les rumeurs persistantes sur leur liaison. Ils se sont connus, vous ne le saviez pas, dans les rangs des étudiants anarcho-gauchistes de Chicago, et ils ont déclenché une émeute sur le campus. Il y a eu des dégâts matériels mais, surtout, le propre frère de Waldo a failli mourir. Ce dernier a démenti la présence de Teddy Ruiz sur la scène de l'accident, et elle l'a sorti de prison. Puis papa Woodson a mis l'incident sous le tapis. Avance rapide, ils se retrouvent des années plus tard, dans une communauté hippie prônant l'amour libre où elle interrompt une grossesse non désirée (il paie l'avortement), puis il termine sa thèse pour elle. C'est une femme dangereuse ; une dissimulatrice et une menteuse.

Burdick veut coller les empreintes digitales de Waldo partout sur la carrière politique de Teddy. Il a peut-être des preuves de leur liaison, ou seulement des soupçons. Mais, dans les deux cas, la vie de Waldo finit en tragédie quand la sienne prend le chemin du Congrès. Rien n'est entièrement faux, bien sûr. Même sous ce jour moins flatteur, je ne voterais pas pour Cotter dans une future primaire présidentielle l'opposant à Teddy – mais j'ai conscience que nous avons perdu d'honorables candidats pour bien moins.

— Tu rempiles ? propose Teddy. On pourrait avoir besoin de toi à la com.

J'en doute. Sept ans plus tard, la Déclaration des droits de l'étudiant reste aussi éloignée de son adoption que ce premier soir sur le parking du Carriage House. Les enfants de Pine Grove, Chumsford et Eastbrook sont toujours victimes de la ségrégation – et probablement plus qu'avant. Parfois, je repense aux propos d'Hector la fameuse soirée chez lui, aux Prussiens et à tous les systèmes de sélection que nous avons implantés dans nos écoles. Le fossé entre la possession et la non-possession. Cela semble sans espoir. Je n'ai pas la foi nécessaire ni la détermination.

— C'est tentant, dis-je. Mais j'aime bien écrire en sous-marin. Cela dit, mon employeur semble me faire faux bond cette semaine. Mais je ne devrais pas extrapoler.

Teddy comprend mes réserves. Elle comprend le besoin de s'en assurer d'abord, puis le déni plausible. Et à quel point il est facile de se retrouver du jour au lendemain dans des situations juridiques inextricables dont on n'a fait qu'effleurer l'éventualité.

— Je continue d'avoir un goût douteux pour choisir mes patrons. Disons-le comme ça.

Elle éclate de rire et regarde par la fenêtre. Les nuages sombres qui inquiétaient James commencent déjà à se dissiper.

— Alors, tu as rencontré Madison hier ? me demande-t-elle.

J'opine.

— Je l'ai vue sur un plateau de tournage. Pas très loin d'ici. On a parlé du bon vieux temps.

— Pas trop, j'espère, s'esclaffe Teddy, et je perçois sa nervosité.

— Non. Pas trop. Elle m'a raconté une belle histoire sur leur rencontre.

— C'est bien.

— Apparemment, c'était lors d'un mariage en Alaska. Il avait…

Teddy m'arrête en levant la main.

— C'est bon. Je n'ai pas besoin de… C'est bon.

Je m'excuse.

— Ça m'a fait plaisir de parler à des personnes qui le connaissaient, avant.

— Tant mieux. Pour ma part, je préfère ne pas remuer le passé.

Il y a une pointe amère dans sa voix. Une lueur dans ses yeux. Elle tient d'une main les papiers signés que je lui ai apportés.

— J'adorerais t'avoir à nouveau dans l'équipe. Mais même si tu déclines, j'ai besoin que tu en signes un aussi.

Elle sort des feuilles de son porte-documents et les place sur la table entre nous. ACCORD DE CONFIDENTIALITÉ.

Je l'attendais, celui-là.

Celui-là est pour moi.

Après la mort de Waldo, j'avais essayé de faire ce que j'aurais dû faire la première fois. Je m'étais inscrit dans un groupe de soutien hebdomadaire pour les proches d'un suicidé. Frère, sœur, épouse, père, ami, enfant. C'est un groupe que Kavya avait commencé à fréquenter à mon insu lorsque je travaillais sur la campagne. Elle y avait puisé un grand réconfort, mais pour moi, c'était insupportable. Des personnes dévastées et en colère, qui s'en voulaient et ne savaient pas comment reprendre le cours de leur vie. Cela aurait sans doute pu m'aider si je n'avais pas passé toute la séance à songer à Waldo et au soir où nous étions descendus au sous-sol de l'église unitarienne. Des pensées qui me rendaient triste et furieux en même temps : comme s'il avait sciemment saboté ce recours au groupe de parole qui aurait pu m'aider à encaisser son suicide. Évidemment, c'était absurde.

Quand venait mon tour de parler, je restais muet. Je ne concevais pas de le résumer en mots. Comment expliquer qui il était, ou pourquoi je l'avais aimé. Chaque fois que j'avais essayé, je m'étais arrêté. Comme si entreprendre de le décrire allait distordre mes souvenirs, transformer son essence en une succession de phrases bâclées. Le Dr Sanders et Kavya prétendaient que je devais en passer par là pour faire mon deuil. Tourner la page. Je savais qu'ils avaient raison.

— On dirait que tu n'as pas dormi, me dit Teddy en salle de réunion, le trou blanc de l'accord de confidentialité posé entre nous sur la table.

Je n'ai pas dormi, je l'avoue. Je dors très mal, à vrai dire. Aujourd'hui encore.

— Je pensais qu'entre la méditation, le yoga et tout le reste... tu aurais dépassé ce stade. À quoi sert cette illumination si elle ne t'apporte pas la paix intérieure ?

Elle plaisante, et je ris, si on veut. Parce que c'est une très bonne question, et je me demande ce que répondrait Rohit. Quelle citation il utiliserait, et quelles phrases il construirait autour de ce socle. *Le vrai sens de l'illumination consiste à contempler l'obscurité avec un regard intact*. Peut-être. *Vous pensez que l'illumination est autre chose que ce qui se passe en ce moment. C'est votre plus grande erreur*. Mieux. *L'illumination est le voyage de retour de l'esprit vers le cœur*. Oh, il y a tellement de possibilités. Trop de choix.

J'essaie inlassablement de revenir par la pensée au moment où j'y ai cru pour la première fois.

C'était quelques semaines après avoir parlé à Shabib dans la bibliothèque de Chumsford. Kavya mentionna à nouveau que Rohit aimerait travailler avec moi. Je n'avais aucune piste d'emploi. Nous avions enfin vendu la maison de mon père, mais il ne restait plus rien une fois les dettes et pénalités épongées. Je végétais, détaché de tout. Kavya m'exhortait à appeler son oncle pour en savoir plus sur ce projet de livre. Je ne cessais de remettre à plus tard.

Puis, par une nuit d'insomnie, en fouillant dans une caisse contenant des objets de l'ancienne campagne, je trouvai le DVD que la femme m'avait donné à la réunion des NA ce fameux soir avec Waldo. C'était la nouvelle lune, il faisait nuit noire dehors. Je baissai le volume, insérai le disque dans le lecteur. Je naviguai dans des menus complexes avant de tomber sur un chapitre appelé « Premier jour ». Je lançai la séquence associée.

Après un fondu enchaîné ringard, l'humble et chaleureux Rohit Subramaniam apparut à l'écran. D'une voix douce et rassurante, il expliqua une série d'exercices de respiration basiques. Je me pliai au jeu. Je fermai les yeux, ouvris les narines et remplis mes poumons d'air. Je respirai ainsi, longuement, tandis qu'il parlait posément de l'Univers, des chakras, du Bouddha et de grands principes.

Alors que j'écoutais, jambes croisées, sa voix apaisante me guider dans ma première méditation, le temps fondit.

À un moment, une image apparut dans le vide de mon esprit. Derrière mes paupières closes, je vis quelques étoiles scintiller au loin. Puis d'autres, de plus en plus nombreuses, de plus en plus brillantes, constellèrent le ciel noir de mon esprit. Bientôt, elles rempliraient tout l'espace, claires, cristallines et immobiles. Leur présence semblait si réelle. Mon souffle rythmé résonnait dans le vide. J'eus la sensation de pouvoir m'y perdre pour toujours, et de m'y perdre déjà. Puis, lentement, je pris conscience du sol sous mes pieds – alors que je me savais assis en tailleur sur le canapé, je sentais la solidité de la pierre. Baissant les yeux pour regarder mes pieds, je vis une étendue de roches grises à perte de vue. Des champs lunaires gris, stériles, une infinitude rocheuse. Des failles et des montagnes dentelées au-delà, incroyablement loin. Quand je fis un pas en avant, ma masse corporelle flotta en apesanteur. J'avais l'impression de sauter d'une falaise sans tomber. Mon cœur tambourinait. J'appelais à l'aide, mais j'étais absolument seul. Sur ma gauche, je voyais le magnifique marbre bleu et vert de la Terre, emmailloté de nuages blancs. Tous ceux que je connaissais, tous ceux que j'aimais se trouvaient là-bas, à deux cent trente-huit mille neuf cents kilomètres. J'attendais de me réveiller, comme d'un mauvais rêve, mais chaque fois que j'atteignais le moment de panique où, normalement, je me lèverais d'un bond, trempé de sueur, ici, rien ne se passait.

Seule l'immobilité.

C'était un supplice. Combien de temps devais-je rester ici ? Sans air, sans couleur, sans poids, sans personne ?

Puis j'entendis la voix de Rohit me tirer de ma transe, et je vis son visage sur l'écran de télévision, chez moi. Le soulagement et la paix m'envahirent. Pendant un long moment, je restai assis en tailleur à fixer le tourbillon bariolé ondulant derrière le générique de fin, au son d'un trio de luths qui jouait un air enjoué dans un crépitement de vinyle.

Plus tard, je regarderais sur YouTube une vidéo des premiers pas sur la Lune de la mission Apollo 11 et constaterais que ma construction mentale du paysage lunaire était en grande partie exacte, des décennies après l'avoir vu pour la dernière fois – un fait que je ne peux pas entièrement expliquer. Rohit m'affirmera alors que ce voyage astral représentait un exploit remarquable pour un esprit aussi peu entraîné que le mien.

Mais alors que j'étais assis ce soir-là dans mon sous-sol, je me souvins de ma frayeur, enfant, quand je regardais la Lune au télescope avec mon père. J'imaginais à quel point il serait terrifiant de flotter là-haut, loin de ses amis et de sa famille, complètement coupé des personnes qu'on aimait.

Curieusement, je trouvai dans ce moment un début d'apaisement. Une paix troublée. D'une certaine façon, je compris l'impossibilité de vivre dans le désespoir infini que l'on doit ressentir pour commettre le geste de Waldo, et de mon père. Je n'avais pas à être d'accord ni à l'approuver. J'avais seulement besoin d'accepter sa réalité. Et alors, je pourrais commencer à m'en détacher.

Mer des Îles, mer Marginale, mer des Écumes, mer du Nectar.

Tous ces beaux noms pour de pauvres étendues infinies et solitaires de poussière grise.

Mais c'est pour cela qu'on leur donne des noms. On peut transformer la laideur en beauté par le pouvoir des mots.

Assis en face de Teddy, dans ses bureaux, je souhaiterais pouvoir lui expliquer. Je me demande si ça l'aiderait à guérir de l'unique chose que nous partageons encore. Cette perte.

— La rumeur court que tu écris un livre, dit Teddy en s'éclaircissant la voix.

— Eh bien... je suis censé écrire une suite de *Power up* avec Rohit.

— Pas ce genre de livre. Tu sais de quoi je parle.

C'est ce que je craignais : devenir un détail gênant, moi aussi. Pire, un fouille-merde. J'ai contacté des personnes sur Facebook, posé des questions. J'ai reniflé les poubelles de l'histoire et elle le sait. Voilà pourquoi j'ai été convié à cette réunion. On doit me museler, moi aussi.

— Tu n'as pas à t'inquiéter, lui promets-je.

Elle devrait savoir que je garde les secrets.

— Alors tu ne devrais avoir aucun problème à signer ces papiers.

Je fixe les feuilles à nouveau.

— Tu savais qu'il avait écrit un roman ?

Teddy pouffe malgré elle.

— Waldo ?

— Oui. Madison me l'a appris hier. Un roman désastreux et un scénario encore plus nul, apparemment.

Teddy est secouée d'un fou rire. Je lui expose les grandes lignes du roman. Ritchie, la Californie, les feux de forêt, le 11-Septembre... mais elle le sait déjà.

— Une sorte de roman d'apprentissage, le passage à l'âge adulte, la découverte de soi.

— Doit-on se découvrir pour écrire ? Ou juste devenir adulte ?

Je hausse les épaules.

— J'imagine que c'est pour ça qu'il a fini par le jeter.

Je contemple la feuille blanche entre nous, puis je ramasse mon sac et j'en sors quelque chose pour elle. Un dernier détail, et ce sera fini. Je serai libre.

Je glisse mon propre document sur la table, presque identique au sien.

— Tu veux que je signe un accord de confidentialité ? s'étonne Teddy. À quel sujet ?

— Moi, j'explique. Il couvre la période de l'été précédant ta réélection.

Elle le feuillette, parcourt les formules juridiques standards – exactement les mêmes que dans l'accord qu'elle veut me faire signer.

— Pourquoi tu en as besoin ? demande-t-elle.

Je lui dirais bien que c'est parce que j'ai besoin d'aller jusqu'au bout. Passer d'écrivain fantôme à fantôme. Disparaître complètement.

— Parce que j'écris un livre, réponds-je finalement.

Tout le monde a, dans sa vie, un être qui le touche. Quelqu'un qui nous inspire un poème ; un texte fragile qui doit survivre à la nature sauvage et aux animaux primitifs.

Mais peut-être que moi aussi, je minore.

— Ma propre version des événements. Mais je vais utiliser un pseudonyme. Et changer son nom. Le tien aussi. Je dirai qu'il s'agit d'une fiction, ainsi personne ne saura jamais quelles parties sont vraies.

Mes lèvres articulent en silence un mot.

« Omettre ». Début du XVe siècle, du latin *omittere*. « Laisser aller ou laisser tomber. » Le préfixe insistant *ob*, avant le verbe *mittere* : « expédier, comme une missive, en mission ».

Il faut me laisser aller ; il faut m'expédier. Et m'omettre.

Je m'attends à ce qu'elle proteste, tente de me menacer ou de m'acheter. Mais au lieu de se battre, elle soupire.

— Ils te paieront bien plus si tu dis que tout est vrai.

— Si on pouvait m'acheter si facilement, je n'aurais jamais pu travailler pour toi.

Elle rit et concède que j'ai raison.

— Mais ne m'envoie jamais ton livre, d'accord ?

Je lui promets.

Nous restons assis quelques secondes de plus en silence, bientôt rompu par le grattement de la plume sur les papiers que nous signons l'un et l'autre.

Nous nous levons pour faire nos adieux, puis Teddy déclare qu'elle doit partir. Je lui demande la permission de rester quelques minutes pour prendre un appel de Rohit, un mensonge. Personne ne doit m'appeler – pas Rohit, en tout cas. Je n'aurai pas de ses nouvelles avant plusieurs mois. Et même alors, le contact se fera par l'intermédiaire d'avocats et tout sera consigné par écrit. C'est l'autre raison, plus immédiate, pour laquelle j'ai dû demander à Teddy de renoncer légalement à parler de moi. Car elle sera bientôt interrogée sur cette même réunion, par des individus cherchant à établir mon itinéraire et localiser mon dernier contact avec mon employeur. Les fadettes montreront que je n'ai reçu aucun appel ce matin-là, que mes dizaines d'appels sortants et textos sont restés sans réponse de Rohit. Cela contribuera à apporter la preuve que j'ignorais réellement où il se trouvait.

Sincèrement, je ne le sais pas. Je n'ai jamais voulu le savoir.

Voilà ce que je sais : de retour à l'hôtel après la réunion, il n'y aura pas de nouvelle carte American Express pour moi à la réception. En revanche, des messieurs du fisc m'attendront, très intéressés par ce que je sais sur le montant colossal des impôts que Rohit leur doit. Prouver l'étendue de mon ignorance sur le sujet pourrait bien prendre plusieurs années.

Mais on ne fait pas mon métier sans savoir exactement ce que l'on veut ignorer. Cela au moins, je l'ai appris avec le temps.

Mais ces emmerdes sont encore devant moi au moment où je m'attarde dans la salle de réunion des bureaux de Teddy en prétextant un appel. En vérité, j'avais envie de rester quelques minutes pour contempler, par la baie vitrée, la ville et le lac Michigan dans la lumière du soleil. Je baisse les yeux vers les rues animées. Des manifestants se rassemblent autour du palais de justice, une légion d'hommes et de femmes venus de tout le pays qui défilent tous les jours, exprimant espoir, mécontentement, fureur, amour. Des rumeurs font état de plans visant à reproduire la stratégie expérimentée dans d'autres villes : occuper un quartier décrété zone autonome pour fonder une Amérique dans l'Amérique, avec ses propres lois égalitaires. Sa propre gouvernance. Des tribunes pour les discours, des médicaments pour les malades, des vêtements pour les dévêtus, des repas pour les affamés et des craies pour que les enfants dessinent sur les trottoirs. Des appels à la justice, aux chances, au changement et à l'équité. Des réparations, des rêves plus grands, des unions plus parfaites. Je pense n'avoir jamais vu un tel moment de frustration et d'espoir. Jamais vu si clairement à quel point chaque tournant décisif constitue un point de non-retour.

Que te dirai-je quand tu seras là, petit poisson ? Quand je te bercerai la nuit pour te rendormir ?

Je te dirai qu'avec toutes les planches et les gréements que nous avons remplacés chemin faisant ton Amérique n'est plus la même qu'avant, ni que celle d'encore avant. Si la puissante colonne vertébrale du Mississippi, notre axe central, peut serpenter sur des kilomètres, d'un côté puis de l'autre, et rester le même fleuve jusqu'au bout, cela ne peut-il s'appliquer au reste ? Grâce à chaque pont détruit et reconstruit au même endroit, je prie pour que nous progressions vers l'unité que nous n'avons jamais connue au cours de notre histoire courte et sanglante. L'un après l'autre, les échecs donnent naissance à une autre idée, un autre lieu. Ce lieu ne réside qu'à l'intérieur de nos esprits : un endroit où nous sommes tous libres, et unis, les deux en même temps, en quelque sorte. Pour l'instant, nous connaissons dix mille solutions qui ne fonctionnent pas. Il y a toujours une chance que la dix mille unième soit celle qui produise une lumière qui restera allumée. Je te dirai qu'il faut sans cesse essayer. Que je ne vois rien d'autre qui vaille la peine d'être tenté.

Je vais te montrer ma dernière trouvaille.

Cette fois, crois-moi, ça va faire un malheur.

Note

Je tiens à saluer le travail journalistique et (auto)biographique de nombreux auteurs dont les œuvres sont citées dans le roman, en les nommant quand c'était possible :

Robert Schlesinger, *White House Ghosts: Presidents and Their Speechwriters*

Jean Edward Smith, *FDR*

Conrad Black, *Franklin Delano Roosevelt: Champion of Freedom*

Ted Sorensen, *Counselor*

Peggy Noonan, *What I Saw at the Revolution*

Peggy Noonan, *On Speaking Well*

Barton Swaim, *The Speechwriter: A Brief Education in Politics*

Chris Liddell-Westefeld, *They Said This Day Would Never Come: Chasing the Dream on Obama's Improbable Campaign*

Michael Lewis, *Losers: The Road to Everyplace but the White House*

Dr Kay Redfield Jamison, *Night Falls Fast: Understanding Suicide*

William Styron, *Face aux ténèbres*

Table des matières

MIXTE
Papier issu de sources responsables
FSC® C003309

L'éditeur de cet ouvrage s'engage dans une démarche de certification FSC® qui contribue à la préservation des forêts pour les générations futures.

Pour en savoir plus :
www.editis.com/engagement-rse/

Achevé d'imprimer par
Normandie Roto Impression s.a.s. à Lonrai
N° d'impression : 2204357

Imprimé en France